Edmund White wurde 1940 in Cincinnati geboren. Er studierte in Yale, Columbia und an der New York University, war Guggenheim-Stipendiat und ist Literaturpreisträger der »American Academy of Arts and Letters«. Nach »Forgetting Elena« und »Notturno für den König von Neapel« ist »Selbstbildnis eines Jünglings« sein dritter Roman. Edmund White lebt in Paris.

Dieses Buch wurde auf chlor- und säurefreiem Papier gedruckt.

Vollständige Taschenbuchausgabe April 1993
Droemersche Verlagsanstalt Th. Knaur Nachf., München

Titel der Originalausgabe »A Boy's Own Story«
Umschlaggestaltung Graupner + Partner, München
Druck und Bindung brodard & taupin
Printed in France
ISBN 3-426-60091-9

2 4 5 3 1

Edmund White

Selbstbildnis eines Jünglings

Roman

Aus dem Amerikanischen
von Benjamin Schwarz

Knaur

Für Christopher Cox

EINS

Wir brechen zu einer mitternächtlichen Bootsfahrt auf. Es ist eine kalte, klare Sommernacht, und wir vier – die zwei Jungen, mein Vater und ich – steigen die Stufen hinunter, die im Zickzack vom Haus zum Steg führen. Old Boy, der Hund meines Vaters, weiß, wohin es geht: Er rennt neben uns den Abhang hinunter, sieht sich um, schnaubt, und während er sich im Kreis dreht, fliegt Gras in die Luft. »Was ist los, Old Boy, was ist los?« sagt mein Vater und lächelt ein wenig, erfreut, weil er dem Hund, den er immer seinen besten Freund genannt hat, eine kleine Aufregung verschaffen kann.

Ich war warm eingemummelt, ein Pullover und eine Windjacke über der Sonnenbräune des vergangenen Tages. Mein Vater blieb stehen und untersuchte die unteren zwei Stufen vor dem Pfad, der an unserer Seeseite von einem Landhaus zum nächsten führte. Am Nachmittag hatte er diese Stufen eingesetzt: neue, senkrecht gestellte Bretter, um Sand und Erde festzuhalten, jedes von vier Holzpflöcken gestützt, die er in den Boden geschlagen hatte. Bald würden die Stufen sich wieder senken und zur Seite wegsacken und erneuert werden müssen. Jedesmal, wenn ich vom Schwimmen oder von einer Fahrt im Außenborder zum Lebensmittelladen des Dorfes zurückkam, sah ich ihn über seine ewigen Stufen gebeugt oder auf einer Leiter stehen und das Haus streichen, oder ich hörte seine Motorsäge, wie sie, den Hang noch ein Stück weiter hinauf, in der Garage mit sich selber stritt.

Mein Vater sah Gäste als eine Last an, weil sie fortwährend unterhalten werden mußten. Der Ausflug in dieser Nacht war so eine Pflichtübung. Aber die Jungen, die Söhne unserer Gäste, bemerkten die Lustlosigkeit der Unternehmung nicht und fanden es aufregend, zu so später Stunde noch auf zu sein. Sie waren schon zum Wasser vorgelaufen, während ich gehorsam neben meinem Vater blieb, der die Stufen mit dem Taschenlampenlicht streichelte. Die Jungen rannten vor ans Ende des Stegs, ihre Füße hämmerten auf die Bretter. Old Boy trabte ein Stück hinter ihnen her, kam dann aber zurück, um uns anzutreiben. Jetzt drohte Kevin, seinen kleinen Bruder ins Wasser zu stoßen. Geschrei, Atem, ein Ringkampf, dann ließen sie voneinander ab, und man hörte nur noch zwei Jungen, die sich ihres Lebens freuten.

Während Dad und ich weiter hinunterstiegen, schwenkte sein Taschenlampenlicht ins Wasser, wo es einen Schwarm Elritzen verscheuchte und flache Sandbänder anleuchtete. Das Chris-Craft, das an der kurzen Seite des L-förmigen Stegs vertäut lag, war groß, schwer, beeindruckend. Es war mit zwei Planen zugedeckt: Die eine war quadratisch mit abgerundeten Ecken und paßte genau auf die beiden Vordersitze, die andere war ein kleineres, vollständiges Rechteck, das den Schalensitz hinter dem Motor schützte, der seinerseits, nach Benzin riechend, unter den chrombeschlagenen hölzernen Doppeltüren verborgen lag. Das Segeltuch verströmte, als ich die Ösen löste und es in seine Falten zusammenlegte, den vertrauten Geruch eines stockigen

Waschlappens. Mein Vater und ich, wir bewegten uns beide nicht sehr elegant auf dem Boot. Wir hatten beide Angst vor dem Wasser, er, weil er nicht schwimmen konnte, ich, weil ich vor allem und jedem Angst hatte.

Dads beständigstes Attribut war die zwischen seine kleinen, fleckigen Zähne geklemmte Zigarre. Da er sich normalerweise in einem Haus, Büro oder Auto mit einer Klimaanlage befand, die er unter Kontrolle hatte, sorgte er dafür, daß Rauch und Geruch sich gleichmäßig und reichlich in jeden Winkel seines Reichs verteilten, womit er alle in seiner Umgebung unterjochte; wie eine Stinktiermutter tauchte er uns in seinen schützenden Gestank.

Obwohl es kühl war, trug ich nur Bermuda-Shorts zu Pullover und Jacke. Vom Wind bekam ich Gänsehaut an den Beinen, als ich den hölzernen Fahnenmast am Heck befestigte, eine Ausrüstung, die nachts zwar keinen patriotischen Zweck erfüllte, die wir aber wegen des weißen Lichts benötigten, das am oberen Ende brannte. Wie der elektrische Strom durch diesen Mast laufen konnte, sobald man ihn in seine Muffe steckte, war mir schleierhaft. Ich wagte nicht, Dad nach einer Erklärung zu fragen, aus Furcht, er könnte mir tatsächlich eine geben. Die Ledersitze waren kalt, aber sie erwärmten sich ziemlich bald unter dem nackten Fleisch, Haut an Haut.

Das Ablegen vom Steg war immer mit großer Angst verbunden (anzulegen war noch schlimmer). Mein Vater, der als junger Mann in Texas Cowboy gewesen war, konnte über Tornados und Klapperschlangen lachen, aber an diesem fremden Lebenselement – kalt, bodenlos, schlüpfrig – beunruhigte ihn alles. Er trug seine absurde »Kapitänsmütze« (seine Freizeitkleidung war durchweg absurd – im Grunde ein einziger Witz –, als müsse man sich über die Freizeit als solche lustig machen). Er stand halb hinter seinem Steuerrad. Die Motoren stampften, der Punktscheinwerfer am Bug kreiste, die rote Spitze seiner Zigarre pulsierte. Ich hatte mich noch einmal auf den Steg hinausgewagt, die Taue gelöst, sie an Deck gewuchtet, war wieder aufs Boot gesprungen; jetzt hockte ich direkt hinter meinem Vater. Ich schwenkte eine Stange mit einem Haken am Ende, wie man sie zum Öffnen von Oberlichtern in miefigen Grundschulen benutzt. Meine Aufgabe war, uns wohlbehalten vom Liegeplatz abzustoßen, bevor mein Vater die schwer arbeitenden Motoren einkuppelte. Es war alles eine einzige Peinlichkeit. Andere Männer machten ihre Motorboote mit einer einzigen Leine fest, legten vom Pier in einem schlichten, eleganten Bogen ab, wobei sie sich die ganze Zeit unterhielten, und die Söhne anderer Männer kletterten wie flinke Affen über die gefirnißten Decks, machten Späße und lächelten.

Wir waren unterwegs. Das Schnellboot schoß mit solcher Kraft los, daß wir nach hinten in unsere Sitze gepreßt wurden. Peter, Kevins siebenjähriger Bruder, saß auf dem Notsitz, sein Haar flatterte unter der wogenden Fahne, sein Mund war offen und stieß entzückte Angstschreie aus, doch die Laute wurden vom Wind davongetragen. Er fuchtelte mit einem seiner dünnen Arme herum, und mit der anderen Hand hielt er sich an einem Chromgriff neben dem Sitz fest; dennoch wurde er hochgeworfen, als wir durch das Kielwasser eines anderen Bootes flitzten. Unsere Bugwelle prallte vom Rumpf ab. Die Nacht, die eifrige Näherin, schob das Gewebe des Wassers unter die Nadel unseres Bootes, stetig, unbeirrt, nur daß sie das Wasser nicht zusammennähte, sondern in lange weiße Streifen auseinandertrennte. Am Ufer spähten hier und da die Lichter einiger Häuser durch die Kiefern, flüchtig wie Sterne, die durch dahinziehende Wolken blinken. Wir rasten an einem geankerten Boot mit Fischern und ihrer einsamen Kerosinlampe vorbei, einer drohte mit der Faust zu uns herüber.

Der See wurde schmaler. Rechts lag der Neun-Loch-Golfplatz (ich wußte, er war da, obwohl ich ihn nicht sehen konnte) mit seinem baufälligen Clubhaus, den grün gestrichenen Korbsesseln und der Verandaschaukel an ihren quietschenden Ketten. Einmal im Monat ließen wir uns dort spät zum Sonntagmittagessen blicken, die Kleidung nicht korrekt, der Umgangston allzu kühl und direkt, die Zigarre ein stinkiger Qualmpott, mit dem die uns entgegenschlagende Kälte pariert wurde.

Jetzt war Dads Zigarre ausgegangen, und er hielt das Boot an, um sie wieder anzuzünden. Von unserem hohen, windigen Thron sanken wir herab, während der Motor zu einem sanften Pochen gedrosselt wurde. Als der Auspuff aus dem Wasser tauchte, dröhnte er wild. »Mann, ich bin klatschnaß!« rief Peter in seinem Sopran. »Mir ist eiskalt. Mann, heute macht ihr mich aber fertig!«

»Wird's dir zuviel, junger Mann?« fragte mein Vater und gluckste vergnügt in sich hinein. Er zwinkerte mir zu. Die Kinder von Besuchern (und manchmal auch ihre Väter) wurden normalerweise mit »junger Mann« angeredet, weil Dad sich nie an ihre Namen erinnerte. Old Boy, der seinen Kopf hinter der Windschutzscheibe vorgestreckt und in den Wind geblinzelt hatte, hüpfte nun glücklich über die Polster, um sich von seinem Herrchen einen Klaps zu holen. Kevin, der direkt hinter meinem

Vater saß, sagte: »Die Fischer eben waren aber stinkesauer. Wär ich auch gewesen, wenn mir 'n Typ mit seinem dicken, fettärschigen Motorboot die Fische verscheucht hätte.«

Mein Vater zuckte zusammen, dann brummelte er irgend etwas wie: Es gehe sie nichts an . . .

Er war verletzt.

Ich war über Kevins Offenheit entsetzt. In solchen Augenblicken stiegen mir in ohnmächtigem Mitleid für Daddy immer die Tränen in die Augen: für diesen kränklichen Despoten, diesen Mann, der alle tyrannisierte, aber unter den Folgen mit einer derart zarten, unverbildeten Empfindung litt! Tränen kamen mir auch jedesmal, wenn ich meinen Vater in irgendeiner Sache korrigieren mußte. In der Regel ging ich dieser Qual aus dem Weg und sah ihm selbstgefällig zu, wie er seine Fehler vertuschte. Aber wenn er mich rundheraus nach meiner Meinung fragte, überkam mich eine euphorische Traurigkeit, überängstliche Flügel schlugen gegen die Ecken des schrumpfenden Zimmers, und dann nannte ich so ruhig und gelassen wie möglich den richtigen Namen oder das richtige Datum. Denn ich wußte über Dinge, die bei einer Unterhaltung zur Sprache kommen konnten, viel besser Bescheid als er, selbst damals, in den fünfziger Jahren.

Aber Wissen war nicht Macht. Er war derjenige, der die Macht, das Geld und das Recht besaß, beim Abendessen Zeitung zu lesen, während meine Stiefmutter und ich ihm schweigend zusahen. Er war derjenige mit den dreißig maßgeschneiderten Anzügen, den zwanzig Paar glänzenden Schuhen und den gestärkten weißen Oberhemden, den Krawatten von Countess Mara und den zwei Cadillacs, die in der Garage auf ihn warteten, während ihr Öl in Form eines schwarzen Saturns mit seinen grauen Mondflecken auf den Beton tropfte. Es war seine Macht, die mich betäubte und mir mein Wissen nur als angelerntes Können erscheinen ließ, mit dem zu protzen er sich bei einer Abendgesellschaft plötzlich entschließen konnte (»Fragen Sie diesen jungen Mann, er liest, er wird's wissen«). Warum trieb mir dann sein gelegentliches Versagen die Tränen in die Augen? War ich bekümmert, weil er nicht alles besaß, absolut alles, oder weil mir nichts gehörte? Vielleicht wollte ich trotz meiner Ängstlichkeit gegen ihn ankämpfen. Wollte ich ihm wehtun, weil er mich nicht liebte?

Von einem Augenblick zum anderen hatte Kevin die Sache wieder eingerenkt, indem er Daddy fragte, wie seiner Meinung nach die heimische Baseballmannschaft in der nächsten Spielzeit abschneiden werde. Bald ließ sich mein Vater über Namen und Trefferraten und Strategien aus, die mir nichts sagten, über das wichtige Frühjahrstraining und die schlimmen Schiebereien. Als Kevin ihn in einem Punkt anzweifelte, lachte Dad gutmütig über den Mumm (und den Irrtum) des Jungen und berichtigte ihn. Ich legte meinen Arm auf das Gummiprofil der Bordwand neben mir und mein Kinn auf den Arm und blickte in das glänzende Wasser, das geschäftig ein fernes gelbes Verandalicht einer Analyse unterzog und den harmlosen Lichtschein in hundert wechselnde Möglichkeiten zerlegte.

Das Baseballgespräch ging noch eine Weile weiter, während wir in unserem eigenen Kielwasser schaukelten, das uns eingeholt hatte. Wir trieben auf eine Insel und ihr unbewohntes Sommerhotel zu, das mottenweiß hinter schlanken silberweißen Birken lag. Der Motor rülpste wie ein altes Auto mit schlechtem Schalldämpfer. Normalerweise war mein Vater in Gegenwart anderer Menschen verlegen, aber er und Kevin hatten einen Weg gefunden, miteinander zu reden, und ich hörte mit halbem Ohr dem leisen Gemurmel ihrer Stimmen zu – oder besser gesagt, Daddys Monolog und Kevins zustimmenden oder kritischen Lauten. Es war Daddys Nachtstimme: nachdenklich, zutraulich, unaufhörlich. Old Boy kannte sie von ihren gemeinsamen frühmorgendlichen Spaziergängen und legte für alle Fälle schon mal seine Nase zwischen die Pfoten auf dem Polster neben Dad. Der kleine Peter krabbelte über den Lukendeckel näher und lauschte dem Sportgespräch; auch er kannte Namen und Quoten und hatte die eine oder andere Meinung. Als er eine Weile schwieg, schaute ich mich um und sah, daß er eingeschlafen war; sein Kopf war über den Polsterrand zurückgefallen, sein Mund stand offen und seine rechte Hand zuckte.

Inzwischen waren wir in die Engstelle eingefahren, die in einen kleineren, kälteren Ausläufer des Sees führte. Die Lichter eines Autos tauchten weg, nachdem sie zwischen den Kiefern auf halber Uferhöhe einen Tunnel ausgehöhlt hatten, und schossen dann plötzlich wieder auf das Wasser heraus, das in dem kurzen Lichtschein um so schwärzer und kabbeliger wirkte. Ich hatte schon mühsam jede Meile des Sees abgerudert, und so war es für mich ein schwaches Vergnügen, diese zermürbenden Entfernungen durch das Chris-Craft auf wunderbare Weise annulliert zu sehen. Denn Dad hatte die Motoren wieder auf Touren gebracht, und wir saßen von neuem auf unserem hohen, donnernden Thron. Wir fuhren an einer Stelle vorbei, an der die geschorenen Rasenflächen eines Anwesens sich in Wellen von einer weißen Villa und ihren erleuchteten, verhängten Fenstern herabsenkten. Als ich letzten Sonntag am Spätnachmittag an dieser Stelle mühsam durch das aufgerührte Wasser gerudert war, hatte ich einen jungen Mann in einem Leinenanzug und ein Mädchen in einem Partykleid gesehen. Sie waren von mir weg den Hügel hinaufgeschlendert, er ein wenig voraus, sie mit übertrieben hoch schwingenden Armen, als wäre sie eine Marionette. Die Sonne bildete in dem Wasserschleier über einem Rasensprenger einen schwachen Regenbogen und ließ das Gras so grün und einförmig wie ein Billardtuch erscheinen. Das Licht verlieh dem Paar lange, dramatische Schatten.

Überall um mich herum – auf dem Postamt, wo wir ein Fach hatten, beim Krämer, auf Bootsstegen, Segelbooten und Wasserskiern – amüsierten sich junge Leute mit Jod-und-Babyöl-Bräune, durchtrainierten Körpern und makellosen Zähnen. Ein Boot glitt durch die untergehende Sonne, der Schatten eines breitschultrigen jungen Burschen fiel auf weiße Segel. Am Dorfsteg blickte ich aus meinem Außenborder hoch und sah zwei junge Männer vorübergehen, ein schmales Streifchen ungebräunte Haut blitzte unter den Säumen ihrer Shorts auf. Wenn ich oben auf dem Berg in unserer Verandaschaukel saß und las, hörte ich sie miteinander albern, während sie sich unten am Wasser auf dem weißen Sprungbrett sonnten. Ich sah sie beim Abendessen im Countryclub aus der Nähe – den Jungen mit dem kräftigen Kinn und den honigbraunen Händen in Blazer und weißer Baumwollhose, wie er seiner Mutter den Stuhl unterschob; ihre Nase war wie seine, nur spitzer, ihr Haar ebenso blond, aber mit Grau durchsetzt. Das waren die Frauen, die Marineblau und ein einzelnes Schmuckstück aus geflochtenem Gelb- und Rotgold trugen, deren schmale Füße in blau-weißen Pumps steckten, die flotte Kombis fuhren, auf Veranden mit Rattanmöbeln und Strohteppichen Martinis tranken, und deren Stimmen tiefer als die der meisten Männer waren. Aus der Nähe rochen sie nach Gin, Kakaobutter und Seewasser. Wir saßen manchmal an einem Gemeinschaftstisch neben so einer Frau und ihrer Familie. Oder ich sah sie in der kleinen Filiale von Saks, Fifth Avenue, in einer nahen Stadt. Sie taten, als seien sie vom Kommen und Gehen ihrer Kinder gelangweilt oder genervt: »Erzähl mir doch nicht lang und breit, wann du zu Hause sein wirst, Scott, du weißt, du hast dein Wort noch nie gehalten.« Ich sah das alles und beneidete diese Söhne um ihre Eltern und die Eltern um ihre Söhne.

Mein Vater war nie braun. Er hatte einen dicken Bauch. Seine Brille hatte kein Gestell aus Horn oder transparentem rosa Plastik (die beiden akzeptablen Stilrichtungen), sondern war schwarz mit bronzefarbenen Metallbügeln. Er trank nur selten Cocktails. Er tat nicht, als stünde er auf einer Bühne – er hatte keine faszinierenden Hobbys. Meine Stiefmutter war zwar gesellschaftlich so weit aufgestiegen, wie das in dieser Welt nur möglich war, aber sie hatte es aus eigener Kraft geschafft. Mein Vater nahm sie nie irgendwohin mit, sie war frei wie eine ledige Frau und ehrbar wie eine Matrone. Wenn sie im Sommer bei uns im Landhaus war, ließ sie die ganze Gesellschaft Gesellschaft sein und half meinem Vater bei seinen Stufen oder seinen Renovierungsarbeiten, sie las so viel wie ich, sorgte für gutes Essen und führte ein Landleben. Ab und zu kam eine ihrer eleganten Freundinnen zum Mittagessen vorbei, und plötzlich stand das Haus wie unter Strom von der Energie dieser Frauen – ihrer Begeisterung, ihrem Beifall, ihrem Gelächter, ihrem erregenden Geplauder, einer Kunst, die so raffiniert (und mittlerweile so rar) war wie Intarsien. Mein Vater blickte diesen Gästen stets strahlend ins Gesicht, tätschelte ihnen die Hände und goß ihnen nach ihren spatzenhaften Mahlzeiten kleine Schlückchen Brandy ein. Und dann zokkelten sie wieder ab in ihren verbeulten Wagen, Millionärinnen in alten Strickjacken voller Katzenhaare und mit wundervollen, kraftvollen Stimmen, dem einzigen Kennzeichen ihrer Herkunft.

Mein Vater war höflich, aber langweilig. Und ich war noch langweiliger. Ich las so viel drinnen im Haus (auf dem Bett in meinem Zimmer, auf der Couch im Wohnzimmer, auf der schattigen Bank am Fuße des Bootsstegs), daß ich überhaupt nicht braun war. Wenigstens war meine Kleidung in Ordnung (meine Schwester sorgte dafür), aber ich kam mir vor wie aufgeputzt, ohne daß man irgendwohin ausging.

Im Gegensatz zu meinen Idolen konnte ich weder Tennis oder Baseball spielen noch Freistil schwimmen. Mein Sport bestand aus Volleyball und Pingpong, mein einziger Schwimmstil war Seitenschwimmen. Ich war eine Sissy. Meine Hände flatterten ständig in der Luft herum. Im achten Schuljahr hatte ich am Klassenumzug teilgenommen. Wir trugen alle Togen und marschierten zu einer Platte von Schuberts »Unvollendeter« feierlich ein. Meine Schwester konnte es nicht erwarten, mir zu erzählen, daß ich der einzige Junge gewesen sei, der nicht mit gekreuzten Beinen auf dem Boden der Turnhalle gesessen hatte, sondern auf eine Hand und die Hüfte gestützt wie das White-Rock-Mädchen. In einem damals verbreiteten Männlichkeitstest wurden drei Fragen gestellt, bei denen ich sämtlich durchrasselte: 1. Betrachte deine Fingernägel (ein Mädchen streckt die Hand aus, ein Junge krümmt die Finger über die hohle Handfläche); 2. Blicke auf (ein Mädchen hebt nur die Augen, ein Junge wirft den ganzen Kopf nach hinten); 3. Streiche ein Zündholz an (ein Mädchen bewegt es von sich weg, ein Junge auf sich zu – oder vielleicht auch umgekehrt, ich erinnere mich nicht mehr). Aber es gab auch weniger esoterische Merkmale. Ein Mann schlägt die Beine übereinander, indem er einen Knöchel auf sein Knie legt; eine Sissy drapiert ein Bein über das andere. Ein Mann redet nie wie ein Fluß; Männer sind entweder still oder laut. Ich wußte nicht, wie man flucht: Ich sprach immer das Schluß-*g* in *fucking* mit und wußte nie, wo im Satz ich *damn* oder *hell* unterbringen sollte.

Mein Vater hatte nur ganz wenig von einer Sissy. Er schlug die Beine falsch übereinander. Er machte zuviel Gewese um seine Fingernägel (er besaß ein vielteiliges Manikürenecessaire). Er liebte klassische Musik. Er war kein unbeschwerter Bursche. Aber abgesehen davon hielt er jeder Prüfung stand: Er war mutig im Kampf, er war ein kräftiger, trainierter Sportler, wenige Dinge erschreckten ihn, er hatte gigantische Wutanfälle, er wußte, wie man flucht, er setzte sich unermüdlich durch, und wenn er Geld verlor, hatte er den Charme eines Spielers. Er konnte bei Geschäften große Summen verlieren und lächelnd und achselzuckend den Schauplatz verlassen.

Kevin hätte meinem Vater als Sohn besser gefallen als ich. Er war Kapitän seiner Little-League-Baseballmannschaft. Auf den ersten Blick hatte er gute Manieren, doch waren sie anerzogen, nicht Folge seiner Schüchternheit. Keine Ironie, kein überlegtes Grinsen, keine plötzlichen

Sehnsüchte oder Phantasieausbrüche trennten ihn von der Gegenwart. Er wünschte sich kein anderes Leben, dieses erschien ihm gut genug. Obwohl er erst zwölf war, bebte er von dem Drang, sich zu behaupten, bemerkt zu werden, recht zu haben, zu siegen, andere seinem Willen zu unterjochen. Ich fand ihn ziemlich beängstigend, auf alle Fälle sexy (die beiden Eigenschaften standen offenbar miteinander in Verbindung). Weil ich drei Jahre älter war als er, nahm ich an, er erwarte, daß ich ihm in den meisten Dingen überlegen sei, und an jenem ersten Abend in dem Boot schwieg ich, um ihn nicht zu enttäuschen. Ich wollte, daß er mich mochte.

Kevin war vielleicht arrogant, aber er war keiner von diesen öligen Countryclub-Jungen. Er pflegte sich nicht, und ich glaube, er dachte über solche Dinge einfach nicht nach. Er ging noch nicht mit Mädchen, und seine Sachen trug er ungebügelt, wie sie aus dem Trockner kamen, bis sie schmutzig waren und seine Mutter sie wieder in die Waschmaschine steckte. Wenn es zeitig Abendbrot gab, sah er sich vorher noch Cartoons im Fernsehen an, und wenn er müde war, lehnte er sich mit blinzelnden Augen gegen seinen Vater und bekam nichts mehr mit. Sein siebenjähriger Bruder Peter war ein nervöses Kind, krankhaft bemüht, genau wie Kevin zu sein.

Während mein Vater Befehle bellte, machten Kevin, Peter und ich das Chris-Craft am Pier fest und deckten es mit den Planen zu. Wir stiegen die vielen Stufen zum Haus hinauf, Old Boy lief uns wieder voraus, dann raste er zurück, um meinen Vater anzutreiben. Das Haus erstrahlte in hellem Licht. Kevins Eltern hatten mich aus meinem Zimmer im Obergeschoß verdrängt, wo ich die Woche zuvor »Der Tod in Venedig« gelesen und geschwelgt hatte in dieser Geschichte, in der ein berühmter Erwachsener aus Liebe zu einem gleichgültigen Jungen meines Alters stirbt. Das war die Macht, die ich über einen Älteren haben wollte. Und in mir erwachte die Vorstellung, daß es eine große, weite Welt gebe, in der Dinge passieren und Menschen sich ändern, Risiken auf sich nehmen – mehr noch, Notiz nehmen: eine Welt, so sensibel wie ein Konzertflügel, dessen straff gespannte Saiten schon ein Schritt oder ein Wort in Schwingungen versetzen kann.

Da das Haus an einem sehr steilen Hang lag, war der Keller nicht unter der Erde, obgleich die Löschbetonwände nach feuchter Erde rochen. Es gab nur zwei Räume im Keller. Der eine war ein »Krachmachzimmer« mit einer halbkreisförmigen Bar aus Glasziegeln, die von hinten mit einer rosa, einer grünen und einer orangefarbenen Birne beleuchtet werden konnten (die blaue war durchgebrannt).

Der andere Raum war lang und schmal, und die Seite zum See hinaus war von zwei großen Fenstern durchbrochen. Normalerweise stand hier ein Pingpongtisch, dessen grünes Netz nie ganz straff war. Und unter der Deckenlampe sprang mein Vater herum und fluchte und schrie und knallte den Ball über das Netz oder streckte sich bis fast an den Netzrand, um den Ball gekonnt in das Feld des Feindes zu heben (denn sein Gegner war unweigerlich »der Feind«, der seinen Atem, seine Kraft, seine Geschicklichkeit und sein Können auf die Probe stellte). Wenn meine Schwester, eine hervorragende Sportlerin, im Landhaus war, kostete sie diese interessante Macht über Dad voll aus, während meine Stiefmutter und ich es uns oben zusammen mit Herrn Pogner, dem Perserkater (benannt nach meinem Cembalolehrer), vor dem Kamin gemütlich machten und lasen. Der Kater döste, die Pfoten unter die Brust gesteckt, aber seine aufgestellten Ohren, die so dünn waren, daß das Lampenlicht hindurchschimmerte, zuckten und bewegten sich unabhängig voneinander, wenn Daddys »Verdammt!« oder »Mist!« oder »Jetzt bist du dran, junge Frau, jetzt krieg ich dich!« durch die Warmluftschlitze im Fußboden nach oben drang. Die leiseren, aber entzückteren Vorwürfe meiner Schwester (»Oh, *Daddy!*« oder »Also wirklich, Daddy!«) wurden von diesen Katzenohren auch nicht der winzigsten Richtungskorrektur für würdig befunden. Meine Stiefmutter, in ihre Taylor Caldwell oder Jane Austen vertieft (sie war eine zwanghafte, alles andere als wählerische Leserin), war von der Lektüre nie so gebannt, daß sie nicht gewußt hätte, wann sie in die Küche eilen mußte, um dem unvermeidlichen – atemlosen, grinsenden – Sieger sein Pfirsicheis und die Schachtel Schokoladenkekse zu holen, die er auf die von ihm bevorzugte Art und Weise zu verzehren pflegte, nämlich mit einem Klümpchen kalter Butter auf jedem Keks.

An diesem Abend wurde nicht gespielt. Die Erwachsenen saßen um den Kamin herum und tranken Whisky-Soda. Der Tisch im Keller war drei Feldbetten für uns Jungen gewichen. Kevins Eltern schickten ihre Söhne ins Bett, aber mir wurde erlaubt, noch eine halbe Stunde aufzubleiben. Mir wurde sogar ein stark verdünnter Whisky ganz für mich allein zugestanden, obwohl meine Stiefmutter murmelte: »Bestimmt würde er lieber Orangensaft trinken.«

»Himmelherrgott«, sagte mein Vater und lächelte, »gib doch dem Jungen 'ne Chance.« Ich war ihm dankbar für diese ungewohnte Kumpeligkeit und sagte, um ihn zufriedenzustellen, nichts und nickte sehr oft zu dem, was die anderen sagten.

Kevins Eltern, besonders seine Mutter, waren ganz anders als alle Erwachsenen, die ich kannte. Sie waren beide Iren, sie direkter, er indirekter Abkunft. Er trank, bis er betrunken war; dann wurden seine Augen feucht, das Lachen wurde vage. Er hatte ein hübsches Gesicht, das in zuviel Fleisch gebettet war, schwarzes Haar, das ihm am Ende der pedantischen Promenade seines Scheitels zu Berge stand, große, rote Hände, die an den Knöcheln weiß wurden, wenn er nach etwas griff (dem Whiskyglas zu Beispiel) und eine sanft spöttische Art im Umgang mit seiner Frau, so als wäre er ein fauler Träumer, den dieser Drachen zum Handeln reizte.

Sie sagte *»damn«* und *»hell«* und trank Whisky und hatte zwei Stimmungslagen – Wut (sie schrie Kevin ständig an) und gespielte Wut, eine reizvoll heftige Art, innerlich zu kochen, ganz die unterdrückte Tugend. »Na schön, fort mit dir!« sagte sie dann aufgebracht und gottergeben, oder: »Natürlich trinkst du noch einen.«

Es war alles Schauspielerei und sollte auch als solche erkannt werden. Sie hatte »Temperament«, weil sie Irin und eine ausgebildete Opernsängerin war. Wenn sie in ein Zimmer kam und Kevins T-Shirt zusammengeknüllt in einen Sessel gepfeffert fand, fing sie an zu brüllen: »Kevin O'Malley Cork, komm her, und zwar *sofort.* Auf der Stelle!« Nichts konnte diese Ausbrüche verhindern, selbst wenn sie wußte, daß Kevin außer Hörweite war. Ihre Arme wurden steif, die geballten Fäuste gruben sich in ihre schlanken Hüften und rafften ihr Kleid, ihre Nase wurde weiß, und ihr dünnes Haar, das die Farbe verwitterter Backsteine hatte, schien einen Schock zu bekommen und richtete sich auf, um noch mehr von ihrem

Schädel freizulegen. Durch die Opernausbildung konnte ihre Stimme in jeden Winkel des Hauses dringen und erzeugte ein tiefes Nachbrummen, das die runde Metalltischplatte aus Marokko zum Dröhnen brachte. Morgens rauchte sie eine Zigarette nach der anderen, trank Kaffee und saß in einem seidenen Morgenrock herum, der die Konturen ihres knochigen Körpers erkennen ließ und zur Wirkung brachte. Mit ihrem ungeschminkten sommersprossigen Gesicht, das sich aus diesem glipschigen, roten Glitter erhob, sah sie aus wie ein zorniger junger Mann, der dabei ertappt wird, daß er sich zum Spaß Frauenkleider angezogen hat.

Dieses Paar mit seinen Schnäpsen und Zigaretten und den ausgelassenen, immer wiederkehrenden Kabbeleien fand meine Mutter »ordinär«. Oder vielmehr die Frau war ordinär (Männer können nicht ordinär sein). Der Mann, zu dem Schluß gelangte mein Vater später, war nicht »stabil« (ihr Geld war alles andere als gesichert). Sie wohnten zwar in einer Villa mit Swimmingpool und alten Möbeln, aber sie hatten das Haus gemietet, die Möbel wahrscheinlich ebenfalls.

Die Corks waren beide »Aufsteiger«, er geschäftlich, sie gesellschaftlich. Für mich waren sie faszinierende Schwindler. Ich bewunderte vor allem, wie Kevins Mutter, so offensichtlich eine Hasardeurin, Säuferin und Krawalltante, ihren Redeschwall so weit zurückschrauben konnte, daß sie Einladungen zu einigen gehobenen »Veranstaltungen« bekam, wie sie der Frauenverein, wenn nicht sogar der Steinway-Club abhielt (der Steinway-Club tat so, als sei er nichts weiter als ein kleines Damenkränzchen, das sich damit vergnügt, vierhändige Klavierfassungen von »Mister Haydns« Symphonien zu Gehör zu bringen, dabei war er der höchste gesellschaftliche Gipfel). Im Streben nach diesen Höhen hatte Mrs. Cork am Ende der Woche bei uns ihre *damns* und *hells* zu *darns* und *hecks* abgeschwächt. Ich mußte bewundern, wie Mrs. Cork so tat, als sei sie über die harmlosen Ungeschicklichkeiten, die meine Stiefmutter so erregten, schockiert. Ich roch es förmlich, daß Mrs. Cork mit richtigen Spinnern, sogar mit unverheirateten Paaren befreundet war – ich hatte einfach so ein Gefühl. Als ich sie eines Tages im Motorboot allein auf eine Spazierfahrt mitnahm, unterhielten wir uns angeregt über Opern. Wir stellten den Motor ab und ließen uns treiben. Ich ging aus mir heraus und wurde fast tuntenhaft aufgedreht; sie ging aus sich heraus und wurde noch deftiger. »Ach, mein Junge«, versprach sie mit ihrem irischen Akzent, »wenn du jemanden schön singen hören willst, spiel ich dir meine McCormack-Platten vor, da heulst du dir deine Scheiß-Augen aus ihren verfluchten Höhlen. Dieses ›Lucevan le stelle‹, das friert dir die Eier ab.« Ich kreischte vor Vergnügen – wir waren Verschwörer, die in einer Welt voller leidenschaftsloser Seelen plötzlich irgendwo zusammen auf einer einsamen Insel gestrandet waren. Ich träumte davon, wegzulaufen und ein berühmter Sänger zu werden; ich lief im Wald herum und übte.

An jenem Abend hatten wir unser Bündnis noch nicht ausdrücklich geschlossen, aber ich wußte über sie Bescheid. Sie war aufgrund irgendwelcher Umstände nicht auf der Bühne der Scala gelandet, sondern in einem amerikanischen Landhaus, und mit einem umgänglichen, übergewichtigen Geschäftsmann verheiratet. Jetzt war es ihre Aufgabe, sich mit Leuten anzufreunden, die ihrem Mann beruflich (er war Unternehmensanwalt) weiterhelfen konnten. Sie hatte sich gerade so viel von ihrem Dialekt und Temperament bewahrt, um ein »Original« zu sein. Originale – ganz normale Frauen mit kleineren Schrullen – kamen in unseren Kreisen sehr gut an, was Mrs. Cork zweifellos aufgefallen war. Nicht bemerkt hatte sie allerdings, daß diese Originale sämtlich alt, reich und aus berühmter Familie waren. Von Neulingen, vor allem von solchen mit bescheidenen Mitteln, erwartete man, daß sie einen charmanten, aber gesichtslosen Chor hinter unseren wenigen verrückten Diven bildeten.

»Schlafenszeit, junger Mann«, sagte schließlich mein Vater.

Im Keller zog ich mich im farbigen Licht der Bar aus Glasbausteinen aus, lief, nur mit T-Shirt und Jockey-Unterhose bekleidet, rasch in den dunklen Schlafraum und schlüpfte in mein Bett. Die Nächte am See sind auch im Juli kalt. Auf dem Bett lagen zwei dicke Wolldecken, die tagsüber im Freien gelüftet worden waren und nach Kiefernnadeln rochen. Ich horchte auf die Erwachsenen; die Metallschlitze leiteten Geräusche besser als Wärme weiter. Die Unterhaltung, die so lebhaft und ehrlich geklungen hatte, als ich dabei war, hörte sich nun gespreizt und stockend an. Viele falsche Lacher. Die Pausen wurden länger und länger. Schließlich sagten sich alle gute Nacht und begaben sich nach und nach ins obere Stockwerk.

Es folgten fünf Minuten, in denen man Wasserleitungen ächzen, Toiletten rauschen und Füße tappen hörte. Dann lange geflüsterte Beratungen im Bett eines jeden Paares. Dann Stille.

»Bist du noch wach?« rief Kevin aus seinem Bett herüber.

»Ja«, sagte ich. Ich konnte ihn im Dunkeln nicht sehen,

aber ich wußte, daß sein Bett am anderen Ende des Zimmers stand. Peter schlief hörbar im Bett dazwischen.

»Wie alt bist du?« fragte Kevin.

»Fünfzehn. Und du?«

»Zwölf. Hast du's schon mal mit Mädchen gemacht?«

»Klar«, sagte ich. Ich wußte, ich konnte ihm immer von der schwarzen Prostituierten erzählen, bei der ich einmal gewesen war. »Und du?«

»Nee. Noch nicht.« Pause. »Ich hab' gehört, man muß sie in Stimmung bringen.«

»Das ist richtig.«

»Und wie macht man das?«

Ich hatte ein Ehehandbuch gelesen. »Na ja, man macht das Licht dunkler und küßt erst mal lange.«

»Angezogen?«

»Natürlich. Dann ziehst du ihr den Büstenhalter aus und spielst mit ihren Brüsten rum. Aber sehr vorsichtig. Nicht zu grob werden – das mögen sie nicht.«

»Spielt sie auch an deinem Pimmel rum?«

»Normalerweise nicht. Eine ältere, erfahrenere Frau vielleicht.«

»Bist du mal mit 'ner älteren Frau zusammen gewesen?«

»Einmal.«

»Die werden irgendwie schlaff, oder?«

»Meine Freundin war schön«, sagte ich, stellvertretend für die imaginäre Dame beleidigt.

»Ist es da richtig naß und glitschig drin? Jemand hat mir erzählt, es wäre wie nasse Leber in 'ner Milchflasche.«

»Nur wenn das romantische Vorspiel lange genug gedauert hat.«

»Wie lange ist genug?«

»Eine Stunde.«

Das Schweigen war nachdenklich, als schlügen Wimpern gegen einen Kissenbezug.

»Die Jungs zu Hause . . . Jungs in meiner Gegend . . .«

»Ja?« sagte ich.

»Wir vögeln uns alle von hinten. Hast du das mal gemacht?«

»Klar.«

»Was?«

»Ich sagte, klar.«

»Haste inzwischen sicher nicht mehr nötig.«

»Also, jaa, aber wo's hier keine Mädchen gibt . . .« Mir war zumute wie einem Wissenschaftler, der weiß, daß ihm gleich das Experiment seines Lebens gelingen wird: äußerlich ruhig, innerlich überglücklich, auf Enttäuschungen bereits gefaßt. »Wir könnten's jetzt probieren.« Pause. »Wenn du willst.« Kaum waren die Worte über meine Lippen, da hatte ich das Gefühl, er werde nicht an mein Bett kommen. Er hatte gemerkt, daß mit mir etwas nicht stimmte, er dachte, ich sei eine Sissy, ich hätte vorhin »Genau« und nicht »Das ist richtig« sagen müssen.

»Hast du irgendwas da?« fragte er.

»Was?«

»Du weißt schon. So was wie Vaseline?«

»Nein, aber das brauchen wir nicht. Mit Spucke« – ich wollte gerade »geht's auch« sagen, aber Männer sagten »funktioniert« –, »funktioniert's auch.« Mein Penis war hart, aber in der Jockey-Unterhose immer noch schmerzhaft nach unten gebogen. Ich befreite ihn und schob die Spitze vorsichtig unter den strammen Gummibund.

»Nee, man braucht Vaseline.« Ich kannte mich vielleicht im richtigen Sex aus, aber Kevin war offenbar der Fachmann, wenn es ums Arschficken ging.

»Ach, laß es uns doch mit Spucke versuchen.«

»Ich weiß nicht. Okay.« Seine Stimme war leise, und sein Mund hörte sich trocken an.

Ich sah, wie er auf mich zukam. Auch er trug eine Jockey-Unterhose, die zu leuchten schien. Sein Oberkörper war nackt, und weil er die ganze Little-League-Spielzeit über ein T-Shirt getragen hatte, waren Brust und Oberarme weiß geblieben. Dieses Geisterhemd erregte mich, denn es erinnerte mich daran, daß er Kapitän seiner Mannschaft war.

Wir zogen unsere Unterhosen aus. Ich machte mich für Kevin bereit und schloß die Augen. Er sagte: »Es ist kälter als 'ne Hexentitte.« Ich lag auf der Seite, das Gesicht ihm zugewandt, und er schlüpfte rasch zu mir ins Bett.

Sein Atem roch nach Milch. Seine Hände und Füße waren kalt. Ich ließ den einen Arm eingequetscht unter mir liegen, aber mit der freien Hand tätschelte ich ihm ängstlich den Rücken. Sein Rücken, die Brust und die Beine waren seidig und haarlos, aber ich sah ein Büschel Eiderdaunen unter seinem Arm, den er erhoben hatte, um mir seinerseits den Rücken zu tätscheln. Seine Haut war noch mit einer dünnen Schicht Babyspeck gepolstert. Unter dem Fett spürte ich die harten, runden Muskeln. Er fuhr mit der Hand unter die Bettdecke und berührte meinen Penis, und ich berührte seinen.

»Hast du sie mal zusammen in die Hand genommen?« fragte er.

»Nein«, sagte ich. »Zeig mal, wie das geht.«

»Erst spuckst du in die Hand, damit sie richtig naß ist. Verstehst du? Dann nimmst du – rutsch mal näher, 'n bißchen nach oben – nimmst du sie so zusammen in die Hand. Fühlt sich schön an.«

»Ja«, sagte ich. »Schön.«

Da ich wußte, daß er sich von mir nicht küssen lassen würde, legte ich meinen Kopf neben seinen und preßte meine Lippen still auf seinen Hals. Sein Hals war glatt und lang und dünn, zu dünn für die Größe seines Kopfes; auch darin glich er noch einem Kind. In der Erwärmung unserer Körper nahm ich einen leisen Hauch seines Geruchs wahr, nicht ätzend wie der eines Erwachsenen, aber leicht beißend, der Geruch von Lauch im Regen.

»Wer ist der erste?« fragte er.

»Mit Arschficken?«

»Ich glaube, wir brauchen irgendwelche Schmiere. Es funktioniert nicht ohne Schmiere.«

»Ich fang an«, sagte ich.

Obwohl ich ihn und mich mit jeder Menge Spucke salbte, sagte er, es tue ihm weh. Kaum hatte ich meinen Pimmel einen halben Zoll in ihm drin, sagte er: »Zieh ihn raus! Schnell!« Er lag auf der Seite, den Rücken mir zugekehrt, aber ich konnte trotzdem sehen, wie sein Gesicht sich verzerrte. »Herrgott«, sagte er. »Es ist wie ein Messer durch mich durch.« Der Schmerz ließ nach, und mit der Tapferkeit eines Pfadfinders sagte er: »Okay. Probier's noch mal. Aber mach's langsam und versprich, daß du ihn rausziehst, wenn ich es sage.«

Diesmal schob ich ihn Millimeter für Millimeter hinein und wartete nach jedem Vorstoß. Ich spürte, wie sich seine Muskeln entspannten.

»Ist er drin?« fragte er.

»Ja.«

»Ganz drin?«

»Fast. Jetzt. Jetzt ist er ganz drin.«

»Wirklich?« Er langte rückwärts nach meinem Schritt, um sich zu vergewissern. »Ja, stimmt«, sagte er. »Fühlt sich's gut an?«

»Toll.«

»Okay«, wies er mich an, »geh rein und raus, aber langsam, okay?«

»Klar.«

Ich probierte ein paar kurze Stöße und fragte ihn, ob es ihm wehtue. Er schüttelte den Kopf.

Er zog die Knie zur Brust hoch, und ich schmiegte mich an ihn. Hatte ich mich vorher, das Gesicht ihm zugewandt, ängstlich und außerstande gefühlt, meinen Körper rückhaltlos gegen seinen zu pressen, so klebte ich nun an ihm, und er wehrte sich nicht – es war klar, daß ich jetzt dran war und machen konnte, was ich wollte. Ich grub den Arm, auf dem ich lag, unter seinem Körper durch und umschlang seine Brust. Seine Rippen waren überraschend dünn und deutlich zu spüren, und nun, da er völlig entspannt war, konnte ich immer tiefer in ihn eindringen. Daß ein so zäher und muskulöser kleiner Bursche, dessen Worte so flach und dessen Augen so ohne Tiefe und Humor waren, sich dermaßen unterwerfen ließ – oh, es fühlte sich gut an. Aber die Empfindung, die er mir schenkte, war nicht wie etwas, das mir sein Körper gewährte, und wenn doch, dann war es ein heimliches Geschenk, das anstößig und pikant war, eines, zu dem er sich nicht offen zu bekennen wagte. Im Chris-Craft hatte ich mich vor ihm gefürchtet. Da war er der gewöhnliche einschüchternde Siegertyp gewesen, jenseits aller Erregung – aber hier lag er nun und drückte diesen sehnigen, sich rhythmisch bewegenden Wonnerücken gegen mich, und die feinen

Haare an seinem Hals waren schweißnaß gleich oberhalb der Höhlungen, die der Bildhauer mit den Daumen in den Ton gedrückt hatte. Seine sonnengebräunte Hand lag auf seiner weißen Hüfte. Die Spitzen seiner Wimpern vibrierten genau oberhalb der Linie seiner vollen Wange.

»Fühlt sich's gut an?« fragte er. »Soll es enger sein?« fragte er, als wäre er ein Schuhverkäufer.

»Nein, es ist schön so.«

»Paß mal auf, ich kann's noch enger machen«, und er konnte es tatsächlich. Sein Eifer, mich zufriedenzustellen, erinnerte mich daran, daß ich mir keine Sorgen hätte machen müssen, daß er in seinen Augen nur ein kleiner Junge, ich aber ein High-School-Schüler war, der es schon mit Mädchen und einer älteren Frau und so weiter getrieben hatte. Die meiste Zeit hatte ich von einem englischen Lord geträumt, der mich entführen und für immer mit sich fortnehmen werde; jemand, der mich befreien und den ich beherrschen werde. Aber nun sah es so aus, als benötigten Kevin und ich niemand Älteren, wir konnten gemeinsam weglaufen, und ich wäre der Beschützer. Wir schliefen bereits auf einem Feld unter einem Laken aus Wind und nährten uns abwechselnd von unseren Leibern, naß von Tau.

»Mir kommt's gleich«, sagte ich. »Soll ich ihn rausziehen?«

»Mach weiter«, sagte er. »Randvoll bitte.«

»Okay. Jetzt kommt's. O Gott. Jesus!« Ich küßte ihn unwillkürlich auf die Wange.

»Dein Bart sticht«, sagte er. »Rasierst du dich jeden Tag?«

»Jeden zweiten. Und du?«

»Noch gar nicht. Aber der Flaum wird dunkel. Ein

Junge hat mir gesagt, je eher man mit dem Rasieren anfängt, desto eher wächst er. Was meinst du?«

»Ich glaube, das stimmt. Also«, sagte ich, »ich zieh ihn raus. Du bist dran.«

Ich drehte Kevin den Rücken zu und hörte, wie er sich auf die Hand spuckte. Ich mochte es nicht besonders, in den Hintern gevögelt zu werden, aber ich war ruhig und glücklich, weil wir uns liebten. Es heißt, eine junge oder spontane Liebe sei nicht echt, aber ich glaube, die einzige Liebe ist die erste. Später nehmen wir das ganze Leben hindurch nur ihre flüchtigen Wiederholungen wahr, kurze Echos des ursprünglichen Themas in einem Musikstück, das sich zunehmend der Durchführung zuwendet, der mechanischen Ausarbeitung eines Krebskanons mit viel zu vielen Stimmen. Ich war mir der verräterischen Luftschlitze über uns bewußt, die die Geräusche, die wir machten, nach oben trugen. Vielleicht hörte mein Vater uns zu. Vielleicht aber bemerkte er, genau wie Kevin, gar nichts, bis auf die Wonne, die aus seinem Körper in meinen spritzte.

Mein Vater hatte fünfzehn Jahre zuvor seine eigene Firma gegründet, um Geld zu verdienen, sein eigener Herr zu sein und selbst über seine Zeit zu verfügen. Das waren Imperative, keine simplen Wünsche, und immer, wenn sie außer acht gelassen wurden, litt er, sogar körperlich. Geld war für ihn die Höhenluft, die man zum Atmen braucht. Reichtum und Überlegenheit deckten sich; wenn er allerdings sagte, jemand sei aus einer »guten« Familie, meinte er zuerst reich und erst an zweiter Stelle angesehen oder rechtschaffen. Aber der wahre Grund für sein Streben nach Geld, denke ich, war, daß es eine Auszeichnung bedeutete, die so absolut war wie Genialität, und auch so einzigartig. Alles andere, was die Leute für erstrebenswert halten, wäre ihm als zu beliebig und sympathisch erschienen. Als zu umgänglich.

Sein Bedürfnis nach Unabhängigkeit war weniger deutlich zu spüren, war verdeckter, aber genauso stark. Unabhängigkeit verlieh ihm Feudalrechte über Geld und Lehen und erlaubte ihm, sich und uns das Schicksal vorzuschreiben. Das Schicksal, das er für sich selber wählte, war menschenfeindlich und poetisch. Er schlief den ganzen Tag, stand frühestens um drei und spätestens um fünf auf, und um sechs, wenn der Winterhimmel bereits dunkel war, setzte er sich an ein Frühstück, das aus einem Pfund Speck, sechs Rühreiern und acht Scheiben Toast bestand, die mit Eingemachtem vollgehäuft waren. Er nahm kein Mittagessen zu sich, aber morgens um drei oder vier aß er ein Abendbrot in Form eines tellergroßen Steaks, dreier Sorten Gemüse, eines Salats, noch mehr Brot und eines Nachtischs aus vorzugsweise gezuckerten Erdbeeren auf Vanilleeis. Das einzige, was er trank, war Quellwasser, das uns in großen, bläulich gefärbten Glaskaraffen ins Haus geliefert wurde, die auf einem büromäßigen elektrischen Wasserkühler auf dem Kopf standen. Ehe er zu Bett ging, aß er seinen Snack, der aus mit Butter bestrichenen Schokoladenkeksen bestand. Dann bürstete er Old Boy im Keller und machte mit ihm einen langen Morgenspaziergang; er sprach mit dem Hund wie von Mann zu Mann, aber auf eine irgendwie äußerst besorgte Weise, so als sei das Tier ein bedeutender, senil gewordener Mensch. Seine Arbeitszeit bekam Dad von der Kühle und Stille der Nacht beschert, die ihn vor der quirligen Unordnung des Tages bewahrte.

Im Büro arbeitete er die ganze Nacht an seinem Schreibtisch, hantierte mit einer Rechenmaschine und einem Rechenschieber und schrieb in Druckschrift Seiten um Seiten mit Listen und Anweisungen voll. Daheim saß er in seinem Arbeitszimmer im obersten Stockwerk des Hauses, das im Stil einer normannischen Burg errichtet war, und von seinen Fenstern aus konnte er den beleuchteten Rasen überblicken. An der Wand hinter ihm hing ein großes, schlechtes Gemälde, auf dem im Mondlicht Wellen barsten. Er rauchte Zigarren bis zur letzten Stunde vor dem Schlafengehen, wo er auf die Pfeife umstieg. Deren süßer Rauch drang durch die Warmluftheizung oder Klimaanlage in jeden Winkel des hermetisch abgeschlossenen Hauses. Die Pfeifenstunde war die Zeit, in der man sich einer Gunst oder nur ein paar freundlicher Worte wegen an ihn wenden konnte; ich setzte mich dann auf das kleine Zweiersofa neben seinem hellen Mahagonischreibtisch und sah ihm bei der Arbeit zu. Stundenlang schrieb er mit einem Onyxfüllfederhalter in kleinen Druckbuchstaben, die die Neigung und die prägnante Eleganz von Art-deco-Entwürfen hatten; der Rauch stieg von seiner Pfeife oder Zigarre auf durch das rosige Licht, das von den roten Stehlampen zu beiden Seiten seines Schreibtisches gespendet wurde.

Selbst im Landhaus richtete er sich ein Büro ein und arbeitete bis zum Morgengrauen, wenn er sich nicht draußen bei künstlichem Licht praktisch, das heißt mit seinen »Hobbys«, betätigte. Aber nun hatte ihn das mit Gästen angefüllte Haus gezwungen, seine Arbeitszeiten und -gewohnheiten zu ändern. Wäre Mrs. Cork eine Schönheit gewesen, hätte er die Anwesenheit dieser Familie vielleicht gelassener ertragen. Er war ein großer

Frauenliebhaber, und Frauen brachten in ihm eine Liebenswürdigkeit zutage, die köstlich und altmodisch war wie bester Portwein. Seine reizbare Menschenfeindlichkeit legte sich in der Gegenwart einer schönen Frau. Diese Frau konnte auch noch ein Kind sein, ein reizendes kleines Mädchen, trotzdem weckte sie die Ritterlichkeit in ihm. Einmal war eine zehnjährige kleine Circe bei uns zu Besuch, und sie äußerte um Mitternacht, sie wolle Schokolade, und mein Vater fuhr fünfzig Meilen zur nächsten Stadt, holte den Besitzer des Süßwarenladens aus dem Bett und zahlte hundert Dollar für zwanzig Pralinen. Ein andermal gab er dieselbe Summe in einem italienischen Restaurant einer fülligen, pomadelippigen Sängerin als Trinkgeld, die ihm mit einer wackligen, aber überraschend genauen Wiedergabe von »Vissi d'arte« ein Ständchen gebracht hatte, mit dem Akkordeon begleitet von einem Buckligen, der eine Gesichtslähmung hatte, so daß die eine Hälfte seines Gesichts starr blieb, während die andere schamhaft zwinkerte und lächelte.

Das einzige aus seinem gewohnten Leben, das mein Vater während des Besuchs der Familie Cork beibehalten konnte, war, jeden wachen Augenblick mit dem anzufüllen, was üblicherweise »klassische« Musik genannt wird, obwohl der größte Teil romantisch war, von Brahms vor allem. Er hatte immer schon Hunderte von Schallplatten besessen, die er auf einem Meißener Grammophon abspielte, das als massives Möbelstück in einer Ecke seines Arbeitszimmers stand.

Ich erwähne die dauernde Musik, weil sie zumindest in meiner Vorstellung als unsichtbares Band zwischen meinem Vater und mir fungierte. Er sprach nie über Musik, es sei denn, er sagte, das »Deutsche Requiem«

sei »verdammt schön« oder das Konzert für Violine und Violoncello sei »ein tolles Stück«, und selbst diese Urteile äußerte er leicht verlegen. Für ihn war Musik Gefühl, und er hielt nichts von der Erörterung von Gefühlen.

Seine ganze Liebe war der späte Brahms, die »Intermezzi« für Klavier und besonders die beiden Klarinettensonaten. Diese Musik, so unvorhersehbar wie ein Gedanke und so menschlich wie eine Unterhaltung, füllte das Haus Nacht für Nacht. Er hätte sie nicht als Hintergrundmusik zur Arbeit haben wollen, denn durch ihre abrupten Wechsel in Klangfülle und Tonstärke waren sie sicher zu eindrucksvoll, als daß man über sie hinweghören konnte. Ich habe mit meinem Vater nie geduscht, ich habe ihn nie nackt gesehen, kein einziges Mal, aber jede Nacht stürzten wir uns Seite an Seite in diese leidenschaftlichen Fluten. Während er an seinem Schreibtisch arbeitete und ich auf seiner Couch saß und las oder träumte, badeten wir in Musik. Empfand er dasselbe wie ich? Vielleicht frage ich mich das nur, weil ich inzwischen, da er tot ist, die Befürchtung habe, daß wir nichts gemeinsam hatten und meine lange Gefangenschaft in seinem Haus für ihn nur eine kleine Unbequemlichkeit bedeutete, höhere Ausgaben, eine leidliche Enttäuschung, aber ich stelle mir gern vor, daß die Musik uns auf ähnliche Weise ansprach und als Quelle und Verbindung einer gemeinsamen Begeisterung fungierte. Mir tut jeder Mann leid, der nie mit seinem eigenen Vater schlafen wollte. Wenn der Vater tot ist, wie kann sich sein Geist anders als in einer postumen Umarmung erwärmen? Und wie erwärmt sich schließlich der Überlebende?

Kevin konnte Musik nicht ausstehen. Wenn er mit

seinem kleinen Bruder herumalberte, fiel er in die Albernheiten der Kinderzeit zurück. Wie alle Jungen rissen sie sehr gern dumme Witze, die ihnen immer ulkiger vorkamen, je öfter sie sie wiederholten. Opernsängerinnen reizten sie besonders (sonderbarerweise, wo ihre Mutter doch Sängerin war), und dann hüpften sie mit schmetternden Falsettstimmen herum, preßten sich die rechte Hand auf den Magen und rollten mit den Augen. Mich ärgerte dieses Herumgekaspere, weil ich mir Kevin bereits als eine Art Gatten vorstellte. Es machte nichts, daß er jünger war, seine Großspurigkeit hatte ihn zum Älteren gemacht. Aber diesen ergreifend jungen Bräutigam konnte ich mit dem Balg, der er in diesen Augenblicken war, nicht in Einklang bringen. Vielleicht wollte er mich von sich stoßen.

Am Nachmittag begaben sich alle, bis auf Kevin und mich, auf eine Bootsfahrt. Wir gingen in der Nähe des Bootsstegs schwimmen. Wolken hatten die Sonne verdeckt, graue Wolken mit schwarzen Bäuchen und Adern aus feurigem Silber. Nach einer Weile trieben sie davon und ließen die Wärme der späten Sonne durch. Wir standen nebeneinander. Ich war mindestens einen halben Kopf größer als Kevin. Alle beide hatten wir eine Erektion, und im kalten Wasser zogen wir am Bund unserer Badehosen und sahen auf die erigierten Pimmel hinunter. Kevin wies mich darauf hin, daß an der Spitze seines Penis zwei Öffnungen waren, getrennt lediglich durch einen ganz dünnen Steg aus Haut. Ich berührte seinen, und er berührte meinen. »Es könnte uns jemand sehen«, sagte ich und wich zurück. »Na und?« erwiderte er.

Eine Zeitlang lümmelten wir auf dem Bootssteg

herum. Ein dicker Wassertropfen rollte an seinem hohen, festen Brustkorb herunter in die Höhlung zwischen seinen Brustwarzen, von denen die rechte von der Kälte noch immer klein und weiß war, während die linke voller wurde und gerade wieder Farbe anzunehmen begann. Die anderen Tropfen waren nicht so schwer; sie besprenkelten seinen Körper impressionistisch mit Licht und bewegten sich nicht; sie verdunsteten langsam. Seine Flanken und der kindlich runde Bauch trockneten schneller als die glänzenden Epauletten auf seinen Schultern. Eine Sekunde lang hing ihm ein Diamant an der Nase. Drei oder vier Häuser weiter kreischten kleine Kinder im Wasser. Eins machte ein Motorboot nach, ein kleines Mädchen sprach mit komischer, verstellter tiefer Stimme. Ein älterer Junge versuchte den Jüngeren angst zu machen; er war ein Bomber, sie stellten hilflose Zivilisten dar, und wie er das Flugzeug nachahmte, das war wirklich sehr gut. Die Kleinen packte die Furcht, und sie schrien. Einige von ihnen lachten, aber ihr Lachen war ohne Wärme, ohne Ironie und ohne Humor.

Kevin war nervös und zappelig. Er machte einen Bauchklatscher ins Wasser, wobei er mich naß spritzte, dann stellte er sich hin, drehte sich um und schaufelte mit der hohlen Hand noch mehr Wasser zu mir herüber. Ich wußte, ich sollte »Geronimo!« rufen und hinter ihm herspringen, ihm auf den Rücken steigen und ihn untertauchen. Das Spiel würde die Spannung und die erotische Schwermut lösen, mein Körper würde nicht zu einer Falle, sondern zu einer Art freundlich gesinnten Waffe werden. Aber ich konnte der Etikette meiner eigenen Phantasievorstellungen nicht zuwiderhandeln, die allesamt romantisch waren.

Kevin kraulte von mir weg, hinaus zu dem weißen Badefloß. Ich sah ihm zu, dann legte ich den Kopf auf die Planke, neben meinen Arm. Eine winzige Ameise, die wie eine Hantel geformt war, kroch durch die leuchtenden, glitzernden Haare auf meinem Unterarm. Das Wasser, das unter mir durch die Pfosten strömte, gurgelte. Ich stützte mich auf den Ellbogen und beobachtete Kevin beim Tauchen. Nach einer Weile fand er etwas, das wie der rosa Plastikdeckel eines Eimers aussah. Immer wieder warf er das Ding in die Luft und schwamm hinterher, um es sich wiederzuholen. Die späte Sonne, wiederum von Wolken verhangen, schickte ihre Lichtspur nicht über das Wasser zu uns herüber, sondern höhlte unter sich ein goldenes Amphitheater aus. Das Licht war hinter Kevin; als er die Scheibe in die Höhe hielt, wirkte sie bleich und verführerisch wie ein rosafarbener Hibiskus. Sein Kopf war fast genauso groß wie der Deckel. Als er mir das Gesicht zuwandte, war es dunkel, nicht zu erkennen. Rücken und Schultern unterteilten Streifen aus Licht, unterteilten sie einmal so und einmal so, während er sich drehte und herumhüpfte. Das Wasser war dunkel, undurchsichtig, aber es fing das goldene Sonnenlicht auf, und die Wellen glichen Drachenschuppen, die sich unter dem Glorienschein eines heiligen Ritters wanden. Endlich kam Kevin zu mir zurückgeschwommen. Unter Wasser wirkte sein Körper klein und knochenlos. Er sagte, wir sollten zum Kramladen fahren und Vaseline kaufen.

»Aber eigentlich brauchen wir doch keine«, sagte ich.

»Komm, wir holen welche.«

In der Ferne hingen zwei graulila Wolken wie riesige, rechteckige Karavellensegel dunkel, still, drohend im Dunst. Kevins Lippen waren blau, und sein ganzer

Körper war mit Gänsehaut überzogen, als er sich auf den Steg schwang. Seine Beine waren glatt, bis auf die ersten Anzeichen einer Behaarung über den Knöcheln (die erste Stelle, an der bei einem alten Mann die Beine kahl werden). Er trocknete sich ab und zog sein Hemd an. Wir nahmen den Außenborder zum Dorf. Ich ging mit ihm in den Laden, ließ aber ihn die Vaseline verlangen. Ich wurde rot und wagte nicht aufzuschauen. Er schaffte es ohne die geringste Verlegenheit, ließ sich sogar das Töpfchen in der mittleren Größe zeigen, ehe er sich für das kleine entschied. Draußen schillerte unter einer mächtigen Achse aus rotem Licht, die vom Azimut bis zum Zenit über den Himmel rollte, ein Ölfilm auf dem Wasser. Dieses kleine runde Fettöpfchen würde für meinen oder für Kevins Vater ein Fingerzeig sein, um uns auf die Schliche zu kommen. Schlimmer noch, es verkörperte den Gebrauch von Technik beim Sex, den äußeren Verrat an dem, was ich für Liebe halten wollte, an der inneren Einstellung. Schließlich ging die Sonne unter, und der See wirkte kälter und größer, und wir beide schienen verwaist.

An dem Abend fuhren beide Familien gemeinsam zum Abendessen in ein dreißig Meilen entferntes Restaurant, wo die sowieso schon viel zu Fettleibigen Eisbergsalat in einem Dressing aus Ketchup und Mayonnaise aßen, Steaks mit A. 1.-Soße, Maiskolben in Butter, Eiscreme mit Schokolade, wo ein Mann mit einem schwarzen Toupet und einem leinenen Sportjackett fröhlich an einer elektrischen Orgel herumzappelte, während sich vor ihm ein ausgelassenes Paar in nebelhaften Erinnerungen an alte Tanzschritte wand und verrenkte. Die Kellnerin war gleichzeitig Freundin (»Na, wie geht's uns?«) und Versucherin (»Na los, was noch?«). Sie hatte sorgfältig gekämmtes bronzefarbenes Haar, ein opulentes Einstecktuch, das sich über ihrem Namensschildchen (»Susie«) bauschte, ein geduldiges Lächeln und, an einer Kette, eine Brille, die sie nur aufsetzte, wenn sie eine Bestellung aufschrieb oder die Rechnung addierte. In einer Ecke hing ein bunter Baldachin über einer runden Bar, nur um den Namen des Lokals »The Big Top«, das große Zelt, zu rechtfertigen. Niemand saß an der Bar. In den von unten beleuchteten Glasregalen standen in Reih und Glied Schnapsflaschen, Soldaten in Habachtstellung, die vor hitzigem Temperament von innen glühten. Alles roch nach dem Kerosinofen und dem Airwick-Fichtennadelduft, der den Toiletten entströmte. Von dem Motiv des Zirkuszelts abgesehen, schien bei der Ausstattung die Jagd ein Leitgedanke gewesen zu sein, die durch Gewehre und Hirschköpfe mit Glasaugen und staubigen Geweihen an der Wand symbolisiert wurde.

Das Lokal war stickig und bedrückend, aber die Erwachsenen richteten sich, die Zungen von Martinis gelöst, auf einen langen Abend ein. Die beiden Frauen, die nebeneinander saßen, redeten über Pariser Mode und versicherten sich gegenseitig, daß *niemand* den Parachute tragen werde. Mr. Cork, republikanischer als die Republik, sah in jedem nationalen Mißgeschick eine kommunistische Verschwörung. Ich merkte, daß mein Vater diese Ansicht nicht teilte, am wenigsten Mr. Corks Heftigkeit. Dad nahm seine Brille ab, rieb sich die Augen und nickte mechanisch die ganze Tirade hindurch – seine höfliche Art, sich vor einem Großmaul zu schützen, sich nach innen zurückzuziehen. Der kleine Peter hatte einen Stengel Sellerie von der Horsd'œuvre-Platte in ein Indianerkanu verwandelt, und Kevin beschoß es vom kreidigen Vorgebirge eines mehlbestäubten Brötchens aus; das Gemetzel wurde von geflüsterten Toneffekten begleitet. »Kevin O'Malley Cork, wie oft muß ich dir sagen, daß du nicht mit deinem Essen spielen sollst!« »Ach, Ma.«

Weiter und immer weiter ging das Essen. Mit bleicher Stirn, die unter seiner schwarzen Perücke glitzerte, und gebleckten Zähnen ging der Orgelspieler von dem pathetischen »Now Is the Hour« mit ausgiebigem Vibrato zu einem »Zip-a-Dee Doo-Dah« mit lateinamerikanischem Rhythmus über. Die Kellnerin führte alle mit Kuchen in Versuchung – gedämpfte Äpfel mit Zimt in Taschen aus Teig, der wie gepreßtes Kunstleder aussah, jedes Stück natürlich *à la mode* mit Eiscreme serviert. Kaffee für die Erwachsenen, noch mehr Milch für die Kinder. Die Rechnung. Die Diskussion darüber. Das Wechselgeld. Die zweite Zigarre. Die Schokominzplätzchen. Die Zahnstocher. Die *crème de menthe frappé* und die härteren Sachen. Noch einmal Kaffee. Das Trinkgeld. »Gute Nacht, die Herrschaften. Kommen Sie gut heim!« Noch ein Trinkgeld für den Orgelspieler, der dankbare Bestätigung nickt, während er mit seinen Gedanken ganz bei »Kitten in the Keys« bleibt.

Alle sieben quetschten wir uns in den Cadillac meines Vaters und brausten davon, in eine kalte, graublaue und vom Geruch verbrannten Holzes gesättigte Nacht hinein. Meine Stiefmutter, Mrs. Cork, Kevin und ich saßen auf der Rückbank; Peter schlief vorn bald an der Schulter seines Vaters ein, während mein Vater fuhr. Das Abendessen hatte mich vor Wut völlig deprimiert. Ich hatte (aus Büchern vielleicht) eine ganz andere Vorstellung davon, wie man reden und essen sollte. Ich hatte ausgefallene Vorstellungen von gepflegtem Benehmen und gepflegter Küche und Freundschaft. Wenn ich erst erwachsen wäre, würde ich immer aufrichtig, liebevoll und großzügig sein. Wir würden uns an eisgekühlten Trauben und Wein laben, wir würden bis zum Morgengrauen über die Seele reden und Musik hören. *Ich gehöre nicht zu euch!* schrie ich sie schweigend an. Ich wünschte mir, ich liefe durch die Brandung oder führe mit einem hellblonden Mann in einem Kabrio davon oder spielte irgendwo in Europa an einem Konzertflügel meine Phantasien. Oder ich wünschte mir, die weißgoldenen Türen öffneten sich, und meine liebevollen, wahren, aber noch nicht gefundenen Freunde kämen herein, die sanft lächelnden Gesichter durch die Kerzen auf dem Kuchen von unten beleuchtet. Die Sehnsucht nach Geliebten und Freunden erfüllte mich so sehr, daß sie bei jedem Anlaß überzulaufen drohte – wenn ich mir zuhörte, wie ich am Klavier einen Walzer spielte, wenn ich das Bild eines Liebespaares in Kimonos und hohen Holzpantinen unter einem Regenschirm betrachtete, der sie gegen schräggeneigte Linien aus Schnee schützte, oder wenn ich die Veränderung der Jahreszeiten spürte (den ersten Frühlingsduft im Winter zum Beispiel).

Als ich in Kevins Alter war, hatte ich mir gewünscht, daß mein Vater mich lieben und mit mir fortgehen würde. Ich hatte nächtelang im Dunkeln vor seiner Schlafzimmertür gesessen, hingerissen von Phantasien, in denen ich ihn verführte, mit ihm durchbrannte, in denen ich ihn mit Küssen bedeckte, während wir vor einer nächtlichen, mit Sternen besteckten Fläche durch den Raum schossen. Aber inzwischen haßte ich ihn und hatte das Gefühl, er sei es, vor dem ich weglaufen müsse. Natürlich, wenn er in diesem Moment vom

Highway abgebogen wäre und sich umgedreht und mir gesagt hätte, er liebe mich, hätte ich seine Hand ergriffen und wäre mit ihm von dem verdutzten Fahrzeug, das beim Abkühlen knackte, weggelaufen, unsere einzige Spur die Funken, die von Dads Zigarre wehten.

Kevin nahm meine Hand. Er saß im Dunkeln neben mir. Ich war auf dem Polster nach vorn gerutscht, um den anderen mehr Platz zu lassen. Jetzt lagen unsere verschränkten Hände zwischen seinem und meinem Bein versteckt. Gerade als ich wegen seiner Vaseline fast die Lust an ihm verloren hatte, legte er seine heiße Hand in meine. Ich spürte die schwieligen Wülste auf seiner Handfläche, wo er immer den Schläger packte. Draußen raste der Halbmond durch die hohen Kiefern, ergoß sich über eine flüchtig sichtbare Wasserfläche, versteckte sich hinter einer Reklametafel und blinkte schwach in den Fenstern eines Zuges: Nur ein einziges Fenster war noch erleuchtet und rahmte das mit weißem Haar bekränzte Gesicht einer Frau ein. Hunde bellten, verstummten dann, als die Bäume rascher und rascher folgten und näher an die kurvige Straße traten. Nur ab und zu war das Licht eines Hauses zu sehen. Dann keines mehr. Wir waren im tiefen Wald. Der Wechsel von weit auseinanderliegenden Gehöften zu eng beieinanderstehenden Bäumen war wie der Einzug in etwas Kaltes und Heiliges, in die dicht gedrängte Versammlung von Männern in Talaren und Bischofsmützen, deren Anbetung darin besteht, in gespanntem, jahrhundertelangem Schweigen zu verharren. Kevin hatte mich sehr glücklich gemacht – ein schadenfrohes, gehässiges Glück. Hier saßen wir, direkt vor den Nasen dieser langweiligen Erwachsenen, zwei Jungen, die Händchen hielten. Vielleicht müßte ich gar nicht weggehen. Vielleicht könnte ich hier bei ihnen bleiben, mich normal verhalten, alle Prüfungen bestehen – und die ganze Zeit diesen wundervollen Jungen bei der Hand halten.

Im Keller zogen wir drei uns unter der grellen Tischtennislampe aus. Peter taumelte aus seinen Sachen, die er in einem Knäuel auf dem Boden liegen ließ. Seine Schultern waren mager, seine Taille winzig, sein Penis eine blaßblaue Schnecke, die aus ihrem runden Gehäuse vorlugte. Er murmelte etwas über die kalten Bettücher und drehte das Gesicht zur Wand. Kevin und ich zogen uns jeweils am Ende des langen, schmalen Raumes bedächtiger aus, sagten nichts und sahen uns kaum an. Licht aus. Dann das lange Warten darauf, daß Peters Atem langsamer und lauter würde. Die Stille war mit Gedanken gefüllt, wie der Puls, den man im Ohr hört, wenn man es gegen die Matratze drückt. Peter sagte: »Weil ich nicht *will* . . . Eichhörnchen . . . Jaja, aber du . . .«, und weg war er. Immer noch wartete Kevin, und ich fürchtete schon, auch er sei eingeschlafen. Aber nein, da war er, schwebte auf mich zu, das Geister-T-Shirt an seinem Oberkörper jetzt brauner von der Sonne des vergangenen Tages. Mit dem Vaselinetöpfchen in der Hand, diesem kalten Gelee mit seinem leicht medizinischen Geruch, das rasch die Körpertemperatur annimmt. Als ich in ihn eindrang, sagte er frei heraus, hell wie eine Glocke: »Das fühlt sich echt toll an.« Mir war noch nie in den Sinn gekommen, daß beim Sex zwischen Männern beide gleichzeitig Spaß haben könnten.

Am Nachmittag des nächsten Tages nahm mein Vater, über die Maßen geduldig, aber abgespannt von diesen für ihn ungewohnten Tagesabläufen, uns Kinder mit zum Wasserskilaufen. Wieder tappte ich auf dem lackierten Deck herum und stieß uns mit der langen Stange vom Steg ab, und meine Bewegungen waren steif, vor Angst geradezu arthritisch. Wieder rief mein Vater laut Befehle, die seine eigene Angst verrieten: »Kinder, ich rieche, es brennt irgendwo. Der Motor steht in Flammen! Verdammt noch mal, schnell, junger Mann, mach die Türen da auf.« »Nichts, Sir, alles in Ordnung.« »Bestimmt?« »Ja, Sir. Absolut.« »Sicher?« »Ja.« Ich klammerte mich angstvoll an die Windschutzscheibe – und sah flüchtig, wie Kevin und Peter sich angrinsten. Sie hielten meinen Vater und mich für Idioten.

Wasserski laufen war nicht einfach. Die Geschwindigkeit eines so mächtigen, starken Bootes riß einem fast die Arme aus den Gelenken. Die Heckwelle, die sich beiderseits von einem ausbreitete, wenn man sich mal aus dem Wasser erhoben hatte, erschien riesig, und darüber hinwegzuspringen, tollkühn, wenn nicht selbstmörderisch. Kevin kam natürlich mit allem großartig zu Rande, obwohl er noch nie Wasserski gelaufen war. Bald alberte er herum, hob erst den einen Ski und dann den anderen in die Höhe und raste über die Heckwelle hinweg von einer Seite zur anderen. Ich saß auf dem Notsitz und sah ihm zu. Falls wir ihn verloren, sollte ich Peter ein Zeichen geben, der die Nachricht an den Kapitän zu übermitteln hatte – aber Kevin kippte nur ein einziges Mal um. Wir fuhren vorbei an dem Badefloß und den halbwüchsigen Schwimmern darauf. Ich freute mich, daß unser Boot einen so sportlichen Typ wie Kevin zog. In unserer Familie blieben alle Tugenden fremden Blicken verborgen. Die gesellschaftliche Stellung meiner Stiefmutter, die Moneten meines Vaters – sie waren nicht zu sehen. Aber Kevins Körper, der in die Hocke ging und über die Heckwelle hinwegsprang, *der* war zu sehen. Als er schließlich müde wurde, wartete er, bis wir wieder an unserem Haus vorbeikamen, erst dann ließ er das Seil los und versank zehn Schritt von unserem Bootssteg entfernt langsam in den Fluten.

In dieser Nacht kam er wieder in mein Bett, aber ich ärgerte ihn, weil ich ihn zu küssen versuchte. »Darauf fahr ich nicht ab«, sagte er brüsk, aber später, als wir zusammen in dem winzigen Dienstmädchenbadezimmer standen und uns wuschen, sah er mich mit einem Ausdruck an, der Überdruß oder Zärtlichkeit bedeuten konnte, ich wußte es nicht. Am Morgen ging er mit seinem Vater schwimmen. Ich sah den beiden zu, wie sie miteinander herumalberten. Kevin reichte seinem Vater die Hand und zog ihn auf den Steg. Sie waren offensichtlich Freunde, und ich kam mir um so abgewiesener vor.

An diesem Nachmittag fuhren Peter, Kevin und ich mit dem kleinen Außenborder angeln. Das Wetter war heiß, schwül, bewölkt, und wir warteten vergeblich, daß etwas anbiß. Wir warfen den Anker an einer sumpfigen Stelle, wo uns Schilfrohr umgab und an den Metallwänden des Bootes schabte. Ich schwitzte ungeheuer. Der Schweiß brannte in meinem rechten Auge. Ein Moskito sang mir ins rechte Ohr. Der Benzingeruch des Motors (den ich aus dem flachen Wasser hochgekippt hatte) wollte nicht verfliegen. Die beiden Brüder neckten sich mit toten Würmern aus dem Köderglas, und Peters Geschrei und Füßestampfen vertrieb jeden Fisch im See. Als ich sie bat, still zu sitzen, tauschten sie wieder dieses Grinsen und begannen mich zu hänseln, indem sie wiederholten, was ich sagte, und dabei die Stimme die ganze Tonleiter hinauf und hinunter gleiten ließen: »Du *könntest* wirklich mehr Rücksicht nehmen.« Nach einer Weile erschöpfte sich der Spaß, und sie machten sich über etwas anderes her. Irgendwie – aber wann genau? – hatte ich mich als Sissy zu erkennen gegeben. Ich führte mir bald die eine, bald die andere Situation der vergangenen Tage vor Augen, um genau den Moment herauszukriegen, wann ich mich verraten hatte. Wir schipperten zurück über den gläsernen, dampfenden See, alles war farblos und heiß und aller Unmittelbarkeit beraubt. In so einer matten, entkräfteten Umgebung wirkte das Winseln des Motors besonders grausam, wie eine Narbe im leeren Raum. Ganz allein unternahm ich einen Spaziergang.

Hügelauf, hügelab stapfte ich die schmale Straße entlang, die hinter den Landhäusern mit ihren dem See zugewandten Fassaden vorbeiführte. Ein altes Auto voller schwarzer Dienstmädchen stotterte vorbei. Es war Mittwochabend, morgen war ihr freier Tag: Den heutigen Abend würden sie in einem Negerlokal, zwanzig Meilen entfernt, verbringen und bis tief in die Nacht tanzen und lachen, Spareribs essen, lange Röcke tragen, lauter reden und hemmungsloser lachen, als sie es die Woche über in den vornehmen Häusern tun konnten, in denen sie dienten. Die meiste Zeit waren sie Verbannte, über die fremde Bevölkerung versprengt; nur einmal in der Woche erlaubten die Behörden dem Stamm, wieder zusammenzukommen. Es waren ausgelassene Menschen, dazu gezwungen, ihr übermütiges Feuer zu unterdrücken und nur ein düsteres Kontrollämpchen brennen zu lassen. In diesem Augenblick glaubte ich wirklich, auch ich sei von Natur aus ausgelassen und übermütig, wenn ich nur die Gelegenheit hätte, es zu zeigen.

In der Stille, die hinter dem sich entfernenden Wagen einherebbte, war die Luft mit dem Eintongesang der Grillen erfüllt. Ihr Lied erschien mir wie der Herzschlag der Einsamkeit, ein Rhythmus, der im Netz meiner Adern widerhallte. Ich war einsam. Wieder spielte ich mit der Idee, Feldherr zu werden. Ich wollte so unbedingt Macht besitzen, daß ich zu der Überzeugung gelangt war, ich besäße bereits zuviel davon, ich sei ein übler Ränkeschmied und könne alle um mich herum mit dem Gift vernichten, das mir aus den Poren troff. Entsetzen packte mich vor meiner eigenen Erhabenheit. Ich wünschte mir jemanden, den ich verraten könnte.

Kevin und seine Familie blieben noch drei Tage. Mr. Cork verlor eines Abends vor Betrunkenheit die Kontrolle über sich und zerbrach das Treppengeländer, als er ins Schlafzimmer hinaufwankte. Mrs. Cork platzte am nächsten Morgen der Kragen, und sie sagte zu meiner Stiefmutter, sie *hasse* Eier, »die in Fett schwimmen«. Katy, die ungarische Köchin, schloß sich in ihr Zimmer ein und tauchte erst zwei Stunden später mit roten Augen und schniefend wieder auf. Kevin und Mrs. Cork zankten sich, oder vielmehr, sie hackte auf ihm herum, und er machte sich über sie lustig; und als sie sich wieder versöhnten, war ihre Umarmung auf schockierende Weise intim – eine lange, wortlose Liebkosung. An einem regnerischen Nachmittag hatten die Jungen getobt, bis Peter den Tisch umwarf und dabei eine von den in die Tischplatte eingelegten, handbemalten Kacheln zersprang. Seinen Eltern war der Schaden offensichtlich ziemlich gleichgültig, und sie unternahmen nichts, das Gedrängel und Geschubse zu unterbinden. Mrs. Corks Methode, das Pandämonium zu ignorieren, war, einfach laute Stimmübungen zu machen. Jede

Nacht kam Kevin in mein Bett, allerdings träumte ich jetzt tagsüber nicht mehr davon, mit ihm durchzubrennen. Ich hatte ein bißchen Angst vor ihm. Jetzt, da er wußte, daß ich eine Sissy war, konnte er sich jederzeit, wenn ihm danach war, über mich lustig machen. Wer wußte schon, was er tun würde? Nachdem ich Zeuge geworden war, wie er seine Mutter beschimpfte, gefolgt von ihrem sonderbaren Geschmuse, konnte ich mir ihn nicht mehr als meinen Freund vorstellen. In der letzten Nacht versuchte ich noch einmal, ihn zu küssen, aber er drehte seinen Kopf weg.

An dem Nachmittag, an dem sie abreisten, jagte Mrs. Cork, die zu einem dunklen, empörten Rot angelaufen war, Kevin die halbe Treppe hinauf. Er duckte sich, schrie mit verzerrtem Gesicht: »Du Schwanzklemme, du alte Schwanzklemme!« und schubste sie die Treppe hinunter. Mein Vater war empört. Er half der Frau vom Boden auf und sagte zu Kevin: »Das reicht ja wohl für heute, junger Mann.« Mr. Cork, nicht ganz nüchtern, zählte unentwegt das Gepäck. Er tat, als habe er den Aufruhr nicht bemerkt. Seine Frau verfiel in ein gekränktes Schweigen, als trage sie tiefe Trauer. Sie sagte uns nur knapp auf Wiedersehen. Aber kaum war sie durch die Tür und auf der Treppe zur Garage, da sah ich, daß sie ihrem Sohn ein verquetschtes, kleines Lächeln zuwarf. Er eilte in ihre geöffneten Arme, und sie drückten und streichelten sich.

Und dann waren sie endlich weg. Mein Vater und meine Stiefmutter waren vor Erleichterung richtig aufgedreht, und so ging's auch mir. Meine Stiefmutter, die immer sehr wählerisch war, hatte die Gäste geradezu unzivilisiert dreckig gefunden und führte viele Beweise dafür an, von den Schnapsflaschen unter dem Bett bis zu den benutzten Wattestäbchen, die im Badezimmeraschenbecher vor sich hingammelten. Mein Vater sagte, sie seien allesamt »Spinner«, und die Söhne paßten eher in eine Besserungsanstalt als in sein Haus. Und dieser Cork rede zuviel von Kommies und trinke zuviel und wisse zuwenig und sei offenbar nicht »stabil«. Dad war der Meinung, Cork werde geschäftlich keinen Erfolg haben – und so war es dann auch. Ich sagte, die Söhne seien mir »kindisch« vorgekommen. Meine Stiefmutter entschuldigte sich bei Katy wegen der ungehobelten Gäste und mußte uns wiederum erzählen, daß sie Katy kein Trinkgeld dagelassen hatten; mein Vater entschädigte sie für die zusätzliche Aufregung, der sie ausgesetzt gewesen war.

Dann stürzten wir uns alle ins Alleinsein, meine Stiefmutter und ich auf unsere Bücher, und Dad auf sein Gewerkele. Mein Vater mochte mich jetzt offensichtlich lieber. Ich war vielleicht nicht der Sohn, den er sich zu wünschen glaubte, aber ich war, was er verdiente: jemand Geduldiger, Verständnisvoller, so süchtig nach Büchern wie er nach Arbeit, so isoliert durch meine Einsamkeit wie er durch seine Menschenfeindlichkeit. Jemand, mit dem er nur auf die beste, wenngleich am wenigsten direkte Art und Weise reden konnte: durch die Schallplattenmusik, die das Haus bis tief in die Nacht hinein und manchmal bis zum Morgengrauen erfüllte.

Ich wurde wieder in mein Zimmer einquartiert. Wir aßen sehr spät und überließen uns der wohlklingenden, weiträumigen Nacht. Mein Vater erledigte Büroarbeit. Wir waren drei Träumer, die, jeder für sich in einem anderen Gehäuse, glücklich ihren Gedanken nachhingen. Das Geräusch der Rechenmaschine mit ihren hüpfenden Metallrädern. Der Duft von brennenden Kiefernscheiten. Die bemerkenswerte Höflichkeit und gute Laune, mit denen sich Klavier und Klarinette beim Singen der Melodie abwechselten. Dann endlich der süße Duft der Tabakspfeife. Mein Vater war im Keller, den sein Hund wieder zurückbekommen hatte. Durch die Luftschlitze konnte ich ihn hören: »Was ist los, Old Boy? Sag's mir. Du kannst es mir doch sagen.«

Dann lud er mich unvermittelt ein, sie bei ihrem Spaziergang zu begleiten. Es war merkwürdig kühl, die erste Mahnung des Herbstes, und mein Vater hatte sich eine lächerliche blaue Mütze mit Schild und Ohrenklappen aufgesetzt und einen sackartigen, braunen Regenmantel angezogen, der vorn einen Reißverschluß hatte. Überall, wo wir haltmachten, hüllte uns ein Umhang aus süßem Rauch ein wie den verkleideten König und seinen Günstling, die sich aus dem Palast geschlichen hatten, um einen Jahrmarkt zu besuchen. Nichts konnte meinen Vater oder Old Boy zur Eile treiben. Wir blieben an jedem Busch und jedem überquellenden Mülleimer hinter jedem stillen, verdunkelten Landhaus stehen. Wir gingen bis ins ausgestorbene Dorf hinunter: der Laden, das Postamt, die Bootsanlagen. Ein Rennboot, dessen Boden schuppig war und dringend geschmirgelt und gestrichen werden mußte, lag umgedroht auf seinen Böcken. Eine Kette klirrte gegen den Fahnenmast vor dem Postamt. Eine Frau mit einer weißen Schwesternhaube fuhr vorbei, im einzigen Auto, das wir zu Gesicht bekamen.

Wir gingen denselben Weg zurück. Als die Morgendämmerung nahte, begannen die Vögel zu zwitschern, und die Blätter an den Birken raschelten im aufkommenden Wind. In der Tiefe des abfallenden Ufers nahm der See allmählich Gestalt an, dann Farbe. Hinter einer Tür kläffte ein Hund nach uns, und Old Boy geriet vor Neugier außer sich. »Was ist los? Sag's mir. Du kannst es mir doch sagen. Was ist los, Old Boy?«

Als die Sonne sich langsam wie das Leben, das in einen Körper zurückkehrt, auf die Welt schlich, wurde der Lichtstrahl aus der Taschenlampe meines Vaters immer undeutlicher, bis er aufgesogen war von der Klarheit dessen, was immer wieder neu war.

ZWEI

Als ich vierzehn war, im Sommer, bevor ich auf die Vorbereitungsschule kam, und ein Jahr, bevor ich Kevin kennenlernte, arbeitete ich für meinen Vater. Er wollte, daß ich den Wert des Geldes schätzenlernte. Und ich arbeitete tatsächlich und lernte es tatsächlich schätzen und verdiente genug, um mir einen Stricher zu leisten.

Das Zentrum der Stadt, in der Dad wohnte, war klein, nicht größer als ein paar Dutzend Blocks. Jeden Morgen fuhr mich meine Stiefmutter von unserem Haus, der künstlichen Normannenburg, die hoch und weiß auf einem Hügel über dem brausenden Flußtal stand, dort hinunter. Wir fuhren in die Stadt hinein – eine schnelle Fahrt eine Reihe von steilen Gefällstrecken hinab, hinein in den kriechenden Verkehr, in die Traumüberblendungen schwarzer Gesichter, den Geruch heißer Würstchen, der sich im klimatisierten Wageninneren verbreitete, in die gedämpften Rufe der Zeitungsverkäufer mit ihrer eigenen, unverständlichen Sprache, den düsteren Anblick verrußter Fassaden, die sich heranschoben und das Licht zerquetschten. Die Innenstadt erregte mich: so viele Menschen, und einige von ihnen waren vielleicht eine Einladung zu Abenteuer oder Flucht.

Als ich klein war, hatte ich mir unser Haus (das alte Tudorhaus, nicht diese neue Normannenburg) als den Ort vorgestellt, den Gott uns als Besitz bestimmt hatte, doch jetzt war mir vage bewußt, daß die Abgeschiedenheit und Ruhe dieses Hauses künstlich gewesen waren und daß es die Stadt energisch ausgeklammert hatte, während wir gleichzeitig, was Essen, Geld, Bequemlichkeit, Hilfe, selbst Vergnügungen betraf, von der Stadt abhängig waren. Die Repräsentanten der Stadt, unter denen ich aufwuchs, waren die schwarzen Dienstmädchen. Ich hatte nie etwas von ihnen gewollt – nichts außer ihrer Liebe. Um sie zu gewinnen oder zumindest ihren schweigenden, seufzenden Unwillen zu parieren, hatte ich gelernt, mein Bett selber zu machen und mir mein Frühstück selbst zuzubereiten. Aber nichts von allem, was ich tat, schien ihnen den schrecklichen Verlust, den sie erlitten hatten, zu ersetzen.

Im Büro meines Vaters arbeitete ich an einer Adressiermaschine (damals eine ziemliche Neuheit), und zwar zusammen mit Alice, einer vierzigjährigen Frau, die sich wie ein ruheloser, in seine Laken verhedderter Schläfer den ganzen Tag in ihren Hirngespinsten herumwälzte. Sie war eine dickliche, kecke Person, die eine Perlenkette trug, um eine blasse Linie an ihrem Hals zu verdekken, die Narbe irgendeines chirurgischen Eingriffs. Es war eine ganz feine Linie, aber Alice mochte der Tarnung einfach nicht trauen und lief sechs- oder siebenmal am Tag zum Spiegel in der Damentoilette, um die Wirkung der Kette immer von neuem zu überprüfen.

Die ganze übrige Energie verwandte sie darauf, an ihren Phantasien weiterzuspinnen. Jeden Morgen im Bus war ein Mann, der sich stets ihr gegenüber einen Platz suchte und sie mit seinen dunklen Augen arrogant auszog. In der Wohnung über ihr lauerte ein anderer, vor Begierde stöhnender Mann, der das Ohr an den

Fußboden gepreßt hielt und durch ein umgestülptes Glas auf das Glissando eines Seidenslips lauschte, aus dem sie vielleicht gerade stieg. »Soll ich noch ein zusätzliches Schloß an meiner Tür anbringen?« fragte sie. Später wollte sie, mit kokettem Augenaufschlag, wissen: »Soll ich ihn zu einer Tasse Kaffee zu mir herunterbitten?« Ich riet ihr davon ab; es könnte gefährlich sein. Aus Furcht vor ihrer unersättlichen Männergier gab ich mich jünger, als ich war; in ihrer Nähe flüchtete ich mich darein, ein Junge zu sein, kein Mann. Ihre Grübeleien ließen sie seufzen, Wasser trinken und erneut vor den Spiegel treten. Meine Stiefmutter sagte, ihrer Meinung nach sei diese Frau eine *ninny,* ein Dummerchen. Meine Familie und alle unsere Freunde fällten nie ein Urteil über Leute, die wir wirklich kannten, schon gar nicht ein abschätziges. Ich empfand schadenfrohe Scham, wenn ich mir meine Kollegin als eine *ninny* vorstellte – manchmal lachte ich laut auf, wenn mir das Wort einfiel. Ich fand es aufregend und beunruhigend zugleich, sich einem Erwachsenen überlegen zu fühlen.

Irgend etwas an unserer Arbeit regte uns zu sexuellen Phantasien an. Unsere Tätigkeit (Umschläge in einen Schlitz einzuführen, sie mit Adressen zu bedrucken, sie mit Broschüren vollzustopfen, später zuzukleben und durch die Frankiermaschine laufen zu lassen) verlangte zwar gerade so viel Aufmerksamkeit, daß eine zusammenhängende Unterhaltung unmöglich war, aber wiederum nicht so viel, daß wir gänzlich in Anspruch genommen waren. Uns blieben amöbenhafte Begierden, die sich teilten oder miteinander verschmolzen, während wir Papiere stapelten und falteten, glattstrichen und wendeten. »Wenn er mich ansieht«, sagte Alice, »weiß ich, er will mir wehtun.« Als sie das sagte, sah ihr liebes, pummeliges Gesicht aus, als trete es aus einer Wolke hervor.

Ich habe einmal von einer Analysepatientin gelesen, die ihre innere Persönlichkeit als ihren »Reiz« bezeichnete. Meine Kollegin – grauäugig, die Handgelenke mit festen, gesunden Fettreifen umpolstert, das Haar zu einer Brioche hochgekämmt, die von den Zinken eines Kamms durchbohrt war, und mit einem verwirrten, goldigen Ausdruck im Gesicht, wenn sie aus der Wolke hervorschwebte – meine Kollegin umschloß ihren »Reiz« und hielt ihn von Gefahren fern, als wäre er ein passives, intelligentes Kind, und sie die von den grellen Lichtern der Welt geblendete Mutter.

Sie war ängstlich und gelassen zugleich – hatte Angst davor, bemerkt, und noch mehr Angst, ignoriert zu werden, hatte eine prickelnde Angst vor den Geräuschen vor ihrem Schlafzimmerfenster, war aber auch gelassen in der Überzeugung, daß diese ganze verwirrende Oper nur inszeniert werde, um das Feuer zu durchdringen und an ihren »Reiz« zu kommen. Sie war wirklich reizvoll – vielleicht habe ich das noch nicht deutlich genug gesagt: der traurige Schleier eines Lächelns, sanfte graue Augen, eine wehrlose Verfügbarkeit. Sie war aber auch gerissen oder vielleicht absichtlich blind, insofern als sie ihre eigenen sexuellen Wünsche vor sich selbst geheimhielt.

Arbeitnehmer meines Vaters zu sein, klärte mein Verhältnis zu ihm. Er wurde so in eine genaue Entfernung zu mir versetzt, die mit Geld zu messen war. In dem Scheidungsvertrag war genau festgelegt, was er meiner Mutter, meiner Schwester und mir zu zahlen hatte, und trotzdem sagte meine Mutter jedesmal, wenn sie uns Kinder in den Zug setzte und wir ihn besuchen fuhren (ein Wochenende pro Monat und lange Zeit jeden Sommer), unweigerlich zu uns: »Seid nett zu eurem Vater, sonst enterbt er uns.« Und später, als meine Schwester mit dem College fertig war, überreichte er ihr eine »Lebensrechnung« mit den einzelnen Posten, die in den einundzwanzig Jahren, die er für sie gesorgt hatte, von ihm übernommen worden waren: eine gewaltige Summe, die sie davon abschrecken sollte, gedankenlos eigene Kinder in die Welt zu setzen.

Da Dad den ganzen Tag schlief, ließ er sich selten vor Dienstschluß im Büro blicken, doch dann traf er frisch und ausgeruht ein, duftete nach Hamamelis und bedachte die Versammlung widerstrebend mit seinem Lächeln und Nicken, während er durch unsere Mitte schritt und an seinen Schreibtisch in einem großen Raum trat, der mit schalldichtem Glas gegen uns abgeschirmt war. »Meine Güte, was für ein feiner Mann dein Vater ist, ein richtiger Gentleman«, seufzte meine Kollegin dann. »Und wenn man sich vorstellt, daß deine Stiefmutter ihn kennengelernt hat, als sie seine Sekretärin war – manche Frauen haben eben Glück.« Wir saßen in Reihen hintereinander mit dem Rücken zu ihm; er spielte die Rolle des Gewissens, das über und hinter uns waltete, eine Macht, die uns beunruhigte, wenn wir bald nach seiner Ankunft am Ende des Arbeitstages das Büro verließen. Waren wir lange genug geblieben? Hatten wir genug gearbeitet?

Normalerweise leistete meine Stiefmutter meinem Vater bis um Mitternacht Gesellschaft. Dann fuhr sie mit mir wieder aufs Land, und wir gingen schlafen. Manchmal folgte uns mein Vater in seinem eigenen Wagen und setzte seine Büroarbeit zu Hause fort. Manchmal blieb er auch bis zum Morgengrauen in der Stadt. »Spät in der

Nacht – da geht er dann aus, um sich mit anderen Frauen zu treffen«, hörte ich einmal zufällig meine Mutter zu meiner Schwester sagen. »Er war nie treu. Es gab immer eine andere, die ganzen zweiundzwanzig Jahre durch, die wir verheiratet waren. Er nimmt sie mit in diese kleinen, billigen Absteigen in der Innenstadt. Ich weiß das.« Dieser Hauch von Geheimnis um einen so kühlen und methodischen Mann faszinierte mich – als würde er wie eine abgerundete, braune Geode, wenn sie erst einmal aufgebrochen ist, mit ineinandergreifenden Kristallzähnen, den Quarzzähnen der Leidenschaft, nach dem Himmel schnappen.

Vor der mitternächtlichen Heimfahrt durfte ich manchmal allein in einem Restaurant zu Abend essen. Manchmal sah ich mir auch einen Film an (ich erinnere mich an einen, der ein wirkliches Bild der »Orgien von Berchtesgaden« zu zeigen versprach, sich aber lediglich als Eva Brauns Heimkino entpuppte, in dem der Führer Haustieren und Kindern sein warmes Lächeln schenkte). Ein Mann, der nach Vitalis roch, setzte sich neben mich und betatschte meinen Schenkel. Ich hatte mein eigenes Taschengeld und meine eigene freie Zeit.

Ich stellte mir einen Liebhaber vor, der mich entführen würde. Er würde auf die Kiefer vor meinem Fenster klettern, in mein Zimmer kommen und mich in seine Arme schließen. Was er sagte oder wie er aussah, das blieb unklar, er war nur eine zärtlich liebende Erscheinung, die mich umfing und deren Gesicht heller und heller leuchtete. Sein Erscheinen verzögerte sich so lange, daß ich bald von freudiger Erwartung zu wehmütiger Erinnerung überging. Eines Nachts saß ich an meinem Fenster, schaute in den Mond und trank ihm mit einem Champagnerglas voll Grapefruitsaft zu. Ich wußte, das kalte, gewaltige Licht des Mondes fiel auch auf ihn, der weit weg und ebenso einsam in einem fernen Zimmer war. Ich hoffte, er könne mein Dasein und meine Not ahnen, werde intuitiv erkennen, daß in diesem dunklen Zimmer in diesem Haus am Stadtrand ein Vierzehnjähriger auf ihn wartete.

Wenn ich jetzt an verschlafenen Vorstadthäusern vorbeigehe, frage ich mich manchmal, hinter welchem Fenster wohl ein Junge auf mich wartet.

Nach einiger Zeit wurde mir klar, ich würde ihm erst Jahre später begegnen. Ich schrieb ein Sonett für ihn, das begann: »Da ich dich liebte, ehe ich dich kannte.« Die Idee, glaube ich, war, daß ich mich nie mit ihm streiten, auch nie seine Hingabe geringschätzen würde; ich hatte zu lange warten müssen. Ich hatte schon so lange gewartet, daß ich fast wütend war, zumindest auf Rache sann.

Das Haus meines Vaters war ein düsterer Ort. Das stillose, polierte Mobiliar türmte sich hoch, und die Essensvorräte waren eingelagert; in der Überfülle der Schrankschubladen blieb das goldene Besteck und das silberne Teegeschirr oft sechs Monate hintereinander in den mauvefarbenen Flanellbeuteln, die ein Anlaufen dennoch nicht verhindern konnten, weil das schon die Luft allein besorgte. Keiner sprach viel. Es wurde wenig gelacht, außer wenn meine Stiefmutter mit einer ihrer Bekannten telefonierte. Obwohl mein Vater die meisten Menschen haßte, hatte er sich gewünscht, meine Stiefmutter solle ihren Platz in der Gesellschaft einnehmen, und das hatte sie auch getan. Sie hatte sich zu einem zugleich korrekten und frivolen, harmlosen und amüsanten, geistreichen und zurückhaltenden Menschen entwickelt – jener Mischung aus exzentrischem Mädchen und spröder Matrone, die von ihrer Umgebung so bewundert wurde.

Ich lernte meine Rolle weniger gut. Ich fürchtete die Söhne ihrer Freundinnen und bewegte mich wie ein Schatten unter den Debütantinnen. Ich spielte Klavier, ohne jemals Fortschritte zu machen; Üben hätte bedeutet, noch größere Verzögerungen in Kauf zu nehmen, wo ich doch sofortigen Erfolg wollte, das Beben von Federfächern im dunklen Zuhörerraum, das Funkeln diamantenbehängter Hälse und Ohren im Rund der Logen. Statt dessen fühlte ich den Schmerz des Wartens und die Furcht, nicht anziehend zu sein. Ehe ich mich ankleidete, stand ich jedesmal nackt vor dem Schrankspiegel und fragte mich, ob mein Körper anziehend sei. Ich sehe diese bleiche, über die Rippen gespannte Haut noch vor mir, die dünnen, unbehaarten Arme und die stämmigeren Beine, das verwirrte, suchende Gesicht – und das langsame Wechselspiel von Ekel und Begehren, Ekel und Begehren. Der Ekel war heiß, durchdringend – niemand würde mich haben wollen, weil ich eine Sissy war und ein Muttermal zwischen den Schulterblättern hatte. Das Begehren war kühler, weniger greifbar, mehr der Gischt einer Welle als die Welle selbst. Vielleicht war der Blick gewinnend, das Lächeln hatte ein gewisses Etwas. Wenn nicht liebenswert als Junge, dann vielleicht als Mädchen; ich wand mir das Handtuch als Turban um den Kopf. Oder vielleicht war sogar Verlangen als solches bezaubernd oder könnte so aufgefaßt werden. Vielleicht konnte mich mein Verlangen so reizvoll machen wie Alice, die Frau, die mit mir an der Adressiermaschine arbeitete.

Ich las ständig und schrieb oft, aber beides waren leidenschaftlich abstrakte Tätigkeiten. Schon früh hatte ich erkannt, daß Bücher ein anderes Leben beschrieben, eines, das dem meinen völlig fremd war, in dem Leute einander argwöhnisch und mit äußerster Höflichkeit umkreisten, bis ein einzelner oder ein Paar ausbrachen, dem Salon entflohen und die Nacht mit Feuer überzogen. Irgendwie war ich auf Ibsen gestoßen, und genau so kam er mir vor: wie unaufrichtiger Gesellschaftsklatsch, dem ein heldenhafter Tod in einer Lawine oder als Sprung von einem Kirchturm folgte (ich fragte mich, wie diese Szenen auf die Bühne gebracht werden konnten). Merkwürdigerweise erschien mir der »Realismus« des vorigen Jahrhunderts in aufreizender Weise an den Haaren herbeigezogen: Gelübde, Treuebrüche, Fluchten, Kämpfe, Opfer, Selbstmorde. Für mich war Literatur ein Phantasiegebilde, nicht weniger packend trotz all seiner Belanglosigkeit – ein parallel laufendes Leben, so wie Träume einen Schatten auf das Wachsein werfen, es aber nie durchkreuzen.

Ich dachte, über meine eigenen Erfahrungen zu schreiben erfordere eine Übertragung aus dem groben Patois des wirklichen, zähen Leidens – gemeiner, wirrer Gedanken und einer Langeweile, die so langsam tröpfelte wie eine Infusion – in die schmucken Verse prikkelnder, schöner Gefühle, einen Weg, das, was ich empfand, zugleich zu erhöhen und ihm Schwung zu verleihen. Gleichzeitig fühlte ich mich aber hingezogen zu … Was, wenn ich über mein Leben genauso schreiben könnte, wie es war? Was, wenn ich es darstellen könnte in all seiner Dichte und seinem Überdruß und seiner heimlichen Leidenschaft, nie geahnt oder offenbart, wie die unscheinbare braune Geode, die sich mit ihren Quarzzähnen selber frißt?

Die Bibliothek im Stadtzentrum war im letzten Jahrhundert als Opernhaus erbaut worden. Schon in der Grundschule hatte ich häufig diese Bibliothek besucht, die sich im selben Block wie das Büro meines Vaters befand. Über ihr schwamm wie ein wäßriges Auge ein schräges Glasdach, über das Tauben hinwegwirbelten, deren Leiber einen bebenden, grauen Schleier bildeten, bis eine sich niederließ und ihre schwarzen Füße beim Laufen so klar wie Keilschriftzeichen wurden. Das Licht sickerte über die Regale in den hufeisenförmigen Rängen herab: die ehemalige Galerie, den Balkon, die Logen, bis zum Parkett hinab, das noch immer sanft nach unten geneigt, doch jetzt ohne Gestühl und statt dessen mit massiv eichenen Karteischränken und eichenen Lesetischen möbliert war, an denen unrasierte alte Männer im Licht von Schreibtischlampen Zeitung lasen und in Papiertüten Lumpen neu ordneten. Die frühere Bühne war abgerissen, aber Klampen an der Wand zeigten, wo einmal Zugseile befestigt waren.

Die Brüstungen um die verschiedenen Ränge zierten noch immer plumpe Arabesken aus grünspaniger Bronze, aber die alten Fußböden der Ränge waren durch rechteckige Milchglasscheiben ersetzt, deren polierte, facettierte Kanten blasse, smaragdgrüne Lichtschimmer aussandten. Auf diesem Glas zu gehen, machte mich schwindlig, hatte ich aber einmal zu lesen begonnen, sank ich über den kalten, durchscheinenden Blöcken in mich zusammen und ließ mich auf Eisschollen in dichte Wolken hineintreiben. Der Geruch von vergilbtem Papier umfing mich. Eine nicht festgeleimte Seite rutschte aus einem Band und eine Ecke brach ab, zerbröselte – ich zerstörte öffentliches Eigentum! Unten hielt jemand dem Bibliothekar einen Vortrag. Schattenhafte Massen unsichtbarer Opernbesucher verschmolzen und beugten sich in ihren durchsichtigen Galakleidern nach vorn, um besser sehen und hören zu können. Ich las das zweisprachige Libretto von »La Bohème«. Die jeweils neben dem englischen Text stehenden Spalten in dem mir unverständlichen Italienisch konnte ich überspringen, so daß die Seiten vorübereilten: vom Abschied des Paars im Schnee und der überschwenglichen Versöhnung bis zum langen Sterben der armen, kleinen Mimi. Ich schaute auf und sah über mir ein Paar Schuhe über das Glas laufen, geräuschlos begleitet vom bald bleicher und bald dunkler werdenden Kreis des Gummipuffers eines Stockes. Das große Auge der Bibliothek verschwamm in Tränen.

Auf der anderen Straßenseite hatte der Vater eines meiner Freunde eine Buchhandlung. Als ich sie betrat, wurde ich von zwei gerade herauskommenden Männern beinahe umgerissen. Einer von ihnen tippte mir auf die Schulter und zog mich beiseite. Er hatte einen Dreitagebart, feuchtglänzende Eckzähne und trug einen zerknitterten Regenmantel von modischem Schnitt, der sich eng um seine Hüften schmiegte.

Er sagte: »Renn doch nicht einfach vorbei, ohne hallo zu sagen.«

Da war er endlich, aber jetzt wußte ich ganz bestimmt, daß ich nicht anziehend war – ich war häßlich mit meinen Sissy-Manieren und dem Muttermal, das er zwischen meinen Schulterblättern finden würde. »Kenne ich Sie?« fragte ich. Ich hatte das Gefühl, ihn zu kennen, als wären wir einen Monat lang zusammen in einem Zugabteil gereist, Knie an Knie und Nacht für Nacht durch die dreißig Folgen eines sich fortsetzenden, doch handlungslosen, wenngleich äußerst gefühlsgeladenen Traums. Ich lächelte, verlegen darüber, wie ich aussah.

»Klar kennst du mich.« Er lachte, und sein Freund, glaube ich, lächelte. »Wenn ich ehrlich sein soll, nein. Wie heißt du?«

Ich sagte es ihm.

Er wiederholte meinen Namen, wobei er unterdrückt lächelte, wie ich Männer, die auf Abenteuer aus waren, herablassend Frauen hatte taxieren sehen. »Wir sind eben in die Stadt geschneit«, sagte er. »Ich hoffe, durch dich werden wir uns wie zu Hause fühlen.« Er legte mir den Arm um die Taille, und ich wich zurück; die Bürgersteige waren voller Menschen, die uns neugierig anstarrten. Seine Finger paßten genau in den Zwischenraum zwischen meinem Becken und der untersten Rippe, ein Raum, der ihn willkommen hieß und der nach dem Abdruck seiner Hand geformt war. Ich dachte in einem fort, diese zwei Typen wollen dein Geld, aber wie sie daran zu kommen gedachten, blieb unklar. Und ich fürchtete, sie könnten auf einen Blick erkannt haben, daß ich genau derjenige war, der auf ihre Avancen bereitwillig hereinfiele. Ich freute mich so, daß der hübsche Fremde mich auserkoren hatte; da er nicht aus der Stadt war, besaß er strengere, andere Maßstäbe. Er dachte, ich sei wie er, und vielleicht war ich das auch oder würde es bald sein. Jetzt, da ein verwegener Mann – jünger und hübscher, als ich ihn mir vorgestellt hatte, aber auch schmutziger und herablassender – vor meinen Augen Gestalt angenommen hatte, war ich ganz und gar nicht mehr sicher, was ich tun sollte: Meine Träume waren nicht so detailliert gewesen. Auch war ich nicht darauf vorbereitet, daß ich jemandem begegnen könnte, der so durch und durch zweideutig war, ein Dandy, der nicht gebadet hatte, ein mittelloser Verführer, jemand, auf dessen Gesicht Leidenschaft und Grausamkeit ein Schattenmuster geworfen hatten. Ich war alarmiert. Schließlich hielt ich meine Adresse doch geheim (mitternächtlicher Raubüberfall), erklärte mich aber bereit, mich am Mittag des nächsten Tages im Vergnügungspark am Schwimmbecken mit ihm zu treffen (eine Verabredung, die ich nicht einhielt, obwohl ich spüren konnte, wie die Zeit nahte und weiterging – wie ein verkleideter König, der an der Tür des Bauern abgewiesen wird).

Die Bücher in der Buchhandlung flimmerten vor meinen Augen, als ich einen Stapel mit leuchtend bunten Umschlägen durchsah, auf denen Fotos von nachdenklichen, wohlfrisierten Frauen und von Männern mittleren Alters im Profil, in irischen Strickjacken und mit Tabakspfeifen, abgebildet waren. Weil ich wußte, daß diese Bücher von lebenden Autoren waren, sah ich auf sie herab; mein Kopf tönte noch vom Bravourauftritt der Geschichte in der Bibliothek-Oper. Die alten Bücher dort hatten Umschläge entweder nie besessen oder aber verloren; die Gestalt ihrer nicht abgebildeten Autoren hatte man sich auf den braunen, brüchigen Seiten neu zu erschaffen. Aber diese lebenden Schriftsteller – ah! Das Leben kam mir wie eine Schwäche vor, ein Beleg verringerter Energie, verglichen mit der kraftgeladenen Gelassenheit der Toten, deren Büsten, sämtlich mit gemeißelten Bärten und blinden, vorstehenden Augen, in meiner Vorstellung die leeren Nischen über den Operntüren unter dem Portikus füllten, der jetzt die Heimstatt schlafender Tippelbrüder und streunender Katzen war, einst aber mit seinen schwarzweißen Marmorrauten im Fußboden den prachtvollen Zugang zu schwarzgoldenen Türen gebildet hatte, die den Blick auf die glänzende Gesellschaft freigaben, auf die Fächer und Diamanten und das Zauberfeuer, das die schlafende Frau umloderte.

Zu Hause hörte ich die gedämpften Klänge dissonanter Musik. Eines Abends fuhr meine Stiefmutter, kühl und entschlossen, nach Mitternacht noch einmal zum Büro meines Vaters in die Stadt. Später hörte ich sie in ihren Zimmern schreien; ich versteckte mich hinter einer Tür und lauschte den geduldigen, brummelnden Erklärungen meines Vaters. Am nächsten Morgen brach Alice, meine Arbeitskollegin, zusammen, weinte und schloß sich in der Damentoilette ein. Als sie wieder herauskam, waren ihre sonst so hübschen, weichen Augen vor Gehässigkeit und Schmerz zusammengekniffen, während sie flüsternd einen Strom Unflätigkeiten über meine Stiefmutter und meinen Vater kippte (er hatte sie in eine dieser Absteigen zu locken versucht). Am Morgen darauf hörte ich, man habe sie entlassen, aber ich wußte mittlerweile schon, wie ich die endlosen Briefsendungen allein aus dem Haus befördern konnte. Man hatte sie entlassen – wohin?

Der Arm, den dieser Mann um meine Taille gelegt hatte, ließ mich wie ein Tänzer über die abgedunkelte Bühne der Stadt wirbeln: Meine Drehungen führten mich zum Fountain Square, dem Stadtzentrum. Nach Sonnenuntergang war die Innenstadt fast menschenleer. Vielleicht kurvte ein Taxi vorbei. Hoch oben leuchtete ein einzelnes Bürofenster. Die Restaurants hatten um acht geschlossen, doch die Tür einer Bar konnte aufschwingen, um mir den Schattenriß eines Mannes aufzudrängen. Heruntergekommene Stadt aus schwarzem Stein, der von Staren weiß besprenkelt war, den armen, irdischen Nachkommen jener mystischen Metalltaube, die auf dem ausgestreckten Handgelenk der Brunnengöttin balancierte.

Männer von der anderen Flußseite saßen auf dem niedrigen Granitrand des Beckens – zumindest schätzte ich sie als Hillbillies ein: nach ihrem Akzent, dem hier und da fehlenden Zahn, den glatt zurückgekämmten Schmalzhaaren, ihrer Art auszuspucken, die Camel zwischen Daumen und Mittelfinger in der hohlen Hand zu halten oder mit hartem, lautem, steifbeinigem Tritt über den gepflasterten Platz zu schreiten, als hofften sie, Funken aus dem Stein zu schlagen. Andere saßen, jeder für sich, auf dem Metallzaun, der den Park umgab, eine Insel, die vom Verkehr umflossen war. Sie hockten auf dem Eisengeländer, die Beine weit gespreizt, die Körper von Scheinwerfern beleckt, und blickten hinunter auf die langsam kreisenden Wagen.

Schließlich hielt ein Wagen vor einem jungen Mann, der hinunterflitzte und sich ins offene Wagenfenster lehnte, zuhörte – und dann entweder den Kopf schüttelte und ausspuckte oder aber, falls man sich handelseinig wurde, zur anderen Seite des Wagens herumschlenderte und einstieg. Sieh sie dir an! Die gewölbte Windschutzscheibe umwispert mit der Spiegelung einer blinkenden Neonreklame die zwei Gesichter: einen glatzköpfigen Mann hinter dem Steuer, seine Brillengläser, die durch grüne Lichtstriche vom Armaturenbrett krakeliert sind, seine fleischigen Ohren und seinen kleinen Mund, der aus Angst oder Vorfreude noch kleiner zusammengekniffen ist; und neben ihm den jungen Mann, der den Kopf gegen die Lehne zurückgeworfen hat, so daß wir nur die starke, weiße Parabel seines Kinns und den sich bewegenden Adamsapfel sehen. Er hat sich tief nach unten sacken lassen und malt sich bereits aus, wie er mit dem Job beginnen wird. Oder vielleicht ist er verlegen, weil soviel Innenstadt sich zwischen Phantasie und Tat geschoben hat. Sie fahren davon, und nur die hohen Töne aus dem Autoradio dringen an mein Ohr.

An diesem Abend jedoch war mir nicht sehr behaglich bei der Vorstellung, wer diese Männer waren und wozu sie sich hergaben. Ich überquerte die Straße zu der Insel inmitten des Verkehrs, stieg die beiden Stufen zu der Steinplattform hinauf – und setzte mich auf eine Bank. Polizisten waren in der Nähe. Ich trug ein weißes Hemd, eine Krawatte auf halbmast, Leinenhosen, die zu einem Anzug gehörten, geputzte Schnürschuhe, und ich hatte saubere Fingernägel und kurze Haare, Geld im Portemonnaie. Ich war ein freundlicher, redegewandter Halbwüchsiger, kein Penner oder Krimineller – das Gesetz würde mir gewogen sein. Mein Vater arbeitete in der Nähe in seinem Büro; ich saß nur herum und wartete auf ihn. Um meinen Vater zu besuchen, war ich jahrelang ganz allein in Zügen durchs Land gereist, und das hatte mir die Angst vor Fremden genommen und mich zu der Annahme gebracht, das Unbekannte sei sicher, zumindest verhältnismäßig sicher, wenn man ihm an öffentlichen Orten begegnete. Auf meine Krawatte legte ich großen Wert und zog den Knoten weiter nach oben, um die nicht zugeknöpfte Kragenöffnung zu verdecken. Niemand konnte mich auffordern, diese Bank zu verlassen.

Es war heiß und dunkel. Die kreisenden Wagen waren entnervend – so viele unsichtbare Betrachter, die mich anblickten. Obwohl dies die Stadt war, in der ich geboren war und jeden Sommer verbrachte, hatte ich sie nie auf eigene Faust erkundet. Die Bibliothek, die Buchhandlung, die Konzerthalle, das Büro, die chemische Reinigung, die staatliche Alkoholkommission, das Baseballstadion, meine Schule, die Warenhäuser, jenes Restaurant, das wie ein gläserner Ball dort hoch oben thronte – überall war ich Hunderte von Malen mit meinem Vater und meiner Stiefmutter gewesen, aber immer in ihrer Begleitung, wie ein Gefangener auf dem Weg durch eine dämmerige Stadt voller Gefahren.

Und doch hatte ich die ganze Zeit gewußt, es gab etwas Geheimnisvolles und Beängstigendes jenseits meiner Erfahrungen, wenn nicht gar meines Horizonts. Wir hatten ein Dienstmädchen, Blanche, die sich kurze Strohhalmstückchen in ihre durchbohrten Ohrläppchen steckte, damit die Löcher nicht wieder zuwuchsen, die ihren Schnupftabak in einem feinen, braunen Sprühregen über die Leintücher nieste, wenn sie bügelte, und die in ihren abgetragenen, heruntergetretenen Hausschuhen, die einmal purpurrot gewesen waren, jetzt aber Farbe und Glanz eines nackten Eichenzweigs im Regen hatten, in der Küche herumlatschte. Nie trug sie ein Korsett unter ihrer blauen baumwollenen Tracht: Ich stellte mir vor, wie es, schwarz und angenehm duftend, unter diesem Stoff herumwogte, und ich überlegte, wie wohl ihre Mammutbrüste aussähen.

Obwohl sie eine Tochter hatte, die fünf Jahre älter war als ich (unehelich, jedenfalls flüsterte das meine Stiefmutter bedeutungsvoll), hatte Blanche die Stimme eines jungen Mädchens, wenn sie die Musik eines Negersenders mitsummte. Wechselte sie von einem Zimmer ins nächste, zog sie das Anschlußkabel des kleinen Bakelitradios mit dem cremefarbenen Gitter vor dem braunen

Lautsprecherstoff aus der Steckdose und nahm es mit. Diese Musik erregte mich, aber ich hatte Angst, sie mir zu genau anzuhören. Es war »Negermusik« und daher verboten – Teil einer anderen, leidenschaftlicheren und pulsierenderen Kultur als meiner, doch irgendwie tiefer stehend, wenn auch nicht weniger unnahbar.

Charles, unser Faktotum, tauchte gelegentlich verschwitzt und übelriechend aus dem Keller auf, blieb drei Stufen unter mir stehen und hielt mir Vorträge über die Bibel, die Wiederkehr Christi, Booker T. Washington, Marcus Garvey und Langston Hughes. Jedesmal, wenn ich etwas sagte, lachte er anhaltend und künstlich, um mich zum Schweigen zu bringen und sich dann nach und nach wieder in seine fixen Ideen zu verbohren. Er wußte alles, so schien es, Kapitel und Vers – über Ägypter, Abessinier, den verlorenen Stamm, russische Intrigen, Fair Deal und New Deal –, aber wenn ich eine seiner Äußerungen beim Essen wiederholte, lachte mein Vater (auch sein Lachen war künstlich) und sagte: »Du hast Charles wieder zugehört. Dieser Nigger redet einfach Blödsinn. Belästige ihn nicht, und halte ihn nicht von seiner Arbeit ab.«

Ich hatte nie einen Zweifel, daß mein Vater recht hatte, aber ich fragte mich doch auch immer, woher Dad *wußte,* daß es Blödsinn sei. Welche rätselhafte Beschränktheit troff aus Charles' Worten und vergiftete sie und machte sie wertlos, ungenießbar? Denn Charles besuchte wie ich häufig die Bibliothek; ich beobachtete, wie in seinem Regal im Keller die Bücher wechselten. Und Charles war Oberdiakon seiner Kirche, der Zauberer seines Stammes; als er starb, quollen seine prächtigen Gewänder aus dem Sarg. Daß sein Blödsinn mir absolut sinnvoll vorkam, beunruhigte mich – aß ich, wie

Charles, die Kaldaunen des Wissens, während Dad sich vorm Steak niederließ?

Ich habe mich wohl nie gefragt, wo Blanche oder Charles nachts hingingen. Wenn es mir in den Kram paßte, stellte ich mir die Welt noch immer als etwas Wohlgeordnetes vor, wo Menschen eine Arbeit verrichteten, die ihnen gefiel, und in Häusern wohnten, die ihren Neigungen und Bedürfnissen entsprachen. Aber einmal rief uns Blanche mitten in einer Augustnacht an, und mein Vater, meine Stiefmutter und ich eilten ihr zu Hilfe. In dem großen Cadillac bahnten wir uns den Weg in unbekannte Straßen, durch Massen nackter Kinder, die in dem Wasserstrahl spielten, der aus einem Hydranten schoß (»Aufhören!« schrie ich sie schweigend an, entrüstet und verängstigt. »Das ist verboten!«). An Hauseingängen vorbei, in denen sich Erwachsene drängten, die Karten spielten und Wein tranken. In einer grell erleuchteten Toreinfahrt stand eine Frau, die ihr in Windeln gewickeltes Baby an sich drückte; stoische Empörung lag in ihrem jungen Gesicht, einem Gesicht, von dem man sich vorstellen konnte, daß ihm Tränen entströmten, ohne daß sich sein Ausdruck veränderte oder daß sich die aufgerissenen, haßerfüllten Augen, der unbewegte Kiefer, die vorgeschobene Unterlippe entspannten. Der Geruch von etwas Köstlichem – gegrilltem Fleisch und heißem Honig vielleicht – erfüllte die Luft. »Kurbelt die Fenster hoch, Herrgott noch mal, und verriegelt die Türen«, schrie uns mein Vater an. »Verdammt noch mal, benutzt doch euern Grips – ihr wißt doch, daß es hier wahnsinnig gefährlich ist!«

Eine helle Grubenlampe, eine Glaskugel, die ein weißes Feuer ohne jedes Blau und Gelb enthielt, baumelte vom Dach der Karre eines Straßenhändlers herab;

er verkaufte Kindern irgend etwas zu essen. Noch durch die geschlossenen Scheiben hörte ich das fröhliche, ausgelassene Geplapper aus den Radios. Ein endlos langer, dürrer Mann mit Gamaschen und Sonnenbrille, einem blaugrünen Anzug aus Schantungseide und einem flachkrempigen weißen Filzhut mit grünem Band trat lässig vor unseren Wagen und tätschelte mit gezieltem Hohn den Kotflügel unseres Wagens. »Ich bringe den Scheißkerl um«, brüllte Dad. »Ich schwör's, ich bringe diesen gottverdammten Affen um, wenn der mir den Kotflügel zerkratzt.«

»Oh-h-h . . .«, rief meine Mutter mit so hoher Stimme, wie ich sie bei ihr noch nie gehört hatte. »Du bringst uns noch alle um. Liebling, mein Herz.« Der Mann, von dem mein Vater behauptete, er sei ein »Louis« (was immer das auch sein mochte), verbeugte sich zu einem unhörbaren Applaus, schob sich den Hut schräg ins Gesicht wie ein Pariser, schlenderte gemächlich weiter und ließ uns vorbei.

Wir rannten fünf Stockwerke einer schmutzigen, verfallenen Treppe hinauf, auf der leere Bierflaschen, Mülltüten und zwei Puppen herumlagen (beide weiß, wie ich bemerkte, blond und verstümmelt), an Treppenabsätzen und offenen Türen vorbei, durch die ich flüchtig kartenspielende Männer und, auf der gegenüberliegenden Seite des Flurs, eine alte Frau allein und schlafend in einem mit Möbelschonern zugedeckten Sessel sitzen sah. Ihr Radio spielte jene Negermusik. Die braunen Baumwollstrümpfe waren über ihre schwarzen Knie heruntergekrempelt.

Blanche empfing uns jammernd und schreiend: »Meine Kleine, meine Kleine!« heulte sie und hüpfte und tanzte vor Kummer und Schmerz um ihre Tochter herum, aus deren halb abgehackter Hand Blut sprudelte. Mein Vater hob das Mädchen auf, dann rasten wir alle zusammen zur Unfallstation eines Krankenhauses.

Die Tochter blieb am Leben. Die Hand wurde ihr sogar wieder angenäht, aber nach diesem Vorfall (ein eifersüchtiger Liebhaber mit einer Axt) war ihr Geist zerrüttet. Das Mädchen ging nicht mehr zur Arbeit und hatte sogar Angst, das Haus zu verlassen. Meine Stiefmutter meinte, der Blutverlust habe sie wohl irgendwie um den Verstand gebracht.

Auf dem Krankenhausparkplatz regte sich mein Vater über das Blut auf seinem Anzug und auf den Cadillac-Sitzen auf, aber ich fragte mich, ob sein kleinliches Verhalten nicht bloß dazu dienen sollte, Blanche zum Schweigen zu bringen, die ihm voll Dankbarkeit unentwegt die Hand mit Küssen bedeckte. Oder vielleicht hatte er damit einen Weg gefunden, wieder Normalität in eine Nacht zu bringen, die beunruhigend tief unter die umständlich-bürgerliche Normaltemperatur abgesunken war, die aufrechtzuerhalten er sich so sehr bemühte. Jahre später, als Charles starb, nahm mein Vater als einziger Weißer an der Beerdigung teil. Er war nicht willkommen, aber er ging trotzdem hin und setzte sich in die erste Reihe. Nach Charles' Tod wurde mein Vater noch zerstreuter und ängstlicher. Er saß ganze Nächte mit einer Stoppuhr da und zählte seinen Puls.

Das war wie in einer anderen Stadt gewesen – Blanches zwei Zimmer, die im Gegensatz zu den dreckigen Fluren peinlich sauber waren, ihr Papagei, der unter dem Geschirrtuch kreischte, das sie über den Käfig gebreitet hatte, der Farbdruck eines trauernden Jesus, der auf sein nacktes, blutendes Herz zeigte, als sei er ein Armenhospitalpatient mit einer furchterregenden Krankheit, ein gestohlenes Hochzeitsfoto meines Vaters und meiner Stiefmutter in einem Nest aus Kreppblumen und das blutgetränkte, in Streifen gerissene Laken, das sie hastig weggezogen und auf den geblümten Linoleumboden geschleudert hatte.

In meiner Naivität stellte ich mir vor, daß alle Armen, schwarze wie weiße, einander liebten, und daß ich mich hier mit Hilfe des Fountain Square zurücktasten könne zu der Straße, zu dem Geruch nach heißem Honig, zu diesem Blut, das so rot wie meines war, und zu diesem stetigen, farblosen Leuchten in dem Glaszylinder ... Diese Hillbillies auf dem Platz mit ihrer schleppenden Sprache und dem Gespucke, ihren dünnen Armen und den großen, klobigen Händen, den schartigen Fingernägeln, den blauen Tätowierungen, die kräftiger leuchteten als ihre Augen in den langen, bläßlichen Gesichtern, alle Augen blaßblau und von fast unsichtbaren Wimpern umgeben – diese Männer webte ich ungeniert ein in das Tuch der machtvollen Armen, diesen langen Ballen Stoff, der sich im Dunkel verlor und den ich nun durch einen Streifen aus Licht zog.

Ich schlug ein Buch auf und tat, als läse ich unter der düsteren Straßenlaterne, aber meine Aufmerksamkeit wandte sich vom Sehen dem Hören zu. »Freddy, bring mir ein Bier mit!« rief jemand. Ein paar andere Männer lachten. Niemand, den ich kannte, behielt seinen Spitznamen länger, als bis er zwölf war, zumindest nicht unter seinen Altersgenossen, aber hier hörte ich, wie diese Burschen sich Freddy und Bobby nannten, und ich fand das ermutigend, weil mir schien, sie wollten, wenn vielleicht auch nur unter sich, dicke Freunde sein wie in einer Jungenclique. Während sie sich bemühten, so brutal zu werden, wie sie es schnell genug sein würden, versuchte ich, sie sanfter zu finden, als sie es je gewesen waren.

Stiefel näherten sich. Ich hörte sie, ehe ich sie sah. Sie blieben stehen, und über der gerade aufgeschlagenen Buchseite, die zu gedruckten Streifen verschwamm, wurde jede braune Narbe des orangefarbenen Leders scharf. »Neugier hat schon mal 'ne Scheiß-Pussy umgebracht, weißte«, sagte ein Mann. Ich blickte hoch in ein Gesicht, aus dem brünette Koteletten sprossen, die sich wie Käsemesser nach innen auf seinen Mund zu bogen und genau unter seinem rötlichbraunen Schnurrbart endeten. Seine kleinen, schwarzen Augen waren von den vielen Bieren, die er getrunken hatte, und vom Spaß an seinen eigenen Witzen feucht und fröhlich.

»*Mächtig* neugierig biste, stimmt's?« fragte er. »Stimmt's!« bohrte er nach und machte eine große Schau aus seiner gemächlichen, onkelhaften Art, in der er sich seufzend neben mich setzte und mir seinen nackten Arm – einen bleichen, kühlen, schwitzigen, spätabendlichen Augustarm – um die schmächtigen Schultern legte. »Shit«, zischte er. Dann sog er wie dekorativen Zigarettenrauch langsam den Atem durch die Nase ein und gluckste wieder vergnügt vor sich hin. »Ich würde sagen, du hast Sabbataugen, Kleiner.«

»Wirklich?« quiekte ich in gequältem Sopran. »Ich weiß nicht, was Sie damit meinen«, setzte ich hinzu, nur um ihm meinen neu erworbenen Bariton vorzuführen, der durchdringend war wie eine Oboe. Die Wirkung auf den Mann schien die richtige zu sein: Ich zeigte mich umgänglich.

»Yessir, Sabbataugen«, sagte er, indem er auf die gleiche ländliche Langsamkeit und rhetorische Künstlichkeit umschaltete, die ich von meinem geschichtenerzählenden Großvater väterlicherseits in Texas her kannte. »Ich sag' Sabbat, weil du die ganze Woche gearbeit' hast, und jetzt läßt du die Augäpfel ruhn auf dem, wasde getan hast – oder getan ham könntest. Die guten Dinge auf Erden.« Plötzlich wurde er streng. »Warum bist du hier, Kleiner? Ich hab' dich gesehn, wie du dein' Kopp gehobm und rumspioniert hast wie 'ne gluckende Henne. Warum kuckst du, Kleiner? *Was* kuckst du dir an? Sag mir, was kuckst du dir an?«

Er hatte mir angst gemacht, das konnte er sehen – und es brachte ihn zum Lachen.

Ich lächelte, um ihm zu zeigen, daß ich durchaus wußte, wie blöd ich mich benahm. »Ich bin nur hier, um zu . . .«

»Lesen?« fragte er, nahm mir mein Buch weg und klappte es zu. »Shi-i-i . . .«, zischte er wieder, Dampf strömte aus vor dem *t.* »Willst du dich hier mit jemand treffen, Kleiner?« Er war weggerückt, drehte sich zu mir herum und starrte mich an. Seine Augen waren ernst, kämpferisch ernst, aber die sich vertiefenden Falten zu beiden Seiten ließen im nächsten Moment etwas Komisches erwarten.

»Nein«, sagte ich einigermaßen hörbar.

Er gab mir das Buch zurück.

»Ich bin hier, weil ich von zu Hause weglaufen will«, sagte ich. »Ich dachte, ich könnte vielleicht jemanden finden, der mitkommt.«

»Wo willste denn hin?«

»Nach New York.«

Ich hatte etwas so Gelassenes, Entschlossenes und Verbindliches – die knappe Art eines Geschäftsmannes, der die Räuberpistolen eines Bauern durchschaut –, daß der Mann sein Kinn in die Hand sinken ließ und nachdachte. »Was is' heute?« fragte er endlich.

»Samstag.«

»Ich nehm' Dienstag morgen den Greyhound nach New Yawk«, sagte er. »Willste mitkomm'?«

»Klar.«

Er sagte, wenn ich ihm am Montagabend vierzig Dollar brächte, werde er mir eine Fahrkarte kaufen. Er fragte mich, wo ich wohne, und ich sagte es ihm; weil er mir so bereitwillig zu helfen versprach, vertraute ich ihm. Ohne daß es mir ausdrücklich beigebracht worden war, hatte ich aus der genauen Beobachtung meines Vaters gelernt, daß in bestimmten entscheidenden Augenblicken – in einer plötzlichen Notlage, bei einer günstigen Gelegenheit – man erst handeln und später denken muß. Man muß leichte innere Einwände unterdrücken, Anwandlungen von Feigheit oder Verwirrung beiseite schieben und sich in ein schlichtes Instrument des Handelns verwandeln. Ich hatte gesehen, wie mein Vater ruhig und gelassen wurde, als er Blanches Tochter ins Krankenhaus fuhr. Ich hatte auch gesehen, wie er sich nickend, lächelnd und einsilbig antwortend blindlings auf die dunkle Öffnung eines äußerst vielversprechenden, aber noch unklaren Geschäfts vortastete. Und bei Frauen war er stets zu Abenteuern aufgelegt, wenn die hauchdünne Ahnung eines Lachens seinen Weg kreuzte, ein kaum spürbarer Strudel im trägen Fluß des Gesprächs, der leiseste Hauch von Verführung ...

Auch ich wünschte mir, ein Mann von Welt zu sein, und wagte es nicht, meinen neuen Freund allzu direkt zu fragen. Zum Beispiel wußte ich, daß man eine Eisenbahnfahrkarte noch im letzten Moment lösen konnte, sogar im Zug, aber ich war bereit zu glauben, daß man sich eine Busfahrkarte entweder im voraus beschaffen müsse oder daß er das zumindest annehme. Wir verabredeten einen Termin am Montag, an dem ich ihm das Geld bringen konnte (ich hatte es zu Hause im Geheimfach einer Holzschale versteckt, die ich im Jahr zuvor in der Werkstatt gebastelt hatte). Am Dienstag morgen früh um sechs würde er dann an der Ecke nicht weit von unserem Haus, aber nicht in Sichtweite, auf mich warten. Er hätte den Wagen seines Bruders, und wir würden uns sofort zu dem Bus begeben, der sechs Uhr fünfundvierzig in Richtung Osten abfuhr – ein langer Weg bis New Yawk, sagte er, oh, sagen wir zwanzig Stunden, nein, eher einundzwanzig.

»Und in New York?« fragte ich ängstlich, ohne daß ich hilflos erscheinen und ihn abschrecken wollte, aber ich machte mir Sorgen um meine Zukunft. Würde ich Arbeit finden? Ich sei erst sechzehn, sagte ich, und machte mich damit zwei Jahre älter. Durfte ein Sechzehnjähriger in New York legal arbeiten? Und wenn, als was?

»Kellner«, sagte er. »Ein ganzer Dollarhimmel von Restyrants in New Yawk City.«

Sonntag fiel den ganzen Tag ein warmer Nieselregen, und im Westen hellte sich der Himmel zu einem leuchtenden Gelb auf, das mehr an Schwefelgestank als an Farbe erinnerte. Ich spielte Klavier mit durchgetretenem Dämpfpedal, um meinen Vater nicht zu wecken. Ich sagte dem Instrument Lebewohl. Hätte ich doch nur geübt, dann hätte ich mich jetzt als Barpianist über Wasser halten können. Ich improvisierte etwas, das meiner Vorstellung nach raffiniertes Geklimper sein sollte – mit enttäuschendem Ergebnis.

Während ich stundenlang badete, wobei ich von Zeit zu Zeit zwei Fingerbreit abgekühltes Wasser abließ und durch heißes ersetzte, ging ich noch einmal Schritt für Schritt alle Arbeitsgänge durch: die Gäste begrüßen, ihre Bestellungen entgegennehmen, kleine Butterstückchen servieren, die Getränke, meine Wünsche dem Koch zurufen ... meine langen Plattfüße zuckten mitleiderregend im Wasser, derweil ich im ganzen Restaurant herumeilte. Wenn ich doch nur in der ganzen Zeit einmal einen Kellner beobachtet hätte! Na ja, ich würde eben auf Charme machen.

Was die Liebe anging, auch die würde ich durch Charme erringen. Ich wußte zwar, daß ich, seit ich sechs oder sieben war, niemanden mehr bezaubert hatte, aber ich tröstete mich damit, daß die Leute hier eben nicht empfänglich seien für die leise Verführung eines betörenden Wesens. Sie reagierten nur auf Charakter, Bildung und die allmähliche Entfaltung des Willens, und weniger auf die plötzlichen und gleißenden Erfindungen der Phantasie. In New York würde ich wieder der Liebling aller sein. In dem Balzac-Roman hatte sich ebenfalls ein mittelloser junger Mann sein ganzes Vermögen durch Glück, gutes Aussehen und gewinnende Manieren erworben. Die New Yorker würden ebenso wie die Pariser wissen, so hoffte und fürchtete ich, was sie von mir zu halten hatten. Ich schleppte Handlungsstränge und Atmosphäre der Literatur mit mir herum und versuchte, nebensächliche Ereignisse in diese fertigen Formen zu pressen. Doch nein, in Wahrheit war das Verhältnis eher umgekehrt, weniger ungünstig: Das Leben sang die Lieder der Kunst, aber die Kunst ging auch auf das Getöse ein, das das Leben erzeugte, und suchte sich die Melodie zusammen (der Barpianist, der dem summenden Säufer gefällig ist).

Vor Geschäftsschluß war ich noch zu einer nahegelegenen Drogerie gegangen und hatte mir eine Flasche Wasserstoffsuperoxyd gekauft. Ich hatte beschlossen, mir Montag nacht die Haare zu bleichen. Am Dienstag würde die Beschreibung meines Vaters, die er bei seiner verzweifelten Suche nach mir abgäbe, auf mich nicht mehr zutreffen. Vielleicht würde ich mir auch einen englischen Akzent zulegen; ich hatte meiner Mutter geholfen, als sie die Rolle der Lady Bracknell auswendig lernte, die sie bei den Emerald City Players spielen sollte, und nun konnte ich *cucumber sandwich* fast ohne Vokal nach dem ersten flötenartigen *u* sagen. Als blonder Engländer würde ich nicht nur meiner Familie entfliehen, sondern auch mir, und als der tatkräftige, liebenswerte Junge wieder zum Vorschein kommen, der ich so gern sein wollte. Nicht direkt ein Junge, eher ein Mädchen, oder vielmehr ein robuster, gerissener, überschwenglich-frommer Wildfang wie Jeanne d'Arc: hart im Kampf, aber dem in Visionen geschauten Vater freudig ergeben. Ich würde keine Wintersachen einpacken; sicher würde ich mir bis Oktober etwas Warmes kaufen können.

Noch ein Heißwasserstrahl, während ich mich wieder auf dem Weg zur Küche befand, dem Koch den Bestellzettel auf den Draht spießte oder lächelnd durch die Schwingtüren gestürmt kam, mich sehr höflich gab und das herrlich hohe Trinkgeld kassierte. Und dort, ganz allein an einem Tisch in der Ecke, sitzt der silberhaarige englische Lord, der seit kurzem verwitwet ist; meine Hand zittert, als ich ihm das geeiste Glas reiche. Innerlich hatte ich dem Hillbilly mit den Koteletten längst die Treue gebrochen, der seelenvoll schluchzte, als ich ihm meine lange Abschiedsrede hielt. Er paßte nicht zu mir, dazu war er nicht intelligent oder reich genug.

Als ich mich mit ihm am Montag um sechs neben dem Brunnen traf und ihm die vier Zehndollarscheine gab, kam er mir, was die Einzelheiten des Abenteuers des folgenden Tages betraf, an denen ich so fanatisch gefeilt hatte, sonderbar gleichgültig vor. Er beruhigte mich wegen des Kellnerjobs und meiner Fähigkeit dazu, sagte mir noch einmal, wo er mich am Morgen auflesen wolle – riet mir jedoch lächelnd davon ab, mir am Abend die Haare zu bleichen. »Pack das Zeug ein – wir bleichn dich weiß, wenn wir da sind, wo wir hinwolln.«

Wir aßen einen Hamburger im »Grashopper«, einem Restaurant mit zwei Gasträumen, von denen einer hell erleuchtet und voller Eßnischen, Familien und Kellnerinnen in Dirndln und weißen Spitzenhäubchen war; der andere war düster und stank nach Bier und Rauch – eine Männerwelt, die Bar. Ich ging durch die Bar zur Toilette. Als ich zurückkam, sah ich Alice, die Frau, mit der ich bei meinem Vater gearbeitet hatte, in einem tief ausgeschnittenen Kleid mit hochgerutschtem Rock, so daß man ihr Knie sehen konnte, die Hand an ihrer Perlenkette. Sie hatte eine neue Frisur. Sie schob eine Locke nach hinten und ließ sie wieder über ihr Auge fallen wie eine *veronica,* die von einer *capa* vor einem wütenden Stier vollführt wird: dem Mann neben ihr, der ihr jetzt seine schmutzige Hand aufs Knie legte. Sie stieß einen spitzen Schrei aus – es sollte wohl ein koketter Aufschrei sein, aber es schwang Entsetzen mit. (Ich war froh, daß sie mich nicht sah, denn ich schämte mich darüber, wie man sie in meiner Familie behandelt hatte.)

Ich nahm mir vor, überhaupt nicht zu schlafen, stellte mir aber den Wecker für den Fall, daß ich eindösen sollte. Stundenlang lag ich im Dunkeln und lauschte den Hunden, die im Tal bellten. Jetzt, da ich das Haus für immer verlassen wollte, schlich ich im Geist auf Zehenspitzen hindurch und bewunderte im stillen seinen Luxus – die Regale, in denen reihenweise Konserven standen (mein Vater bestellte alles *en gros*), den Wäscheschrank, der mit gebügelten, wenn auch schnupftabakfleckigen Laken vollgestapelt war, mein eigenes Badezimmer, in dessen Schrank sich Seife, Papiertücher, Badetücher, Handtücher, Waschlappen türmten, die elegante Spirallinie der Haupttreppe, die sich ins Wohnzimmer mit seinen dicken Teppichen, den Schirmlampen und dem hübschen, mit Kacheln eingefaßten Spiegel hinabschwang, auf die mit nervösem Pinselstrich die verschiedenen Schoßhundrassen gemalt waren. Dieses Haus, dem ich mich nie zugehörig gefühlt hatte, gehörte nicht mehr zu mir, und die mir so klar vorgezeichnete Zukunft – College, Karriere, Ehefrau und weißes, hinter grünen Bäumen schimmerndes Haus – wurde nun gegen jenen ewigen Kreislauf durch das Restaurant eingetauscht, der so deutlich vorgezeichnet war wie Kreidestriche am Boden, Unterweisungen für jeden Fuß wie beim Tango, Linien, die zusammenflossen, sich teilten und vereinigten, sich teilten und vereinigten ... In meinem Traum war mein Vater gestorben, aber ich weigerte mich, ihn zu küssen. Trotzdem hob er mich gleich darauf auf seinen Schoß, mich, einen linkischen, mit Wick VapoRub eingeriebenen Halbwüchsigen, den jeder unerklärlicherweise wie ein krankes Kind behandelte.

Als ich den Wecker abstellte, überfiel mich Angst. Ich würde das Haus hungrig verlassen müssen! Das Zimmer in der Pension, dessen Toilette am Ende des Flurs lag, Blut auf dem Linoleum, Christus als Farbdruck, Krepppapierblumen – ich zog mich an und packte die Flasche

Wasserstoffsuperoxyd und zweimal Sachen zum Wechseln in meine Sporttasche. Ob mein Vater schon zu Bett gegangen war? Würde der Hund bellen, wenn ich versuchte, mich an ihm vorbeizuschleichen? Und würde dieser Mann an der Ecke auf mich warten? Das Zimmer in der Pension, ja, Negermusik im Radio nebenan, der kokette Aufschrei ... Als ich die Auffahrt hinunterging, schien es mir, ich fiele unter den leeren Fenstern des Hauses meines Vaters besonders auf, und ich erwartete fast, daß er die nie benutzte Vordertür öffnete und mich zurückriefe.

Ich stand an der verabredeten Ecke. Es fing an zu nieseln, trotzdem fuhr ein Wasserwagen langsam vorbei und besprengte die Straßen mit einem dunkleren, glänzenderen Grau. Vögel waren nicht zu sehen, aber ich hörte sie den Tag erproben. Ein Hund ohne Halsband oder Herrchen trottete vorbei. Zwei fette Hausmädchen erklommen den Hügel und blieben alle paar Schritte stehen, um Atem zu schöpfen. Die eine, eine glänzende, blauschwarze, dicke Frau mit einem geblümten Turban auf dem Kopf und einem purpurroten Regenschirm mit einem weißen Plastikgriff in der Hand, schaute finster und redete wie ein Wasserfall, doch offensichtlich über etwas Lustiges, denn ihre Begleiterin konnte sich vor Lachen nicht halten.

Die Uhr der katholischen Schule hinter den tropfenden Bäumen auf der anderen Straßenseite meldete die Viertelstunde, die halbe Stunde. Immer mehr Autos fuhren an mir vorbei. Ich sah mir jeden Fahrer genau an – hatte mein Freund verschlafen? Der Milchmann. Der Brotwagen. Dieser verdammte Hillbilly. Ein Bus fuhr vorüber, darin saß ein einziger Fahrgast. Viertel vor sieben. Er kam nicht.

Als ich ihn am nächsten Abend auf dem Platz sah, winkte er mir zu und kam zu einem Schwatz herüber. An seiner lockeren Art erkannte ich sofort, daß er mich reingelegt hatte und ich machtlos war. Wo sollte ich ihn denn anzeigen? Wie ein Heroinabhängiger oder wie ein Kommunist stand ich außerhalb des Gesetzes – außerhalb des Gesetzes, aber bei ihm, diesem Mann.

Wir setzten uns nebeneinander auf dieselbe Bank. Ein defekter Auspuff explodierte knallend, und die flötenden Stare, die auf dem Arm der Brunnenfigur gehockt hatten, flogen auf und ließen die Metalltaube allein zurück. Ich nahm meinen Schlips ab, rollte ihn zusammen und steckte ihn in die Tasche. Weil ich mich nicht darüber beklagte, daß er mich hintergangen hatte, sagte mein Freund: »Siehste die Männer da drüben?«

»Ja.«

»Ich könnt' dir einen beschaffen – für acht Mäuse.« Er ließ das wirken. Ja, dachte ich, ich könnte mit einem in eine dieser kleinen Absteigen gehen. »Welchen willste?« fragte er.

Ich gab ihm das Geld und sagte: »Den Blonden.«

DREI

Bis ich sieben war, wohnten meine Eltern, meine Schwester und ich in einem im Tudorstil errichteten Haus am Ende einer kleinen Straße in der Stadt, in der mein Vater auch nach der Scheidung blieb. Unser Haus und drei andere bildeten eine waldige, fast ländliche Enklave inmitten eines alten, ärmlichen Stadtviertels. Mir gelang es nie so recht, unserer Enklave einen Platz in der Welt draußen zuzuordnen. Ich entsinne mich, wie erstaunt ich war, als ich eines Tages durch das Tal hinter unserem Haus streifte, den Hügel auf der anderen Seite erklomm, Zweige beiseite schob – und auf eine breite, vierspurige Durchgangsstraße blickte, die ich schon zahllose Male entlanggefahren war, von der ich aber nie vermutet hatte, daß sie so nahe an unserem Grundstück vorbeiführte. Vor allem natürlich nicht *dahinter* entlang. In meiner Vorstellung lag die ganze Stadt in einem schmutzigen, wimmelnden Vorzimmer vor unseren Gartentoren. Ich beriet mich mit meiner Schwester. Sie war vier Jahre älter, konnte lesen, ging zur Schule und wußte alles.

»Sicher, du Blödkopf«, sagte sie. »Natürlich liegt sie hinter dem Haus. Wo sollte sie denn deiner Meinung sonst liegen?« Sie bohrte die Fingerspitze in ihre Schläfe und sagte: »Blöh.«

Sie begann eine farblose Litanei von »Blödköpfen«

herunterzuleiern. Ich hielt mir die Ohren zu und rannte weinend ins Haus.

Meine Schwester kannte ihre Freundinnen von der Miss Laughton's Mädchenschule her, und manchmal kamen sie nachmittags zu ihr nach Hause und spielten mit ihr.

Sie waren alle Mitglieder eines Clubs, den meine Schwester gegründet hatte. Sie war der Boß. Ihr Erfolg als Anführerin war wohl der konsequenten Art zuzuschreiben, wie sie ihre Ideen in Taten umsetzte: Wie sie an die Dinge heranging, das verlieh Plänen, die sonst vielleicht verrückt und unverständlich erschienen wären, etwas Erwachsenes und Überlegtes.

Eines Nachmittags gab sie jeder ihrer Kameradinnen den Befehl, dem Vater am Abend einen Gürtel zu stehlen und am nächsten Tag mitzubringen. Natürlich müsse jedes Mädchen beim Stehlen und Verstecken des Gürtels sehr schlau vorgehen; falls ertappt, habe es noch einfallsreicher zu sein, um den wahren Grund des Diebstahls zu verleugnen. Am nächsten Nachmittag kamen die Mädchen in dem Tal zusammen und präsentierten die Beute meiner Schwester, die jedes Mädchen mit dem Gürtel seines eigenen Vaters auspeitschte. In einem Fall hinterließ ihr Eifer solche Striemen, daß es zu elterlichen Erkundigungen und schließlich zur Aufdeckung des ganzen Dramas kam. Meine Schwester, die zu der Zeit ein langes, verschlossenes, hellblondes Mädchen war, das Erwachsene verabscheute, beantwortete die wütenden Fragen meiner Mutter mit mürrischen Jas und Neins, wobei sie den Blick gesenkt hielt und die Lippen zusammenpreßte. Sie hatte Angst vor meiner Mutter, das Verhör beunruhigte sie, aber nicht eine Sekunde lang fühlte sie sich schuldig oder bereute, was sie getan hatte. Sie war die Königin ihres Mädchenstammes.

Einigen der Mädchen verübelte meine Schwester, daß sie sich für mich interessierten, und so schloß sie mich aus den Versammlungen aus, die neben dem leeren, mit totem Laub verstopften Schwimmbecken abgehalten wurden. Als ich mich darüber hinwegsetzte und lächelnd in die Versammlung gestapft kam, schlug sie mich mit einer Haarbürste auf die nackten Beine. Mein Vater, der davon überzeugt war, daß sein Sohn sich behaupten müsse, hielt meiner Schwester die Arme auf dem Rücken fest und befahl mir, ihr mit einem stacheligen Zweig hinten gegen die Beine zu schlagen. Aber ich wußte, daß er nur zu bald wieder verschwände, daß meine Mutter wegführe und die Hausmädchen wegsähen; ich ließ den Zweig fallen, heulte los und polterte die Treppe zu meinem Zimmer hinauf. Sicherlich wußte ich auch, daß mein Vater meine Schwester mir vorzog und daß sein Interesse an mir lediglich abstrakt, dynastisch war.

Meine Schwester war sein wahrer Sohn. Sie konnte auf einem Pferd reiten und eine Meile schwimmen, und sie konnte wie er langanhaltende Wutanfälle bekommen. Aber das wichtigste war: Sie war so blond wie seine Mutter. Meine Großmutter hatte meinen Vater nicht bekommen wollen; sie erzählte ihm, sie habe jeden Tag mit den Fäusten auf ihren Bauch eingetrommelt, als sie mit ihm schwanger war. Dennoch kam mein Vater irgendwie zur Welt und blieb am Leben, um seiner Mutter demütig und liebevoll zu dienen; als er noch ein kleiner Junge war, wusch er die Bettwäsche der Familie in der Badewanne und bürstete seiner Mutter jeden Abend das blonde Haar. Eines Abends, bald nachdem meine Großmutter gestorben war, schlich ich mich in das Arbeitszimmer meines Vaters und sah, wie er hinter dem Stuhl stand, auf dem meine Schwester saß, ihr das Haar bürstete und weinte.

Ich betrachte gerade ein altes Foto von meiner Schwester und mir. Ich bin drei, und sie ist sieben, beide sind wir winterlich warm eingepackt und stehen vor einer Tür unter einem bedrohlich schwarzen Adventskranz. Sie ist viel größer als ich und hat einen modisch geschnittenen Kamelhaarmantel an, der über schwarzen Steghosen schräg ausgestellt ist. Voll Stolz trägt sie einen dazu passenden, braun gepaspelten Hut, dessen Krempe vorn hochgeschlagen ist; das Ganze sitzt verwegen weit auf dem Hinterkopf. Auf schmalen Lippen zeigt sie ein offensichtlich erzwungenes Lächeln. Ihre Augen, geradezu bodenlos blau und weiß, verraten die Schmerzen eines noch nicht wieder ganz gesundeten Kranken, ebenso die Schatten unter ihren Schläfen, die wie blaue Flecken aussehen – blaue Flecken wie von Geburtszangen.

Da meine Schwester mich quälte und ich sie liebte, aber auch fürchtete, wandte ich mich von ihr ab und imaginären Spielkameraden zu. Davon hatte ich drei. Cottage Cheese, ein Mädchen, das älter als ich, vernünftig und rechthaberisch, aber meine Verbündete war. Sie und ich, wir ertrugen geduldig unseren gutmütigen jüngeren Kumpel, Georgie-Porgie, der ein Blödmann war, um den wir zu seinem eigenen Besten viel Gewese machten. Wir empfanden nichts von dieser freundlichen Herablassung gegenüber Tom-Thumb-Thumb, dem frechen Kerl, der im Wald hinter dem Stacheldrahtzaun herumstreifte, der das Grundstück des Nachbarn abteilte, für uns verboten, aber auch für ihn, da bin ich sicher, allerdings ignorierte er diese wie auch jede andere Vorschrift. Er war nur das Rascheln trockener Blätter, das Keuchen raschen, heißen Atems hinter dem Geißblattstrauch, ein vager Eindruck von braungebranntem Bein und dreckigem Knie oder ein fernes Gejohle und Geschrei – eine nicht bezähmbare männliche Freiheit (um so freier, weil er ein Junge und kein Mann war). Er hatte niemanden nötig, er hörte auf keine Rüge. Einmal trieben Cottage Cheese und ich ihn in die Enge (wir hatten ihn dabei überrascht, wie er in der Garage heimlich die heilig-unberührbaren Werkzeuge meines Vaters betatschte), und wir hielten ihm eine ausführliche Standpauke, aber seine Augen, deren Weiß wunderbar klar und hell durch das verfilzte Haar blitzte, zuckten unaufhörlich hin und her, um nach einem Fluchtweg zu suchen – und dann war er weg, und zurück blieb nur das Echo an der Betondecke und unsere Stimmen, die Tom riefen, ihm immer und immer wieder zuriefen, Tom, sich zu benehmen, lieb zu sein, Tom, so lieb, wie wir das sein mußten.

Aus mir hat er sich nie etwas gemacht. Cottage Cheese und ich waren entschlossen, den naiven Georgie-Porgie nicht in Toms Bann geraten zu lassen, und wir legten uns mächtig ins Zeug, Toms Fehler aufzulisten – aber insgeheim machte ich mir um ihn Sorgen, und nachts überlegte ich, wo er wohl schlafe, ob er es trocken und warm habe, ob er hungrig sei. Ich beneidete ihn sogar um sein freies Leben, allerdings erschien mir der Preis für diese Freiheit – totale Einsamkeit – viel höher, als ich ihn womöglich hätte zahlen können.

Durch Toms Unabhängigkeit und Georgies Abhängigkeit waren beide als Spielgefährten unbefriedigend. Wenn die Familie einen Ausflug unternahm, ließ ich die

Jungs mit Freuden zu Hause, solange ich nur Cottage Cheese mitnehmen konnte. Meine Mutter sorgte dafür, daß Cottage Cheese immer neben mir einen Platz bekam: auf dem Rücksitz des blaßblauen Chrysler mit seinen königsblauen Polstern, dem wunderbaren Chromaschenbecher, der sich aus der gesteppten hinteren Verkleidung des Vordersitzes herausklappen ließ, und den durchscheinenden Celluloidknöpfen an den Fensterkurbeln – nur einmal bestand Cottage Cheese in einem für sie untypischen eigensinnigen Augenblick darauf, außen auf dem Trittbrett mitzufahren, und ich hielt sie durch das heruntergekurbelte Fenster an der Hand. Ihre Röcke flogen in die Höhe, und ihre Tafthaarbänder tanzten wie verrückt hinter ihr her, so daß sie schließlich so windgepeitscht aussah wie die Silberfigurine auf dem Kühler.

Normalerweise war Cottage Cheese ein stilles, vernünftiges Mädchen, das sich damit zufrieden gab, mit mir durch die endlosen Tage zu wandern, in denen wir unsere Welt in Augenschein nahmen und sie uns gegenseitig einprägsam schilderten: »Und hier liegt so ein glitschiger Baumstamm, paß auf, daß du nicht ausrutschst auf dem glitschigen Baumstamm, mach einen Schritt drüber weg, so ist es richtig – oh, guck mal, da sind die giftigen roten Beeren, nicht essen, sie sind giftig.« Die Nachmittagsschläfchen machte sie gemeinsam mit mir, ein schrumpfendes Häufchen aus trockenem, heißem Organdy und schlaff herabhängenden weißen Strümpfen, wie sie sich da neben mir aufs Bett niederließ, und wenn ich als erster aufwachte, war sie nur völlig kraftloses Ektoplasma, bis ich ihr wieder Leib und Leben einzuhauchen vermochte.

Sie war kein hübsches Mädchen. Sie hatte Sommersprossen, eine große, schwarze Brille und Ohren, deren Läppchen sich beharrlich durch die schlaffen Strähnen ihrer glatten Haare bohrten. Sie war so etwas wie ein Wildfang, nicht weil sie sportlich war (sie hatte vor Sport ebensolche Angst wie ich), sondern weil sie direkt, energisch und zutraulich war. Ich wußte ihre Kameradschaft zu schätzen und hatte es gern, wenn sie mir sagte, ich solle mir die Zähne putzen oder spülen, wenn ich auf der Toilette gewesen war. Sie badete sehr gern mit mir, aber – ich sage es mit Freuden – ausgezogen hat sie sich dazu nie.

Und dennoch mochte ich meine imaginären Freunde eigentlich nicht, und zwar eben weil sie so irritierend vage und unwirklich waren. Meine Mutter gab sich große Mühe, sich auf diese Marotte von mir einzustellen – vielleicht konnte sie mit meinen imaginären Spielgefährten sogar besser umgehen als mit einigen meiner anderen Launen, die viel störender waren. Und ich hatte vielleicht länger als nötig an diesen Freunden festgehalten, eben weil sie mir eine gewisse Rücksichtnahme bescherten. Am Tisch wurde für Cottage Cheese ein Platz gedeckt, und meine Eltern erkundigten sich oft nach ihr. Aber meine imaginären Freunde waren für mich bisweilen beinahe weniger real als für meine nachsichtige Mutter – Phantasie ist nicht der Trost, als der sie fälschlicherweise ausgegeben wird. Sie kann auch das Eingeständnis eines gewissen Scheiterns sein.

Dennoch führte an meinem dritten Geburtstag eine Truppe berufsmäßiger Marionettenspieler in unserem Wohnzimmer *Dornröschen* auf; das Publikum, das aus den Kindern der Freundinnen meiner Mutter bestand, war zu diesem Zweck zusammengetrommelt worden. Die Teller, von denen wir Kinder Kuchen und Vanilleeis gegessen hatten, wurden eingesammelt und die Vorhänge zugezogen, am Tag wurde es Nacht, ein Zaubertrick, den ich nur von den Nachmittagsschläfchen her kannte. Es war ein freundliches, schniefendes, kicherndes Publikum. Eine kleine, erhöhte, mit blauem Tuch gerahmte Bühne war auf einer Seite des Zimmers aufgebaut. Die Spitze eines großen, braunen Schuhs, die unter dem Rand der Vorderbühnendraperien hervorlugte, hielt das Gefühl für die wahren Dimensionen nur für wenige Minuten wach. Bald hatte der verkleinerte Maßstab der Bühne mich gefangengenommen, als hätte man mich kopfüber in ein Becherglas geworfen und meine Substanz völlig verändert. Die Geschichte hatte ich noch nie gehört. Der Fluch der bösen Fee, das Mißgeschick der Prinzessin an der Spindel, ihr langer Schlaf und die komischen erstarrten Posen der Hofleute, die Ankunft des Prinzen und die fröhliche Hochzeit – alles trug mich davon in eine Welt verständlich geformter Gesichter, aus denen ihr Charakter ohne weiteres abzuleiten war, eine Welt, in der eine Drohung die Katastrophe ahnen ließ, das Böse besiegt und die Liebe belohnt wurde. In diesem erleuchteten Geviert verschmolzen alle meine Gefühle miteinander, weil ihnen eine feste Grenze gesetzt wurde, innerhalb welcher sich die Dinge mit der Logik der Kunst, nicht des Lebens entwickelten.

Denn wenn die imaginären Spielkameraden unstofflich waren, so waren die allzu greifbaren Menschen in meiner Umgebung für mich undurchsichtig. Nun erschienen mir nur diese Miniaturgestalten – mit einer Hakennase, die noch durch eine Warze betont wurde, einem Gewirr glänzender blonder Haare, Spitzenmanschetten, Samtschleppen –, nur sie erschienen mir von innen erleuchtet und wahrnehmbar, wenn sie aus der bodenlosen Tiefe nach oben schwebten, wild gestikulierten, wie blind nur vage in die Richtung eines Gesprächspartners blickten, von tränenlosen Schluchzern geschüttelt wurden und knurrten oder piepsten, dann wieder zu herzlichen, jovialen Umarmungen aufeinander zuflogen, bis sie schließlich nach oben in die Kulissen gezerrt wurden. *Das* war das Geheimnis der Phantasie – ihre Schöpfungen waren kraftlos nur für den Erzeuger, doch für den Zuschauer mächtiger als das Leben.

Als der Vorhang wieder hochgezogen wurde und die Puppenspieler – ein glatzköpfiger Mann und dessen bebrillte Ehefrau – mit schüchternem Grinsen zum Vorschein kamen und sich zu dem Fest gesellten, regte sich in mir tiefe Traurigkeit.

Als ich sieben war, ließ sich meine Mutter von meinem Vater scheiden. Meine Schwester und ich waren vom pathetischen Ton der Erwachsenen eine Treppe tiefer aus dem Schlaf gerissen worden, saßen im Schlafanzug auf der Treppe und lauschten den Reden. Wie sonderbar und spannend es war, daß sich auf diese Weise entscheiden sollte, wo wir wohnen würden und zur Schule gingen. Mein Vater, meine Mutter und die Frau, die schließlich meine Stiefmutter werden sollte, wechselten sich im Reden ab, allerdings schwieg mein Vater meistens, es sei denn, er wurde von den Frauen zu Stellungnahmen aufgefordert, die er murmelnd abgab. Meine Mutter sagte gerade: »Wenn sie diejenige ist, die du wirklich willst, dann liegt es mir fern, mich eurem Glück in den Weg zu stellen, doch wenn ich vielleicht für mich reden dürfte ...« Die komplizierten Sätze mit ihren fremden Redewendungen brachten meine Mutter manchmal ins Stolpern, als wäre sie eine Debütantin in ihrem ersten langen Kleid.

Alles an der Unterredung erschien dramatisch – die späte Stunde, der formelle Ton, sogar die Vorstellung, daß ganz plötzlich etwas Folgenschweres entschieden werden könnte oder sollte. Bald hatten meine Schwester und ich, von den erhöhten Tribünenplätzen des dunklen Treppenhauses in die Helle hinunterspähend, unsere Mittäterschaft durch Heuchelei besiegelt: Beide erregte uns die Aussicht, in eine andere Stadt umzuziehen und unseren schwierigen Vater loszuwerden, aber beide taten wir so, als seien wir tief betrübt.

Das wirklich Aufregende bestand natürlich darin zu erfahren, daß sich ein Leben ändern und man in eine völlig neue, bessere Welt eintreten könne (»Ich werde dorthin ziehen, wo den Kindern die kulturellen und schulischen Vorteile einer großen Metropole zugute kommen«, sagte meine Mutter gerade). Daß ein Leben sich ändern konnte, setzte die noch aufregendere Vorstellung voraus, daß man so ein Ding namens »Leben« überhaupt besaß, ein wundervolles Wesen, das wie ein kleines Kind unmerklich in einem heranwuchs. Wie sein Körper geformt und wie sein Temperament beschaffen wäre, bliebe – ebenso die Farbe seiner Augen, die Maße seiner Größe und die Schönheit seines Gesichts – bis zum Augenblick seiner Geburt sicher unbekannt. Bis zu dem Moment, als ich die drei Erwachsenen über ihr und unser Leben reden hörte (»Ich kann mein Leben so nicht weiterführen«, »Die Kinder haben noch ihr ganzes Leben vor sich«), hatte ich nie die Vermutung gehabt, daß ich so ein »Leben«, so einen tragischen Embryo in mir tragen könnte. Für mich war die Scheidung also in erster Linie der Eintritt ins Ich-Bewußtsein.

Sie war auch eine Befreiung von meinem Vater. Da er den ganzen Tag schlief, sah ich ihn nur selten. Aber manchmal sagte meine Mutter: »Dein Vater ist wach. Warum gehst du nicht zu ihm und massierst ihm den Rücken?« Widerstrebend betrat ich dann das Schlafzimmer, in dem das Spätnachmittagslicht von den zugezogenen Gardinen verdunkelt wurde. Auf dem Bett, das Gesicht nach unten, lag mein Vater nackt unter den Laken wie ein elend in einem Wattümpel aus Schaum gestrandetes Meeresungeheuer. Die Gerüche von Nachtschweiß und kaltem Zigarrenrauch schüchterten mich ein; ich tapste hinaus und sagte zu meiner Mutter, er schlafe noch. »Nein, nein«, sagte sie lächelnd und schob mich wieder hinein. Ich blickte mich in dem Zimmer um, das ich normalerweise nicht betreten durfte. Alles war still, bis auf sein Atmen und das Ticken seiner goldenen Taschenuhr neben ihm auf dem Nachttisch. In dem halbgeschlossenen Kleiderschrank meines Vaters sah ich seine Schuhe. Einen Schuh erahnte ich nur aus der senkrechten glänzenden Lichtlinie, die sich mit mir bewegte und gläsern über die schwarze Lederrundung am Hacken glitt. Hoch oben über den Schuhen hing der rauchige Kaschmir-Olymp aller seiner abgelegten, potentiellen Ichs: seine Anzüge. Jetzt zu dem Bett.

Ich setzte mich neben ihn und tätschelte ihm leicht den Rücken. Er brummte aufmunternd, und ich arbeitete mich über den fettgepolsterten Rücken zu den Schultern hoch. Die Poren sahen riesig aus, einige hatten einen schwarzen Punkt. Eine Schweißschicht schien systematisch aus ihm hervorzuquellen; ich roch an meiner rechten Hand, sie roch komisch. Anscheinend wurde von mir erwartet, daß ich wie ein einsamer Bergsteiger, der, nur mit Seil und Krampen ausgerüstet, einen Gletscher besteigt, mit der Hand über ihn hinwegkröche. Falls er schon völlig wach war, so ließ er es sich nicht anmerken, als sei der Zustand der Erschlaffung alles, was ein Vater seinem kleinen Sohn schuldig sei – oder zumindest alles, was der Sohn von so einem massigen Vater hinnähme.

Er war vollkommen nackt, doch bis zur Taille in Bettücher gehüllt. Während meine Bettücher klein waren und für mein Bettchen ausreichten, in dem ich im dominierenden Schatten und dem beunruhigend anheimelnden Geruch meines schwarzen Kindermädchens schlief, waren diese Laken skulpturenhaft weiß, riesig groß und verknäult, Zeugnisse erwachsener Nächte voller Kämpfe und Leidenschaften.

Später, eine Stunde später, kam er zu seinem Gutsherrenfrühstück herunter, war rasiert und mit einem weißen Hemd, einer Seidenkrawatte und einem zweireihigen Anzug bekleidet, und seine Augen wirkten jung, scharf und intelligent in dem Gesicht, das ich vorher aus einem merkwürdigen, verzerrten Winkel gesehen hatte. Er war jetzt höflich zu der Köchin, achtungsvoll zu meiner Mutter und unbeschwert und sarkastisch zu meiner Schwester und mir – er, der vor einer Stunde nichts weiter als eine niedergestreckte, kalten Schweiß ausdünstende Gottheit gewesen war. Diese Verwandlung des Rätselmenschen im Gewirr der Laken zu diesem zu Späßen aufgelegten Gentleman schrieb ich den Ritualen vor dem Badezimmerspiegel und dem erfrischenden Duft von Karbolseife und Hamamelis zu. Wie er sich, während beide Wasserhähne voll aufgedreht waren, in diesem Spiegel betrachtete, als könnte aus dem beschlagenen Glas durch einen Wisch mit dem Handtuch seine wahre Identität hervortreten – ein

Ableger des Ich, wenn schon nicht der ganze blühende Zweig.

Dad hatte eine Art Freund, der für ihn möglicherweise nichts weiter als ein ganz unwichtiger Geschäftsfreund war, den meine Schwester und ich aber heiß verehrten, weil er uns Geld schenkte. Wir nannten ihn »Dollar Bill«, denn er hieß William und schenkte uns beiden jedesmal, wenn er kam, einen Dollar. Obwohl es uns an nichts fehlte und wir dunkel ahnten, daß das Leben, wie wir es führten, viele, viele Dollars kostete, bedeutete uns dieses unsichtbare Geld nichts im Vergleich zu dem echten Zaster, den Dollar Bill herausrückte. Hätte uns der Teufel oder Hitler auch nur einen einzigen Dollar für die Köpfe unserer Eltern geboten, wir hätten sie ihnen abgeschnitten und die blutigen, dicken Packen mit Freuden dafür eingetauscht. Wie habgierig wir waren, obwohl wir so frühzeitig den Wert und den unheilvollen Ruhm des Dollars kennengelernt hatten. Wie wir um Dollar Bill herumscharwenzelten, seine Beine umklammerten und ihm den Hals küßten. Wie wir vor Aufregung kreischten, wenn wir ihn den Weg herunterkommen sahen. Über unser geldgieriges Gekaspere lachten die Erwachsenen schallend im Chor, weil sie sich freuten, daß wir ihre eigenen Gefühle nachahmten – so wie man vielleicht ebenso entzückt zusieht, wie sich Schimpansen begatten oder wie sie mit ihrer riesigen violetten Erektion ein menschliches Verlangen vorführen, das zwar nicht so farbenprächtig ist, aber ebenso beharrlich.

In gewissem Sinne waren alle Dollars unseres Daddy Laufrollen, auf denen die Möbel unseres Lebens lautlos umherglitten; jeder Dollar erhielt eine Funktion zugewiesen und wurde den Blicken entzogen. Dollar Bill jedoch befreite jede Woche zwei Dollar von ihrer unsichtbaren Nützlichkeit. Wir liebten ihn mehr als jeden anderen, den wir kannten.

Einmal wurde meine Mutter so wütend auf mich, daß sie meinen Vater bat, mich mit einem Lederriemen zu verprügeln. Er schob mich in sein Schlafzimmer. Das Bett war inzwischen mit einer Tagesdecke aus blaßgelbem Satin zugedeckt, ein antiker, glänzender Metallspiegel, der Lichter und Schatten, wenn nicht sogar zusammenhängende Gestalten reflektierte. »Zieh die Hose runter«, sagte mein Vater. Ich hatte bereits begonnen, eine Art Japsen von mir zu geben, ein asthmatisches Japsen, mit dem ich einen Schmerz vorwegnahm, der mir unerhört grausam erschien, weil ich mir weder vorstellen konnte, wann er mich treffen, noch wie lange er dauern werde. Daß ich die Lage nicht unter Kontrolle hatte, war für mich die schlimmste Strafe, und ich japste und japste nach Luft und Flucht und Gerechtigkeit, zumindest aber um Gnade. Panik machte sich überall in mir breit; am liebsten wäre ich weggelaufen oder in einer mächtigen chemischen Rauchwolke verschwunden und als weißes, verängstigtes, zaghaft an den Schwaden knabberndes Tierchen wieder unter einem Zylinder hervorgekrochen. Ich dachte, ich könnte meinen Vater auf meine Seite ziehen. Mit dumpfer Aufrichtigkeit sagte ich (ich hatte nichts als Aufrichtigkeit einzusetzen): »Ich werde es nie wieder tun. Es tut mir leid.«

Aber nun war er wütend. Sein Haß, der stärker war als jedes andere Gefühl, das er je für mich hegte, ließ sein Gesicht jünger und jünger erscheinen. Seine Augen hatten nicht mehr diesen verschleierten, entrückten Blick von Erwachsenen, die auf leere Flecken an der

Wand starren oder sich im Tüll ihrer Gedanken verheddern. Sein Blick war jetzt schlicht und neugierig, ein Blick, den ich als den eines anderen Kindes erkannte. Ein Schrei holte mich ein und überflügelte mich. Ich fühlte mich von diesem Schrei eingenommen, der in einer Stimmlage ertönte, die mächtiger und freier klang als alles, was ich je gehört hatte – ein Schrei, der offenbar noch mächtiger war als meine Angst, der mich überwältigte und nicht enden wollte. Es war ein Schrei der Empörung gegen die Quälerei von seiten eines Kindes, das nicht älter war als ich, aber viel schwerer zu besänftigen – eines herzlosen Jungen.

Er zog mir die Hosen herunter und stieß mich auf die glänzende Bettdecke. Immer wieder sauste der Gürtel herab, viel zu lange und viel zu fest für mein Empfinden, das plötzlich sonderbar epikureisch war. Der Trost des Verdammten ist die Verachtung, vor allem die Verachtung ästhetischer Art. In diesem Moment zogen sich die Lebenskräfte aus meinem Körper in eine kleine, harte Drüse bitterer Objektivität zurück, eine Drüse, die ihr Gift den ganzen Rest meines Lebens in mich absondern würde. Schließlich eilte, angemessen spät, meine Mutter herein und bat um Gnade; sie hatte sogar die Genugtuung, meinen Vater beschuldigen zu können, er sei unangemessen hart gewesen.

Die Scheidung lief noch und das Schuljahr war noch nicht zu Ende, da quartierte meine Mutter meine Schwester und mich in ein Hotel in einer Gemeinde ein, die ähnlich wie ein Tudordorf durchweg in Fachwerk erbaut war. Das ganze Frühjahr über schien es zu regnen. Jeden Tag spazierte ich nach der Schule stundenlang durch unbekannte Straßen, die fast menschenleer waren. Die intensiven, reinen Farben der Verkehrsampeln glühten durch den Regen und warfen lange Sirupkleckse auf das nasse Pflaster. Grün, gelb, rot. Ein Klicken im Kasten. Dann rot, gelb, grün. Ich stieß auf eine efeubewachsene, vierschrötige Kirche mit Rundbögen und düsteren bemalten Fenstern, in der es nach Bohnerwachs roch. Ich ging die hallenden, leeren Gänge entlang und kam zu einer geschnitzten Holztür seitlich hinter dem Altar. Ein Schild sagte mir, daß dies das Amtszimmer des Pfarrers sei. Ich klopfte an.

Ein freundlicher Mann im dunklen Straßenanzug öffnete die Tür. »Ja?«

»Sind Sie der Pfarrer?«

»Ja.«

»Kann ich mit Ihnen reden? Ich habe ein Problem.«

»Dazu bin ich ja da. Komm rein.«

Das Amtszimmer machte einen funktionellen Eindruck mit seinen Schreibmaschinen und Akten, den Neonlampen an der Decke und dem Wasserkühler; es wirkte beruhigend praktisch und geschäftsmäßig. Der Pfarrer bedeutete mir, ich solle mich in einen grünen Ledersessel setzen. Dann nahm er mir gegenüber an dem Schreibtisch Platz.

»Sind Sie sehr beschäftigt?«

»Nein. Ich habe ein paar Minuten Zeit. Wo liegt das Problem?«

»Meine Eltern wollen sich scheiden lassen.«

»Schreckt dich das?«

»Ja. Na ja, vielleicht.«

»Wirst du bei deiner Mutter bleiben?«

»Ja.«

»Würdest du lieber bei deinem Vater wohnen?«

»Nein.«

»Magst du deinen Vater nicht?«

»Liebe Güte, nein.«

»Hättest du es gern, wenn deine Eltern miteinander verheiratet blieben?«

Das Mitgefühl in seinen Augen veranlaßte mich, »Ja« zu sagen. Als es heraus war, merkte ich, daß ich durch diese eine Lüge zu einer Figur in einer Geschichte geworden war – als sei ich eine von den Marionetten. »Ich hätte es gern – ja.« Ich spürte, wie mein Gesicht schöner wurde. Ich hoffte, der Pfarrer würde mich zu sich nach Hause einladen und sich um mich kümmern oder wenigstens meiner Mutter sagen, was für ein wunderbarer Junge ich sei. Ich hoffte, der Pfarrer werde seiner Gemeinde von dem wunderbaren kleinen Jungen erzählen, der ihn an einem regnerischen Nachmittag besucht hatte. »Kann ich irgend etwas tun? Um sie wieder zusammenzubringen?« fragte ich.

»Wahrscheinlich nicht. Du kannst für sie beten, daß sie alle beide die bestmögliche Entscheidung fällen.«

Ich senkte den Blick, dachte aber, Beten klinge ziemlich nutzlos. Ich stand auf und dankte ihm. Er brachte mich an die Tür und sagte, ich solle wiederkommen. Ich überlegte, ob er mich hochheben und in seine Arme schließen werde, aber das tat er nicht. Ich war klein genug, aber er tat es nicht. Statt dessen reichte er mir seine Hand, was ich eigentlich gar nicht mochte, weil ich nicht genau wußte, wie man sie schüttelt. Die Geste diente, wie ich erkannte, außerdem dazu, mich respektvoll als einen unabhängigen jungen Mann zu behandeln. Ich war mir nicht sicher, ob es das war, was ich sein wollte.

Diese frühreife Rolle, die ich in der Welt übernommen hatte, war nur möglich, weil mir die Welt so unwirklich erschien: wie eine Bühne, die von Lichtern zerteilt wurde und deren vierte Wand fehlte, um dichtgedrängten, aber schattenhaften Zuschauern den Blick hinein zu ermöglichen. Alles, was ich tat, wurde beobachtet. Wenn ich nach rechts ging statt nach links, nahm jemand sorgfältig Notiz davon. Wenn ich eine magische Redewendung wiederholte, wurden die Worte registriert und gehorsam befolgt. Diese Zuschauer waren sicherlich real, obwohl ich sie noch nicht kannte, aber was sie beobachteten – diese Pantomime, in der ich eine so entscheidende Rolle spielte –, das war nur ein Abklatsch echter Gefühle. Diese Tränen waren Pappmaché. Was mir langsam zu Bewußtsein kam, war meine ungeheure Wichtigkeit, eine Tatsache, die das Publikum schon seit langem vermutete. Wer waren sie, diese Zuschauer? Ich blickte in den Abendhimmel hinauf und sah sie in Reihen stehen, die Säume ihrer sich blähenden, weißen Gewänder troffen von Blut. Wenn ich Fieber hatte, konnte ich sie hören.

Wir zogen mehrere hundert Meilen nördlich in eine Stadt, wo wir in einem ruhigen und angesehenen Luxushotel wohnten, in dessen Foyer Goldfische in einem flachen Marmorbecken schwammen und wo es im Fahrstuhl eine kleine Samtsitzbank gab. Im obersten Stockwerk dämpfte und bügelte ein Hausdiener Kleider in einem kleinen Gemach neben den Doppeltüren, die in den Ballsaal führten. Die Fenster des Ballsaals waren dicht und dauernd verhängt und zugezogen, aber ich entdeckte eine winzige, nur zwei Felder hohe Tür, die auf einen schmalen Balkon hinausging. Dieser Balkon, offensichtlich nicht zur Benutzung gedacht, bestand nur aus einem schmalen Streifen Kies auf Teer hinter einer Brüstung aus steinernen Zierurnen. Bei gutem Wetter versteckte ich mich auf diesem geheimen Balkon und las; mein Lieblingsbuch handelte von einem verschwundenen Dauphin. An manchen Tagen wurden im Ballsaal lange, mit weißen Damasttüchern und Blumenarrangements gedeckte Bankettische zwischen Reihen vergoldeter, samtgepolsterter Stühle aufgestellt. An anderen Tagen roch der Raum nach abgestandenem Zigarettenrauch, und die Tische waren bis auf die narbigen Holzplatten und die Stahlrohrbeine entblößt.

Als kleiner Junge hatte ich meine Mutter kaum gekannt. Sie war selten zu Hause gewesen, und mich hatte man meinem Kindermädchen überlassen. Manchmal setzte sich Mutter abends, wenn ich zu Bett gegangen war, einen Augenblick neben mich, ehe sie ausging. Sie duftete nach schwerem, ungewohntem Parfüm, und ihr Gesicht schimmerte hinter einem Schleier, der bis unters Kinn herabgezogen war. In das Netz waren hier und da dunkle, fliegende Vögel eingewebt. Ihre Hände waren in winzige weiße Lederhandschuhe von morbider Zartheit gezwängt. Und dann sang sie mir mit ihrer dünnen, hohen, zitternden Stimme vor: »I'll Be Seeing You in Apple Blossom Time.« Die Vögel schienen sich zu bewegen, wenn sie sang, und in meiner Schlaftrunkenheit stellte ich mir vor, auch sie sängen mir ein Liedchen.

Jetzt sah ich sie viel öfter, und sie wurde für mich wirklicher. Sie hatte wunderschöne braune Augen, die scharf und klar waren und sich je nach ihren vielen Stimmungen veränderten, so wie es von Perlen heißt, sie reagieren auf die verschiedenen Körper, auf denen sie getragen werden. Sie weinte leicht, wenn sie in ihren Gefühlen verletzt war. Wenn sie weinte, geriet ich außer mir und klammerte mich an ihr fest, bis sie aufhörte. Ich wollte, daß sie glücklich sei, und sparte Geld, um ihr Geschenke zu kaufen; wenn die Geschenke übersehen wurden, fühlte ich mich machtlos und deprimiert. Sie konnte auch umsichtig sein. So impulsiv und überspannt sie fraglos war, setzte sie sich gelegentlich dennoch ihre Brille auf, streckte ihr Kinn vor und grübelte stundenlang über einem Gerichts- oder Geschäftspapier. Sie saß dann vollkommen still auf der Stuhlkante, wobei ihre Füße kaum den Boden berührten, weil sie so klein war.

Sie hatte keinen Humor, wenn man von einem primitiven Provinzlerinnengegacker über Dinge absah, die dumm oder unanständig waren. Dann hörte sie sich stets wie ihre eigene Mutter an, eine ungebildete Bäuerin, die über Vertreterwitze lachte, sich aufs Knie schlug und sich dann wie ein nasser Vogel wieder in glattfederigen Ernst zurückschüttelte. Meine Mutter hatte kein Interesse an »Theorien«, wie sie es nannte und womit sie Ideen meinte. Was sie interessierte, waren Pläne und Arrangements – alle die kleinen Einzelheiten des täglichen Lebens. Die nahmen sie völlig gefangen, und wenn sie sie meisterte, hatte sie das angenehme Gefühl, ihr Leben sei in Ordnung. Pläne waren meine Verzweiflung; im Augenblick, wo Landkarten aus einem Handschuhfach hervorgeholt oder Kalender konsultiert wurden, zog ich mich in nervöse Tagträume zurück.

Das Interesse meiner Mutter an Plänen und Arrangements war verbunden mit der sonderbarsten Vorstellung davon, woraus diese Arrangements denn bestehen sollten – und mit einer ungehemmten Launenhaftigkeit, die alles über den Haufen werfen konnte, was sie so minutiös geplant hatte. Naiv und stolz zur Zeit ihrer Scheidung, wollte sie Geld sparen, gleichzeitig aber auch eine gute Adresse behalten. Und so beschloß sie, daß wir drei in diesem teuren Hotel ein möbliertes Zimmer mit Doppelbett beziehen sollten, wobei meine Schwester und ich abwechselnd auf dem Fußboden schlafen mußten. Zum erstenmal in ihrem Leben arbeitete meine Mutter, ja, sie brachte dabei viele Stunden zu. Abends hatte sie Rendezvous oder besuchte Nachtclubs in der Innenstadt. Da sie selten zu Hause war, nahm ich mein Mittagessen meistens allein im Speisesaal des Hotels ein; meine Schwester aß zu einer anderen Zeit, nur um mir aus dem Weg zu gehen.

Vor ihrer Scheidung hatte meine Mutter nie auch nur einen Scheck ausgeschrieben. Nun kamen unsere Finanzen schwankend, schlingernd und knirschend zum Stehen. Sie kaufte sich einen knielangen Nerz, sparte aber am Essen, kaufte ein schickes Lincoln-Cabrio, weigerte sich aber, meine Schwester zum Kieferorthopäden zu schicken, ließ uns zu teuren Sommercamps fahren, jedoch mit dem Bus, nicht mit der Bahn. Die wenigen Male, die sie abends zu Hause blieb, trank sie reichlich und hörte sich sentimentale Platten an. In einem Winter spielte sie die Platte »Now Is the Hour« so oft, daß das Loch in der Mitte so groß wie ein Zehncentstück wurde; trotzdem schmachtete die Stimme weiter und weiter. In einem anderen Winter sang die grauenhaft eiernde Stimme »The Tennessee Waltz«.

Wenn Mutter entmutigt war, entströmte ihr der Geruch physischen Selbsthasses. Sie stöhnte sich durch ihren Selbsthaß, als wäre er ein Berg Wäsche, den sie waschen müsse, eine schmutzige, körperliche, erniedrigende Arbeit. Dann passierte irgend etwas Nettes. Jemand machte ihr ein Kompliment oder ein Mann interessierte sich für sie – und schwupp! war sie anderen

Leuten nicht nur ebenbürtig, sondern überlegen. Die schreckliche Wäsche war vergessen. Und sie nahm in ihrem Sessel eine sehr gerade Haltung an und setzte eine Art First-Lady-Lächeln auf.

Viele festliche Abende, darunter meinen achten, neunten und zehnten Geburtstag, verbrachte ich neben meiner Mutter in Nachtclubs. Sie teilte sich mit mir ein simples Nudelgericht, um Geld zu sparen, und bestellte sich dann einen Whisky-Soda nach dem anderen, während wir sehnsuchtsvoll zu dem Mann an der Bar hinüberblickten. Hatte er Mutter bemerkt? Würde er ihr einen Drink kommen lassen? Oder schreckte ihn meine Anwesenheit ab?

Meine Mutter hatte einen hübschen Mann kennengelernt, der viel jünger war als sie und sich von ihr wünschte, daß sie ihm einen Angelplatz in Kentucky kaufte; zum Glück war seine Habgier schließlich der Grund, weshalb sie ihn fallen ließ. Einmal fuhren wir mit dem Wagen zu ihm nach Kentucky, und Mutter ließ die ganze Zeit einen Hillbilly-Sender laufen, aber meine Schwester und ich äfften den Maisbauernakzent und die traurigen Texte nach. Als wir in Kentucky ankamen, fuhr der hübsche Mann, schnurrbärtig und nach Kölnischwasser riechend, mit uns in einem Leihboot angeln. Es regnete. Keiner fing irgend etwas. Alle mußten mucksmäuschenstill sein, wenn der Mann seine Angel auswarf, als segne er die Wellen. In der Nacht schliefen meine Schwester und ich in Etagenbetten im Haus der Schwester des Mannes. Meine Mutter trug ein neues, verwirrtes Gesicht zur Schau und behandelte uns mit so ausgesuchter Höflichkeit, als seien meine Schwester und ich Gäste, die sie nicht sehr gut kenne. Sie sprach über unsere Bildung, über die Nervenbelastungen, denen sie ausgesetzt sei, und ihre Fähigkeit, sich von ihnen zu erholen. Der Mann legte mir seine starke Hand auf die Schulter, zog sie aber wieder weg, als meine Mutter aus dem Zimmer ging. Am Abend saßen seine Familie und wir beisammen; eine Schüssel mit Pekannüssen und ein Nußknacker wurden von einem Erwachsenen zum nächsten und weiter zu uns schweigenden Kindern in mit Orangensaft bekleckerten Schlafanzügen gereicht, und alle plauderten miteinander. Unsere Mutter war dabei, uns an dieses schmutzige Haus zu verraten, in dem sich der Gestank von heißem Fett verbreitete. Mutter verlor ihr Interesse an mir; sie hätte mich bereitwillig diesem gutaussehenden Dummkopf überlassen.

In der Nacht stritten sie sich. Die Verlobung wurde gelöst, und am nächsten Morgen saßen wir blinzelnd und erschöpft wieder im Auto, das Radio plärrte, die Temperatur war merklich gestiegen, die gewohnten Pflanzen standen vor der Jahreszeit in Blüte. Mutter begann, die Litanei unseres Lebens herzusagen. Wieder einmal fragte sie uns nach unserem Vater und wie er sich seiner neuen Frau gegenüber verhalte. Jede verdrehte oder ausgeschmückte Tatsache, die wir ihr nannten, flocht sie in ein schweres Gewebe ein. Dann ribbelte sie es wieder auf und begann von neuem. Er werde seine Frau bald wieder verlassen, vielmehr, er werde sie niemals verlassen, er werde von dieser Frau erpreßt, nein, er liebe sie, er sei ein Ehrenmann, nein, er sei ein Mann ohne Prinzipien, er habe uns im Stich gelassen, nein, er bleibe ihr treu, er werde sie satt bekommen, nein, sie sei die geborene Blenderin, diese Geschichte sei bloß ein Abenteuer, sie halte das ganze Leben, er fühle sich durch diese Frau ihr überlegen, er komme sich durch sie schäbig vor, er sei bald wieder da, vielmehr, er komme nie zurück – oh, meine Mutter war eine ermüdende Penelope, die ihre Geschichten wob und wieder auftrennte.

Ich hörte allem zu und lächelte im Bewußtsein meiner Geheimkraft still vor mich hin.

Und dann waren da noch ihre anderen Männer – der aus Kalifornien mit dem vielen Geld, der katholisch war und Mama am Morgen Brandycocktails ans Bett brachte. Oder der Captain von der Army mit seinem Sportwagen, den sie in Hot Springs, Arkansas, kennengelernt hatte. Oder der Jude aus Chicago mit dem Segelboot, den Camel-Zigaretten und der schnell bräunenden Haut. Stunde um Stunde zergliederten wir ihre Motive, während Städte und Landschaften vorübersausten. Wir sangen Lieder. Wir hörten die Nachrichten. Wir machten uns gegenseitig auf Sehenswürdigkeiten aufmerksam. Aber bald redeten wir wieder über Herb, Bill oder Abe. Vermißte er unsere Mutter? Was waren seine Absichten? Hatte er Rendezvous auch mit anderen Frauen? Sollte Mom schärfer rangehen, um ans Ziel zu kommen?

Mutter nahm zu, seufzte neben dem Telefon, weinte, stellte Vermutungen an, heckte Verführungs- oder Rachepläne aus, und ihre ganze Technik – das heißt, ihre ganze Hilflosigkeit – führte dazu, daß meine Schwester sich mehr und mehr unserer Mutter schämte. Wir waren Verlierer, die vom Sieg redeten. Kein Wunder, daß für meine Schwester Ehrlichkeit allmählich hieß, nur die nachteiligsten Dinge von sich zu sagen. Wenn sie nur *begänne,* eine Niederlage einzugestehen, war noch etwas möglich: aufrichtig zu sein vielleicht, oder wenigstens es zu vermeiden, lächerlich zu erscheinen.

Die Hilflosigkeit meiner Mutter erfüllte meine Schwester mit Verwirrung und Scham. Sie war verwirrt, nachdem Mutter überzeugend und mit sturer Hartnäkkigkeit des langen und breiten Erklärungen dafür abgegeben hatte, warum einer ihrer Männer nicht erschienen war. Mutter sagte, Abe halte sie nur hin, er habe Dutzende von Frauen, sie sei nur eine von seinen Miezen – eine, der überdies die Last von zwei Bälgern aufgebürdet sei. Innerhalb von einer halben Stunde hatte sie sich in die Überzeugung hineingeredet, er denke so viel an sie, daß er Angst vor ihr habe. Sie sei zu gebildet, zu intelligent, zu vornehm, zu dynamisch für ihn. Sie jage ihm Furcht ein.

Ich schämte mich nicht. Ich war kühl und gelassen, während mein Inneres seine Luken schloß und sich langsam von Träumen überfluten ließ. Ich war ein König oder ein Gott.

Wie sehr meine Mutter sich danach sehnte, daß dieses Telefon klingelte! Als meine Schwester alt genug war, um sich zu Rendezvous zu verabreden, wartete auch sie neben dem Telefon. Mir kam es unglaublich vor, wie gleichgültig Männer sich gegenüber Frauen verhielten. Wie konnten sie nur solchen Sehnsüchten widerstehen?

Natürlich war diese ganze Warterei wie eine Petrischale, in der neue Spekulationskulturen reiften. Rief er deswegen nicht an, weil er etwas beweisen wollte? Seine Unabhängigkeit vielleicht? Männer haßten es, sich wie in einer Falle zu fühlen. Seine eigene Attraktivität? Oder hatte er eine andere? Oder war er nur zurückhaltend und wartete selbst auf einen Anruf? Ich wünschte mir einerseits, ein Mann zu sein, ein erwachsener Mann, aber ein galanter, der alle diese Leiden endlich beenden könnte. Andererseits wünschte ich mir, selbst einen Mann zu *haben;* ich meinte, ich wüßte besser, wie man einen kriegen und festhalten könne. Oder aber, wie man ihn für seine Gleichgültigkeit büßen lassen müsse.

Und all dieses Spekulieren vollzog sich neben dem beharrlich schweigenden Telefon, diesem glänzenden, glitzernden schwarzen Beweis für die Fruchtlosigkeit der Sehnsucht. Kein Gedanke, kein Gedankengebäude, ganz gleich, wie raffiniert es war, konnte dieses Telefon zum Klingeln bringen. Nur Schönheit, Jugend, Charme, Geld – nur diese Dinge funktionierten. Der Rest (Anständigkeit, Ansehen, das Verlangen, begehrt zu werden) war nichts als ein jämmerlicher Ersatz für die schlichte Tatsache einer zauberhaften Schönheit.

Und dann wandte meine Mutter ihre emsige, ständig wechselnde und sich überschlagende Beobachtung stets mir zu. Sie und ich, wir hatten ein perfektes Verhältnis zueinander, wenigstens sagte sie das. Ich sei ein viel reiferer Mensch als dieses Pack, mit dem sie ausgehe. Ich reagiere wunderbar feinfühlig auf die leiseste Schwankung in ihrer Stimmung. Wäre ich nicht ihr Sohn, dann wäre ich ihr bester Freund – oder sie würde mich heiraten.

Und doch (die Räder schnurrten immer rascher und rascher), ohne einen Mann, dem ich nacheifern könne, sei ich in Gefahr, mich unnormal zu entwickeln. Ich dürfe kein Mamasöhnchen sein, ich dürfe nicht unmännlich werden. Ich dürfe mich nicht zu sehr auf sie verlassen. Dies sei der wahre Grund, warum sie sich so unbedingt wieder verheiraten wolle, mir nämlich ein passendes Vorbild für meine Rolle als Mann zu beschaffen. Von Kindern aus kaputten Familien sei bekannt, daß sie beschädigt heranwüchsen, mit einer angeknacksten

Sexualität. »Entwickelst du dich normal?« fragte sie mich, als ich zehn war.

Ich sagte ihr etwas, das sie erstaunte; dabei hatte ich gedacht, es werde sie freuen: »Ich möchte die Pubertät nicht durchmachen.« Ich berief mich auf meine Schwester. »Sie führt sich schon auf wie ein Idiot. Ich sehe mich auf einem Berg über einem einsamen Tal, das ich niemals werde überqueren können. Wahrscheinlich werde ich nie wieder so gelassen sein.«

Meine Schwester, meine Mutter und ich – drei unglückliche Menschen, und dennoch gönnte uns meine Mutter in ihrem unerschütterlichen Optimismus nicht einmal die Würde zu leiden. »Kinder«, sagte sie, als sie uns an einem Wochentag mit dem Wagen von der Schule abholte, »wir fahren in die Ferien. Ist das nicht herrlich! Wir fahren nach Florida! Ist das nicht aufregend?« Wir hatten in jeder Hinsicht mehr Spaß als andere Leute und waren ihnen überlegen. Zu Weihnachten zählte meine Mutter ihre Glückwunschkarten, als drücke deren Anzahl exakt den Wert ihres gesellschaftlichen Ansehens aus. Und hatte es jemand versäumt, ihr eine Karte zu schicken, ärgerte sie sich, zweifelte an sich, schien verletzt – und verbannte dann den Missetäter aus ihren Gedanken, ja aus ihrem Leben (»Er war gar kein richtiger Freund. Ich weiß auch nicht, warum ich mich mit so lausigen Leuten abgebe«).

Meine Schwester und ich sind schon den ganzen Tag allein in dem Hotelzimmer. Mutter hat nach der Arbeit ein Rendezvous. Wir haben die Anweisung, die Mahlzeiten unten im Speisesaal einzunehmen (»Ich bin zu Hause, wenn ich zu Hause bin – macht euch um mich keine Sorgen«). Ich bin zehn, meine Schwester ist vierzehn. Sie wäre gern eine Krankenschwester. Sie hat Moms Schere und Pinzette unter dem Warmwasserhahn »sterilisiert«. Von ihrem Taschengeld hat sie eine große Rolle Verbandsmull gekauft. Sie redet mir zu, mich hinzulegen und krank zu spielen. »Du armer Kerl«, sagt sie mit sanfter, fremder Stimme, »sieh nur diese Brandwunde!« Sie ist ganz die tröstende, mitfühlende Krankenschwester.

»Ja, sie tut wirklich weh. Weiß du, ich habe Wasser heiß gemacht . . .«

»Sch-sch!« befiehlt sie mir. Im wahren Leben verbietet sie mir fortwährend den Mund; in der imaginären Wirklichkeit des Krankenhauses bringt sie mich im Interesse meiner Genesung zum Schweigen. »Du wirst dich sehr viel besser fühlen, wenn ich erst mal deinen Verband wechsele. Sei bitte still. Ich tue dir nicht weh.«

Wir langweilen uns beide. Es ist sechs Uhr an einem Dezemberabend, und der Himmel hinter den dünnen Hotelvorhängen (sie riechen nach Kohlenrauch) ist schon lange dunkel. Das Telefon hat den ganzen Tag nicht geklingelt – keiner von uns ist beliebt, das ist offenkundig. Nicht meine Schwester, nicht ich, nicht Mom. »Autsch!« jammere ich. »Der Verband ist zu eng!«

»Ist er nicht!«

»Ist er wohl.«

»Ist er nicht.«

»Wenn ich es dir aber sage.«

»Ach, dann spiel doch mit dir allein«, sagt meine Schwester. »Ich hab' keine Lust, mit dir zu spielen. Willste wissen, warum? Ja? Willste's wissen?«

Ich sitze inzwischen ängstlich aufrecht im Bett und wünschte, ich hätte mich nicht wegen des Verbandes beklagt.

»Ich sag' dir, warum: Du riechst schlecht. Das tust du.« Meine Schwester rammt ihr Gesicht in meines. Eine ihrer Klemmen hat sich, ohne daß sie es bemerkt, gelöst, und plötzlich rahmt eine unerwartet erwachsene Haarpracht ihr Gesicht und fällt ihr weich auf die Schultern. Sie ist so dicht vor mir, daß einige ihrer Haare leicht meine Wange streifen.

»Das ist nicht wahr«, flüstere ich unsicher. Aber vielleicht rieche ich doch schlecht. Doch wo kann der schlechte Geruch herkommen? Aus meinem Mund? Aus meinem Hintern? Von meinen Füßen? Am liebsten würde ich ins Badezimmer kriechen, die gewölbte Hand über Mund und Nase legen und kontrollieren, ob mein Atem schlecht riecht, und dann meine Unterwäsche auf »Bremsspuren« untersuchen. Oder steckt der schlechte Geruch in mir, der grauenhafte faule Camembert meines Herzens?

»Doch. Du riechst schlecht, und ich hasse dich. Wo du auch hingehst, riechst du schlecht, du stinkst das Zimmer voll, wie kannst du nur meinen, mir gefällt, daß die Leute denken, du bist mein Bruder? Und guck dir bloß deine großen Nasenlöcher an. Und du bist so eine furchtbare Sissy, du kannst nicht mal einen Baseball richtig werfen, du wirfst ihn wie ein Mädchen, du kannst nicht mal richtig gehen, du bist ein Krüppel. Das bist du. Das ist mein Ernst.«

Alles erscheint mir jetzt nur zu wahr. Ich bringe alle in Verlegenheit – meine Mutter, meine Schwester, am allermeisten mich selbst. Ich habe kein Recht, den Platz einzunehmen, den ich beanspruche. Ich vergifte jedes Zimmer, das ich betrete.

»Guck dir deine Fingernägel an«, sagt meine Schwester, packt meine Hand und hält sie mir zur Prüfung unter die Nase. »Du hast schwarzen Dreck da drunter. Du bist eklig. Das bist du wirklich. Wahrscheinlich ist es Kacke. Spielst du mit deiner Kacke rum? Du spielst mit deiner Kacke, du spielst mit deiner Kacke, du spielst mit deiner Kacke . . .«

Ich kann sie nicht dazu bewegen, ihren Mund zu halten oder meine Hand loszulassen. Jetzt hat sie ein Kissen gepackt und mir ins Gesicht gepreßt. »Was ist los, willste's nicht hören, willste's nicht hören, du spielst mit deiner Kacke«, singsangt sie. Ich drehe meinen Kopf, um Luft zu holen, aber sie ist bereits da und drückt mir das Kissen auch in dieser neuen Position ins Gesicht. Ihre entsetzlichen Worte tönen weiter, auch wenn das Kissen sie dämpft. Sie hat mir ein Knie auf die Brust gedrückt, um mich am Boden festzuhalten.

Aus Angst zu ersticken, stoße ich sie in einer verzweifelten Kraftanstrengung zur Seite. Ich nehme die Nagelschere und steche sie ihr in die Hand. Blut schießt heraus. Ich lasse die Schere los; sie fällt zu Boden. Ich bin wie entgeistert, ein Indianer, der vor Entsetzen auf einem Bein herumhopst und ein ängstliches kleines Kriegsgeschrei ausstößt: »Oh! Oh! Oh!« Aber sie hat sich in eine Wissenschaftlerin, eine Ärztin verwandelt. Sie beobachtet, wie das Blut hervorpulst, sich in ihrer hohlen Hand sammelt, schließlich gerinnt. »Toll«, flüstert sie voller Scheu.

Als unsere Mutter nach Hause kommt, bin ich von meinen Reuetränen erschöpft. Ich habe auf dem Bett geschluchzt, vor schlechtem Gewissen und aus Angst vor Strafe endlos geschluchzt und geschluchzt. Als ich die Tür schnappen höre, blicke ich auf. »Es war ein Unfall!« schreie ich. »Ich habe ihr wehgetan, aber es war ein Unfall.«

»O nein, was ist denn nun schon wieder! Was geht hier vor?« schreit Mutter und wirft ihre Päckchen aufs Fußende des Bettes. Nur meine Schwester scheint ungerührt. Sie hat sich die Hand verbunden, ihr Haar hinten festgesteckt und sich ein frisches Nachthemd angezogen. Sie sitzt friedlich unter einer Lampe und liest. Sie ist stolz auf ihre Wunde; sie wird durch sie wichtig.

»Meine Kleine!« schreit meine Mutter und läuft zu meiner Schwester.

Die Wunde wird aufgebunden und vorgezeigt. Ich sehe, meine Mutter ist verwirrt, denn normalerweise bin ich derjenige, der von seiner Schwester gequält wird. Normalerweise bin ich das zarte Seelchen, das zu gut für diese Welt ist, zu lieb, um eigennützig zu sein, zu sanft, ein kleines Lämmchen. In mir das Wolfsjunge im Schafspelz zu entdecken, stimmt nicht mit den Vorurteilen meiner Mutter überein, mit der Geschichte unseres Lebens, wie sie sie sich selbst erzählt. Sie sitzt auf der Bettkante, gebieterisch, kühl rational, sie erlebt gerade eine Enttäuschung, ist aber entschlossen, fair zu erscheinen. »Fangt ganz vorne an. Erzählt mir alles, was passiert ist.«

Meine Schwester und ich wetteifern miteinander, wir versuchen, uns zu überschreien (»Du hast – Ich habe nicht – Doch, du hast«). Mutter öffnet eine Flasche Bourbon, ruft den Zimmerservice und bestellt sich Eis und Soda.

Schließlich haben sich unser beider Wut, meine Angst und die Gehässigkeit meiner Schwester verausgabt. Wir verfallen in Schweigen. Ich bin dran, auf dem Fußboden zu schlafen; heute nacht werden meine Schwester und meine Mutter das Doppelbett für sich haben. Besiegt, schweigend, verlegen wechseln wir uns alle drei im Badezimmer ab. Meine Mutter ist traurig. »Wenn ihr euch doch bloß vertragen könntet. Nur einen einzigen Abend. Ist das zuviel verlangt? Warum haßt ihr euch so? Haßt ihr euch auch selber? Vermißt ihr euren Daddy? Ich jedenfalls vermisse ihn. Ich verstehe nicht, wie ein vornehmer Mann wie er mich verlassen konnte wegen dieses ordinären – dieses gewöhnlichen, dieses ordinären Weibsstücks.«

Während sich die Flasche langsam leert, strahlt ihr brauner Inhalt, wie Kerosin eine Lampe nährt, in Worten und immer mehr Worten die starke Hitze von Verzweiflung aus.

Am nächsten Morgen hat Mutter den Beschluß gefaßt, daß wir uns alle ein Extravergnügen verdient haben, damit wir unsere niedergeschlagenen Gemüter wieder aufrichten können, etwas Kulturelles, etwas Erhebendes. Meine Schwester klagt über ihre Hand und weigert sich, das Zimmer zu verlassen. »Na schön, wenn du dich so kindisch aufführst, dann nehme ich halt nur deinen Bruder mit. Er ist unvoreingenommen und abenteuerlustig. Er möchte lernen.«

Zusammen fahren meine Mutter und ich in die Innenstadt zu einem Museum. Unterwegs rufen wir bei einem Sender an, der nur klassische Musik überträgt. Wir haben versucht, den richtigen Komponisten zu erraten; sie tippt auf Haydn, ich auf Mozart. Keiner von uns hat recht – es ist der frühe Beethoven. Sie bittet mich, ihr vorzulesen. »Du weißt ja, ich lerne akustisch am besten«, erinnert sie mich. Das Buch, das sie mitgenommen hat, ist etwas Erhebendes, Inspirierendes. Bei jeder Erkenntnis oder poetisch formulierten Schlußfolgerung rufen meine Mutter und ich aus: »Ist das nicht wunderbar!« »Das würde ich am liebsten auswendig lernen.« »Knick die Seite um, das müssen wir uns noch mal zu Gemüte führen.« »Wo findet ein Schriftsteller nur solche schönen Formulierungen?«

Als wir im Museum ankommen, glühen wir beide vor Weisheit und hochgestimmter Liebe zu Kultur und Menschheit. Ich habe vergessen, daß ich schlecht rieche. Im Gegenteil, inzwischen rieche ich wundervoll, ich bin ein Osterlämmchen, aber eins aus Kuchen und Zuckerguß. Wir stehen vor einem schwermütigen Meisterwerk der spanischen Renaissance, einem Christus mit entsetzlich tiefen, schwarzen Wunden, dessen Haut aschgrau ist. Christus scheint weniger ein Gott, eher ein Süchtiger nach einer tödlichen Dosis zu sein, den man ins öffentliche Leichenschauhaus geworfen hat; die Einstiche sind noch offen, bluten aber nicht mehr.

Meine Mutter zittert. »Ich mag nichts Deprimierendes«, vertraut sie mir an und eilt mit mir zu den französischen Impressionisten.

Im matten Wintersonnenlicht draußen ergreift sie meine Hand und sagt: »Ich finde, du bist so ein perfekter Begleiter. Wenn ich mit dir zusammen bin, spüre ich so eine totale geistige Einheit, daß ich manchmal vergesse, daß ich mit dir zusammen bin. Ich denke, wir sind zwei Hälften ein und derselben Seele, meinst du nicht auch?«

Ich blicke ihr tief in die Augen und sage: »Ja. Keinem Menschen habe ich mich jemals so nahe gefühlt.«

Meine Ruhe war wiederhergestellt – aber es war eine Friedhofsruhe. Als ein Psychologe mich den Tintenkleckstest machen ließ, sah ich in den abstrakten Formen keine Menschen, nur Friedhöfe, Diamanten und Ballsäle. Ich meinte, ich sei Jupiter oder seine verkleidete und nur scheinbar machtlose Verkörperung. Wir wohnten ein Jahr lang in einem Vorort, der so neu war, daß auf seinen roten Lehmfeldern immer noch gebaut wurde: ein säuberliches Netz von nach Singvögeln benannten Straßen, das wie ein Teiggitter auf einer Obsttorte lag. Die Rotkehlchen-, Prachtmeisen- und Blaumerlenstraße raste ich mit meinem Fahrrad hinauf und hinunter. Bei einem Sturm strampelte ich so schnell, daß ich hoffte, ich könnte den windgepeitschten Regen einholen. Als ich in die geheimnisvolle, nasse Wärme tauchte, schüttelte ich meine rechte Hand nach einer selbsterdachten Zauberformel. Das Universum, durch Zeichen seines Meisters verständigt, stöhnte, kreiste und entließ einen Blitz. Schließlich überzog die Phantasie, wie Schimmel auf einer Orange, den Globus meines Geistes.

Im Sand baute ich Burgen von einer Pracht, die nur das Meer ermessen konnte. Im Winter erschuf ich im Schnee von neuem meine königlichen Residenzen und Prozessionen. Den Palast bewohnte eine einsame, stolze Kaiserin, die schlaflos durch Meilen grauer, verfallener Gänge wanderte. Eine neue Wohnung mit einem Mansardendach war für sie errichtet worden, doch sie fühlte sich zu den so viel älteren Räumen hingezogen, die dahinter und jenseits davon lagen, die Räume mit niedrigen Decken, von Altarkerzen erleuchtet und voller Rauch, in denen solch furchtbare Dinge geschehen waren, in denen Geschichte geboren oder geschlachtet worden war. Halb erstarrt vor Kälte, mit brennenden Fingern und Zehen, laufender Nase und tränenden Augen hielt ich mich noch eine halbe Stunde bei meinem schmutzigen Kreml auf, obwohl das Licht schwand und ein streunender Hund soeben die Krönungskapelle gelb bepißt hatte. Das Tappeti-tappeti-tappeti der Schneeketten vorbeifahrender Autos war das einzige Geräusch in der Abendluft. Blüten von sanft strahlendem Glanz öffneten sich plötzlich in den Glaskugeln der Straßenlaternen. Um die Kurve kommende Scheinwerfer durchschnitten mich, so kristallen war ich geworden, ein Leuchtbild, das um meine schlaflose Kaiserin herumdienerte. Sie drang tiefer und tiefer in die unerforschten Mysterien ihres Palastes vor; tappeti-tappeti schob sie einen Ledervorhang beiseite und betrat den überraschend kleinen alten Thronsaal. Dort saß auf einem erhöhten Stuhl ein Gerippe, das Armbänder wie Handschellen an den Gelenken und einen Goldhelm trug, der sich langsam in den winzigen braunen Schädel fraß.

Ich war drei Menschen in einem: der Junge, der schlecht roch, wenn ich mit meiner Schwester zusammen war; der Junge, der über sein Alter hinaus klug und lieb war, wenn ich mit meiner Mutter zusammen war; aber wenn ich allein war, überhaupt kein Junge, sondern ein Prinzip der Macht, absoluter Macht.

nungstapete gelb bemalt hatte. Das Tappet-tappet-tappeti der Schneeketten vorbeifahrender Autos war das einzige Geräusch in der Abendluft. Blüten von sanft strahlendem Glanz öffneten sich plötzlich in den Glaskugeln der Straßenlaternen. Um die Kurve kommende Scheinwerfer durchschnitten mich, zu Kristallen war ich geworden, ein Leuchtbild, das ihr meine schlaflose Katzen herabdienende. Sie drang tiefer und tiefer in die unerforschten Mysterien ihres Palastes vor, tappeti-tappeti, schob sie einen Ledervorhang beiseite und betrat den überraschend kleinen alten Thronsaal. Dort saß auf einem erhöhten Stuhl ein Gerippe, das Armbänder wie Handschellen an den Gelenken und einen Goldreif trug, der sich langsam in den winzigen, trockenen Schädel fraß.

Ich war drei Menschen in einem: der Junge, der schlecht roch, wenn ich mit meiner Schwester zusammen war; der Junge, der über sein Alter hinaus klug und lieb war, wenn ich mit meiner Mutter zusammen war; aber wenn ich allein war, überhaupt kein Junge, sondern ein Prinz der Macht, absoluter Macht.

VIER

Wie die Hand eines Blinden, die ein Gesicht erforscht, verweilt die Erinnerung bei einem typischen oder geliebten Merkmal und tut den Rest einfach ab als Rundung, Unebenheit, Fläche. Nur *dieses* Merkmal – diese Wimpern, die wie ein Leuchtkäfer die Handfläche kitzeln, dieser Atem, der heiß gegen einen Handknöchel schlägt, dieser vibrierende Adamsapfel – nur dieses Merkmal erscheint liebenswert, sexy. Aber beim Schreiben skizziert man das übrige, die vergessenen Seiten dazu. Ja, man komponiert seine Improvisationen zu einem ganz neuen, nie auch nur flüchtig erblickten Gesicht, zum Abbild einer Erfindung. Busoni sagte einmal, am meisten schätze er die leeren Passagen, die Komponisten sich ausdenken, um von einer »guten Stelle« zur nächsten zu gelangen. Er erklärte, solche kunstvollen, aber unbedeutenden Übergänge sagten mehr über einen Komponisten aus – die eigentliche Sprache seiner Phantasie – als die bewußt bravourösen Momente. Ich sage all das in der Hoffnung, daß die Lügen, die ich mir ausgedacht habe, um von einer mageren Wahrheit zur anderen zu gelangen, etwas bedeuten mögen – sogar ganz speziell dir etwas bedeuten mögen, mein exzentrischer, geduldiger, vorsichtiger Leser, der du bereit bist, so viel aus so wenig zu machen und geduldiger und respektvoller gegenüber dem

Leben, gegenüber einem Leben zu sein als der Autor, dem du für einen Augenblick gestattest, nochmals zu existieren.

Als ich elf war, begann ich jeden Tag nach der Schule in eine Buchhandlung zu gehen, die in der Nähe des Hotels lag, in dem meine Mutter, meine Schwester und ich wohnten. Ich war fasziniert von einer Frau, die dort arbeitete. Sie bewegte sich und sprach und sang sogar, als befände sie sich auf einer riesigen Bühne und nicht in einem sehr kleinen Laden. Ich hatte eine fette, kokette Diva die Carmen spielen sehen, und diese Frau schien für die Rolle ebenso geeignet – eine Bauernbluse, die die Schultern entblößte, und zwar so weit, daß der Ansatz mächtiger Brüste zu sehen war; schwarzes Haar, nach hinten zu einem Pferdeschwanz zurückgekämmt, der ihr fast wie von selbst vom Rücken auf die Schulter hüpfte, wo er wie ein kleines Haustier hockte, während sie ihn mit ihrer Wange liebkoste; eine winzige Taille, sadistisch von einem derben, schwarzen Gürtel umschlossen, der sie zusammenschnürte; breite Hüften, in wogender Bewegung unter einem langen Rock, der in akkurat gebügelten Falten um sie herumwirbelte; und kleine Plattfüße mit lackierten Nägeln in Sandalen, auf die sie selbst an Schneetagen nicht verzichtete. Sie hüllte sich in ein schweres, brünstiges Parfüm, das weder an ein Mädchen noch an eine Matrone erinnerte, sondern an eine überreife Kokotte, an eine so imposante Schönheit, wie man sie sich als Geliebte eines schwachen Königs im neunzehnten Jahrhundert vorstellen könnte. Dieser Duft, schamlos wie ihr halbnackter Körper, wallte, um ihren zweiten ständigen Geruch zu überdecken, und wenn jener schwand, gab er diesen preis: den Geruch brennender Zigaretten. Sie konnte stundenlang auf einem hohen Hocker hinter dem Tresen sitzen, ein offenes Buch vor sich, mit einem baumelnden Bein gegen den Rocksaum schlagen und eine Zigarette nach der anderen in einem kleinen schwarzen Aschenbecher ausdrücken, der aus einem Restaurant in New York stammte. Im Fernsehen hatte ich einen New Yorker Nachtclubbesitzer gesehen, der den Zuschauern Prominente vorstellte; etwas von diesem Glamour war auch an der Art, wie die Frau rauchte. Jeder ihrer Zigarettenstummel war verschwenderisch mit rotem Lippenstift beschmiert; der wachsende Berg glimmender Kippen ähnelte einem offenen Grab, der gespenstischen Gruft viergeteilter Leiber.

Beim Rauchen summte sie kehlig vor sich hin, stieß den Rauch aus, hustete, hielt inne. Ihre Augenbrauen schossen nach oben, ihre bebende Oberlippe zog sich an einer Seite wellenförmig zurück, um einen großen, rotgefleckten Schneidezahn zu enthüllen, ihr Kinn fiel herab, ihre Wirbelsäule streckte sich, ihre massigen Schultern wackelten – und daraus kam ein hoher, sehr hoher Kopfton. Dann ein Häppchen nasaler Gounod, keß hingeworfen, Tonleitern als gedämpfte Vokalise, hier und da zu voller Lautstärke aufgerissen (dunkle Ärmel, mit grellroter Seide durchschlitzt), dann ein bißchen Hey-nonny-nonny ... Sie blätterte eine Seite in ihrem Roman um und streckte die Hand blind nach dem kokelnden Aschenbecher aus.

Der niedrige, schuppige Heizkörper, der parallel zum Schaufenster verlief, rasselte und zischte. Jemand betrat den Laden, wie die Glocke fröhlich klingelnd verkündete. Die kalte Luft zerschnitt die winklig herumschwebenden Bahnen aus blauem Rauch zu Streifen. Die Frau legte ihr Buch beiseite und beeilte sich mäßig, um den

Kunden zu begrüßen. Ihr Körper, der in Ruhestellung kolossal wirkte, nahm in Bewegung eine tänzerische Leichtigkeit an. Sie neigte den Kopf zur Seite und lächelte. Im Licht des kalten Wintertages sah ich die dicke Puderschicht, die Gesicht und Hals bedeckte, aber kurz vor den Schultern endete. Das Make-up war so deutlich sichtbar aufgetragen und von einer so unmöglichen Tönung, daß es mir den Atem verschlug: Die Frau muß sehr alt sein, dachte ich, wenn sie so eine Maske nötig hat.

Alles an ihr faszinierte mich, und ich ging Tag für Tag hin, einfach um in ihrer Nähe zu sein. Ich beobachtete sie so intensiv, daß ich vergaß, daß ich da war; sie bescherte mir ein neues, besseres Leben. Stundenlang stand ich vor dem einen oder anderen Regal und las, während der schmutzige Schnee von meinen Stiefeln schmolz und schwarze Spuren auf dem Holzfußboden hinterließ. Erst setzte ich die Mütze mit den Ohrenklappen ab und steckte sie in die Tasche, zehn Minuten später nahm ich den kastanienbraunen Schal ab. Der Mantel folgte und bildete einen Haufen auf dem Boden, dann warf sich ein Pullover mit seinem verdrehten Leib auf den Mantel: plumpe Ringer. Die Frau summte und stellte den kleinen vernickelten Topf auf die Kochplatte. Das obere Drittel jeder Scheibe des Sprossenfensters war beschlagen, so daß ein Vorübergehender in verschwommene und klare Zonen unterteilt war: der Hals bis hinauf zu den Bartstoppeln war deutlich zu sehen, aber sein Gesicht das eines Embryos, das noch in der Glückshaube schwimmt. Es war erst vier Uhr, doch schon schwand das Licht. Die Welt knarrte vor Kälte und kuschelte sich mutlos zusammen. Blaue Schneehügel warfen blauere Schatten, aber drinnen war alles vergnügt und angeregt. Die Frau, die von dem neuen Kunden Marilyn genannt wurde, lachte über seine lange geflüsterte Erzählung, und ihr Lachen war wundervoll.

Im Laufe des dritten langen Nachmittags, den ich dort verbrachte, war ich mit Marilyn ins Gespräch gekommen. Sie machte irgendeine Bemerkung über das Buch, das ich schon eine halbe Stunde in der Hand hielt, während ich verstohlen Blicke zu ihr hinüberwarf und ihren Gesangshäppchen und den Worten lauschte, die sie an die Kunden richtete. Sie sagte zu mir: »Ich sehe, dich interessiert die Balzac-Ausgabe. Sie ist ein sehr guter Kauf – sämtliche Werke für nur vierzig Dollar. Das ist ungefähr ein Dollar pro Band. Das ist unschlagbar. Und es ist eine hübsche Ausgabe, die Titel in Goldprägung auf Leder, ob es nun echt ist oder nicht. Jahrhundertwende.«

Ich war kein schneller Leser. Monate konnten vergehen, ehe ich einziges Buch durch hatte. Das Vorhaben, sämtliche Werke von Balzac zu lesen, würde ohne weiteres den Rest meines Lebens in Anspruch nehmen. War ich bereit, diese Verpflichtung einzugehen, bevor ich auch nur einen einzigen seiner Romane gelesen hatte?

»Wie interessant«, sagte ich, was ich zu allem zu sagen gelernt hatte, auch zum größten Unsinn. »Wer ist denn Balzac?«

Sie lächelte und sagte, um mich nicht in Verlegenheit zu bringen: »Ah, das ist aber eine gute Frage. Wir warten, bis Fred kommt. Er kann es uns beiden erklären.«

Fred, so stellte sich heraus, war der Besitzer des Ladens. Er war ein hochgewachsener Mann mit struppigen roten, vorzeitig grau gesträhnten Haaren, aknenarbiger Haut, Arbeitsklamotten, die nicht ganz sauber waren, und Hunderten von Bröckchen sonderbarster

Kenntnisse, die er in seinem Kopf aufbewahrte, genauso wie er (in den Taschen seines ausgeblichenen blauen Hemds, seiner ausgebeulten Hose, der blauen Weste, die zu einem gebraucht gekauften Anzug gehörte, oder der braunen Jacke von einem anderen) winzige Papierschnipsel verbuddelte, auf denen er sich Notizen zu seinen Geschichten machte. Die Schnipsel hatten fünf verschiedene Pastelltöne; ob diese Farbigkeit einem System entsprang oder nur beliebig Farbe in Denkvorgänge hineinbrachte, die so hoch waren, daß sie andernfalls einförmig grau gewesen wären, weiß ich absolut nicht zu sagen – natürlich war ich in meinem damaligen Alter außerstande, mir ein Urteil über ihn zu bilden, ich konnte ihn nur ehrfürchtig anstarren.

Seine durch dicke Brillengläser vergrößerten Augen begegneten nie meinem Blick. Wenn er mit mir sprach, musterte er einen Punkt, der sich genau einen Fuß links von meinem Kopf befand. Seine Stimme war so sanft, leise und tonlos, daß man ihn hätte überhören können, hätte ihm Marilyn nicht mit solcher Hingabe zugehört. Da alles, was sie tat, theatralisch war, mußte auch »Zuhören« pantomimisch dargestellt werden: Sie stand da wie ein Schulmädchen, und ihre Hände waren in umgedrehter Gebetshaltung aneinandergepreßt. Ihr Mund war gespitzt, der Kopf gesenkt. Während Fred flüsterte, begann sie in einem bestimmten Augenblick wild zu nicken, und merkwürdige Zustimmungslaute, die man nur mit »Mmnn« umschreiben kann, entrangen sich in hoher, überraschter, dann in tieferer, bekräftigender Tonlage ihrer Kehle – schließlich sogar als sehr tiefes Grunzen, das die unabsichtlich grobe Mitteilung enthielt: Natürlich. Das weiß doch jeder. Sprich weiter. – Nichts von alledem war subtil. Es war vielmehr absolut lächerlich und übertrieben – oder wäre es gewesen, hätte Marilyn der Eindruck, den sie auf andere machte, auch nur im geringsten interessiert. In Wirklichkeit wollte sie nur eine Rolle spielen, die sie gleichzeitig schrieb und vortrug.

Die genauen Ausmaße dieser Rolle wurden erst im Laufe der Jahre deutlich. Sie sah sich, so sollte ich erfahren, als die Grisette in einer Oper des neunzehnten Jahrhunderts – als Mimi oder Violetta oder Manon. Wie diese war sie impulsiv, warmherzig, unmoralisch und fromm. Wie diese mußte sie auf ewig jung bleiben – daher ihre extravaganten Kleider, Gesten und hektischen Zurschaustellungen von Energie (Leute reiferen Alters stellten sich die Jugend energiegeladen vor).

Später, viel später, als ich sechzehn, achtzehn, zwanzig war, traf ich sie in der Innenstadt, wo sie in einem Museum arbeitete, und wir verschwanden mitten an einem trüben Winternachmittag in einer menschenleeren Bar und tranken Manhattans (ich erinnere mich daran, weil es die allerersten Drinks waren, die ich bestellte). An einem anderen Nachmittag besuchte ich eine Madrigalaufführung in der Stadtbibliothek, bei der sie mitsang und die mit einer Ausstellung zusammenhing, bei der ein Blatt von der Hand dieses Ungeheuers Gesualdo gezeigt wurde. Da stand sie, mit halb entblößten, wogenden Brüsten und nach innen gerichteten Augen, bis sich ihre bebende Oberlippe, die sich an einer Seite hob, plötzlich nach außen stülpte; ihr Gesicht war unwahrscheinlich gelb geschminkt, ihr Haar in einem harten Blauschwarz gefärbt, und ihre Kleider gaben sich noch immer »jugendlich«, waren aber mittlerweile dermaßen aus der Mode, daß die wenigen Leute im Publikum, die unter fünfundzwanzig waren, keine

Ahnung haben konnten, was sie eigentlich darstellte. Sie dachten vielleicht, sie sei eine Emigrantin, die die Nationaltracht von Estland trägt, und diese Gesänge – diese gleitenden Übergänge, überraschenden Rhythmen und zarten, unbequemen Harmonien – seien Volkslieder, die dringend einer Stimmpfeife bedürften. Eines Nachmittags gestand ich Marilyn bei einem Manhattan, daß ich schwul sei, und sie sagte zu mir, sie sei es auch, und sie und Fred hätten es die ganze Zeit gewußt, schon als ich elf gewesen sei.

»Und Fred? War er schwul?«

»O ja. Wußtest du das nicht? Ich dachte, wir wüßten's alle voneinander«, sagte Marilyn, während sie sich die Augen im Schminkspiegel nachzog.

»Na ja, ich wußte, daß ihr beiden mich mochtet, und ich fühlte mich wohl bei euch, wohler als bei den meisten Erwachsenen.«

»Und warum bist du dann plötzlich nicht mehr in den Laden gekommen? Ober, noch mal dasselbe.«

»Weil meine Mutter sagte, ich dürfe euch nicht mehr sehen. Die alten Damen in unserem Hotel sagten zu meiner Mutter, du und Fred, ihr wärt Kommunisten und lebtet in Sünde.«

Marilyn kam aus dem Lachen nicht heraus. »Die Wahrheit ist natürlich, wir sind beide katholisch und schwul und haben nie was miteinander gehabt. Vielleicht haben diese alten Damen sogar die Wahrheit gewußt, aber – aber« –kreischendes Gelächter – »sie nahmen an, daß Kommunismus und Leben in Sünde, daß diese beiden Sachen zusammen genauso schlimm sind wie Homosexualität.«

Ich trug einen Brooks-Brothers-Anzug aus schwarzbraunem schräggeripptem Köper und einen weichen

Filzhut aus Paris, und diese Aufmachung, die mir so schick erschien, gab unserer Unterhaltung den Anstrich erregter Weltgewandtheit, wozu zweifellos auch die Cocktails beitrugen. Über der Bar fuhr die Hochbahn entlang, und immer wenn ein Zug durchfuhr, zitterte der Tisch unter unseren Ellenbogen, und die Gläser, die sich zufällig berührten, registrierten die Erschütterung mit gedämpftem Klingeln. Das Licht in der Bar war dunkel wie altes Wasser in einem Aquarium, getrübt durch Wolken aus Fischfutter, das von trägen Flossen aufgewirbelt wird. Ich konnte durch die Suppe hindurch auf einen Bürgersteig sehen, der von Straß und Reif funkelte, dem beständigen Glitzern und dem vorübergehenden. Ein Radio spielte eine Rumba.

Ich fragte Marilyn nach Neuigkeiten von Fred, und sie sagte, sie habe keinen Kontakt mehr zu ihm, das letzte, was sie gehört habe, sei, daß er immer noch bei einem Indianerstamm in Yucatán lebe, wohin er gegangen sei, um seine Geschichten aufzuschreiben. Und ich erinnerte mich, daß ich ihm, als ich dreizehn war, zufällig in der Stadtbibliothek begegnet war, nachdem ich ihn ein Jahr nicht mehr gesehen hatte. Aber er steckte nicht mehr in seiner blauen Weste und der braunen Jacke, das Haar war zerzaust, aber geschnitten – nein, jetzt war er ein wilder Mann, etwas war mit Hanf an seinen Rücken geschnallt, Haar und Bart wallten ihm rot und grau über die Schultern, seine Unterschenkel waren bis zu den Knien in orangefarbene und rote Lumpen gehüllt, die Füße in genagelten Stiefeln, die Augen noch immer groß und abgewandt hinter einer Brille, die jetzt mit Klebeband geflickt war, und seine Hände viel röter und größer und irgendwie flacher, als habe er sich jeden Finger einzeln plattgeklopft. Ich erkannte ihn nicht wieder, aber er tippte mir auf die Schulter, und als ich zu diesen Augen hinaufschaute, die einen Fußbreit seitlich an mir vorbeiblickten, und die Aknenarben über dem spärlichen Schnurrbart sah und seine teilnahmslose, mechanische und sehr sanfte Stimme hörte, den Klang einer Stimme, die an ihrem eigenen Phlegma erstickt – tja, da erkannte ich ihn, hätte es aber am liebsten geleugnet, so drastisch hatte er sich verändert. Wenn ein Leguan auf seiner Schulter gehockt wäre, hätte er nicht exotischer wirken können. Er erzählte mir, er sei für ein paar Monate in Mexiko gewesen und gehe bald wieder dorthin zurück, er habe kein Geld, lebe aber von Gelegenheitsarbeiten – diese Unsicherheit sei wichtig für seine Kunst. Früher, in dem Laden, waren mir sein teilnahmsloses Gemurmel und seine vergrößerten, eiskalten Augen als bedauernswerte Anzeichen von Schüchternheit erschienen, aber diese Deutung hatte nur in seiner schmuddeligen bürgerlichen Erscheinung auf ihn zugetroffen, hatte zu dem Geräusch des rasselnden Heizkörpers und zum Geruch aufgewärmten Kaffees gepaßt. Jetzt, da er sich aus seinem ihn einengenden Laden befreit und in einen schillernden Fetisch verwandelt hatte, in einen Wust aus meliertem Haar und grellen Fetzen, jetzt schien sein Blick durch Erhabenheit gelähmt und seine Stimme so fern, nur weil sie den Klang des Göttlichen hatte.

Als kleiner Junge hatte ich erkannt, daß mein imaginärer Spielkamerad Tom frei war, nur weil er die totale Einsamkeit auf sich genommen hatte; und Fred (aber war dieser lange, murmelnde, gottähnliche Schnorrer wirklich Fred?), dieser neue Fred erzählte mir jetzt, Bettelei sei der Preis, um Kunst erschaffen zu können.

Und was wurde am Ende aus ihm und seinen Geschichten? Wurde er eines Tages vom Dschungel in Yucatán verschluckt? Ich habe mir erzählen lassen, daß in manchen Indianerdörfern in Mexiko homosexuelle Männer in einem getrennten Lager leben, wo sie sich um die Kinder des Stammes kümmern. Lebt Fred dort noch immer als uraltes Kindermädchen, ehrfurchtsvoll hinter schlohweißen Schleiern aus Bart und Haar verborgen, und die Brille ist schon vor langer Zeit zerbrochen und verlorengegangen, und sein dauerndes Gemurmel verhallt ungehört im Gequietsche warmer, nackter Kinder, die über ihn hinwegkletterten, als sei er nichts weiter als ein verwitterter, halb in Ranken und Reben versunkener Gartengott, dessen Notizbuch mit handgeschriebenen Geschichten den Elementen überlassen ist, die seine Seiten in alle Winde zerstreuen, so wie in alten Filmen die Blätter eines Kalenders davonfliegen, um die vergehenden Jahre und Jahrzehnte anzuzeigen?

Und Marilyn? Als ich sie das letztemal sah, war die Farbe ihres Make-ups gelbbraun wie Jod, ihre Lippen waren schmaler geworden, ihr Haar hatte sich in eine stachelige schwarze Kappe verwandelt, und ihre großen, rollenden Augen wirkten nicht mehr wie die einer Kokotte, sondern wie die einer jungfräulichen Märtyrerin, vorstehend, nach oben gedreht, das Weiß saubergeweint, die Unterlider von Verzweiflung geschwärzt. Sie erzählte mir, daß sie schon seit zwei Jahren in einer Pension neben einem jungen Geiger wohne, den sie liebe und der sie brüderlich liebe, aber ach! nicht leidenschaftlich. Er habe vor, Benediktiner zu werden, und sie denke, sie werde ihm in den heiligen Orden folgen. »Das ist die große Liebe meines Lebens – keine Frau, wie vorher immer, sondern ein schöner junger Mann, der mich nicht haben will. Welche Ironie! Wir sind uns durch die Musik begegnet. Seine Musik, seine Schönheit, seine Gleichgültigkeit – verstehst du?«

»Nicht genau.«

Sie setzte das unsichere, schwer errungene Lächeln einer Liebenden auf, die entschlossen ist, einen Trost gefunden zu haben: »Er wurde mir gesandt, um in mir ein Verlangen zu wecken, das nur Gott stillen kann. Ich bin so eine Sünderin gewesen – Ober, noch mal dasselbe –, aber niemals bin ich gemein oder stumpf oder abgebrüht gewesen. Ich war bereit für Gottes Gabe.« Sie war nicht zufrieden mit ihrem Haar. Sie betrachtete es in ihrem Taschenspiegel und ließ das kleine, runde Glas von einer Seite zur anderen, von oben nach unten wandern. Ein Lichtfleck untersuchte intensiv ihr Gesicht und zergliederte es Zentimeter für Zentimeter, wich hierhin aus, hielt sich schwankend dort, warf ein Licht auf die verwelkte Wange, den faltigen Hals, das harte, vorspringende Kinn. Er bewegte sich dorthin, wohin der Blick des gleichgültigen Geliebten schweifen würde. Sie lehnte den Spiegel gegen die Öl- und Essigfläschchen, und ihre Fingerspitzen berührten ihr Haar mit wundervoller Zartheit, während der Lichtreflex unveränderlich in ihrem rechten Auge glühte, ja geradezu chirurgisch einzudringen schien. Schließlich blinzelte sie und klappte den Spiegel zu. »Ich fühle mich noch wie ein junges Mädchen, als liege noch alles vor mir. Und siehst du nicht« – ihre trockene, rauhe Hand mit den lackierten Fingernägeln ergriff meine –, »ich *bin* so etwas wie eine Anfängerin im Geiste.«

In unserer Vorstellungskraft bleiben die Erwachsenen unserer Kindheit extrem, unentbehrlich – wir könnten sagen *grundlegend*, denn sie sind die Wurzeln, die spätere üppige Organismen nähren. Diese ersten Bohemiens zum Beispiel wirken in der Erinnerung weiter, auch wenn, falls wir ihnen heute begegnen sollten – ja, was würden wir denken, wir, die wir unsere Überspanntheiten mit einer Geduld, einer Professionalität vervollkommnet haben, die sie nie kannten?

Bald nachdem ich Fred und Marilyn das erstemal begegnet war, beschlossen sie, ich müsse Deutsch lernen, um die Romane von Hermann Hesse lesen zu können, die damals zum größten Teil noch nicht ins Englische übersetzt waren. Hesses Mischung aus Selbstmord, Mystizismus und sexueller Mehrdeutigkeit hatte sie in eine erregende Leere katapultiert; ihn zu lesen, sagten sie, sei wie in einem Flugzeug über der atembaren Stratosphäre zu fliegen. Er war nicht heilsam. Tatsächlich entströmte seinen Seiten ein Gifthauch. Er hatte weder recht, noch war er weise, aber sie hörten nie auf, seine Worte mit dem zu vergleichen, was sie für die Wahrheit hielten, eben weil sie ihn als einen Ausweg aus der Erfahrung und als Eingang in das magische Theater von durch und durch erdachten Empfindungen verehrten. Anstelle der Apathie des täglichen Lebens rief Hesse sie zu einer disziplinierten Suche auf – auch wenn der Gral, den er anbot, nebelhaft und vergiftet war.

Der Lehrer, den sie mir ausgesucht hatten, war Teilzeitprofessor an der Universität. Er wohnte in einem einzigen Zimmer in einem riesigen Komplex, der als Fakultätsgebäude und Wohnheim für Graduierte hochgezogen worden war. Er besaß ein Doppelbett, das aus der Wand herabgelassen wurde; am Tag war es hinter zwei weißen Türen mit geschliffenen Glasknöpfen versteckt. Als er mich zu meiner ersten Unterrichtsstunde empfing, war ich von seiner Körpergröße überwältigt. Er war einen Meter dreiundneunzig groß und kräftig, und ich blickte nach oben in die kastanienbraunen Haare, die ihm aus den Nasenlöchern wuchsen. In seiner Hand verschwand meine vollkommen. Er war zugleich formell und herzlich und sprach mit starkem deutschem Akzent. Unsere Stunden folgten einer genauen Ordnung und begannen und endeten zu festgesetzten Zeiten, ohne Pausen oder irgendwelches Geplaudere. Außerdem lief der Professor in einem bis zum Nabel offenen Hemd herum, die Ärmel über seine massiven Bizepse hochgekrempelt, und auf seinem Schreibtisch sah ich ein Foto, das ihn in Badehose am Strand zeigte, wie er seine Freundin mit einer einzigen Hand in die Höhe stemmte. Wie viele Sportler konnte er einfach nicht still sitzen, und seine Hinweise zur Grammatik und die Tips zur Aussprache wurden mit unentwegtem Getrommle unterstrichen. Er schlug sich auf die Knie. Er wippte auf seinem Stuhl vor und zurück. Er schleuderte die Hand zu einem drohenden *Sieg Heil* in die Luft – aber nur, um nach hinten zu greifen und sich zwischen den Schulterblättern zu kratzen, eine schwierige Unternehmung für einen so muskelbepackten Menschen. Während ich neben ihm saß (beinahe hätte ich gesagt: inmitten von ihm, so vollkommen umgab er mich), wurde ich immer schwächer und lahmer. Er schritt in dem kleinen Zimmer hin und her, versetzte der Scheuerleiste jeder Wand einen Fußtritt, wenn er dort ankam, als wolle er gegen die Beleidigung protestieren, einen so mächtigen Löwen in einen so kleinen Käfig zu sperren. Ehe ich ihn kennenlernte, hätte ich mir jemand Riesigen, Tumben und Schweigsamen vorstellen können; ich hätte mir auch ebenso bereitwillig eine brillante kleine Plaudertasche ausmalen können, mit einer Glatze und weichen Löckchen drum herum, einen Miniaturdynamo, der alles las und, falls er deprimiert war, Cello spielte. Aber ein Riese mit Schwielen in den Handflächen am Ansatz jedes einzelnen Fingers, jemand, der bewußt und vorsätzlich atmete, während ich stockend meine Lektion vortrug, und der aufstand und die gewaltige Pranke über seinen Unterkiefer legte, ehe er über meine Darbietung ein Urteil fällte – so ein Mann war so neu für mich, daß er mich verwirrte, mich elektrisierte.

An einem winterlichen Freitagnachmittag um vier öffnete er nicht auf mein Klopfen. Verzweiflung packte mich. Ich hatte nicht bemerkt, wie ergeben ich ihm inzwischen war. Unsere Sitzungen verlangten keine Hingabe. Ich ging einfach hin, gehorchte seinen Anweisungen und überließ mich dem Wunsch, ihn zufriedenzustellen, den allein man Hingabe hätte nennen können. Aber so weit ging es nicht, es fehlte die fürs Schwärmen notwendige Nichtanwesenheit, bis zu diesem Nachmittag, als er seine Tür nicht aufmachte. Aus irgendeinem Grund war ich überzeugt, daß er zu Hause sei, aber mit seiner Freundin im Bett liege, dieser gelenkigen kleinen Frau in dem schwarzen Badeanzug, die der Herr Professor letzten Sommer so mühelos und mit einem schlichten Lächeln im Gesicht in die Höhe gestemmt hatte. Er lag in diesem Bett, das, wenn es heruntergeklappt war, zweifellos sein ganzes Zimmer füllte, und dort rollte er begeistert auf seiner kleinen, aber akrobatischen Partnerin herum. Schnell genug würde es für ihn Zeit werden, das Bett wieder hinter die weißen Türen zurückzuklappen, die Zähne in eine Wurst zu schlagen und ein Bier zu kippen, um dann, in seiner hochmütigen Art, seinem lächerlich jungen Schüler die

Tür zu öffnen. Ich klopfte nicht sehr laut, weil ich ihn nicht in seiner Konzentration oder seinem Rhythmus stören wollte. Die einzige Frage war: Hatte ich mein Klopfen so dosiert, daß ich ihm meine Anwesenheit bemerkbar gemacht, ihn aber nicht belästigt hatte?

Und dennoch – was, wenn er gar nicht zu Hause war? Was, wenn er unseren Unterricht einfach vergessen hatte? Solange ich dachte, die geschlossene Tür sperre mich von seinem tiefen Eindringen in einen zarten Körper aus, solange war ich einverstanden damit, in diesem schäbigen, fensterlosen Flur zu stehen. Auf meinen Lehrer zu warten war mir keine Last. (Lehrte mich nicht Hesse den Wert einer geduldigen Lehrzeit?) Was mich aber rasend machte, war die Furcht, daß niemand hinter der Tür sei. Kein Bett, kein träge lächelndes deutsches Gesicht, keine riesige Hand, die über ein bleiches, pralles Becken strich – nichts, ein unbeleuchtetes Zimmer ohne alles, bis auf eine tickende Uhr und einen Kühlschrank, der ächzte und verstummte, ächzte und verstummte.

Und ich hatte schreckliche Angst, jemand könnte mich fragen, was ich in diesem Flur machte. Beträchtliche Zeit war bereits vergangen. Man hatte begonnen, Abendessen zu kochen, und der überhitzte Flur füllte sich mit Essensgerüchen. Ich hatte Mantel, Schal und Pullover ausgezogen. Ich saß auf den Kleidern und lehnte mich gegen die Wand. In der Ferne hörte ich die Aufzugtüren sich öffnen und schließen. Eine alte Frau schrie in ein Telefon. Eine andere Frau gab einem Kind Anweisungen. Dieser Hausflur war eine Art Auffangbecken der Häuslichkeit, die rund um mich herabtröpfelte. Die Gerüche. Die Irritationen. Das komplizierte Leben eines jeden einzelnen.

Mein Professor erschien an diesem Tag nicht. Natürlich rief er am nächsten Tag mit einer plausiblen Entschuldigung an. Natürlich hätte ich genauso ein Problem samt der Erklärung voraussehen sollen, aber mein Verlangen, wenngleich normalerweise in Schach gehalten oder nur auf imaginäre Wesen losgelassen, konnte, wenn auf jemand Wirklichen gerichtet, diesen verschlingen. Ich hatte meinen Lehrer verehrt, ich hatte ihm vergeben, daß er mich nicht liebte – aber jetzt haßte ich ihn. Ich träumte von Rache. Früher war ich vor demütigender Zurückweisung gefeit gewesen, weil ich so selten jemanden um etwas gebeten hatte. Die Götter waren meine Gesellschaft, der blühende Flieder umarmte mich, Bücher führten allein das Gespräch, aber nur, wenn ich gestattete, daß der Monolog begann. Sie waren durchscheinende Gefährten, deren Absichten nie in Zweifel standen. Götter, Blumen, Worte – Herrgott, ich konnte direkt durch sie hindurchsehen! Weder verschwammen sie plötzlich und stellten sich zitternd wieder scharf, noch ließen sie auch nur einen Zentimeter der Kontur im ungewissen. Während Menschen Gedanken und Gefühle wie Badminton-Federbälle auf einen abschossen (ein Schwirren, das einen überrumpeln konnte, das man nicht einmal sah, dennoch wurde von einem erwartet, daß man es zurückgab, bis die Luft weiß zu werden begann), stellten Götter keine solchen Ansprüche. Sie stützten sich auf goldene Ellbogen und blickten mit ihren breiten, lächelnden Gesichtern träge auf dich herab. Wenn ihr Blick sich mit deinem kreuzte, leuchteten ihre Augen auf. In einer Sekunde warst du sie, sie du, Götter wurden sterblich und Sterbliche göttlich, die gegenseitige Achtung ein spiegelnder Teich, in den bald alles Stoffliche einströmte und aufging.

Als ich zwölf war, im Jahr, nachdem ich mit meinen Deutschstunden angefangen hatte, begannen die Jungen, die ich kannte, mit einem aggressiven Spiel namens »Eichhörnchen« (»Schnapp dir seine Nüsse und lauf«). Burschen, die bisher kaum Kenntnis von mir genommen hatten, stürzten plötzlich auf mich los, verdrehten mir die Muskeln in den Armen und keuchten mir mit ihrem Atem Erdnußbutter ins Gesicht, während meine Hände gleich oberhalb des rauhen Jeansstoffs über ihre seidenweiche Haut glitten ... Und jetzt preßten sich seine schimmernden Hosenstallknöpfe auf mich herab, brannten seine Knie sich in meine Bizepse, und ich schob es noch um eine Sekunde auf, »Onkel« zu rufen, um noch einmal den gräßlichen Geruch seines Schweißes zu atmen.

Oder das Licht ließ nach, und brennende Laubhaufen schnitten die Luft mit dem rauchigen Atem, der der Erde selbst entströmte, in Streifen. Meine Hände waren vor Kälte rauh, meine Nase lief, ich kam zu spät zum Mittagessen, mein Hemd war zerrissen, aber trotzdem rief ich ihn immer und immer wieder zurück und schrie: »Es tut mir nicht leid. Ich hab's halt gesagt. Es tut mir nicht leid, ich ...«

»Hör zu, du kleiner Mistkerl« – seine Stimme war viel tiefer als meine, er war ein Jahr älter, er ging auf mich los, richtig wütend diesmal, aber ich wollte nicht seine Wut, bloß seinen Körper auf dem meinen und seine Arme um mich.

Oder Harold, der Pfarrerssohn – dieser kleine, athletische Blondkopf mit den von Pomade steifen, zurückgekämmten Haaren und dem schwarzen Muttermal auf der vollen, bartlosen Wange, dieser Junge, der stolzierte, wenn er ging, seine eigene Gesellschaft jeder anderen vorzog und bei den Erwachsenen den Ruf hatte, »rücksichtsvoll« zu sein, was durch seine unbesorgte, blinde Arroganz augenblicklich widerlegt wurde – er war jemand, mit dem ich »Eichhörnchen« am Spätnachmittag nach seiner Trompetenstunde spielen konnte (er schüttelt den Silberschwall Spucke aus dem goldenen Mundstück, läßt das schwarze Futteral aufschnappen, und zum Vorschein kommt purpurner Plüsch – hier zu glatter, spiegelnder Weiße abgewetzt, dort zu einer dunklen Quetschung aufgerauht –, dann legt er das stramme Heldentum des Instruments in die fürstliche Umarmung und klappt das Etui zu).

Sogar im Winter, wenn die Winde, die vom See heraufwehten, Netze aus Schnee über uns warfen und die Sonne schwach pulste wie das Vorgefühl einer Migräne, die nicht zum Ausbruch kommt, stürzten wir uns aufeinander und rollten in Schneewehen herum, Eichhörnchen, die hungrig nach den harten, blauen Nüssen in der gefrorenen Erde waren. Mit einemmal krümmten sich dann die Finger und zerrten, ein wogender Schmerz durchfuhr mich, sein Saphirauge in weißer Fayence beugte sich vornüber und tauchte unter den schattenhaften Horizont meiner Nase, heiße Atemstöße fegten aus meinen Lungen und kreuzten seine – in gegenseitigem Mißverstehen.

Im Sommer, als ich zwölf war, wurde ich mit einem Greyhound in ein Camp für Jungen geschickt. Wir wohnten in Zelten, die in Reihen auf dem Areal einer berühmten Militärakademie aufgestellt waren. Die massiven rötlichbraunen Gebäude mit ihren grünen Türmchen und Giebeln waren die Ferienzeit über geschlossen, aber der leitende Stab – die Hauptleute und Generäle in lebenslanger Uniform – blieben dort, um das Camp zu leiten und sich ein zusätzliches Einkommen zu verdienen. Die Camper, wenn auch jünger als die üblichen Kadetten, waren derselben militärischen Disziplin unterworfen. Eigentlich bestand unser Lagerleben, von Wanderungen durch die Natur und dem Schwimmunterricht in einem gechlorten Hallenbad abgesehen, aus nichts als Drill und Inspektionen. Wir lernten, ein Bett mit Lazarettecken zu machen und die rauhe Flanelldecke so stramm zu ziehen, daß eine Münze darauf hüpfte. Jeder besaß genau die gleiche Ausrüstung, die auf genau die gleiche Weise verstaut war. Schuhe wurden einfach unter das Feldbett gestellt, jedes Paar vier Zoll vom nächsten entfernt, jeder Schuh eines Paares zwei Zoll von dem dazugehörigen. Trompeten weckten uns und schickten uns zu Bett. Wir marschierten zum Speisesaal, wo uns kalte Stampfkartoffeln und gekochter Kohl serviert wurden; zum Frühstück aßen wir, noch grauenhafter, Speck in geronnenem Fett und Rühreier, die auf heißem Wasser schwammen. Nach dem Frühstück marschierten wir im Schnellschritt zu unseren Zelten zurück, wo wir eine Stunde Zeit hatten, um unsere Quartiere für die Inspektion der »weißen Handschuhe« vorzubereiten. Unser Captain sah alles und vergab nichts. Er fand ganz unten in einem Überseekoffer das einzige Paar Kniestrümpfe, das nicht richtig zusammengerollt war, und er erteilte dem Missetäter genügend Minuspunkte, damit dem für den Rest des Sommers die gesamte Freizeit vermiest war.

Er war ein kleiner, drahtiger Mann mit schwarzen Augenbrauen, die so buschig waren, daß sie, wenn sie nicht plattgedrückt oder -gekämmt waren, in wirren Büscheln abstanden wie spröde, schlecht gepflegte Zahnbürsten oder drollig über ein Auge herabfielen, ganz im

Widerspruch zu den Kommandos, die er bellte. Seine Haut war eine lohfarbene Maske, die über ein Gesicht gestülpt war, das immer total erschöpft wirkte; die dunklen Ringe um die Augen und die ausgezehrten, blutlosen Wangen waren durch die falsche Gesundheit seiner Sonnenbräune hindurch zu sehen. Ich schrieb die Abgespanntheit seiner Gereiztheit zu. Tatsächlich war er viel älter als die anderen Ausbilder. Vielleicht stand er sogar schon kurz vor der Pensionierung. Vielleicht war er krank und hatte Schmerzen, und vielleicht hatte seine Gereiztheit mit seiner Krankheit zu tun.

Nach dem Lichtausmachen wurde er ein anderer. Er war zwar noch in Uniform, aber sein Schlips war gelokkert, seine Stimme schien um eine Oktave und ein Dezibel abgesunken zu sein, in seinem Atem schwang rätselhaft und angenehm Whisky mit, und sein Blick unter dem Strohdach seiner herabhängenden Augenbrauen war plötzlich freundlich. Er blieb an jedem Zelt stehen, setzte sich auf die Kante jedes Feldbetts und redete mit jedem Jungen in so vertraulichem Ton, daß der Zeltkamerad nicht mithören konnte. Mein Zeltgefährte war ein langer, äußerst schüchterner und wohlerzogener Rotschopf aus einer Kleinstadt in Iowa, der offenbar ganz und gar nicht erpicht darauf war, mir Vertrauen zu schenken und meine Freundschaft oder auch nur meine Meinung zu suchen, als habe er erkannt, daß zumindest *dieses* Leben nur wert war, ertragen zu werden, wenn es unerforscht blieb. Und trotzdem garantierte seine Schweigsamkeit nicht, daß er völlig ohne Gedanken oder Gefühle war. In unerwarteten Momenten errötete oder stotterte er, oder ihm blieb mitten im Satz die Spucke weg – und ich konnte nie herausfinden, was diese Angstsymptome ausgelöst hatte.

Eines Abends, als unser Captain länger als üblich in seiner Whiskywolke bei ihm verweilt hatte und dann zu dem nächsten Zelt weitergegangen war, fragte ich meinen Zeltgenossen, warum der Captain bei ihm immer länger als bei mir bleibe.

»Ich weiß nicht. Er reibt mich.«

»Was meinst du damit?«

»Reibt er dich nicht?« flüsterte der Junge.

»Manchmal«, schwindelte ich.

»Überall?«

»Zum Beispiel?« fragte ich.

»Zum Beispiel vorne« – seine Stimme wurde trocken – »ganz runter?«

»Das ist nicht recht«, sagte ich. »Das sollte er nicht tun. Wirklich nicht. Das ist unnormal. Ich habe darüber was gelesen.«

Einige Nächte darauf wachte ich mit Fieber auf. Mein Hals war so wund, daß ich nicht schlucken konnte. Meine Laken waren schweißnaß und kalt. Auch wenn ich still lag, fühlte ich das Blut durch meine Adern rinnen; ein Metronom tickte laut in meinem Inneren, und mit jedem Ticken tauchte ein Ruder der Empfindung ins Wasser und pullte dagegen an. Nein, jetzt konnte ich eine Reihe Taucher erkennen, die vom Bug ins Wasser sprangen, nach rechts, nach links, rechts, links – die Reihen der marschierenden Jungen rückten über den Boden des gechlorten Schwimmbeckens näher. Ich schloß die Augen und spürte, wie mein Herzklopfen eine Saite an der Harfe meines Brustkorbs anriß. War die Nacht wirklich so kalt? Ich brauchte Hilfe; das Krankenrevier; sonst Lungenentzündung. Mein Zeltgefährte hatte sich auf seinen Ellbogen gestützt und teilte mir schwindelerregenden Blödsinn mit (»I like, I like, I like the Lackawanna«), bis ich die Augen aufmachte und ihn friedlich schlafen sah, sein Gesicht die scharfe Kante des Bugs, die ein Meer aus flüssigem Quecksilber zerteilte. Die zähe Flut, ein kaltes Brodeln, hatte mich über Bord geschwemmt, zusammen mit einem gestreiften Erdhörnchen, das Bruchstücke aus den Top Ten durch das schmerzende rote Loch in seinem Hals sang – ich setzte mich auf. Ich konnte kaum schlucken. Ich flüsterte den Namen meines Zeltgefährten.

Als er nicht antwortete, zog ich den vorgeschriebenen Baumwollbademantel und die vorgeschriebenen schwarzen Slippers an und lief auf den aus ungebranntem Kalk gestampften Wegen zwischen den Zeltreihen auf und ab. Waren das die ersten Streifen der Morgendämmerung oder die Lichter einer Stadt? Sollte ich bis zum Wecksignal warten? Oder sollte ich unseren Captain jetzt wecken?

Ich lief und lief und beobachtete, wie der Nachthimmel leuchtete wie Plankton im Augustmeer. Gold schimmerte am Horizont auf und fraß sich dann durch zarte, gläserne Stromkreise hinauf zum Hauptschalter, wo es einen Kurzschluß, eine weiße Explosion verursachte, die sich in einem feinen Polierrot niederließ. Waren das Fledermäuse da oben? Ich hatte gehört, daß in den Schultürmen Fledermäuse wohnten. Hier waren sie: Blind, fleischfressend und immer näher kommend, stürzten sie sich von Auge zu Auge die Zunge hinauf.

Schließlich hörte der Captain mein Klopfen und kam an die Tür. Er hatte, wie ich sah, ein ganzes Zelt für sich und wachte noch bei einem Kriminalroman und einer Flasche Scotch. Er schien verwirrt – zumindest wußte er nicht, wer ich sein könnte. Als er meine Identität enträtselt und verstanden hatte, daß ich krank sei, forderte er mich auf, den Rest der Nacht bei ihm zu bleiben. Zum Krankenrevier würden wir gleich früh am Morgen gehen, sagte er. Wir würden zusammen hingehen. Er werde sich um mich kümmern. Ich mußte immer wieder beteuern, wie dringend es sei, daß ich jetzt zu einer Krankenschwester käme (»Ich bin wirklich krank, Sir, es ist eilig«), ehe er sich schließlich erweichen ließ und mich zum Krankenrevier brachte. Selbst während ich ihn anflehte, fragte ich mich, wie es wohl wäre, wenn man mit ihm in diesem geräumigen Zelt wohnte. Aber warum hatte er mich nicht schon früher bemerkt? Warum hatte er nicht versucht, mich zu reiben? War ich meinem Zeltgefährten in irgendeiner Weise unterlegen? Weniger hübsch? Wenigstens war ich nicht unnormal, sagte ich mir und blickte zu seinem abgespannten, unrasierten Gesicht hinüber, zu seinem Profil mit dem Strohdach der Augenbrauen, die im Dunkeln wie Quecksilber leuchteten.

Im Sommer darauf weigerte ich mich, in ein Camp zu gehen, bis meine Mutter mich anlog und mir erzählte, ich würde als ein mit Theateraufführungen betrauter Jugendbeirat in einem Camp fungieren, das an einem wunderschönen Ort in den Wäldern im Norden liege, wo es praktisch keinen Drill gebe, und auf den, den es gebe, werde in meinem Fall verzichtet. Noch ehe die Ferien begannen, fuhr ich nach Norden, zusammen mit dem Besitzer des Camps, der mir gut zuredete (»Ja, also, du wirst entscheiden müssen, welche Stücke du inszenieren willst – du *bist* die Theaterabteilung«). Wenn er so etwas gesagt hatte, schien er an seiner eigenen Großzügigkeit zu ersticken, und sein Mund zog sich zu einem säuerlichen Kuß zusammen.

Wir fuhren weiter und weiter nach Norden hinauf. Ich saß neben dem Besitzer des Camps auf dem Vordersitz und blickte hinaus auf die hohen Kiefern, die so blau waren, daß sie vor dem grauen Frühlingshimmel fast schwarz erschienen. Die Straße hatte dieselbe Farbe wie der Himmel. Als wir auf dem Gipfel einer sanften Anhöhe ankamen und hinuntersahen, wirkte die Straße unter uns verlassen und fern, in die Schatten entrückt. Aber als wir durch das Tal sausten, kam die Straße dicht heran und belebte sich, und die Kronen der blauschwarzen Bäume glitten über die blinkende Kühlerhaube. Auf dem Rücksitz hinter mir rekelte sich ein Sondercamper, dem ich tunlichst aus dem Weg gehen sollte, wie mich meine Mutter auf den Rat des Besitzers hin ermahnt hatte (»Sei höflich, aber sieh zu, daß du nicht mit ihm allein bist«). Offensichtlich widerstrebte ihr, mir zu erklären, worin die Gefahr bestand, aber als ich sie immer wieder danach fragte, sagte sie schließlich: »Er ist übersexualisiert. Er hat versucht, sich an kleinere Jungen heranzumachen.« Sie redete mir sofort zu, daß ich den armen Jungen nicht verachten dürfe; er sei schließlich irgendwie hirngeschädigt, in medizinischer Behandlung, könne nicht lesen. Wenn Gott mich mit einem glänzenden Verstand beschenkt habe, so habe Er das nur getan, damit ich meinem Nächsten helfe.

In diesen knappen, mahnenden Abschiedsworten war es meiner Mutter gelungen, die Faszination auf mich zu übertragen, die sie selbst diesem gefährlichen Jungen gegenüber empfand. Der Tag war kühl geworden, und die Wagenfenster waren geschlossen. Der Motor lief so ruhig, daß man das Ticken der Uhr im Armaturenbrett hören konnte. Als ich die Lüftungsklappe aufdrückte, hörte ich lautes Vogelgezwitscher, aber die

Vögel selbst blieben verborgen. Im Tal unter uns, das bis auf die Straße ohne jedes Zeichen menschlichen Lebens war, kräuselten sich Nebelschwaden durch die Kiefern. Ich kannte den Besitzer des Camps eigentlich gar nicht, und so fühlte ich mich neben ihm verlegen, war bereit, über alles zu sprechen, was ihm in den Sinn kommen mochte, doch ängstlich, ihn mit meinem Geplapper zu ermüden. Vor Erwartung saß ich beinahe erstarrt da, ein Lächeln im Ärmel. Und ich spürte den sexversessenen Jungen hinter mir, der halb ausgestreckt auf dem Rücksitz lag, während das Sonnenlicht, das zwischen den vorbeisausenden Kiefern hindurchfiel, rhythmisch über seinen Körper strich.

Als es dunkel war, hielten wir zum Tanken und zu einem Imbiß an. Ralph, der Sondercamper, sagte, ihm sei kalt, und er wolle sich zu uns nach vorn setzen, um warm zu bleiben. In der Imbißstube hatte sein Verhalten mir gegenüber nichts von Zuneigung oder Zudringlichkeit; ich erkannte nur zu gut, daß Verlangen und Zuneigung die Hände nicht um *sein* Herz gelegt hatten. Er war allein mit seiner Erektion, die ich durch den dünnen Stoff seiner Sommerhose sehen konnte. Diese Erektion war etwas, das er immer mit sich herumtrug, wohin er auch ging, wie eine Narbe.

Im dunklen Wageninnern, das nur hier und da von einem matten, leuchtkäferhaften Lichtschein vom Armaturenbrett gestreift wurde, preßte Ralph sein Bein gegen meines. Ich war gezwungen, den Druck zu erwidern, wollte ich mich nicht gegen den Fahrer lehnen und ihn zu irgendwelchen Kommentaren veranlassen. Als ich in der Magnesiumexplosion entgegenkommender Scheinwerfer Ralphs Gesicht erblickte, wirkte es erschöpft, sein Mund stand halb offen, er war wie ein durstiges Tier, dessen Augen sich vor Verlangen nach innen gekehrt hatten.

Das Camp, an dem wir endlich um Mitternacht ankamen, war melancholisch, kalt und leer. Der Besitzer mußte eine dicke, verrostete Kette lösen, die zwischen zwei Bäume über den schmalen Fahrweg gespannt war. Als wir auf ein offenes Feld kamen, kämpfte sich unser Wagen sehr langsam durch Gräser, die hoch wie das Autodach und naß und schwer vom Tau waren. Am Fuß des Hügels schimmerte der See durch einen Nebelstreif – mehr ein aus dem Boden dringendes Kältegefühl als ein See, mehr ein Nichtvorhandensein, als sei diese unstete, wechselnde Feuchtigkeit alles, was es noch auf der Welt gebe, nachdem alles Menschliche von ihr entfernt worden war. Mir wurde ein Feldbett in einer kalten Hütte zugewiesen, in der es nach verschimmeltem Segeltuch roch; Ralph wurde irgendwo anders hingebracht. Als ich einzuschlafen versuchte, dachte ich an ihn. Ich bedauerte ihn, wie es meine Mutter von mir verlangte. Ich bedauerte ihn wegen seines stummen Tierblicks, wegen seiner hilflosen Suche nach Hilfe – wegen seiner Last. Und ich dachte über die Stücke nach, die ich inszenieren würde. In einem davon wäre ich ein sterbender König. In meinem Koffer lagen ein paar alte 78er-Platten von »Boris Godunow«. Vielleicht würde ich zu diesem Glockengeläut sterben, während der Kreml von den Truppen des Usurpators umzingelt wurde, dessen Gesicht vor Verlangen rot und aufgebläht war.

Es war noch eine Woche Zeit, bis die anderen Camper eintreffen sollten. Ein paar Männer aus dem Ort mähten sich mit Sensen durch das überhohe Gras. Ein anderer reparierte das lecke Dach des Haupthauses. Stapelweise wurden Lebensmittelkonserven geliefert.

Die einzelnen Hütten wurden aufgeschlossen, gelüftet und ausgefegt. Ein Wespenschwarm über dem Brunnen wurde eingefangen und verbrannt. Die Piers wurden montiert und zwischen neu eingesetzten Pfosten zu Wasser gebracht. Die großen Kriegskanus kamen aus ihrem Winterquartier und wurden zum Wässern in den kalten See gesetzt. Ich arbeitete vom ersten Lichtschein bis zum letzten – das gehörte zu meinen Pflichten als Jugendbeirat. Ralph hatte nichts zu tun. Er blieb in seiner Hütte und kam nur zu den Mahlzeiten heraus; wo und immer er hinging, wanderte er hinter der dicken, unnachgiebigen Beule mit der nassen Spitze in seiner Hose her.

Jeden Nachmittag konnte ich gehen, wohin ich wollte. Noch immer stieg Kälte vom See hoch, aber am Mittag brach die Sonne durch die Wolken wie ein Monarch, der sich von seinem Gefolge befreit. Der Weg, den ich einschlug, umkreiste die Hügel, die den See einfaßten; an einer Stelle führte er abwärts und kreuzte einen Sumpf, der fest und trocken aussah, harmlos inmitten von Gräsern, jedoch unter meinen Schuhen lüstern schmatzte. Ich rannte hindurch, blickte mich um und sah, wie meine Fußspuren sich mit kaltem, klarem Wasser füllten. Ein versteckter Ochsenfrosch läßt ein tiefes Schlucken hören und wiederholt dasselbe Geräusch, aber jedesmal leiser unter dem stetigen hohen Pochen des vollen Chors der Zirpfrösche. Ein graues gestreiftes Erdhörnchen mit einem hell kastanienfarbenen Hinterteil huscht vorbei, den Schweif kerzengerade aufgerichtet. Den Hügel weiter hinauf zittern Papierbirken in einer leichten Brise; ihre grün-braunen Knospen sprießen aus warzigen, dunkelbraunen Trieben hervor. Auf einem hohen Ast läßt eine Drossel ihren schönen

Gesang ertönen, während sie langsam ihren Schwanz hebt und senkt.

Ich lernte jede Windung des Weges und jede Pflanze an seinem Rand kennen. Eines Tages im Spätsommer stieß ich tiefer in den Wald vor, als ich es jemals gewagt hatte. Mühsam kletterte ich durch Brombeerhecken und dichtes Unterholz, bis ich zu einer durch die Wildnis geschlagenen Holzfällerschneise kam, die schon wieder zuwuchs. Mehrere Meilen folgte ich dieser Schneise. Ich gelangte auf ein ausgedehntes Feld und dann auf eine kleinere Lichtung, die von niedrigen Bäumen umstanden war, hoch genug, um jeden Wind abzuhalten. Die Sonne brannte heißer und heißer, als halte jemand eine Lupe über mich. Ich zog mein T-Shirt aus, und als ich mich bückte, um Heidelbeeren von niedrigen Büschen zu pflücken, spürte ich, wie mir der Schweiß an den Seiten zum Bauch hinunterfloß. Der Boden war naß. Eine riesige Biene hing brummend reglos in der Luft.

Ich war so glücklich, so allein im Wald, weit weg von den Gefahren, die mir durch andere Menschen drohten. Zuerst wünschte ich mir, ich könnte jemand anderem erzählen, wie glücklich ich sei; ich brauchte einen Zeugen. Aber als der große Tag sich langsam über mir weiterdrehte, als die Scharlachtangare auf ihren schwarzen Flügeln über mich hinweg zu den fernen hohen Bäumen glitt, als eine Eule, verborgen und weit weg, einen Schrei, melancholisch wie der Winter, ertönen ließ, als die Blätter, vom Wind zerzaust, sich die Sonne gegenseitig zuwarfen, als seien sie Prinzessinnen, die mit einem goldenen Ball spielen, als der Geruch von süßem Klee, von zerstampften Sassafrasblättern, vom Mulch des letzten Jahres über mich hinwegwehte, als ich die heißen, süßen Heidelbeeren zwischen meinen

Zähnen zermalmte und dann auf einer harzigen Nadel von einem Balsamstrauch kaute, als ich das Sinken der Sonne spürte und das langsame Zur-Neige-Gehen des Sommers – oh, da war ich frei und heil, sicher vor jedem Menschen, so glücklich wie bei meinen Büchern.

Denn in dem blutvollen, nicht-menschlichen Reich der Natur oder dem blutvollen, menschlichen Reich der Bücher konnte ich gedeihen – beide Welten sind so erhaben, so arglos –, aber ich fühlte mich gefährdet durch die versteckten Pläne, die andere Leute um mich spannen. Die zarten, weißen Glocken der Blume an dem faulenden Baumstumpf, die bebende Quintessenz des Blaus im zipfeligen Enzian, der kleine leuchtendgrüne Kegel der Waldkiefer – sie waren Teile des Vertrauens, das die Natur in mich setzte, wortlos, doch so zutraulich wie Hundeaugen. Oder die reinen, immer verständlichen und scharf gezeichneten Gedanken und Emotionen der Gestalten in Romanen – auch sie waren Zeichen, die ich lesen konnte, wie man vielleicht im Gesicht einer Marionette liest. Aber die diffuse Drohung Ralphs mit seinem immer abgehärmteren Gesicht, dieses zugleich bemitleidenswerten und gefährlichen Jungen, der bereits zweimal in diesem Sommer bei dem Versuch ertappt worden war, jüngere Camper zu »hypnotisieren«, und jetzt Gefahr lief, ausgeschlossen zu werden, der mich beim Essen nicht neugierig und schon gar nicht mit Sympathie betrachtete, sondern mit plumper Spekulation (Kriege ich ihn dazu? Kann er mir helfen?) – diese Drohung wurde immer stärker.

Nachdem die anderen Camper eingetroffen und die Sommeraktivitäten eine Woche lang gelaufen waren, merkte ich, daß ich hintergangen worden war. Ich würde keine Stücke auf die Bühne bringen, und ich hatte mich völlig grundlos mit den allnächtlichen Hirngespinsten von Proben, Aufführungen und Triumphen erschöpft. Die Versprechungen meiner Mutter hatten nur den Zweck gehabt, mich für den Sommer aus dem Haus zu entfernen. Ein paar Meilen weiter war meine Schwester – im Winter scheu bis an den Rand der Unsichtbarkeit, unbeliebt, käsig, zu dick – wieder einmal zu ihrer Sommerschönheit aufgeblüht. Sie war »Captain of the Blues«, braungebrannt und muskulös, ihr Haar eine goldene Kappe, ihre Begeisterung grenzenlos, ihr Benehmen tyrannisch (»Bewegt euch endlich, Leute«), als sei alles, was sie brauche, um zu gedeihen, die vollkommene Abwesenheit von Männern und die heftige, sentimentale Verehrung anderer Mädchen. Sie hatte schon immer andere Mädchen herumkommandieren können, schon als sie klein war und ihnen befahl, ihr die Gürtel für die eigene Züchtigung zu besorgen.

Wenn meine Schwester und ich aus dem Haus waren, konnte meine Mutter ungehemmt ihre amourösen Vorhaben weiter verfolgen. Würde sie uns am Labor Day mit einem neuen Stiefvater beschenken, einem, der zu jung und zu hübsch war, um einigermaßen solide zu erscheinen?

Eines Nachmittags, als die anderen Jungen auf einer Kanufahrt waren, zeigte mir unser Ausbilder einige »Kunstfotografien«, die er gemacht hatte und die alle einen nackten, jungen Mann an einem menschenleeren Strand abbildeten. In der Hütte war es still, schwaches Licht sickerte durch die alten Kiefern und die halbgeschlossenen Fensterläden herein, die Decke auf Mr. Stones Bett fühlte sich unter meinen nackten Beinen rauh an, als ich die großen, glänzenden Abzüge durchsah. Ich hatte bisher noch nie einen nackten Erwachsenen gesehen; die Fotos fesselten mich dermaßen, daß die Hütte um mich herum verschwand und ich dort vor diesem jungen Mann auf dem sauberen, weißen Sand zu stehen meinte. Immer und immer wieder wurde mein Blick von diesem gebräunten Rücken und den schmalen, verdrehten, angestrengten Hüften angezogen, wie der Mann da von mir weg durch einen Streifen vollen Sonnenlichts auf einen dunklen, stürmischen Horizont zulief. Wo war dieser Strand, und wer war dieser Mann? fragte ich mich; als könne ich ihn jetzt dort finden, als sei er der einzige nackte Mann auf der Welt, und ich müsse ihn finden, wenn ich von neuem diesen Druck in meinem Zwerchfell spüren wollte, dieses Gefühl zu versinken, diese Zeichen von Scham und Freude, die ich zu unterdrücken suchte, damit Mr. Stone nicht entsetzt von mir zurückwiche, wenn ihm dämmerte, daß meine Reaktionen nicht künstlerischer Natur waren. War es unnormal, daß ich von dem jungen Mann fasziniert war?

Mr. Stone rutschte auf dem Bett näher an mich heran und fragte mich, was ich von seinen Kunstfotografien halte. Ich spürte seinen Atem auf meiner Schulter und seine Hand auf meinem Knie. Ein Freudenschauer durchrieselte mich. Ich erschrak. Ich stand auf, ging zu der Fliegentür und tat wer weiß wie gleichgültig, als ich mich bückte und an einem Sandflohbiß an meinem Knöchel kratzte. »Sie sind prima, wirklich prima, bis später, Mr. Stone.« Ich hoffte, er habe meine Erregung nicht bemerkt.

In dem Alter hatte ich noch keine Ahnung, daß man Haar bleichen, die Sonnenbräune pflegen, Zähne mit Kronen überwölben, sich Muskeln antrainieren kann; nur ein Gott war blond, braungebrannt und stark und besaß so ein Lächeln. Mr. Stone hatte mir einen Gott gezeigt und es »Kunst« genannt. Bislang hatten sich alle meine Kunstvorstellungen um Burgen aus Sand oder Schnee gedreht, um ferne, ruchlose Monarchen, um Macht, nicht um Schönheit, um einsame Besitzherrlichkeiten, nicht um die wunderbare, unterlegene Hilflosigkeit der Sehnsucht, zu besitzen. Dieser junge Mann, der über den Strand schritt – mit Knien, die zu klein erschienen für so starke Schenkel, mit langen, zierlichen Füßen, einem Lichtschleier statt einem Lächeln, einem Lichtstreifen als Haar, weißen Lichtflecken statt Augen, als werde er plötzlich von innen her beleuchtet, vom Inneren dieses köstlich modellierten Kopfes her, der auf einem schlanken Hals über Schultern saß, die so breit waren, als müsse er erst noch in sie hineinwachsen – dieser junge Mann kam daher mit einer Schönheit, die so beunruhigend war, daß ich sie Liebe nennen mußte, als wenn er mich liebte oder ich ihn. Das begeisterte Vergnügen Erwachsener an einzelnen Körperteilen (dem großen Penis, der behaarten Brust, dem runden Hintern) ist Kindern fremd; sie lösen die Teile im Ganzen und das Körperliche im Emotionalen auf, so daß Verlangen rasch zu Liebe wird. Auf dieselbe Weise wird Liebe zu Verlangen – hatte ich nicht Fred, Marilyn, meinen Deutschprofessor begehrt?

Ich rannte im Laufschritt durch den Wald. Der Tag war dunstig. Jemand hatte einen Bären gesehen, der Blaubeeren fraß, und ich drehte mich jedesmal um, wenn ich einen Zweig knacken hörte. Ein dünner Rauchfaden stieg aus einer dichten Kieferngruppe auf der anderen Seite des Sees auf. Als ich an dem fauligen Baumstumpf und den weißen Blumen neben ihm vorbei war, hatte ich das Gefühl, als hätte ich mich durch ein Ventil in mein eigenes Gehege gedrängt, und verlangsamte meinen Schritt. Ich blieb stehen, um Atem zu schöpfen, und hörte weit weg einen Specht, der beim Abhorchen eines hohlen Astes sacht, professionell klopfte. Die Bäume, die den Wind anzeigten, schwankten über mir.

Wo der Weg die Holzfällerschneise kreuzte, saß Ralph in so etwas wie einer natürlichen Hängematte, die von den freiliegenden Wurzeln einer alten Ulme gebildet wurde. Er hatte die Hose bis zu den Knien herabgezogen und untersuchte seinen erigierten Penis mit ungläubiger Neugier, einem leicht überwältigten Blick, der sein Gesicht leer wirken ließ. Er rief mich herbei, und ich ging zu ihm, wie um ein Kuriosum der Natur näher zu betrachten. Er redete mir zu, es zu berühren, und ich tat es. Er forderte mich auf, an dem roten, klebrigen, freigelegten Kopf zu lecken, und ich zögerte. War er schmutzig? Ich überlegte. Würde uns jemand sehen? Würde ich krank werden? Würde ich ein Schwuler werden und niemals, niemals mehr wie andere Leute sein?

Um meine Bedenken zu zerstreuen, hypnotisierte Ralph mich. Er brauchte die Worte nicht lange zu psalmodieren, um mich in tiefe Trance zu versetzen. Als er mich in seinem Bann hatte, sagte er zu mir, ich solle ihm gehorchen, und ich tat es. Er sagte auch, wenn ich erwachte, würde ich mich an nichts mehr erinnern, aber da irrte er sich. Ich habe mich an alles erinnert.

FÜNF

Im Sommer war meine Schwester zwar mit anderen Mädchen glücklich, aber im Winter saß sie Abend für Abend zu Hause und wartete darauf, daß Jungen sie zu Verabredungen abholten, die ihr ein Greuel waren. Unsere Mutter war mit uns in eine große Wohnung gezogen und hatte sie luxuriös eingerichtet – aber niemand kam zu Besuch. Inzwischen war meine Schwester sicher, daß ich derjenige sei, der ihre Chancen minderte. Mit einem so blöden Bruder, der überhaupt nicht sportlich oder prima oder klasse war, war es kein Wunder, daß sie den Ruf hatte, weg vom Fenster zu sein.

Da meine Schwester nur vier Jahre älter war als ich, wußte sie genau, was bei meinen Klassenkameraden gut ankam – welche Sorte Penny Loafers, welches rot-weiß karierte, kurzärmelige Hemd, welche Jeans, welche Art von Scherzen. Sie half mir, die richtigen Sachen zu kaufen, und zeigte mir, wie sie getragen werden mußten (»Du mußt die Ärmel genau dreimal umschlagen – die Umschläge müssen schmal sein, siehst du? – nicht breiter als einen Zoll«). Sie lehrte mich, zu so vielen Leuten wie möglich auf den Schulkorridoren »Hi« zu sagen, mir genau zu merken, wer darauf reagierte, und jeden leeren Blick mit einem strahlenden Lächeln zu parieren.

Ich führte ein Telefonverzeichnis, in das ich alle

aufnahm, die ich gut genug zu kennen meinte, um sie nachmittags oder abends anzurufen, und ich arbeitete mich immer wieder systematisch durch alle Namen durch. Bald war die Liste mit gut dreißig Namen so lang, daß ich drei Tage brauchte, um sie einmal ganz durchzutelefonieren. »Hi, ich bin's. Was machst du so? Yeah, ich meine jetzt im Augenblick – was sollte ich denn sonst gemeint haben, Blödmann? Meine Güte ... Kaugummi? Das nennst du was machen? Nee ... ich bleib' zu Hause. Meine Mom sitzt mir wegen der alten Hausaufgaben im Nacken. Außerdem läuft grade so 'ne verrückte Science-fiction-Sache im Fernsehen – yeah, genau die. Du? Kommt Janey rüber zum Lernen? Der blaue Pullover, den sie anhatte, hat mir gefallen, aber die schwarzen Slippers sahen irgendwie gangstermäßig aus. Ich *weiß*, sie ist keine Gangsterbraut – aber ihr zwei auf einem Motorrad, brmm, brmm – kannst du dir das vorstellen? Genau: brmm, brmm.«

Und so stundenlang weiter, reines Bauchreden, schwindelerregendes Gewäsch, eine geradezu orientalische Disziplin in ihrem Verzicht auf Inhalt und ihrer Konzentration auf leere Worthülsen, das Geplapper sozialer Ängste, mit Sehnsüchten vermengt, denn ich fürchtete meine Freunde nicht nur, ich wollte auch erreichen, daß sie mich liebten.

Bis jetzt, bis zu dieser großen Veränderung, war Freundschaft für mich mehr ein untergeordnetes Vergnügen als eine Wissenschaft gewesen. Freunde waren Leute, mit denen man in der Cafeteria zusammensaß, Leute, die die gleichen Hobbys hatten oder im selben Arbeitsraum saßen, Jungen, die gleicherweise hoffnungslos im Sport waren, oder Mädchen in der Aula, deren Familienname mit demselben Buchstaben wie meiner begann. Ich hatte um solche Freundschaften nicht gebuhlt. Ich gab mir keine Mühe, sie in die Länge zu ziehen, das Vertrauen dieser Freunde zu gewinnen, über sie nachzudenken, oder ihnen irgendwelche Ratschläge zu geben. Ich verlangte fast nichts von ihnen, denn wenn ich schon nicht aufmerksam war, so war ich auch nicht fordernd. Praktisch jeder konnte mit mir befreundet sein. Für mich war Freundschaft eine harmlose, unbewußte Angewohnheit, die niemandem ein Prestige verlieh, die nirgendwohin führte, die kaum zum Nachdenken Anlaß gab, die unwichtig war wie das Atmen.

Als meine Schwester mir beibrachte, wie man sich beliebt macht, lehrte sie mich etwas, wovon ich nichts gewußt hatte. Sie sättigte ein Bedürfnis in dem Moment, in dem sie es hervorrief. Oder vielleicht sollte ich sagen, sie lehrte mich, daß die Einsamkeit, die ich wie eine schwere Brandwunde fühlte, zu lindern war. Ich war ganz ohne Frage einsam gewesen. Ich hatte vor Einsamkeit gebrannt und mit ihr gerungen, mich verrenkt und mit ihr beschmiert, als sei sie eine Schicht aus Schande, die aus meinem Körper troff: schmachvoll, vertraut, die äußere Haut der Schande. Doch die Gesellschaft, nach der ich mich sehnte, das strahlende Gesicht, das in meines herablächelt, der Arm, der sich um meine Schultern legt (ein Arm, so hager, daß jede Ader durchscheint wie das Licht zwischen Schriftzeichen auf Pergament) – in meinen Tagträumen kam diese Gesellschaft unaufgefordert zu mir. Die Vorstellung, ich könnte imstande sein, Freunde zu umwerben, Aufmerksamkeit zu erringen, ja zu erbitten, hätte sie mir verdorben. Unaufgeforderte Liebe war, was ich wollte. Unter der Anleitung meiner Schwester lernte ich, daß Liebe oder zumindest

Freundschaft erworben werden muß, daß es Techniken gibt (Zuhören, Lächeln, Sicherinnern, Schmeicheln), die sie herbeilocken. Manchmal, so lernte ich, ist ein Freund nichts anderes als jemand, mit dem man Zeit totschlägt, eine Stimme, die eine Litanei von Fragen in den Zuhörenden hineinquasselt, alle diese klumpigen Sandsäckchen – einzeln leicht, aber zusammengenommen schwer –, die von dem Tau um die Gondel unter dem Ballon herabbaumeln, dessen Aufstieg in die kalte, luftlose Einsamkeit sie bremsen sollen. Aber der Akt an sich, um Freundschaft zu werben, sie zu gewinnen und damit umzugehen, die ganze Gefühlspolitik – nun ja, ich verachtete sie nicht, denn wie konnte ich etwas verachten, das ich so nötig brauchte?

Als ich aufwuchs, hatte ich nie das Unterholz der Kindergesellschaft wahrgenommen, das gleich hinter dem Ziergarten des Klassenraums begann. Ich blöder Kerl – ich hatte einfach gemeint, die Kinder kannten nur diejenigen, die zufällig in ihrer eigenen Klasse saßen. Auch ahnte ich nicht, daß manche Kinder sich jeden Tag nach der Schule trafen, sich immer und immer wieder sahen unter einem beweglichen Blätterdach geselliger Lichter und sexueller Schatten, Lichteindrücken, die nichts mit dem Gitterwerk erwachsener Arrangements zu tun hatten. Ein sehr beliebter Junge namens Butch zum Beispiel war der Sohn eines Knochenchirurgen; seine Freundin war die Tochter eines Lieferboten.

Jeden Nachmittag schliefen sie zusammen im Keller des Hauses, in dem das Mädchen wohnte. Mit fünfzehn waren sie schon drei Jahre lang ein Paar, und ihre Freunde betrachteten sie als ältere und klügere Ratgeber – eigentlich als Eltern –, an die sie sich um Ratschläge wenden konnten. Ungefähr um halb fünf oder fünf kamen wir dort immer alle vorbei. Sie und er kamen dann aus dem Keller nach oben, lächelnd, erhitzt, er mit den Fingern an den Hosenschlitzknöpfen, sie zog ihren Schottenrock um eine Vierteldrehung herum, so daß die riesige Sicherheitsnadel wieder an die rechte Seite kam. Dann buk sie Schokoladenkekse, während er draußen mit einem Fußball herumalberte. Unsere eigenen Eltern brauchten nur ein Wort zu sagen, um uns heiße Entrüstung einzuimpfen, aber diese geringeren, besseren Eltern, die nicht durch die Jahre, sondern durch Leidenschaft und deren Einbeziehung in die Traurigkeit gereift waren, schienen sanfte Wächter zu sein, er mit dem abgebrochenen Zahn und dem Geringel seiner Schweißlöckchen über dem Nacken, sie mit der Kindheitsnarbe, die einen seidigen, weißen Strich durch eine Augenbraue zog, und ihrem melancholischen Lächeln. Selbst unsere Abendbrote aus kalter Milch und heißen, mit zerlaufender Schokolade getüpfelten Keksen waren herrlich ungesunde Parodien auf die Mahlzeiten in unseren Kinderzimmern.

Zuerst wußte ich nicht, wie man sich wirklich beliebt macht. Die anderen Kinder waren zusammen aufgewachsen und akzeptierten einander mehr oder minder. Natürlich kämpften einige um ihre Beliebtheit, aber andere setzten sich lieber am Nachmittag, Root Beer trinkend, allein vor den Fernseher, und manche hatten spezielle Interessen (Nähen, Theater, Jahrbuch, Weltereignisse), wodurch sie sich in enge, kleine Gruppen abkapselten, die zu unwichtig waren, um zu zählen. Wieder andere wurden aufgrund ihrer plötzlich erblühenden körperlichen Schönheit oder sportlichen Tüchtigkeit zu Anführern, ohne sich darüber Gedanken zu machen. Aber das berührte die ganze Mittelschicht derer von uns nicht, die keine komische kleine Nische entdeckt und keine herausragenden Eigenschaften hatten (mit Ausnahme möglicherweise von Grips und Geld, die beide nicht viel galten), und für uns war der einzige Weg, Beliebtheit zu erringen, der über die »Persönlichkeit«. Mädchen besaßen natürlich mehr Persönlichkeit als Jungen, aber auch manche Jungen hatten Persönlichkeit, so wie ein Spaßvogel über Witze und ein Verführer über Sherry verfügt. Etwas Falsches, das heißt, etwas Anstößiges.

Ich richtete meinen Blick auf den beliebtesten Jungen in der ganzen Schule. Ich dachte mir, wenn ich ihn dazu kriegen könnte, mein Freund zu werden, würde man mich akzeptieren müssen. Ich denke, meine Strategie war alles in allem vernünftig. Denn ich war nicht sportlich, ich hatte anderen nichts zu bieten außer den schmeichelhaften Spiegel meiner Aufmerksamkeit, eine Stellung, die meinem sanften, ausgefallenen Wesen entsprach.

Ich kann mich eigentlich gar nicht erinnern, wie ich Tommy kennengelernt habe. Ich habe ihn zunächst als glatten, glänzenden braunen Haarschopf in Erinnerung, auf dem stolz der schlanke Tuff einer Stirntolle prangte, einen über ein Buch gebeugten Kopf im Arbeitsraum, der zu jemandem gehörte, von dem ich gehört hatte, er sei der Kapitän der Tennismannschaft, Anführer der Clique und Sallys fester Freund. Dann war er plötzlich und übergangslos mein Freund und mühte sich, mir seine Überlegungen zu Sartres »Ekel« auseinanderzusetzen, während wir uns einen Weg durchs Herbstlaub kickten. »Äh ... äh ...«, rief er in einem lauten, hohen Ton aus, einem lang ausgehaltenen Nasallaut, während er im Gehen innehielt und einen Finger in die Luft streckte. Seine kleinen, blauen Augen, die sich bemühten, in der Ferne eine Idee auszumachen, blinzelten und wanderten ruhig hin und her. Der Glanz des Prophetischen verblich. Er zuckte mit den Achseln: »Faden verloren.« Er drehte die Handflächen nach oben und vergrub die Hände dann in den Hosentaschen. Ich hielt den Atem an und zählte bis zehn, ehe ich meinen sanften, schüchternen Vorschlag unterbreitete: »Aber willst du damit nicht eigentlich sagen, Sartre denkt, der Mensch ist ...«, und ich füllte die Lücke mit der größtmöglichen Annäherung, die ich mir ausdenken konnte, nicht an Sartres Denken, sondern an Tommys zweifelhafte Interpretation davon.

»Genau! Genau!« rief Tommy, und wieder watete er aufgeregt in den philosophischen Nebel hinaus. Ich, der ich nur ans Überleben dachte, hatte kein Interesse an philosophischen Fragen. Die nächstliegenden reichten aus, mich zu verfolgen, nicht als etwas, worüber ich freiwillig nachdachte, sondern als Entscheidungen, die wie aus dem Gegenverkehr auf mich zurasten. Dies waren die Dinge, über die ich nachdachte: Langweile ich Tommy? Wird er etwas dagegen haben, wenn ich ihm meinen Ellbogen auf die Schulter lege? Sollte ich meine weißen Wildlederschuhe pudern oder die abgestoßenen Stellen lassen, wie sie sind? Wie tief sollte ich meine Jeans rutschen lassen?

Wenn mich jetzt die höchsten Fragen interessierten – der Sinn des Lebens, die Zeit, das Sein –, dann nur, weil sie Tommy interessierten. Falls die anderen Kinder überhaupt an mich dachten, betrachteten sie mich als so etwas wie einen klugen Kopf; und bestimmt war in ihren Augen Tom ein Sportsmann. Es war also nicht ohne eine gewisse Ironie, daß er derjenige war, der das

Denken an sich riß, der die Neigung zur Philosophie hatte – nicht ohne Ironie, aber vorhersehbar, denn seine Souveränität gab ihm die Muße, nach dem Sinn von allem zu fragen, während ich mich, statt auf den Sinn, auf die Mittel zum Zweck konzentrieren mußte. Der Sinn schien ganz klar: zu überleben und dann beliebt zu werden. Das Königsspiel, das ich im Sand oder Schnee oder in Wolkenburgen gespielt hatte, wurde nun wahr. Die Prinzessin, die so viele Jahre geschlafen hat, erwacht vom Geschmack der prinzlichen Lippen, einem leicht säuerlichen Geschmack; sie blickt auf in ein Gesicht, das in Schatten gehüllt ist.

In jenem alten, behaglichen Viertel am Stadtrand hockten selbst die größten Villen demokratisch am Straßenrand und saßen direkt neben anderen Wohnhäusern. Nirgendwo waren verbergende Hecken oder abgrenzende Parks zu sehen. Selbst recht große Häuser mit vielen Zimmern und Seitenflügeln nutzten ihre Grundstücke bis an den Bürgersteig aus. Diese Sichtbarkeit ließ Stolz und Unschuld erkennen: Wir haben nichts zu verbergen, und wir wollen euch zeigen, was wir haben. Tom wohnte in einer mediterranen Villa mit sechs Schlafzimmern und Dienstbotenräumen über einer Doppelgarage, aber ihre schimmernden Bleifensterscheiben und die Eingangstür (massive Eiche mit geschnitzten Greifen) ragten nur zehn Schritte von der Straße entfernt auf.

Gleich hinter dieser Tür aber fühlte ich mich in eine andere Gesellschaft versetzt, die Eigenheiten hatte, mit denen ich nie recht zu Rande kam. Die Wellingtons waren nett, aber nicht reizend. Die Wellingtons machten sich über alles, was sie taten, Gedanken. Das Treppenhaus war mit teuren, häßlichen Gemälden vollgehängt, die nach Fotos der vier Kinder angefertigt waren. Die Zähne ihrer Kinder wurden in kostspielige Drähte eingespannt, ihre kapriziösen Gelüste auf Segelboote oder Skier oder Gitarren wurden verschwenderisch, aber in aller Stille erfüllt, wie betäubt waren sie alle an den Sehenswürdigkeiten Europas vorbeimarschiert, in den Ferien – reißende Wildbäche hinab, über Gletscher hinweg und auf Berge hinauf – waren sie reichlich mit Geld versehen, doch Schweigen regierte. Keiner sagte ein Wort.

Dort zu Abend zu essen, war eine Qual. Ein Student von der Universität bediente. Mr. Wellington schnitt vor. Mrs. Wellington, eine Frau, in deren voluminösem aufgedunsenem Körper ein mädchenhafter Geist gefangen saß, versuchte ab und zu, Konversation zu machen, aber sie war so schüchtern, daß sie nur in Comicsprache reden konnte. Sie brummte mit einer Baßstimme wie ein Bär oder quiekte wie eine Maus oder machte Donald Duck nach – alles war ihr lieber, als einen simplen Aussagesatz mit ihrer eigenen brüchigen, verdrießlichen Stimme zu sprechen. Der Vater machte uns allen angst mit seinem Verhalten (die langen weißen Hände, die Messer und Gabel handhabten und fachmännisch den Braten aufschnitten). Er strahlte Mißfallen aus. Sein Mißfallen war nicht der erpresserische Abscheu des Märtyrers, sondern so etwas wie mordgierige Sanftmut: Wenn er nicht so heikel wäre, würde er einen umbringen. Wir sahen ihm beim Tranchieren zu. Wir waren stumm, hypnotisiert durch die Kerzenflammen, die säuberlichen Schnitte, das Geräusch des Stahlmessers, das sich an den Zinken der Gabel wetzte, die ekelerregende Weichheit jeder roten Scheibe, die zur Seite gelegt wurde, und das Rinnsal, das über silberne Kanäle hinablief, die sich wiederum in einen Baum aus Blut verästelten.

Das Merkwürdige war, daß das Haus von der Stimmung des Vaters nicht angesteckt wurde. Seine Höhle, die Bibliothek, war vielmehr der sonnigste, gemütlichste Raum von allen, wenn die zwei kleinen Hunde, Welsh Corgis, bei jeder Störung von der Couch zur Haustür trotteten und ihre kleinen, struppigen Pfoten über die gebohnerten roten Fliesen klapperten. Die Hunde, die Kinder, seine Frau – allen schien es wohlzugehen trotz seiner strafenden Reserviertheit, seinen zusammengekniffenen Augen, der Art, wie er am Schluß jedes Satzes, den ein anderer gesagt hatte, verächtlich schnaufte. »O ja«, sagte er zu mir, während er seine allzu sorgfältig manikürte Hand in Augenschein nahm, »ich kenne deine Mutter ... dem Rufe nach«, und mein Mut sank.

In diesem Haus schwiegen die Eltern, wenn man von den gefürchteten kurzen Bemerkungen des Vaters, dem Zuckerersatz seiner Süße, und der zirpenden Menagerie der Comicstimmen der Mutter absah. Niemand wachte über die Kinder. Sie kamen und gingen, wie sie wollten, sie blieben zu Hause und lernten oder gingen weg, sie aßen zu Hause Abendbrot oder nahmen im letzten Moment die Gastfreundschaft anderer Häuser an. Aber unter dieser oberflächlichen Ungezwungenheit nistete die Angst vor ihrem Vater und ihre Furcht, sie könnten ihn auf irgendeine neue Art und Weise kränken. Er war ein Mann, der viel weicher, viel (soll ich es sagen?) damenhafter war als jeder Vater, den ich kannte, und dennoch ängstigte jeden die sanfte Art, wie er es sich auf einer Couch gemütlich machte und seinen seidenen Morgenrock sittsam um seine dünnen, weißen Beine raffte, aber auch, wie er über den oberen Rand seiner Brille hinwegblickte und tonlos den Namen seines Sohnes artikulierte: »Tom-my« – wobei er die Lippen auf dem doppelten *m* zusammenpreßte und sich genußvoll seiner hinuntergeschluckten, sorgenvollen Enttäuschung hingab. Er war unscheinbar, groß, weißhaarig, arbeitsam, von schlechter Gesundheit. Er erschien mir als das absolute Vorbild einer Respektsperson, und gemessen an diesem Vorbild versagte ich. Meine Schwester hatte mir so etwas wie Charme antrainiert, aber keine Art von Charme, sei er falsch oder echt, machte auf Mr. Wellington Eindruck. Er war gegen Charme gefeit. Er lehnte mich ab. Ich war ein Schwindler, ein Scharlatan. Seine Ablehnung begann bei meiner Mutter und ihrem »Ruf«, worauf der sich auch immer beziehen mochte. (Ihre Scheidung? Ihre Rendezvous? Die Tatsache, daß sie arbeitete?) Er mochte mich nicht und wollte nicht, daß sein Sohn mit mir Umgang hatte. Wenn ich sein Arbeitszimmer betrat, stellte ich mich stets hinter Tom. Erst jetzt kommt mir der Gedanke, daß Tom mich nur deshalb gern gehabt hat, weil sein Vater es nicht tat. War Toms Freundschaft mit mir eine weitere Möglichkeit, seinen Vater unaufdringlich, aber entschlossen zu enttäuschen?

Wenn wir Toms Schlafzimmertür hinter uns zumachten, versanken wir von neuem in der glücklichen Fadenscheinigkeit unserer Freundschaft. Denn er war mein Freund – mein bester Freund! Bis dahin hatten mich andere gleichaltrige Jungen immer nur eingeschüchtert. Mochten wir uns im Laub auch gegenseitig betatschen und Erdhörnchen spielen, mochte Ralph mich auch hypnotisieren, nach diesen schmerzlichen Versuchen sinnlicher Lust war Ich nur erschüttert und berstend vor Sehnsucht zurückgeblieben – ich wollte jemanden, der mich liebte. Jemand Erwachsenen. Jemanden in meiner Gewalt. Ich hatte gebetet, so schnell wie möglich erwachsen zu werden.

Nun nicht mehr. Zum erstenmal fand ich es erfrischend, jung und mit jemand Jungem zusammen zu sein. Ich liebte ihn, und die Liebe war um so mächtiger, weil ich sie verbergen mußte. Wir schliefen in Doppelbetten, die nur zwei Fuß voneinander entfernt standen. Wir saßen stundenlang in unseren Unterhosen herum und redeten über Sartre, Tennis, Sally und die anderen in der Schule, über die Liebe, Gott, das Leben nach dem Tod und die Unendlichkeit. Toms Mutter kam nie an seine Tür, wie es meine getan hätte, um uns aufzufordern zu schlafen. Das große, dunkle Haus knarrte um uns herum, während wir in verrenkten Haltungen auf unseren getrennten Betten lagen und uns in die tiefsten Tiefen der Nacht redeten und redeten, diese dunklen Reiche, so zärtlich zu dem Paar.

Und wir sprachen von Freundschaft, von unserer Freundschaft, daß sie so stark wie Liebe sei, besser als Liebe, eine Art Liebe. Ich erzählte Tom, mein Vater habe gesagt, Freundschaften dauerten nicht, sie nutzten sich ab und müßten jedes Jahrzehnt, das wir altern, ersetzt werden – aber ich erwähnte diese Ketzerei (die ich mir ausgedacht hatte; mein armer Vater hatte keine Freunde, die er fallenlassen konnte) nur, damit Tom und ich sie verurteilen und uns gegenseitig ewige Treue schwören konnten. »Herrgott«, sagte Tom, »diese Typen sind so verdammt *zynisch!* Herrje ...« Er lag auf dem Bauch und starrte in sein Kissen; seine Stimme klang gedämpft. Jetzt stemmte er sich auf einem Ellbogen hoch.

Seine Stirn war rot, wo er sich auf sie gelehnt hatte. Sein Gesicht war schlaff vor Müdigkeit. Auch sein Lächeln war schlaff, gummiartig, sein Blick mild, umnebelt. »Ich meine, Herrgott! Wie kann man weiterleben, wenn man so denkt?« Er stieß einen hell schmetternden Lacher aus, ein Tuten der Verwunderung über die schiere Frechheit des erwachsenen Zynismus.

»Vielleicht«, sagte ich gewinnend, »haben wir, weil wir nicht religiös sind, die Freundschaft zu unserer Religion gemacht.« Ich liebte es, alle Möglichkeiten dieses Themas durchzuprobieren, das aus uns selbst bestand, aus unserer Liebe; um bei diesem Gegenstand zu bleiben, konnte ich ihn mit unserem Atheismus in Verbindung bringen, den wir gerade entdeckt hatten, oder mit Dutzenden von anderen bevorzugten Themen.

»Yeah«, sagte Tom. Er schien von dieser Möglichkeit fasziniert zu sein. »Warte. Vergiß nicht, wo wir gerade waren.« Er eilte in das Badezimmer nebenan. Während ich durch die geöffnete Tür den Wasserstrahl in die Toilette fallen hörte, stellte ich mir vor, wie ich neben ihm stünde, während unsere Urinstrahlen sich kreuzten, tröpfelnd versiegten, und wie anschließend unsere Hände fortführen, einen letzten glitzernden Tropfen von etwas Klebrigerem als Wasser aus dieser neuen Verwirrung zu schütteln, dieser Begierde, die unsere nach oben wandernden, sich treffenden Blicke sich eingestehen mußten.

Kaum zeigten sich derartige Versuchungen, schon erstickte ich sie. Die Wirkung war, als werde eine Kerze ausgelöscht, zwei Kerzen, zwanzig Kerzen in einer Reihe, bis die Kamera zurückfuhr, um den Blick auf ein ganzes Tableau geweihter Kerzen freizugeben, dem hundert dünne Rauchfäden als terrassenförmige Opferung vor dem Heiligtum entstiegen. In dieser Religion war verkündet worden, daß verborgene Lichter erhaben seien über die, die leuchteten. Irgendwo häufte ich Verdienste an, sammelte ich den Kredit, den ich brauchen würde, um mir, eines Tages, die Erlösung zu kaufen, die ich ersehnte. Bis dahin (und das war eine Rechnung, die auf unbestimmte Zeit aufgehoben werden konnte, die ich lieber aufschob) konnte ich in dieser glücklichsten aller Bedingungen leben: der langen, aber anscheinend erfolgreichen Werbung. Sie bestand aus einer Reihe von Prüfungen, die immer schwieriger, ja perverser wurden. Zum Beispiel wurde von mir verlangt, meine Liebe zu leugnen, um sie zu beweisen.

»Weißt du«, sagte Tom eines Tages, »du kannst jederzeit hierbleiben, wenn du willst. Harold« – der Pfarrerssohn, mein alter Spielkamerad bei »Eichhörnchen« –, »hat mich gewarnt, du würdest im Schlaf über mich herfallen. Du mußt mir verzeihen. Es ist nur, ich stehe nicht auf diesen komischen Kram.«

Ich schluckte mühsam und flüsterte: »Ich ...« Ich räusperte mich und sagte viel zu affektiert: »Ich auch nicht.«

Der medizinische Geruch, dieser Lysolgeruch der Homosexualität, verpestete von neuem die Luft, als der gummibereifte, mit Medikamenten und Desinfektionsmitteln voll beladene Metallwagen geräuschlos vorbeirollte. Ich sehnte mich danach, das Fenster zu öffnen, für eine Stunde wegzugehen und in ein Zimmer zurückzukehren, in dem es diesen Gestank, den Geruch der Scham nicht mehr gäbe.

Ich zweifelte absolut nicht daran, daß Homosexualität eine Krankheit sei; im Gegenteil, ich sah es als Beweis dafür an, wie schonungslos objektiv ich war, daß ich eben dieser Krankheit ins Auge zu sehen vermochte.

Aber in irgendeinem anderen Teil meines Inneren konnte ich nicht glauben, daß der Lysolgeruch auch mich umgeben, daß dieser Geruch nach abgestandenem Kohlenrauch meine Liebe zu Tom durchdringen müsse. Vielleicht wurde ich so verschwommen, so angeregt vor lauter Verschwommenheit, nur um die Erkenntnis der Schlußfolgerung des Syllogismus aufzuschieben, der beginnt: Wenn ein Mann einen anderen liebt, ist er ein Homosexueller; ich liebe einen Mann ...

Ich hatte gehört, daß Jungen ein Stadium der Homosexualität durchmachen, daß dieses Stadium normal, geradezu universell sei – dann mußte es das sein, was mir gerade widerfuhr. Ein Stadium. Ein längeres Stadium. Schnell genug würde dieses Stadium vorübergehen, und nachdem ich Toms Schlafzimmer hinter mir gelassen hätte, würden herbeirollen weißer Organdy, blaue Bänder, ein lächelndes Mädchen mit ausgebreiteten Armen ... Aber das käme später. Was die Gegenwart betraf, so konnte ich noch, solange ich wollte, in Toms Augen von der Farbe verblichenen Lapislazulis blicken, unter Brauen, so blond, daß sie nur an den Wurzeln zu beiden Seiten seiner Nase sichtbar waren – ein zarter Hauch, der golden wurde, während er sich verschmälerte und nach außen auf die Schläfen zu verlief.

Er war ein verlotterter Junge. Er haßte es, sich zu rasieren, und ließ seinen Pfirsichflaum eine Woche oder auch gleich zwei hintereinander sprießen; der wuchs in Büscheln, üppig am Kinn, spärlich am Kiefer entlang, ungleichmäßig an den tiefen Mundwinkeln. An allen seinen Velourshemden fehlten Knöpfe. Die Lücken, die sie hinterließen, wurden mit dem flüchtigen Schimmer schmuddeliger Unterhemden ausgefüllt. In seinen Unterhosen waren Löcher. Um ein Bein war das zerrissene

Gummiband aus dem Stoffsaum gerutscht und baumelte an seinem Schenkel herunter wie eine graue Nudel. Da er ein und dasselbe Paar Unterhosen tagelang trug, waren sie vorn bald gelb gefleckt. Er stand zu spät auf, um vor der Schule noch duschen zu können; er fuhr sich mit der Hand durch die feinen Haare, konnte aber nie diesen hohen Gischt der Tolle zähmen, der auf seinem Kopf lächerlich, stattlich hin und her schwankte und hüpfte.

Seine Verlottertheit hatte etwas Unbekümmertes, das alles wieder wettmachte. Ausgeblichene, ausgebeulte Jeans, Indianermokassins, die er schon so lange trug, daß das weiche Oberleder sich der Form seiner Zehen angeschmiegt hatte, die mit Heftpflaster reparierte Sonnenbrille, ein uraltes dunkelrotes Hemd, das ausgeblichen und zu einem staubigen Pflaumenblau verblaßt war, eine mit dem Schulemblem bedruckte Sportjacke mit weißen Lederärmeln und weißen Buchstaben auf dunkelblauem Feld auf dem Rücken – das war die Ausstattung eines königlich Armen, eines armen Prinzen.

An einem Frühlingsabend spazierten wir spät am See entlang. Beim Gehen schlingerten wir sanft gegeneinander, so daß sich unsere Schultern bei jedem zweiten Schritt berührten. Es wehte kühl vom See heran, und wir behielten die Hände in den Taschen. Jetzt war Tom auf die schmale Krone einer Stützmauer gesprungen und hüpfte in seinen Mokassins darauf herum. Obwohl ich mich vor Höhen fürchtete, folgte ich ihm. Zu beiden Seiten verschwand der Boden, als wir einen Kanal überquerten, der in den See floß, aber ich setzte einen Fuß vor den anderen und schaute nicht nach unten, sondern auf Toms Rücken. Ich betete zu einem Gott, an den ich nicht glaubte, mich zu beschützen. Bald war ich wieder neben Tom, und mein Puls wurde langsamer: Diese gefährliche Überquerung war ein Opfer, das ich ihm dargebracht hatte. Unsere Schultern berührten sich. Wie üblich redete er zu laut und in seiner typischen Art mit diesem langgedehnten Tenor-»Äh«, während er seine Gedanken sammelte, dann ein Gluckser und ein rascher, beiläufiger Satz, der fast als Antiklimax kam. Seit Tom der beliebteste Junge auf der Schule war, ahmten viele von den Jungs seine zögernde, dann rasche Redeweise nach (ebenso seine dreckigen Klamotten und seine nachlässige Körperpflege). Aber ich wollte nie Tom sein. Ich wollte von Tom, daß er für mich Tom war. Ich wollte, daß er seine schlanke, sehnige, schmuddelige Männlichkeit für uns beide aufhob.

Wir liefen auf eine Betonmole zu, die breit genug war, daß ein Lkw hinauffahren konnte. Am äußersten Ende fischten ein paar Männer nach Stinten, verbotene Lampen lockten silberne Schwärme in die Netze. Wir schlenderten dorthin und beobachteten, wie die Lichter auf dem tropfenden, zappelnden Erz spielten, das aus den Minen des Sees gezogen wurde. Ein Netz wurde vor meinen Füßen abgesetzt, und ich sah dieses kalte Leben sich winden, in Panik geraten, sterben. Tommy kannte einen von den alten Männern, und er schenkte uns ein paar Dutzend Fische, die wir zu Tom mit nach Hause nahmen.

Um Mitternacht lagen schon alle im Bett, aber Tom fand, wir seien hungrig und müßten uns die Stinte jetzt gleich braten. Der Geruch der braunen Butter und der bitteren, jungen Fische trieb Mrs. Wellington aus ihrem kleinen Salon herunter, wo sie gedöst, ferngesehen und in Büchern über Gartenpflege und rassereine Hunde geblättert hatte. Sie kam blinzelnd in die Küche heruntergelatscht, angelockt vom Geruch der bratenden Fische, dem Geruch verbotener Freuden, weil sie einem Königreich entstammen, das wir nicht lange zu betreten wagen. Ich war sicher, daß sie ärgerlich sein werde – sie zog die Stirn kraus, aber nur wegen der Neonhelligkeit der Küche. »Was geht denn hier vor?« fragte sie, und es klang, als sei das nun endlich einmal ihre wirkliche Stimme, der traurige, matte Tonfall der Prärie, wo sie aufgewachsen war. Bald goß sie Milch in hohe Gläser und deckte den Tisch für uns. Sie war keine Spielverderberin, und das auf eine selbstlose Art, wie ich sie noch bei keinem Erwachsenen erlebt hatte, so als gehörten sie und wir derselben Gemeinschaft hungriger, weidender Kreaturen an und seien nicht Mitglieder von zwei verschiedenen Stämmen, von denen einer spontan und der andere repressiv war. Sie schien sich dem Willen ihres Sohnes instinktiv zu beugen, und diese Unterwürfigkeit deutete auf einen unausgesprochenen Respekt vor dem Primat selbst eines so jungen und schmutzigen Mannes. Meine Mutter legte zur Idee männlicher Überlegenheit Lippenbekenntnisse ab, aber sie hatte sich zu lange ihren eigenen Weg in der Welt bahnen müssen, um an einem solch rein dekorativen Glauben festzuhalten.

Nach dem Mitternachtsmahl begann Tom Gitarre zu spielen und zu singen. Er und ich, wir waren mehr als einmal in die Stadt zum Folk Center gepilgert, um eine barfüßige Hillbillyfrau in einem langen, ausgeblichenen Rock elisabethanische Lieder singen und ein Hackbrett spielen zu hören oder um erschreckt und hingerissen einer dicken, schwarzen Lesbierin mit einer Borstenfrisur zu lauschen, die sich mit ihrem Baß durch den Blues stöhnte. Das Volk – diese muskulösen, lächelnden Farmer, diese plumpen, kräftigen, gesunden Teenager, die aus Latzhosen platzten, diese zahnlosen Exsträflinge, diese weißäugigen Sandsturmopfer – das Volk, auf alten Fotos, Filmen und WPA-Plakaten flüchtig wahrgenommen, war drauf und dran (darauf bauten wir), in die Geschichte und unser Leben zurückzukehren.

Dieses ganze Streben, dieses Versprechen von Kameradschaft und Gleichheit durchdrang Toms Lieder. Wir sorgten uns ein bißchen (nur ein bißchen), daß wir vielleicht provinzielle Nullen wären, die des Volkes nicht würdig seien. Wir wußten bereits gewisse Folksänger zu verhöhnen: wegen ihrer »kommerziellen« Arrangements, ihrer »Aalglätte«, ihres Verrats an der herzzerreißenden Schlichtheit der echten Arbeiterschaft. Im täglichen Leben strebten wir zwar danach, so sympathisch und beliebt zu sein wie nur möglich, um genau den herrschenden Moden zu entsprechen, aber gleichzeitig verabscheuten wir alles Einschmeichelnde. Es zog uns zu einem Club, wo ein riesiger, narbiger Neger mit massenhaft Goldschmuck und leberkranken Augen unter einem Punktscheinwerfer vor einem atemlosen, elektrisierten Publikum, das aus behüteten weißen Teenagern bestand, über einer halbimprovisierten Ballade brütete. (Beim Hinausgehen schnappte ich zufällig vom neugewählten Präsidenten unseres United-Nations-Clubs auf: »Man kommt sich dabei so verdammt verlogen vor. Es zwingt einen, die eigenen Werte in Frage zu stellen.«)

Natürlich war das beste an der Folkmusik, daß ich die Möglichkeit hatte, Tommy anzusehen, während er sang. Nach endlosen Fehlstarts, nach dem Stimmen und nochmaligem Stimmen der Gitarre und Probeläufen von neu oder unvollkommen erlernten Klimperakkorden, begleitete er sich dann endlich zu einer herrlichen Ballade nach der anderen. Seine Stimme war rauh und hoch, seine Hände schmutzig, und sehr bald klebte ihm durch die Anstrengung das ausgeblichene blaue Hemd in dunkelblauen Flecken an Rücken und Brust. War er beim Sprechen ausweichend oder philosophisch, sicher auch auf laue Art witzig, so war er, wenn er sang, beredt vor Leidenschaft, der schlichten Äußerung von Leidenschaft. Und ich durfte ihn ausnahmsweise unentwegt anschauen.

Manchmal betrachtete ich nachts, wenn er eingeschlafen war, die Komposition der Grautöne, die auf der blassen Raute seines Kopfkissens lagerten, diese Grautöne, die ein Gesicht bildeten, und dann träumte ich, er wache auf, erhebe sich und küsse mich, während die Grautöne vor Feuer und Wärme erröteten – aber dann bewegte er sich, und ich bemerkte, was ich für sein Gesicht gehalten hatte, war in Wirklichkeit nur eine Falte im Bettzeug. Ich lauschte, ob sein Atem schneller werde, ich suchte nach einem Glitzern in seinen geschlossenen Augen, ich wartete darauf, daß seine heiße, starke Hand über die Kluft zwischen den Betten herüberlangte und mich packte – aber nichts von alledem geschah. Zwischen uns wurde keine Leidenschaft sichtbar, und ich sah ihn nie irgendein Gefühl zeigen, das über die schmale Skala von Hänseleien und Scherzen hinausgegangen wäre.

Außer wenn er sang. Dann war er frei, das heißt, eingebunden in die Zeremonie des Vortrags, die Fiktion, daß der Sänger allein ist, daß er Kummer und Freude für sich allein zum Ausdruck bringt. Tom schloß dann die Augen und legte den Kopf zurück. Blinzelfalten verliefen seitlich von seinen Augen, seine Stirn legte sich in

Furchen, die Adern an seinem Hals traten hervor, und wenn er einen hohen Ton hielt, zitterte sein ganzer Körper. Einmal zeigte er mir stolz die Schwielen, die er vom Gitarrespielen hatte; er ließ sie mich befühlen. Manchmal spielte er gar nicht, sondern zupfte nur irgendwelche Töne, während er an etwas arbeitete. Er hatte mich vergessen. Er meinte, er sei allein. Er legte das leicht blöde Lächeln ab, das er normalerweise aufsetzte, um jugendlichen Neid oder erwachsene Erwartungen zu entkräften, und er sah zornig und viel älter aus: Ich hielt das für sein wahres Gesicht. Als Folksänger war es Tom gestattet, zu jammern und zu schreien und zu stöhnen, und als sein Publikum war es mir gestattet, ihn anzusehen.

Sein Vater lud mich zum Segeln ein. Ich nahm an, warnte ihn aber, daß ich nur mit Motorbooten umgehen könne und keine Erfahrung als Mannschaftsmitglied habe. Alles am Herrichten des Bootes – Aufpacken und Hissen der Segel, Absenken des Kiels, Montieren des Ruders, Entwirren der Leinen – brachte mich in Verwirrung. Ich wußte, ich war im Weg, und stand da, eine Hand an der Spiere, und versuchte, mich selbst einzuatmen, nicht vorhanden zu sein. Ich verstand Mr. Wellingtons schnelle, scharfe Atemzüge als Vorwürfe.

Der Tag war schön, ein kalter, stetiger Frühlingswind fegte an uns vorüber, hohe Wolkentürme rollten beharrlich näher wie mittelalterliche Kriegsmaschinen, die die blaue Himmelsfestung bestürmen. Licht ergoß sich aus den Wolken auf den kabbeligen See, der grau und kalt und facettiert in ständiger Bewegung war, die nirgendwohin ging. Hunderte von Booten waren schon unterwegs, deren Segel herumschwenkten und in den wechselnden Strahlen des Sonnenlichts blitzten. Die Schwingen einer Möwe senkten sich herab wie die sich langsam schließenden Schenkel eines Zirkels.

Schließlich waren wir unterwegs. Mr. Wellington war im Gegensatz zu meinem Vater ein eleganter, sachkundiger Segler. Er zog das Boot herum, so daß wir den Wind von achtern bekamen, und bat mich, den Spinnakerbaum am Klüver zu befestigen, aber ich bekam Angst, als ich mich über das vorbeizischende Wasser hinauslehnen mußte, und Tommy sprang für mich ein, nicht ärgerlich über mich, sondern, so vermute ich, besorgt, was sein Vater denken könnte. Und wovor fürchtete ich mich? Hineinzufallen? Aber ich konnte schwimmen, ein Tau konnte mir zugeworfen werden. Das war es nicht. Sogar meine Höhenangst hatte ich auf der Kaimauer um Toms willen überwunden. Es war, da bin ich sicher, Mr. Wellingtons Mißfallen, das ich fürchtete und herausforderte, dieses Mißfallen, das so beständig war, daß es schließlich zu einem Charakterzug, einer Existenzform wurde, wie jemandes Art, den Kopf zur Seite zu neigen, etwas Vertrautes, etwas, das ich vermissen würde, wenn es fehlte. Nicht, daß er mir sein Mißfallen freigebig zuteil werden ließ. Nein, selbst das hielt er zurück und gewährte es nur in den kleinsten Mengen.

Der Wind blies immer heftiger, und Mr. Wellington, der Segel eingeholt hatte, hielt sich dicht am Wind. Wir klammerten uns an die Reling und lehnten uns rücklings hinaus über die kalten, jagenden Wellen, und das Wasser streifte, durchnäßte die Rückseiten unserer Hemden. Die Sonne zog sich feierlich in ihr Wolkenzelt zurück, enttäuscht von der Welt. Bei der leichtesten Drehung meines Kopfes konnte ich das Stöhnen des

Windes zu einem Pfeifen verändern. Da waren wir also, ein Vater, sein halbwüchsiger Sohn und der Freund des Sohnes auf einem Segeltörn, aber in meinem Innern zumindest stellte sich die Geschichte sehr viel weniger einfach dar. Denn ich erkannte in diesem Mr. Wellington eine Spielart meiner selbst, die sich durch Willensanstrengung und Übung so verwandelt hatte, daß sie nicht leicht wiederzuerkennen und dennoch vertraut war. Er war nie hübsch gewesen, dessen war ich sicher, und sein Mangel an faszinierender Ausstrahlung dämpfte seine Reaktionen gegenüber dem strahlend schönen Sohn: die stumme, bedächtige Bewunderung wie auch den alles andere als offenen Neid.

Ich hatte zu zittern angefangen. Der Tag wurde allmählich dunkler und hatte schon alle Vögel aus dem Himmel und die Hälfte der Boote zurück in den Hafen geweht. Ich kauerte mich zusammen, drängte mich nach unten in den Rumpf, den nassen Rücken dem Wind zugekehrt. Mr. Wellington ließ Segel aus – ich hörte das Tock-tock-tock der Winde, die dem Großschot Spiel gaben –, und er sah mich an und behielt sein Urteil für sich. Zwischen uns, den beiden angespannten Geistern, flatterte das große Segel, und Tom straffte es, indem er sich rückwärts hineinlehnte, er stemmte und stemmte sich dagegen, bis wir die Wende schafften, er duckte sich, und der Baum schwenkte über ihm herum und kam mit einem erschreckenden Ruck zum Halten. Da war dieser Junge, lachend, von der Sonne blondiert und glatthäutig, sein ganzer Körper reckte sich, als er sich ausstreckte, um irgend etwas festzumachen, so daß sein T-Shirt aus seinen dreckigen, ausgebeulten Jeans rutschte und wir – der Vater und ich – Toms Muskeln wie Zickzackblitze auf seinem straffen Bauch sahen; da war dieser Junge, so schön und frei und geliebt, und da saßen wir, zu beiden Seiten neben ihm, und blickten zu ihm auf, zu diesem Torso, der aus dem unscheinbaren Blütenkelch seiner Jeans hervorbrach.

Damals schien mir, Schönheit sei das höchste Gut, das Eine, das wir alle sein oder haben oder, falls es uns fehlt, zerstören wollen, und alle Werte dieser Welt seien nichts als ein Tick und Betrug der Welt. Die Häßlichen, Alten, Reichen und Gebildeten sprechen von unsichtbaren Werten – von Charakter, Weisheit, Macht und Erfahrung –, weil sie die sichtbaren nicht haben, dieses lächerliche Etwas unter der Unterlippe, das sich nicht entscheiden kann, ein Bart zu sein, diese gelenkigen nackten Füße, die über das glatte Deck hasten, große Hände, die zu schwer für die mageren Arme sind, das Fächeln von Wimpern über Augen aus verblichenem Lapislazuli, tiefrote Lippen, das windzerzauste Haar, kompliziert ineinander verschlungen wie die Spitzen auf einem Velázquez.

Diesen Sommer verbrachte ich bei meinem Vater. Ich arbeitete an der Adressiermaschine und nahm mir einen Stricher, der blond wie Tommy war. Als ich zu meiner Mutter heimfuhr, war ich ein bißchen eingebildet – aber auch ein bißchen erschreckt über die Hartnäckigkeit meiner homosexuellen Sehnsüchte.

An einem Spätnachmittag im Herbst rief Tom an und fragte mich, ob ich zu einer Doppelverabredung Lust hätte. Er ginge natürlich mit Sally, und ich solle Helen Paper begleiten. Bloß ins Kino. Vielleicht zu einem Hamburger hinterher. Nicht zu spät. Schule morgen. Helens üblicher Partner habe eine Erkältung.

Ich sagte, klar.

Ich sauste den Flur hinunter, um es meiner Mutter zu erzählen, die in einem ihrer seltenen häuslichen Momente ein Nähkörbchen auf dem Schoß hatte. Die Brille war ihr auf die Nasenspitze gerutscht, und da sie versuchte, eine Nadel einzufädeln, klang ihre Stimme stokkend und unmoduliert.

»Rate mal!« schrie ich.

»Was denn, Liebling?« Sie leckte am Faden und versuchte es noch einmal.

»Das war eben Tom, und er hat für mich eine Verabredung mit Helen Paper ausgemacht, dem schönsten und kultiviertesten Mädchen in der ganzen Schule.«

»Kultiviert?« Da, der Faden war endlich durch.

»Ja, ja« – ich hörte, wie meine Stimme immer lauter wurde; irgendwie mußte ich meine Erregung über das bevorstehende Ereignis übermitteln –, »sie ist erst im ersten Jahr, aber sie geht schon mit College-Jungs aus und so weiter, und sie ist in Europa gewesen, und sie ist – na ja, die anderen Mädchen sagen, sie ist oberlastig, aber die können ja bloß nicht mithalten. Und sie ist die Anführerin der Clique oder könnte es sein, wenn sie nur wollte und nicht so einen Ruf hätte.«

Meine Mutter war in ihre Näharbeit vertieft. Sie war zum Ausgehen angezogen, und dies, ja, mußte eine aufgetrennte Naht am Saum ihres Regenmantels sein; sobald sie damit fertig war, würde sie gehen. »Wunderbar, Liebling.«

»Aber ist das nicht aufregend?« beharrte ich.

»Nun ja, aber ich hoffe, sie ist nicht zu flott.«

»Für mich?«

»Für jeden. Im allgemeinen. So, fertig.« Meine Mutter biß den Faden ab, und ihre Augen waren plötzlich so groß und leer und intelligent wie die einer Katze. Sie stand auf, besah sich ihr Werk, zog den Mantel an, ging zur Tür, kam noch einmal zurück und hielt mir die Wange zu einem flüchtigen Kuß hin.

»Ich hoffe, du amüsierst dich. Du wirkst furchtbar nervös. Sieh dir bloß deine Hände an. Du ringst sie – habe noch nie jemanden seine Hände buchstäblich ringen sehen.«

»Na ja, es ist doch furchtbar aufregend«, sagte ich wild verzweifelt.

Meine Schwester war nicht zu Hause, ich war also allein, sobald meine Mutter gegangen war – allein, um das zweite Bad des Tages bei dem dürftigen, sich rar machenden Nachmittagslicht zu nehmen, das durch die Milchglasscheibe drang, und dem lustlosen Gesumm des Verkehrs draußen zu lauschen, das zu der Vorfreude meines Herzens in solchem Gegensatz stand. Es war, als habe allein schon die Intensität meines Gefühls allem um mich herum seine Bedeutung geraubt. Ich war der absolute Mittelpunkt des Denkens und Empfindens, seine toxische Verdichtung.

Ich würde zu einer Verabredung mit Helen Paper gehen, und ich mußte mich bis dahin beruhigen, denn der Abend würde sicherlich aus lebhaftem Geplauder und zehn verschiedenen Arten zu lächeln bestehen, und es würden sich Hände fassen und wieder loslassen wie bei einem Square dance, man mußte sehr gewitzt sein, um den Einsatz nicht zu verpassen, gewitzt und gelassen. Ich wünschte mir so sehr, beliebt zu sein und daß die anderen sich nach mir umdrehen würden, während ich sie wieder einholte, um dann mit der Linken seine Taille und mit der Rechten ihre zu umfassen und weiterzuspazieren, und ihre langen Haare würden mir auf die Schultern wehen und dort einen Augenblick in fröhlicher Vertrautheit liegen bleiben, eine Art goldener Epaulette des Geheimordens der Freude.

Ich hatte in meiner Kindheit soviel Zeit damit zugebracht, mich an heißen Sommertagen in eine schielende, nasepopelnde Verworfenheit aus Scham und Selbstverachtung zu verkriechen, mich zerknirscht in den Winkel eines schwitzenden Ledersessels zurückzuziehen – an heißen Sommertagen, wenn die Hitze die Vögel, ja sogar die Bauarbeiter auf der Baustelle nebenan zum Schweigen brachte und ich mich dem mahnenden schwarzen Kopf des Ventilators auf dem Fußboden überließ, der sich langsam von links nach rechts, von rechts nach links drehte, um seine ermüdende Wiederholung von nein, nein, nein zu signalisieren und die leicht irritierenden Schwankungen seines Atems zu verströmen. Nein, nein, nein – das waren die Worte, die ich mir wiederholte, nicht mit Nachdruck, sondern als ein stilles Gebet teilnahmslosen Kummers. Energie an sich ist eine Art Befreiung. Kein Wunder, daß wir Satan bewundern. Aber wenn der Teufel teilnahmslos wäre, wenn er ein blasser Mann in Unterhosen wäre, der am Tage hinter geschlossenen Jalousien vor dem Fernseher säße – oh, wenn das der Teufel wäre, würde ich ihn fürchten.

Das ist es, was »beliebt sein« zu versprechen schien, eine Errettung vor der Erniedrigung des täglichen Lebens, seiner geologischen Erstarrung, der Alltäglichkeit, die die Klinge der Entschlossenheit rostig macht und den Bühnenvorhang verrotten läßt, die alle Farben ausbleicht und alle Äcker in Weiden zurückverwandelt. »Beliebt sein« war gleichbedeutend mit »ein Charakter werden«, vielleicht sogar eine Persönlichkeit, denn wenn Existieren heißt, wahrgenommen zu werden, dann heißt, von vielen Augen und voller Neid, Interesse, Respekt oder Zuneigung wahrgenommen zu werden, noch intensiver, vernehmlicher zu existieren, wobei jedes letzte Detail genauestens beäugt und dadurch vielfältig gespiegelt wird. Ich wußte, daß meine Schwester nicht beliebt war, wenigstens nicht in der Schule. Sie saß Abend für Abend zu Hause, und ganz gleich, wie sie ihr Haar stylte oder ihre Röcke trug, sie wirkte ungeliebt, schlampig vor lauter Zurückweisung.

Unsere Mutter erzählte uns, sie sei als Mädchen beliebt gewesen, aber sie war auf einer Farm aufgewachsen, wo die Familie alles gemeinsam unternahm. Wie konnte ich ihr erklären, daß sich alles verändert hatte, daß wir Kinder kaum zugaben, daß wir Eltern hatten, daß Eltern für uns so uninteressant waren wie reiche Leute in Hintertreppenromanen. Sie waren große, naive Personen, die ab und zu unwichtige Fragen stellten und vor denen die Wahrheit immer geheimgehalten werden mußte. Besonders die logischen oder zumindest konsequenten Normen Erwachsener, ihre Hochachtung vor dem Geld, der Wirklichkeit, vor bürgerlichen Werten waren für uns Kinder nur als Regeln, die man mißachtete, von Wert, denn unsere Vorlieben, was Kleider, Musik und Leute anging, waren unerbittlich launenhaft.

Solange ich unbeliebt blieb, gehörte ich ganz meiner Mutter. Ich konnte mit ihr streiten, sie beschimpfen, die Nase über sie rümpfen, sie ignorieren, ich gehörte ihr trotzdem. Sie wußte das. Sie hatte sogar eine Art, abschätzend um mich herumzustolzieren. Es war etwas Unverblümtes an den Betrachtungen, die sie vor meiner Nase über mich anstellte, so wie ein Besitzer über ein Pferd in seinem Stall reden mochte. Bisweilen behauptete sie, vor mir liege eine große Zukunft, womit sie Beruf und Gehalt meinte, aber ebensooft sah sie mich an und fragte: »Meinst du wirklich, du bist klug?« Rasches Lächeln. »Natürlich bist du es. Du bist sehr, sehr klug.« Pause. »Aber ich frage mich doch. *Wir* glauben, du bist es. Aber sollten wir nicht noch jemand anderen um seine Ansicht bitten? Jemanden, der objektiver ist?«

Sie unterwarf sich denselben Zweifeln – ich gehörte ihr so vollkommen, daß ich essen mußte, was sie aß, auch ihren Selbsthaß, so wie ein Fötus vom Blut der Mutter leben muß. Das wichtigste Ereignis in unserem Haushalt war die Tatsache, daß mein Vater uns wegen einer anderen verlassen hatte. Wie konnten wir uns hinterher noch derartig gern haben, da wir doch alle gleichermaßen Schuld daran trugen, ihn vertrieben zu haben? Zumindest hatten wir ihn nicht halten können. Unser gemeinsames Schicksal war weder schwarz wie gute Tinte noch brüchig wie ein Krähenflügel im Schnee; uns waren keine klaren, tragischen Rollen zugeteilt worden, die wir mit einer gewissen verzweifelten Freude spielen konnten. Vielmehr waren wir beschämt worden, und wir waren vor lauter Mißachtung unausgefüllt, vernachlässigt, unansehnlich. Ich will damit nicht sagen, daß wir interessante Symptome an den Tag legten oder jemandem Schwierigkeiten machten. Aber wir waren Schatten, wie die Toten, nachdem Orpheus auf seinem Weg durch die Unterwelt an ihnen vorbeigegangen ist, nachdem dieser lebende Mensch verschwunden und der letzte Ton seiner Musik in der einsetzenden Stille verklungen ist. Mein ganzes Leben lang habe ich Freundschaften geschlossen und Liebhaber verloren und über diese beiden Tätigkeiten gesprochen, als seien sie verschieden, gegensätzlich; aber in Wirklichkeit ist die Liebe der direkte und daher hoffnungslose Versuch, Orpheus zurückzurufen, wogegen die Freundschaft der gleicherweise hoffnungslose, weil irrelevante Versuch ist, in anderen Schatten Wärme zu finden. Seltsam, daß in der Geschichte auch Orpheus einsam ist.

Helen Paper hatte eine breite, königliche Stirn, glattes, dunkles, aus dem Gesicht zurückgekämmtes Haar, merkwürdig schmale Hüften und starke, schlanke Beine. Sie war berühmt für die großen Ballons ihrer Brüste, die so offenkundig waren wie ihr Lächeln und fast ebenso leicht zur Kenntnis zu nehmen und so schwer, daß ihre Schultern sehr kräftig geworden waren. Wie ihre Brüste wirklich aussahen, konnte ich unmöglich wissen, da ihre Form in dem geradezu klinisch soliden Büstenhalter idealisiert wurde zu – ja, zu zwei unheimlich symmetrischen Kugeln, die zugleich üppig, einladend und (aufgrund ihrer Symmetrie) ehrfurchtgebietend waren.

Es wäre jedoch absurd, Helen zu beschreiben, ohne ihr Gesicht zu erwähnen, denn jeder war geblendet von diesen reinen, blauen Augen, die gefühlloser, vielleicht auch weniger mitteilsam waren, als man erwartet hätte, und von dieser Nase, die so gerade und klassisch ohne jede Delle oder Überleitung in die Stirn überging, einer Nase wie ein Gebet, das über dem Altar der so üppigen und süßen Lippen aufstieg, so daß man verstehen konnte, warum Männer einmal Frauen als Kriegsbeute betrachten konnten, um die zu kämpfen es sich lohnt. Sie war eine Frau (denn sie wirkte trotz ihrer Jugend zweifellos wie eine Frau), die extrem auf ihre Wirkung vertraute, auf ihre Stellung als jemand, der eher im abstrakten Sinne begehrenswert ist, das heißt, der für jeden unter allen Bedingungen und zu jeder Zeit attraktiv und erreichbar ist, und weniger im konkreten Fall, wie zum Beispiel für mich jetzt. Sie war nicht scheu oder indifferent, aber wenn man sie als Gefäß betrachtet hätte, so war sie bis zum Rand mit der Gewißheit angefüllt, daß sie einen Siegerpreis darstellte. Sie war die Wächterin ihrer eigenen Schönheit.

Sie gab sich, als sei sie königlicher Abkunft, und da sie schön war, schritt sie einher wie auf einer Art Fahnenparade. Ich beobachtete sie jedenfalls einmal durch ein Fenster (sie wußte nicht, daß ich dort stand), und da benahm sie sich völlig anders. Sie war allein mit einer Freundin, einem Mädchen aus der Schule, und die beiden saßen mit Root Beer und großen Schalen Popcorn vor dem Fernseher auf dem Fußboden. Es war ein Sommerabend, und es muß sehr spät gewesen sein, und sie lachten und lachten in einer Tour. Helen Paper, die nur Shorts und BH trug, lag krank vor Lachen, elend vor Lachen auf dem Boden. Immer wieder sagte sie: »Hör auf, oder ich pinkle mir in die Hose.«

Unsere Verabredung ging schnell, bedeutungslos vorbei (es ist der besondere Fluch der Jugend, daß die Ereignisse nie den Gefühlen entsprechen, die sie entzünden, daß keine unausgeschmückte Schilderung dieser Geschehnisse die Gefühle vermitteln kann). Tommys Mutter lud uns alle in ihren Wagen (wir waren noch zu jung, um selbst zu fahren) und brachte uns zum Kino. Grüne, in künstlichen Farnen versteckte Punktscheinwerfer strahlten im Foyer auf einen Marmorbrunnen, der schon seit langem stillgelegt war. Das Bassin war voller Bonbonhüllen und Papierservietten. Drinnen, hinter gepolsterten Türen mit je einem verschmierten Bullauge, schwang sich der düstere Pomp des Kinos empor, der hier und da von den wandernden roten Taschenlampen der Platzanweiser gestreift oder von einem brennenden, an eine verbotene Zigarette gehaltenen Streichholz schwach, kurz erhellt wurde. Die Decke sollte einen Nachthimmel darstellen, die Sterne waren kleine Birnen, der Mond eine gelbe Sichel. Zu beiden Seiten der Leinwand befand sich so etwas wie eine vom Wind gepeitschte Königsloge, ein vergoldeter Thron auf einem kleinen, mit Teppichen belegten Podest unter einem großen, zur Seite gewehten Stuckvorhang, der von einer Papiermachékrone überragt wurde. Als ich endlich Helen Papers Hand in meiner hielt, nachdem ich eine halbe Stunde neben ihr im Dunkeln gesessen hatte, sagte ich mir: Diese Hand könnte für eine Million Dollar versichert sein.

Sie überließ mir ihre Hand, aber war ich für sie wirklich der geeignete Kandidat? War das der Weg, wie Jungen beliebt wurden? Hatten bestimmte Mädchen den Schneid, allen anderen zu sagen: »Hör zu, sei nett zu diesem Jungen. Er ist kein Trottel. Er ist es wert. Er ist besonders«? Oder war diese Verabredung bloß eine außergewöhnliche Gefälligkeit, die Tommy mir zugeschustert hatte und die sich nicht wiederholen würde? Konnte es sein (und ich wußte, es war so), daß die Sternkammer der Beliebtheit versiegelt war und daß niemand hineingelassen wurde – niemand außer einem zufällig anwesenden Prinzen, der hineingehörte?

Tommy war ein Prinz. Er hatte das Talent, Aufmerksamkeit zu erheischen. Selbst wenn er die Dame von der Vermittlung wegen einer Nummer anrief, zog er sie in ein Gespräch. Einmal überredete er sie sogar, sich nach der Arbeit mit ihm zu treffen. Die Empfangsdamen in den Büros im Zentrum, Verkäuferinnen in Geschäften, die Mütter von Freunden – alle taxierte er, nachdem er sie im Geiste ausgezogen hatte, und mochte diese abschätzende Haltung auch ungehobelt erscheinen, den meisten Frauen gefiel sie trotzdem. Es rauschte eine geeignete Frau an ihm vorüber. Er packte sie am Handgelenk. Er entschuldigte sich für die Störung, aber er stand auch sehr dicht vor ihr, und sein Lächeln bat für gar nichts um Entschuldigung. Und genau in dem Augenblick, wo ich erwartet hätte, daß sie ihrer Empörung Luft machen würde, errötete sie, ihre Augen flatterten, nicht routiniert, sondern schmachtend, denn er hatte einen Nerv berührt, hatte einen Weg gefunden, das Soziale ins Sexuelle zu verkehren – und dann lächelte sie und formulierte, was sie sagen wollte, neu, mit einer Stimme, die bezaubernd wenig verurteilend klang.

Nach dem Film gingen wir irgendwohin zu einem Imbiß, und dann brachte ich Helen nach Hause. Ihre Schönheit stand zwischen uns wie ein Feind, eine Art Erbfeind, den ich fürchten sollte, aber ich hatte sie ganz gern. Selbst die wildesten Liebespaare müssen sich dann und wann gernhaben. Die Bäume, die sich über die menschenleeren Vorstadtstraßen neigten, zogen langsam über uns vorbei, ihre Kronen zeichneten sich dunkel gegen den dunstigen, weißen Nachthimmel ab, und die Wolken waren erleuchtet wie innere Organe, die man zur Untersuchung eingefärbt hat, zur Eingeweideschau … Ich sprach ruhig und überlegt mit Helen Paper und blickte verstohlen nach ihrem berühmten Lächeln, das aufleuchtend meine Worte quittierte. Unsere Aufmerksamkeit wurde nicht von Worten beansprucht, sondern von der Erkundung dieser nächtlichen Straße. Ich meine, wir, oder vielmehr unsere Körper, das Tierische in uns, irgendein Ortungsgerät – wir entdeckten uns gegenseitig, und einen Augenblick lang fühlte ich mich ihrer jubelnd würdig. Denn sie hatte ja die Macht, mich interessant erscheinen zu lassen, zumindest mir selbst. Ich stellte fest, daß ich schneller und mit mehr Vertrauen redete, während wir uns der geräumigen, matt erleuchteten Veranda ihres Zuhauses näherten. Ein paar späte Rosen erfüllten die Nacht mit ihrem Duft. Ein Rasensprenger, den jemand versehentlich hatte laufen lassen, strich über das Gras hin und her. Ein plötzlicher Wind ergriff den Strahl, warf ihn vor uns auf den Gehweg und färbte das weiße Pflaster vorübergehend dunkler. Im Haus, im ersten Stock, war ein Zimmer hinter zugezogenen Gardinen nur spärlich beleuchtet. Grillen fühlten der Nacht den Puls.

Obgleich ich zu Helen etwas sagte, das direkt der Tanzschule entstammte – »Gute Nacht, es war schön, etwas Zeit mit dir zu verbringen« –, war ein plötzliches Einverständnis zwischen uns. Ihr Zauber – das plötzliche Heben und Senken ihrer wunderbaren weichen Brüste, das Verströmen ihres Parfüms in der kühlen Nachtluft, das Lächeln einer Heiligen, die wollüstig zum Himmel hinaufdeutet – dieser Zauber nahm mich vollkommen gefangen. Ich liebte sie. Ich wußte nicht, was ich mit ihr machen sollte. Ich vermutete, ein anderer, normalerer Junge hätte gewußt, wie er sie hänseln, zum Lachen bringen müsse, er hätte sie mehr wie eine Freundin und weniger wie ein Idol behandelt. Hätte man von mir erwartet, daß ich etwas tat, wäre ich geflüchtet, aber in diesem Moment, an diesem Abend, liebte ich sie, wie man vielleicht ein Gemälde liebt, das man bewundert, aber nicht besitzt, nicht besitzen kann, nie besitzen wird. Sie war völlig gelassen, als sie meine Hand ergriff, mir in die Augen sah, mir dankte und in Kleinmädchenart einen Knicks machte, der anderen Männern bestimmt besser gefallen hätte als mir; da sie meinen Widerstand gegen alles Kokette spürte, ließ sie es bleiben und wurde wieder ernster. Womit ich nicht sagen will, daß sie mir eine Rolle vorspielte. Im Grunde weiß ich gar nicht, was sie tat. Weil ich sie liebte, war sie für mich undurchsichtig, und ihre Aufrichtigkeit bezweifelte ich überhaupt nicht, bis ich sie dann ganz und gar bezweifelte.

Ich dankte ihr und sagte, ich hoffte, ich sähe sie bald wieder. Einen Moment lang schien es, als sei es das Natürlichste, sie auf ihre vollen, weichen Lippen zu küssen. (Hatte ich sie nicht eine Sekunde zuvor sich heimlich irgend etwas Wohlriechendes in den Mund stecken sehen, um sich auf eben so etwas Unvermeidliches vorzubereiten?) Ihre Augen waren vom Bewußtsein ihrer eigenen Schönheit umflort. Ich nehme an, ich liebte mich plötzlich selber und sah mich in einem Licht, in dem ich auf die anderen angenehm wirken konnte. Meine Liebe zu Tommy war etwas, worauf ich stolz war und was ich zugleich zu verbergen suchte. Dieser Augenblick mit Helen – unser beider Großartigkeit auf der mondübergossenen Veranda, die kühlen Winde, die schwarze Wolken (von innen golden erhellt) wie Karavellen an einem Piratenmond vorbeisegeln ließen, eine Kühle, die durch sich öffnende Finger glitt, und jetzt berührten sie sich, umschlangen, drückten einander, lösten sich langsam voneinander – dieser Augenblick erfüllte mich mit Glück und Hoffnung. Eine Last war von mir genommen. Eine lange Lehrzeit bei der Gefahr hatte abrupt geendet.

Nachdem ich Helen verlassen hatte, lief ich lachend und hüpfend durch die menschenleeren Straßen nach

Hause. Ich sang Filmmelodien und tanzte und fühlte mich so über die Maßen lebendig wie jemand in einem Film (denn es war nur das Leben, das körnig und sepiafarben war, wogegen die Filme das hörbare Peng, die bewohnbare Farbe, die in die Arme zu schließende Gegenwart der Realität besaßen). Ich war mehr als bereit, meine Neigung zu Männern der Ehe mit Helen zu opfern. Endlich hatte sich die homosexuelle Phase meiner Jugend ihrem Ende genähert. Um sicher zu sein, würde ich Tommy weiterlieben, aber so, wie er mich liebte: brüderlich. Der blinde Passagier in meinem Traum, der bei mir im Bett lag und den ich unter meiner Decke zu verstecken suchte, hatte sich wunderbarerweise in meine herrliche Braut verwandelt, so wie in der Legende der geküßte Leprakranke zu Christus Pantocrator wird.

Als ich nach Hause kam, lag meine Mutter bei gelöschtem Licht im Bett. »Schätzchen?«

»Ja?«

»Komm rein und erzähl mir alles.«

»Okay«, sagte ich.

»Reib mir den Rücken, okay?«

»Okay«, sagte ich. Ich setzte mich zu ihr ans Bett. Sie roch nach Bourbon.

»Wie war dein Rendezvous?«

»Phantastisch! Ich hatte noch nie solchen Spaß.«

»Wie schön. Ist sie ein nettes Mädchen?«

»Viel mehr als das. Sie ist bezaubernd und kultiviert und intelligent.«

»Du bist früher zu Hause, als ich erwartet hatte. Nicht so fest. Reib sanfter. Du Grobian. Ich werde dich so nennen: Grobian. Ist sie lustig? Ist sie wie ich? Sagt sie nette Dinge?«

»Nein, Gott sei Dank.«

»Warum sagst du das? Ist sie so was wie eine Intellektuelle?«

»Keine Intellektuelle. Aber sie ist sehr klug. Sie ist freimütig. Sie sagt, was sie denkt.«

»Ich denke, Mädchen sollten lustig sein. Das bedeutet nicht unanständig. Ich bin lustig.«

» ... «

»Ja, ich bin es. Meinst du, sie hat dich gern?«

»Woher soll ich das wissen? Es war die erste Verabredung.« Meine Finger streichelten ihr den Hals zu beiden Seiten des Rückgrats. »Ich bezweifle, daß sie mich wiedersehen will. Warum sollte sie?«

»Aber warum denn nicht? Du bist hübsch und intelligent.«

»Hübsch! Mit diesen großen Nasenlöchern!«

»Ach, das sagt bloß deine Schwester. Sie ist so frustriert, daß sie auf dir herumhacken muß. An deinen Nasenlöchern ist nichts auszusetzen. Wenigstens habe ich daran nichts auszusetzen. Natürlich kenne ich dich viel zu gut. Wenn du möchtest, können wir zu einem Nasenarzt gehen.« Eine lange Pause. »Nasenlöcher ... Legen die Leute denn auf so was Wert? Ich meine, denken die Leute öfter drüber nach?« Leise, hohe Stimme. »Sind meine okay?«

Deprimiertes Schweigen.

Schließlich begann sie behaglich zu schnarchen, und ich ging schnell in mein Zimmer. Die Tür meiner Schwester, neben meiner, war zu, aber ihr Licht brannte gereizt.

Und ich überließ mich meinen Träumen. Ich besaß einen Plattenspieler, den ich mir selbst von dem Geld gekauft hatte, das ich als Caddie verdiente, und die

Platten tauschte ich jede Woche in der Bibliothek um. Die Musik war ein Stützpunkt des Einflusses meines Vaters auf dieses unmusikalische weibliche Terrain.

Ich schlüpfte so schnell wie möglich aus meinen Kleidern, wobei ich versuchte, alles so schön zu machen wie in einem Film über mein Leben mit Helen. Ich hatte in gewisser Weise das Gefühl, es werde bereits gefilmt – nicht, daß ich nach versteckten Kameras gesucht hätte, aber ich vereinfachte und rundete meine Bewegungen für die Kamera ab. Es gab Menschen wie meine Mutter und meine Schwester, die zuviel litten und zu ungraziös waren, um filmwürdig zu sein, und es gab jene anderen, denen ich mich zuzurechnen wünschte, die nur kurz, offen für Trost und stets in Schönheit litten, deren Äußerungen prägnant waren, und für die die Techniken, wie man eine Party verläßt oder eine Rechnung begleicht, fast bis zur Nichtexistenz stilisiert worden waren zugunsten hochemotionaler Zwiegespräche, in denen die Augen beredter waren als die Lippen. Jedes Detail meines Zimmers forderte mich auf, mich anzustrengen. Als die Schrankschublade klemmte, zuckte ich zusammen – diese Szene würde wiederholt werden müssen. Ich schlug meine Bettücher um, als liege sie, Helen, neben mir. Ich knipste eilig das Licht aus.

Sie und ich lagen nebeneinander in einem schmalen Boot und trieben flußabwärts. Die Sterne bewegten sich nicht, und nur das gelegentliche Zittern eines Zweiges über uns oder das Geräusch eines am Boot entlangschabenden Steins unter uns zeigte an, daß wir fuhren. Der Mond war die Wunde in der Flanke der Nacht, aus der Zauberblut floß; wir badeten darin. Bis Morgengrauen hatte ich viermal mit Helen geschlafen. Das erstemal geschah es so zeremoniell, daß ich Mühe hatte, aus dem

Nebel Arme und Beine zu formen; das einzige, was unaufhörlich zu mir aufleuchtete, war ihr Lächeln. Das zweitemal verlief es leidenschaftlicher. Es war mir schließlich gelungen, ihre Brüste aus den Verschnürungen zu befreien. Beim drittenmal fühlten wir uns bereits zart geschwisterlich; wir lächelten uns mit müder Liebenswürdigkeit an. Wir waren sehr innig zueinander. Im Morgengrauen dann hatte sie sich aufzulösen begonnen. Die Gewißheit des Tages pulste ins Zimmer, und alle meine Bemühungen konnten sie nur noch wenige Augenblicke an meiner Seite halten. Schließlich entfloh sie.

In der Schule stolperte ich in einem dumpfen Nebel von einem Kurs zum anderen. Merkwürdigerweise fürchtete ich, Helen zu begegnen. Ich fühlte mich ihr nicht gewachsen. Ich war zu müde. In meinem Klassenzimmer gähnte ich, legte den Kopf auf mein Pult und sehnte mich nach der Einsamkeit meines Bettes und der erlösenden Gnade der Nacht. Ich wollte allein sein mit meinem Gespenst. In meiner Verwirrung erschien mir die echte Helen Paper unerheblich, ja geradezu aufdringlich.

An diesem Abend schrieb ich ihr einen Brief. Ich suchte ein besonderes gelbes Pergament aus, eine dünne Feder und schwarze Tinte. Während ich beim Sport durch die Gymnastik gewankt war und im Arbeitsraum hinter einem Stapel Bücher halb gedöst hatte, waren mir Formulierungen für den Brief in den Sinn gekommen. Und nun setzte ich mich mit großer Feierlichkeit an meinen Schreibtisch und verfaßte die Botschaft, zunächst mit Bleistift auf Schmierpapier. Wenn ich sie hier wiedergäbe (ich habe noch den Bleistiftentwurf), würdest du mich auslachen, oder wir würden über den geschraubten Stil und das triefende Gefühl gemeinsam lachen. Was schwieriger zu vermitteln wäre, ist, wieviel der Brief mir bedeutete und wie er sich damals für mich las. Ich bot ihr meine Liebe und Treue an, wobei ich einräumte, ich wisse, wie unwürdig ich ihrer sei. Und doch konnte ich mir einigermaßen vorstellen, daß ich zwar als Rendezvouspartner vielleicht wertlos war (nicht hübsch genug), aber als Ehemann eventuell von einigem Wert (intelligent, zum Erfolg prädestiniert). In der Ehe wogen Verdienste die äußerliche Wirkung auf, und ich konnte mir nichts Dauerhafteres vorstellen als eine Ehe mit Helen. Natürlich erwähnte ich die Heirat in dem Brief nicht.

Eine Woche verging, ehe ich ihre Antwort erhielt. Zweimal sah ich Helen auf den Korridoren. Das erstemal kam sie zu mir, sah mir in die Augen und setzte ihr reizendes, gefühlvolles Lächeln auf. Sie trug einen taubenblauen Kaschmirpullover, und ihre Brüste hoben und senkten sich gewaltig, als sie mich in ihrer weichen, gedehnten Sprechweise fragte, wie es mir gehe. Nichts an ihrem Lächeln oder ihrer Stimme ließ auf ein Urteil für oder gegen mich schließen. Ich hatte das Gefühl, etwas sei unpassend daran, daß ich sie überhaupt sah, ehe sie mir geantwortet hatte. Ich murmelte: »Gut«, wurde rot und schlich davon. Ich kam mir schlaksig und schmutzig vor. Auch Tommy ging ich aus dem Weg. Bald schon würde ich ihm von dem Antrag erzählen müssen, den ich Helen gemacht hatte und den er, wie ich vermutete, mißbilligen würde.

Eines Nachmittags dann, an einem Freitag nach der Schule, steckte ihr Antwortbrief im Kasten. Schon bevor ich ihn öffnete, war ich gelinde gesagt dankbar, daß sie endlich geschrieben hatte.

In der Wohnung war außer mir niemand. Ich ging in den Wintergarten und blickte über die Straße auf den See, der sich rührte und arbeitete wie alte Maschinen in einem ausgestorbenen Vergnügungspark, Karussells ohne Mitfahrer. Innerlich führte ich zwei verschiedene Arten Buch. In dem einen war ich glücklich darüber, daß sie sich überhaupt die Zeit genommen hatte, mir diese Absage kundzutun, und das war mehr, als eine Kreatur wie ich verdiente. In dem anderen schrieb sie mir: »Du bist nicht der Mensch, den ich mir zu einem Rendezvous oder für die Sommerferien oder ein Semester ausgesucht hätte; aber ja, ich will Dich heiraten. Auch wünsche ich mir nichts Geringeres von Dir. Romantik ist die Hoffnung auf ein zukünftiges ideales Leben, und in diesem Sinne sind meine Gefühle für Dich romantisch.«

Wenn mich jemand hätte raten lassen, welche Antwort ich in dem Umschlag finden würde, ich hätte die Ablehnung gewählt, denn Pessimismus ist immer richtig, aber eine Zusage hätte mich nicht erschreckt, denn ich glaubte auch an Wunder.

Ich goß mir in der Küche ein Glas Milch ein und ging wieder in den Wintergarten. Ihre Handschrift war hübsch und abgerundet, als Punkte über den *i*s malte sie Kreise, die Buchstaben waren breiter als hoch und die Zeilen so gerade, daß ich vermutete, sie habe das dünne Papier auf ein Linienblatt gelegt. Die schulmädchenhafte Ordentlichkeit ihrer Schrift erschreckte mich – ich fühlte mich nicht sicher in so einer ordentlichen Schrift. »Als Freund mag ich Dich sehr gern«, schrieb sie. »Ich war erfreut und überrascht, als ich Deinen wunderschönen Brief erhielt. Er war eine der reizendsten Huldigungen an mich, die ich jemals erhalten habe. Ich weiß, dies wird Dir weh tun, aber ich muß es Dir sagen, wenn ich Dir weiteren Kummer ersparen will. Ich liebe Dich nicht und habe Dich nie geliebt. Unsere Freundschaft ist eine Angelegenheit gegenseitiger dankbarer Zuneigung, nicht Liebe. Ich weiß, es ist sehr grausam, aber ich muß es Dir sagen. Versuche, mich nicht zu hassen. Ich denke, es wäre das beste, wenn wir uns eine Weile nicht sehen. Ich hoffe sehr, daß wir weiter Freunde bleiben können. Für mich bist Du einer meiner allerbesten Freunde. Bitte, bitte, verzeihe mir. Versuche zu verstehen, warum ich so handeln muß. Deine Helen.«

Na ja, ihre Ausdrucksweise ist weniger kindlich als ihre Schrift, dachte ich, als sei der Brief ein Klassenaufsatz, der mich überhaupt nichts anging. Noch während diese Haltung in die Brüche ging, aber bevor ich in eine neue, beunruhigendere verfiel, hatte ich Zeit zu bemerken, daß sie schrieb, ich sei einer ihrer allerbesten Freunde, eine Ehre, der ich mir bislang nicht bewußt gewesen war, als sei sie das überhaupt jemandem: Ich registrierte den gesellschaftlichen Gewinn vor dem romantischen Verlust. Es sei denn (und hier schmeckte ich hinten auf der Zunge etwas Bitteres) – es sei denn, der »erwachsene« Rat (»Ich denke, es wäre das beste, wenn wir uns eine Weile nicht sehen«) war in Wirklichkeit die Verweigerung des Trostpreises, eine Methode, mich aus ihrem Kreis herauszuhalten, und zwar genau in dem Moment, in dem sie so tat, als lade sie mich in ihn ein. Konnte es sein, daß das ganze Manöver, der selbstbewußte Ton, die Kürze und der vertraute Klang der Ausdrucksweise nichts weiter darstellten als eine »Huldigung« (ihr Wort), die sie auf dem Altar ihrer eigenen Schönheit darbrachte? Wie vielen Leuten hatte sie meinen Brief gezeigt?

Aber dann hörte dieses ganze innerliche Geplapper

auf, und ich überließ mich etwas anderem, etwas weniger Aktivem, etwas Bleibenderem, das die ganze Zeit höflich gewartet hatte, aber nun vortrat, scheu, doch sachlich: meinem Kummer.

Die nächsten paar Monate versank ich in meinem Kummer. Ich blieb ganze Nächte weinend auf, spielte Platten und schrieb Sonette an Helen. Worum weinte ich? Ich weinte im Sportunterricht, wenn jemand beim Basketball sauer auf mich war, weil ich den Ball hatte fallen lassen. Früher hätte ich meinen Kummer versteckt, aber nun ging ich einfach langsam vom Spielfeld, während mir die Tränen übers Gesicht liefen. Noch immer weinend duschte ich, zog mich verzweifelt an und wanderte durch die leeren Korridore, obwohl das während des Unterrichts verboten war. Vorschriften interessierten mich nicht mehr. Ich ließ meine Haare wachsen, ich kämmte sie nicht mehr, ich vergaß, von einer Woche zur anderen das Hemd zu wechseln. Mit bekehrtem Auge sah ich andere nach Erfolg streben, beliebt werden. Ich wurde eine Art Vagabund aus Kummer oder, wie ich es lieber formulieren möchte, ich nahm das Vagabundenleben des Kummers auf mich, was die Gleichzeitigkeit von Freiheit und sklavischer Abhängigkeit deutlicher macht. Freiheit von der nun bedeutungslosen Jagd nach Zensuren, Freunden, lächelnden Gesichtern; sklavische Abhängigkeit von einer unglücklichen Liebe.

Jeden Nachmittag wankte ich erschöpft heim in mein Zimmer, aber war ich dort, begann erst meine wahre Arbeit, die darin bestand, mir Helen in meinen Armen auszumalen, Helen lachend neben mir, Helen, die zu mir aufblickt durch das Spitzengewebe des Orangenblütenkranzes, Helen mit anderen Jungen, die sie küßt,

Helen, die den Reißverschluß ihrer Shorts öffnet und aus ihnen heraussteigt, die sich die Haare aus den ernsten, gierigen Augen streicht. Sie war eine Puppe, die ich in einem Schauspiel nach dem anderen einsetzen konnte, aber kaum hatte ich sie mir herbeigeträumt, stellte sie sich auf die eigenen Füße, quälte mich, lächelte einfach durch mich hindurch einen anderen Jungen an, ihren Geliebten, der ihr entgegeneilte. Ihre Bemühungen um andere Männer faszinierten mich, und je länger ich litt, desto abscheulicher waren die Erniedrigungen, die ich ihr von anderen Männern zufügen ließ.

Ich erkrankte an einem Drüsenfieber, das ironischerweise »Kußkrankheit« genannt wird und damals sehr viele Teenager befiel. Ich durfte mehrere Monate nicht zur Schule. Die meiste Zeit schlief ich fiebernd und zufrieden: befreit. Nur durch das Zimmer zu gehen erforderte meine ganze Kraft. Die Frage, ob ich noch ein Glas Ginger Ale trinken solle oder nicht, konnte mich eine Stunde lang beschäftigen. Daß mein Kummer durch Krankheit ersetzt war, beruhigte mich; ich übte nicht länger vorsätzliche Selbstzerstörung. Ich war einfach krank. Liebe war verboten – der Arzt hatte zu mir gesagt, ich dürfe niemanden küssen. Tommy besuchte mich ab und zu, aber ich spürte, er und ich hatten nun keine Gemeinsamkeiten mehr – denn schließlich war er nur ein Junge, ich dagegen inzwischen ein sehr alter Mann.

SECHS

Je einsamer ich wurde, desto größer erschien mir meine Unfähigkeit mich gegen mein homosexuelles Schicksal zu stemmen.

Ich gab meiner Schwester und meiner Mutter die Schuld – meiner Schwester, weil sie mein Selbstvertrauen untergrub (als wäre Homosexualität eine Form von Schüchternheit), und meiner Mutter, weil sie mich wie ein Baby behandelte (Homosexualität als verlängerte Kindheit). Zugleich erkannte ich, daß meine Mutter meine beste und treueste Freundin war, daß sie allein sich um meine Gesundheit Sorgen machte, sich meine Semesterreferate anhörte, wachblieb, bis ich nach Hause kam, und meine Schwärmereien zu verstehen versuchte.

In meinem ungeheuren Weltschmerz beschloß ich, Buddhist zu werden. Meine Mutter hatte meine Schwester und mich seit Jahren dazu ermuntert, uns eine Kirche nach unserem Geschmack zu suchen, die unseren wahren Bedürfnissen gerecht würde. Ihrer Art entsprechend war meine Schwester in ihrer schutzbedürftigen, wenngleich ängstlichen Neigung zur Normalität Presbyterianerin geworden. Die Kirche am Ort hatte den leutseligsten und am kürzesten geschorenen Pfarrer (ehemaliger Footballtrainer) und die renommierteste Gemeinde (Halbgläubige in einem Sportlerhimmel, einer Verstandeshölle und einem Fegefeuer von Stubenhockern ohne Freunde).

Ich deutete mir den Auftrag meiner Mutter anders. Ich verbrachte Tag für Tag in der Bibliothek und las Max Müllers »Heilige Bücher des Ostens« durch, so wie man Kleider anprobiert – ist der Hinduismus nicht vielleicht ein bißchen übereifrig? Konfuzianismus? Zu bewußt, kein Flair.

Aber der Buddhismus sagte mir zu. Nicht in seiner späteren, ausgeklügelten, nördlichen Form, dem Mahayana mit seiner endlosen Wiederkehr von Paradiesen, seinen zahllosen Bodhisattvas (diesen mitleidsvollen Geburtshelfern), seinen monumentalen Gebeten und betenden Monumenten, die sich der Pornographie der Anbetung hingeben, sich windenden, nackten Jungfrauen, die, rittlings auf dem erigierten *lingam* des meditierenden *animus* sitzend, die *anima* darstellen. Nein, was mir gefiel, war der frühere Hinayana, diese strenge Lehre, die zur Vernichtung der Begierde führt (im Sanskrit bedeutet *nirvana* »auslöschen«, so wie man eine Kerzenflamme ausbläst). Ich fühlte mich stark hingezogen zu dieser merkwürdig lebensfeindlichen Religion, die uns lehrt, daß wir keine Seele haben und daß das Ich nur eine Gepäckaufbewahrung ist, bei der wahllos Pakete abgegeben worden sind (mit der Aufschrift »Gefühle«, »Wahrnehmungen«, »Erinnerungen« und so weiter), die bald wieder von verschiedenen Besitzern abgeholt werden, eine Räumung, nach der der Raum in glückseliger Leere verharrt. Diese Leere, diese Vernichtung ist es, was der Christ am meisten fürchtet, wonach der Buddhist jedoch am sehnlichsten verlangt – oder verlangen würde, wenn es nicht eben das Verlangen wäre, was ausgemerzt werden muß. Die Begierde – das

Verlangen nach Sex, Geld, Ansehen, Sicherheit – fesselt uns an die Welt und verdammt uns zur Wiedergeburt, den »Kreis der Wiedergeburt« stellte ich mir als Rad vor, an das der Sünder gestreckt gefesselt wurde, ein Rad, das ihn, während es sich dreht, zermalmt, aber grausamerweise nicht tötet.

Ich fühlte das Bedürfnis, mich von der Begierde zu befreien. Ich durfte nichts begehren. Ich durfte keine Zuneigungen empfinden. Vor allem keine Reize. Ich mußte alle Hoffnungen, Pläne, freudigen Erwartungen aufgeben. Ich mußte das Vergessen üben. Ich mußte der Stille Kost und Logis gewähren und der Leere Schulgeld bezahlen. Auch das leiseste Beben der Sehnsucht mußte beruhigt werden. Jeder Leitungsdraht mußte gekappt werden, bis die Anzeige erlosch und alle Skalen auf Null zeigten.

Meine Mutter entdeckte etwa dreißig Meilen entfernt eine buddhistische Kirche. Sie fuhr mich eines Sonntags bereitwillig dorthin (*Sonntag!* rümpfte ich innerlich die Nase, bereits ein asketischer Snob: *Kirche!* rief ich, ein orientalischer Purist). Am Samstagabend davor träumte ich von sich öffnenden Pforten aus Weidenruten, von einer Trickaufnahme, bei der der verschrumpelte Abt in einer Tretmühle auf mich zurollte, dabei jedoch kein Stück vorankam, hinter ihm die Projektion eines zurückweichenden, sich ausdehnenden Universums aus immer dichter werdendem, blauem Sandelholz-Weihrauch und sich wiegenden, safrangelb gewandeten Mönchen.

Statt dessen kam ich in eine Gemeinde grinsender japanischer Familien in einer ehemaligen Baptistenkirche und hörte mir Bekanntmachungen des Vereins Junger Buddhisten zum jährlichen Picknick und zum Basketballtraining an, sowie enttäuschend melodische Choräle mit Worten wie »Liebste Amida, Dein Licht leuchtet durch die düstere Welt der Sünde«, die wir zu einer keuchenden Orgelbegleitung sangen, und dann eine langweilige Predigt über die Sünden des Ehebruchs. Ich lief davon, mit geröteten Wangen und beleidigt, während meine verdutzte Mutter mir widerstrebend folgte (»Aber mir hat's gefallen, Liebling. Es wirkte alles so christlich, obwohl sie natürlich viel besser gekleidet waren als durchschnittliche Christen«).

Ich hatte einen Neuanfang verzweifelt nötig. Daß ich an einen Neuanfang meines Lebens dachte, ließ mich wünschen, es zu beenden – es sei denn, ich könnte es von Grund auf ändern. Wenn meine Homosexualität auf ein Übermaß an weiblicher Gesellschaft zu Hause zurückzuführen war (denn so lautete damals die gängigste psychologische Theorie), dann sollte ich das Ungleichgewicht korrigieren, indem ich mich in eine reine Männerwelt begäbe. Um ein Heterosexueller zu werden, fand ich, sollte ich in ein Jungeninternat eintreten (denn so lautete mein wunderbar logischer Nachtrag zu der Theorie). Ich führte mit meinem Vater ein Ferngespräch und flehte ihn an, mir zu helfen, meiner Mutter zu entfliehen. Ich liebte sie zwar, fürchtete aber ihren rätselhaften Einfluß, als sei sie eine Pflanze wie Rhabarber, deren Stiele nahrhaft, deren Blätter aber giftig sind.

»Ich meine, du solltest nicht so über deine Mutter reden, junger Mann«, sagte mein Vater. »Sie ist eine großartige Frau.« Ich hörte ihn keuchen, als er an seiner Zigarre saugte. Ich konnte ihn mir an seinem hellen Mahagonischreibtisch vorstellen. Vielleicht hatte er einen Pfeifenreiniger zu einem Ring zusammengerollt und warf ihn seiner Katze, Baby, zu, damit sie ihn fangen solle, während *mein* Kater, Herr Pogner, sich auf einer Fensterbank streckte, gähnte, den bauschigen Schwanz in die Höhe reckte, den wuscheligen Rücken krumm machte und sich dann auf alle viere bettete, wobei er die Vorderpfoten sorgsam unter seiner flaumigen Schildkrötpanzerbrust verbarg. Der Geruch der Zigarre, die Art, wie mein Vater den Kopf nach hinten neigte, damit er durch die Nahsichtlinsen seiner Zweistärkenbrille Baby dabei beobachten konnte, wie sie den Pfeifenreiniger über den Schreibtisch schubste und dabei Geschäftspapiere durcheinanderbrachte, dann über den Rand auf den Teppich kullerte, dann in eine Zimmerecke davonstob (Blick nach unten, durch den oberen Teil der Brillengläser), das ferne Brummen einer Teppichkehrmaschine, die ein schwarzes Hausmädchen durchs untere Stockwerk schob – diese ganze enge Welt kam mir bei seinen ersten Worten blitzartig in Erinnerung.

»Aber Daddy«, rief ich, und meine Stimme schlug um und ging nach oben, die Tonleiter in ein Soprandelirium hinauf, »ich *liebe* meine Mutter.«

»Mag, mag«, sagte er. »Ein Mann mag Dinge. Mädchen lieben, Männer mögen.«

»Das ist ja gerade das *Problem*«, jammerte ich. »Die Beziehung zu Mommy ist mir zu eng. Ich« – und hier legte ich den entscheidenden Trumpf auf den Tisch –, »ich entwickle mich nicht ... wie ich sollte. Ich brauche die Gesellschaft von Männern.«

Lange Pause. Das schwach übermittelte Geräusch der Kehrmaschine war verstummt. Ein Klicken sagte mir, daß meine Stiefmutter an einem Nebenapparat mithörte. Drei Paar Augen blickten verwundert, während drei Hände drei stumme Telefonhörer hielten.

»Ich brauche männliche Rollenvorbilder«, sagte ich, entzückt, daß mir genau der Ausdruck, den meine Mutter so gern benutzte, wieder eingefallen war.

»Rollen was?« fragte mein Vater verärgert. »Zum Teufel damit.«

Ich versank in Schweigen.

Dann redeten er und ich plötzlich gleichzeitig, beide verstummten wir, er fing von neuem an: »Wie ich soeben sagte, könntest du sicherlich herkommen und hier wohnen.«

»Das würde nie funktionieren. Du bist ständig im Büro, Daddy. Letzten Sommer waren wir drei Monate zusammen im selben Haus, und ich habe mit dir alles in allem nicht mehr als eine Stunde verbracht. Du hast den ganzen Tag geschlafen. Ich habe an der Adressiermaschine gearbeitet. Nein, ich möchte auf ein Internat. Ich möchte mit einem Haufen Jungs in meinem Alter zusammen wohnen und einfach, na ja, Sport treiben ...« Bekam er mit, wie sehr ich log? Ich endete mit einer einstudierten Formulierung: »... und unter *Kameraden* sein. Verstehste.«

»Sag nicht ‚verstehste'. Ungebildete Leute sagen es in einer Tour. Es wird zu einer Gewohnheit.«

»Ja, Sir.« Ich stellte mir vor, er zündete sich eine neue Zigarre an, drehte den braunen Stengel, damit er gleichmäßig Feuer bekam, füllte das Zimmer mit dichtem Rauch, der den mäkeligen Herrn Pogner auf seinem Platz einhüllte, und dessen goldene Augen blinzelten durch diese ungesunde Wolke.

»Ich möchte am Telefon keine Entscheidung fällen. Leg alles schriftlich nieder. Kannst du tippen?«

»Nein, Sir.«

»Mußt du lernen. Nur zwei nützliche Dinge kann man

in der Schule lernen, Tippen und freie Rede. Ehe du mit der Schule fertig bist, möchte ich, daß du beides lernst. Also dann schreib deinen Brief in Druckbuchstaben. Ich möchte ihn sehr knapp haben, so knapp und sachlich, wie du kannst, und darin solltest du alle deine Argumente vorbringen, warum du auswärts zur Schule gehen willst. Dann gehst du in die Stadtbibliothek, liest dir den Führer der Privatschulen durch und suchst dir eine aus. Verstanden? Ich verspreche gar nichts, aber ich werde deinen Vorschlag sorgfältig prüfen.«

Der Führer widmete jeder Schule eine Seite. In jedem Fall wurden Schwarzweißfotos von Grundstück und Gebäuden, ein Porträt des Rektors und eine kurze Schilderung der »Philosophie« des Instituts präsentiert.

Stunde um Stunde brütete ich über diesem Buch künftigen Lebens und wog eine Möglichkeit gegen die andere ab. Wollte ich Senator werden? Sollte ich eine Schule in Washington besuchen? General? Militärakademie? Mönch?

Ich las von einer Schule, in der jeder Schüler mindestens einmal die Woche als Ministrant Dienst tat, da alle Priester (die Lehrer) jeden Tag eine Messe lesen mußten. Ich stellte mir eine lange Reihe von Seitenkapellen in einer verfallenen Abtei an der Küste von New England vor, in deren Gänge zur Abendandacht Nebel dicht wie Wolle und Schafe weiß wie Nebel hereinquollen, Seemöwen gurrten auf den hundert Altären und schossen hungrig nach vorn an den Hauptaltar, um nach der Hostie zu schnappen, und die Brandung hämmerte ein feierliches »Dies Irae« herunter, während der Trauerzug mit einem toten Bruder sich über umgestürzte Säulen zum Friedhof am Meer hinabschlängelte. Oder brauchte ich die Freizügigkeit einer Quäkerschule, überall schlichtes Holz in klarem Licht, jene aristokratische Einfachheit, die nur für Geld zu haben ist?

Es stellte sich heraus, daß diese Frage, nun ja, akademisch war. Mein Vater bestimmte für mich eine Schule, ganz einfach weil sie auf der Strecke zwischen seinem Winter- und seinem Sommerhaus lag und für ihn eine willkommene Zwischenstation auf der langen Reise bildete. Gleich nach Weihnachten fuhr er mich zu dem verwaisten Campus, die Gebäude waren in Schnee gehüllt wie Stühle in weißes Leinen, die rechtwinkligen Wege tückisch mit Eis überzogen, der weitgeöffnete Platz, ursprünglich als Piazza entworfen, war jetzt ein arktischer Hof, auf dem der Schnee mit sich selbst Handball spielte, weiße Spieler, die vom Pflaster aufwirbelten und lossausten, um glitzernde Explosionen gegen die mit Eiszapfen besetzten Backsteinmauern zu schmettern.

Die Schule war von einem berühmten finnischen Architekten entworfen und von einem ganzen Heer Schotten erbaut worden, die als Gärtner und Helfer geblieben waren (an Zahl übertrafen sie die Lehrer). Die Schule war eine einzige Reminiszenz – an eine italienische Bergstadt, eine französische Abtei, eine englische Lehranstalt, wobei die verschiedenen Zitate in unwahrscheinlicher, aber überzeugender Weise zu einem Phantasiegebilde aus den klassischen Bauten Europas vereinigt wurden, wie sie sich Exilanten aus kalten Grenzländern erträumen, Sehnsüchte nach der Vergangenheit anderer Menschen. Da die Schule ein Hirngespinst und nicht Wirklichkeit war, wechselte ihre Architektur wie im Traum zwischen verschwommenen, gestaltlosen, nicht absehbaren Mauern, der ektoplasmischen Umrahmung der Handlung, und, im Gegensatz dazu, Orten ab, auf die der Träumer blickt, sich konzentriert: wahnwitzig detaillierte Ornamente, feingemeißelte Monsterköpfe, die aus einer zufälligen Nische herunterspähten, geflieste maurische Bögen, die einen Rosengarten umfaßten, in Stein gehauene Zitate aus Bibel und Antike an den Rückenlehnen von Bänken. Diese Bänke umstanden ein tiefes Wasserbecken, aus dem eine Brunnensäule, dick wie eine Barbierstange und viel länger, in die Höhe ragte, und obenauf balancierte eine steinerne Ananas, aus der, je nachdem, wie konkret man das Bild deutete, entweder Saft oder Wasser kam.

Der Rektor von Eton (ja, auch der Name war entlehnt) war ein großer, ungepflegter und merkwürdig vergilbter Mann. Er trug einen Tweedanzug, rauchte Pfeife und hatte bleiche, klebrige Hände – wirklich so klebrig und hell wie das Gluten im Kleberbrot –, vergilbtes weißes Haar, das von seiner leberfleckigen Stirn glatt nach hinten fiel, und große, gelbe Zähne, die zum Kauen ungeeignet schienen, doch wirkungsvoll genug, um sie bei Gesprächen mit eingeschüchterten Eltern höflich zu entblößen. Er war großspurig, salbungsvoll und unintelligent und wohnte in einem verschachtelten »Cottage« mit Feldsteinmauern, niedrigen, schwarzen Traufen, die sich nach unten zu gegeneinanderbogen wie eingewachsene Zehennägel, und Bleifenstern, die in den Winterwinden vor soliden, modernen, hermetisch versiegelten Sturmfenstern dekorativ klapperten.

Er gewährte uns ein langes Gespräch, in dem er von einer notwendigen »Balance« in der Erziehung eines jungen Geistes und (indem er prüfend über seine Brille hinwegsah) des jungen männlichen Körpers sprach. Ein bißchen später fand er eine Möglichkeit, um erneut den gesunden Geist zu erwähnen, der einhergehen solle mit dem gesunden (hochgezogene Augenbraue) Körper. Ich hatte furchtbare Angst, all das würde für mich nichts weiter bedeuten als mehr Sport, und so war es denn auch. Aber mein Vater war mehr oder weniger zufrieden. Er mißtraute dem englischen Akzent des Rektors und seiner wohlklingenden Stimme, die aus jemand so offenkundig Kränklichem, Unaufrichtigem und Amerikanischem hervortönte. Dad stimmte naserümpfend ein leises Lachen an über all das dunkle Holz, den dunklen Sherry, das knisternde Feuer unter kleinen, passend zugeschnittenen Birkenscheiten auf Messingfeuerböcken, die ganze unmittelbare Tradition des teuren Eton, anglikanische Primeln mitten zwischen dem fremdartigen Mais. Doch wenn er auch die Nase hochmütig rümpfte, nickte er dennoch Zustimmung, denn Protz war genau das, was er für seinen Sohn haben wollte, genauso wie ein Mistbauer einen französischen Hauslehrer für seine Kinder engagieren könnte – Allüren, die zum Erben passen, auch wenn sie dem Patriarchen eigentlich zuwider sind.

Über die Männlichkeit philosophierte der Rektor über einem femininen Durcheinander von Teegeschirr, winzigen Marmeladendöschen und eierschalendünnen Tassen, einem stoffgefütterten Körbchen mit warmen Teekuchen und einer Teemütze, die auf einer Seite mit einem Art-deco-Bogenschützen bestickt war, der nackt im aztekischen Profil kniete, die Armbrust auf einen fünfzackigen Heidenstern gerichtet (der Bogenschütze war das Schulemblem, *ad astra* das Motto). Mein Vater paffte skeptisch an seiner stinkigen Zigarre, die mittlerweile ein unförmiger Stummel, schwarz von Spucke war, und bat um einen Scotch mit Soda. Für meinen Vater, der unbequem auf diesem Petit-point-Stühlchen ohne Armlehnen saß, war Männlichkeit kein Diskussionsthema. Wäre es jedoch eines gewesen, dann hätten zur Männlichkeit gehört: ein guter Straßenanzug, Ehrgeiz, das pünktliche Bezahlen von Rechnungen, genügend Kenntnisse über Baseball, die man beim Friseur wie Trinkgelder unters Volk streuen konnte, ein gewisses, doch nie tollkühnes Quantum Mut und eine durch nichts aus der Fassung zu bringende Zurückhaltung. Für den Rektor wurde die Männlichkeit fortwährend, Tag für Tag erörtert, und sie bestand aus Tweedanzügen, Treuhandvermögen, Freundlichkeit zu Hausangestellten, einem höflichen, doch leicht frostigen Verhältnis zu Gott, einem vorgespiegelten Interesse am Wissen und einem manischen Interesse am Sport, vor allem an dreckigen, gefährlichen Sportarten wie Lacrosse, Hockey oder Rugby, die damit endeten, daß prächtige, störrische Burschen vom Spielfeld humpelten und sich an den Seitenlinien auf Stöcke stützen mußten, die senkrechten orangeblauen Streifen ihres Trikots klebten ihnen am Oberkörper, das Zwerchfell keuchte, die bloßen Knie waren zerschunden, das blonde Haar war braun von Schweiß, ein Apachenstrich aus Matsch über eine fahle, streitlustige Wange geschmiert.

Ich trat mitten im Jahr in die Schule ein und kannte niemanden. Zwei weitere Viertklaßler begannen zwischen den Semestern, und sie wurden meine Kameraden. Einer, dessen Zimmer direkt neben meinem lag, hatte eine spanische Mutter. Ich sah einmal flüchtig ihren hübschen Körper in einem schwarzen Kleid, ihre glänzenden, geschminkten roten Lippen waren kaum sichtbar durch das Veilchenbukett, an dem sie roch, um sich während einer langweiligen Predigt in der Schulkapelle die Zeit zu vertreiben, während ihre Augen nach oben wanderten und dort hängen blieben wie die vom so oftmaligen Abzählen glänzend gewordenen Bernsteinperlen eines Sorgenbrechers. Heberto hatte dieselben schönen Augen und die olivfarbene Haut seiner Mutter und diese Zähne, die so weiß waren wie die Äpfel, die er immer aß. Er war erst vierzehn und manchmal noch ein albernes Kind, besonders kurz vor dem Lichtausmachen. Wir hatten eine halbe Stunde (man denke!) »freie« Zeit nach dem abendlichen Studieren im Arbeitsraum, ehe wir uns der Stille zu unterwerfen hatten, einer raschelnden, argusäugigen Stille (wenn Argus eine einsame, lüsterne Horde Jungen war), durch hellwache Sehnsüchte verstärkt. Ehe das Licht ausgemacht wurde, grölten in diesem kurzen Freiheitszucken wetteifernde Radios gegeneinander an, die auf ein Dutzend verschiedene Sender eingestellt waren, und in ihrem Drang gehinderte Athleten brachen, gereizt durch zwei Stunden Bewegungslosigkeit an ihren Arbeitstischen, in lärmendes Fußballspielen auf den Gängen aus. Toiletten rauschten, Dampf von Duschen kroch aus den Bädern in die ungeheizten Korridore. In einem Zimmer saßen fünf Jungen im Dunkeln und zündeten Fürze an. Ein Experte – natürlich völlig bekleidet – lag auf dem Rücken, die Beine über dem Kopf, und hielt ein Streichholz an seinen Hosenboden. Eine rasche blaue Stichflamme war sein Lohn. Das ganze Haus erzitterte unter dem Lärm der Jungen, die die Treppen hinauf- und hinunterstiegen oder jetzt beim Wasserkampf am Kühlbehälter kreischten.

Auch Heberto war voller Energie. Sieh nur die Ader, die an seinem Hals pocht, die planlosen Triller, die seine langen Finger spielen, das verrückte Geheul, das ihm aus dem Mund dringt – bis er eine Erklärung für all diese spontanen Ausbrüche erfindet, indem er sich in ein Flugzeug verwandelt, das Heulen ins Dröhnen von Jets transponiert, seine zuckenden Hände zu starren Tragflächen gefrieren läßt, bis die tickende Ader Kraftstoff in die Motoren pumpt und er, hysterisch vor Jugend, unaufhörlich in den Gängen hin und her rennt. Nach einem solchen Ausbruch konnte man ihn besuchen. Ich saß dann auf seinem Bett und sah ihm zu, wie er mit einem X-Acto-Messer an Balsaholzstücken herumschnitzte. Sein Blick schoß von seiner Arbeit nach oben. Alles an ihm war nervös, schwankend, ziellos. Ich kam nie dahinter, warum er mitten im Jahr nach Eton abgeschoben worden war.

Der andere Neue, Howie, war mein wahrer Gefährte, Freund und Gegner, in dessen Zimmer zu gehen ich mir nicht verkneifen konnte, obwohl ich nicht wollte, daß die anderen Jungen mich hineingehen sahen. Er sei ein freudloser, wie gelähmter Nihilist gewesen, erzählte mir Howie, aber inzwischen bekannte er sich zur Disziplin und Herzlosigkeit der Nazipartei. Ein echter Nazi. Er hatte sich die »Literatur« der American Renaissance Party kommen lassen und zeigte mir stolz seine eigene, dreißig Zentimeter breite Bibliothek mit Büchern über Rassenfragen, das arische Erbe, das Vermächtnis des Führers, die kommunistischen Lügen über die »sogenannten Todeslager« und so weiter. Er war fast so breit wie hoch. Seine Augen blinzelten, blickten finster, zwinkerten und weiteten sich in spöttischer Verwunderung hinter den immens vergrößernden Brillengläsern, doch waren sie einmal nackt, verloren sie alle Ausdruckskraft und wirkten blaß und verletzlich wie neue Haut unter einem Verband. Obwohl er nie irgendwohin gereist war, brachte er sich Französisch und natürlich Deutsch bei; er hatte Fotos von Berchtesgaden und der Riviera an die Wand über seinem Schreibtisch geheftet. Er kochte Espresso in einem blechernen Napoletano, der, auf den Kopf gestellt, Tropfen auf die glühende Spirale der streng verbotenen Kochplatte sprühte, und er spielte immer und immer wieder seine einzige Platte von Juliette Greco, dieser von den Existentialisten so heiß geliebten *chanteuse,* dieser streunenden Katze, die aus den Ruinen des Krieges hervorgekrochen war: die schwarzen Augen nur aus Pupillen bestehend, die Texte sämtlich von ausdrucksstarker, rabaukiger Sentimentalität. Howies Krawatten kamen von Charvet an der Place Vendôme, weil das auch Prousts Herrenausstatter gewesen war.

Er und ich, wir hatten beide den nicht regulären, nie vorgesehenen Status von Schülern, die zu klug für das nachmittägliche Studieren im Arbeitsraum und zu ungeschickt für den nachmittäglichen Sport waren. Und so hatten wir allein die Freiheit, diese langen, unausgefüllten Stunden von zwei bis sechs in den leeren Schlafräumen oder, wenn das Wetter gut war, auf Spaziergängen durch die herrschaftlichen Parkanlagen des Grundstücks zu verbringen. Das Wetter war jedoch gewöhnlich eisig, und er und ich fanden dann unsere Beschäftigung in hartnäckigen, schwelenden Debatten über Gleichheit und Demokratie (ich dafür, er dagegen). Ich schmecke noch den bitteren schwarzen Kaffee und höre das lustige Akkordeon und die schwungvollen Geigen von Juliette Grecos musikalischer Begleitung, einer Musik, die wir als polka-polnisch oder hollywood-synthetisch verhöhnt hätten, wäre sie nicht französisch gewesen, die wir aber, weil sie es war, in vollen Zügen genossen und mitsummten, obwohl keiner von uns so recht imstande war, den Text zu übersetzen. (»Etwas … etwas … wenn du etwas, werde ich immer? *Toujours?* Heißt das *toujours?* Spiel's noch mal.«)

Howie hatte ein Gesicht, das nur eine Japanerin aus dem Mittelalter hätte lieben können: vollkommen rund, teigig, mit einem Büschel dünner Haare auf dem Kopf, einer dunklen, winzigen, vertrockneten Rosenknospe als Mund, der Andeutung eines Kinns, das an eine Kinderhand erinnerte, die sich gegen ein Laken bohrt, und diesen Augen, die mit Brille so arrogant und ausdrucksvoll und ohne so kurzsichtig und schutzlos wirkten.

»Nein, ich *gebe* dir darin nicht nach. Absolut nicht«, pflegte er zu sagen, und dann senkte er den Kopf, so daß sich diese Kinderhand durch das Laken weiter nach außen bohrte und seine Stimme, die von Natur aus hoch und ängstlich war, einen gepreßten, gedämpften Klang bekam. »Im Grunde«, setzte er dann hinzu, wobei seine Gesichtszüge eine beseligte Gelassenheit annahmen, »halte ich dich für einen Idioten.«

Ich vermochte kaum zu atmen. Und dennoch, über das rauchende Tal hinweg sang mir ein Sopran zu und sagte mir, wie aufregend das alles sei, dieses Wortgeplänkel, das jeden Moment eine negative Wendung nehmen konnte, das aber für den Augenblick eine Parodie der Bosheit blieb. Bislang hatte ich noch niemanden in meinem Alter gekannt, der so entschlossen war, die fade Übereinkunft zu mißachten, wonach die normale Ausgangsbasis einer Unterhaltung der unkomische Witz und die erwartete Reaktion darauf ein freudloses Kichern sein sollten. Howie wollte nicht, daß ich ihn gern hatte, oder falls doch, dann erst, nachdem ich die Prüfung bestanden hatte, durch die jeder ausgesondert wurde, der auch nur das geringste bißchen Stolz besaß.

Trotz aller Ängste und meiner schmerzlichen Einsamkeit glaubte ich ohne den Schatten eines Zweifels an eine bessere Welt, die ich im Erwachsensein oder in New York oder Paris oder in der Liebe finden würde. Aber Howie wußte ebenso störrisch, daß alles schlecht enden werde. Er war überzeugt, er werde vor seinem zwanzigsten Geburtstag sterben. Er wußte, die Menschen waren nicht gleich, sie waren auf Haß angelegt, sie waren biologisch unfähig zur Anständigkeit, und jeder Anschein von Güte mußte den letzten Resten von Heuchelei zugeschrieben werden, die von Narren weggezogen wurden wie Binden von einer Mumie – einer Mumie, die nicht, wie man uns versichert hatte, vollkommen erhalten war, sondern nichts weiter als Staub und Moder.

Er hatte sich seine große, blaßgrüne Offiziersmütze mit dem spiegelblanken schwarzen Schild und dem zinnernen Hakenkreuz aufgesetzt, schritt im Schlafraum auf und ab und schlug sich mit einer kurzen Reitpeitsche gegen die Stiefel. Alles, was zu sehen war – das Feldbett, die Bücherstapel auf dem Schreibtisch, der Spiegel über der Kommode, der teppichlose Fußboden, das schlichte Musselintuch an den dicken Holzleisten, das die schmale Öffnung des begehbaren Schrankes verdeckte –, alles war makellos ordentlich und sauber, wie es für die morgendlichen Inspektionen zu sein hatte, aber alles roch nach einer schwefelhaltigen Aknecreme. Howard schritt auf und ab, die Brille rutschte ihm auf die Nase, während seine bleichen, knubbeligen Knöchel Grübchen bekamen und noch weißer wurden, wo er die Peitsche gepackt hielt. Er lachte in kurzen, metallischen Salven.

Und dennoch war er jemand, mit dem ich über Rimbaud reden konnte, den Dichter, der im Alter von sechzehn Jahren Paris, zumindest aber Verlaine erobert hatte (ich war fünfzehn – noch ein Jahr hin). Ich schlich mich nach dem Lichtausmachen ins Badezimmer, saß hinter einer verschlossenen Kabinentür auf der Toilette und las »Das trunkene Schiff« oder »Die siebenjährigen Dichter«, oder das beste von allem, »Eine Zeit in der Hölle«, und ich schaute in meiner zweisprachigen Ausgabe zwischen dem ruhigen französischen Galopp und dem wackligen englischen Trott hin und her und hoffte jeden Abend, unseren knochigen, englischen Klepper gegen den glänzenden Rücken dieses gallischen Rosses eintauschen zu können, fiel aber stets mitten im Strom herunter, aus dem Sattel geworfen – oder vielmehr auf der Toilettenbrille aus Hartholz sitzend, und die Augen brannten mir von der Anstrengung, im Licht einer einzelnen trüben Deckenbirne zu lesen, mein Oberkörper überzog sich in der nächtlichen Kühle mit Gänsehaut und mein linkes Bein schlief ein, ein gräßlicher Klumpen totes Fleisch, der den Korridor hinuntergeschleift werden mußte, ehe wieder Leben hineinprickelte. Und dann lag ich im Dunkeln unter der Bettdecke und schwor mir, berühmt zu werden: Morgen müsse ich davonlaufen, nach New York, mit Gedichten in der Hand, Spott und Genie im Herzen und einem liebenswerten, hingerissenen älteren Liebhaber in Reichweite … Es störte mich immer, daß Rimbaud der höllische Bräutigam war und Verlaine die törichte Jungfrau. Vielleicht erschreckte eine solche Vertauschung der traditionellen Rollen mein bourgeoises Herz, vielleicht aber kam ihre Wahrheit auch meinem kühnsten, wenn auch gefährlichsten Wachtraum zu nahe, in dem ich nicht mehr der gefällige Junge war, sondern der schroffe junge Lord, der Prinz mit dem Zinnornament an der Mütze, dessen älterer Geliebter hilflos und betrogen war …

Wenn Howard und ich uns stritten und dann eine Woche nicht miteinander sprachen, war ich wirklich allein. Zu Hause war ich zwar einen kurzen Moment lang beliebt gewesen, aber mein Kummer um Helen Paper und das Drüsenfieber hatten mir den Mut zur Geselligkeit genommen. Ich blickte jetzt auf diese Zeit in der staatlichen Schule, in der ich zu so vielen Menschen »Hi« gesagt hatte, wie auf eine Märchenzeit zurück. Ich war reich und bekannt und jung gewesen, ehe ich diesen langen, bitteren Abstieg begonnen hatte, zu diesem Klagegesang geworden war. Jetzt lebte ich im Schatten zwischen zwei Lichtzonen, der mythischen Vergangenheit einerseits und der mythischen Zukunft andererseits, wobei die Vergangenheit die traumartige, verwirrende Geschichte einer enttäuschten Liebe, die Zukunft eine fröhliche, überaus klare Fabel über eine Liebe war, die jeden Augenblick erfüllt werden konnte, und dieser Kontrast, diese Unterteilung der Zeit in Gattungen, druckte ein Gefühl von Dauer aus, von ertragener, wenn auch nicht immer erträglicher Geschichte.

Ich litt jetzt. Ich fühlte mich bis zum Verrücktwerden einsam, jedoch mit einem leichten Rückgriff aufs Melodrama, auf ein potentielles Publikum und das damit verbundene Ende der Einsamkeit, denn wenn ich mir *völlige* Verzweiflung vorstellte, malte ich sie mir als ein sich leerendes Theater aus, ein Gefühl, daß die Sessel und Logen sich nie wieder füllen würden, sondern leer die Bühne umgäben, auf der nur der eine Schauspieler sich windet und schluchzt, dann einschläft, dann erwacht, um mit einer Stimme zu sprechen, die er nicht mehr zu erheben braucht. Ich hatte diesen Punkt noch nicht erreicht. Ich war mir des Emblems des Stolzes und der tragischen Einsamkeit bewußt, an dem ich vor aller Augen Stich für Stich stickte. Jedesmal, wenn ich das winterliche Geviert allein durchschritt oder in der Freizeit allein in meinem Zimmer saß (aber bei geöffneter Tür, um meine Einsamkeit zu zeigen), wußte ich, daß ich einen neuen Seidenfaden durch den Stoff zog.

Am Tage überließ ich mich der heimlichen Sehnsucht nach Männern. Ich trödelte im Umkleideraum herum und betrachtete den muskulösen Rücken eines Jungen im letzten Schuljahr, Bodybuilder, Deutscher mit blonden, zu symmetrischen Wellen pomadisierten Haaren, einem leichten Schimmer brauner Haare auf den Schultern und (er dreht sich um, er läßt sein Handtuch fallen) einem fast rosigroten Busch scheinbar wurzellosen Schamhaars, das in einer Rauchwolke irgendwie über seinem Penis schwebt, als sei die große Pistole soeben abgefeuert worden. Im Duschraum hielt ich mich so lange wie möglich auf und sah zu, wie das Wasser winterlichen Kalk in sommerlichen Marmor verwandelte. Eingesperrt unter all unsere Schichten aus langer Unterwäsche, dicken Socken, Hemden, Westen, Jacken, Mänteln und Mützen waren diese tropischen Leiber; Dampf und heißes Wasser brachten wieder Farbe in die Blässe, fanden die perlmutterfarbene Höhlung an einer Hüfte, entdeckten den leicht erhöhten Trizeps, umspülten ein hartes Schlüsselbein mit einer lindernden Flut, wirbelten mattbraunes Haar zu einer glatten schwarzen Kappe zusammen und streiften Abendhandschuhe aus Licht über rauhe Hände und magere, blauädrige Unterarme.

So wie jede ans Ohr gehaltene Muschel in der Klangfarbe eines anderen Meeres rauscht, so sprach jeder dieser Körper in einer anderen Musik zu mir, obwohl sie für mich alle anders klangen als mein eigener, und nur mit der größten Anstrengung konnte ich mich erinnern, daß ich mich nach meinem eigenen Geschlecht sehnte. Wirklich, jedes dieser Wesen schien sein ureigenes Geschlecht zu besitzen: der Italiener mit dem pelzigen Hintern, den dicken Beinen und den zu jeder Tageszeit bartschattigen Wangen; oder nimm den blonden Liebling der Footballmannschaft mit der ständigen Röte auf den vollen Backen, dem mißtrauischen Lächeln eines Schwerhörigen und dem glatten, fleischigen Körper mit dem beginnenden Bierbauch, strahlend vor bebender Gesundheit, weiblich nach Rubens-Maßstäben, wenn er sich nicht so bewegt hätte – mit seinem Athletengang über den großen Onkel und dem überheblichen Geschaukele von einer Seite zur anderen, etwas Steifem in Rücken und Schultern und etwas Schlaffem in Händen und Armen, lose Bänder um den starren Maibaum.

Ich habe gehört, manche Jungeninternate stellen eine einzige Dauerorgie dar, bei der eifersüchtige Rivalen sich um die Gunst sagenhafter Sextaner-Schwuchteln prügeln, arrogante Aufsichtsschüler Favoriten in ihr Gefolge versetzen und Verstoßene, ohne auch nur mit dem Kopf zu nicken, an die erwachsene Autorität verweisen – aber Eton war ganz und gar nicht so. Die Hälfte der Schüler waren Externe, die Autos, Familien und Freundinnen hatten und jeden Montag mit Geschichten über wilde heterosexuelle Wochenenden zurückkamen. Jeder Interne hatte sein eigenes Zimmer, und auf den Korridoren wurden nach dem Lichtausmachen regelmäßig Kontrollgänge durchgeführt. An Samstagabenden wurden die Schülerinnen unseres Schwesterinternats in Bussen zu Filmen oder zum Tanzen herübergebracht, und unter dem strengen Blick von Aufsichtspersonen sprossen zwischen Jungen und Mädchen kleine Liebesaffären auf, auch wenn sie selten ans Ziel gelangten. Wer wird jemals erfahren, ob sich von diesen Eton-Schülern nicht manche nach einander sehnten, während sie schlaflos in ihren Einzelzellen lagen und jeder für sich auf der Gitarre des Sexus klimperte und wer weiß welche Melodie summte, oder ob sie wie ich beim Ringen ein Verlangen fühlten für den drahtigen Jungen mit dem Bürstenschnitt und dem Schneid im Blick und den bläulichen falschen Zähnen, die jene ersetzten, die er in einem blutigen Wettkampf im Jahr zuvor eingebüßt hatte, ein Junge, der überall auf einmal zu sein schien und der, trotz der Schläfrigkeit seines Gesichtsausdrucks, wie ein Kraftfeld statischer Elektrizität über mir knisterte, ein Funkenregen in Turnhosen, der in alle Richtungen zuckte, den genauen Hebelpunkt fand und mich mühelos auf die Matte zwang. Bei den Russen gibt es eine Fototechnik namens Kirlian, die die Aura eines Objekts enthüllt, die vielfältigen Muster der Wärmestrahlung, die von seinen Gliedern ausgeht und es umgibt wie eine Oriflamme, jene goldene Flagge, in die ein Ritter sich hüllte. Für mich wohnte jeder männliche Körper in eben so einer wogenden Fahne, einem solchen Kraftfeld, das allen Augen unsichtbar war, nur nicht meinen – doch war es für meine blendend und gefährlich wie eine glatte Scheide, auch wenn sie bei genauem Hinsehen mit feinen Spannungslinien überzogen war. Wie sonst kann ich verdeutlichen, wie ich jedesmal heftig schluckte und das Gleichgewicht zu verlieren drohte, wenn sich eines dieser Rätsel auf mich zu bewegte?

Ich besaß damals ein Buch über Rodin. Jeden Nachmittag saß ich auf meinem Feldbett und sah mir das Schwarzweißfoto einer frühen Skulptur an, »Das eherne Zeitalter«, die Aktstudie eines belgischen Soldaten, die so realistisch ist, daß man den Künstler beschuldigte, er habe den Guß vom lebenden Modell abgenommen. Ich masturbierte nicht über dem Bild, ich stellte mir auch nicht vor, ich paare mich mit der Statue oder dem Soldaten. Nein, ich liebte ihn, und das sagte ich ihm immer und immer wieder in geflüsterten Geständnissen, die sich nie plausibel anhörten, weil ich nie wußte, wer ich war – sein Sohn? Seine Frau? Sein Bruder? Feind? Gatte? Freund? Und da war noch ein Problem: das Jahrhundert, das mich von dem längst toten Modell, und der Kontinent, der mich von dem fernen Abbild trennte. Ich sagte mir, wenn ich ihn jemals fände, wüßte ich, wie ich ihn lieben müsse, aber ich hatte Sehnsucht mit Talent verwechselt und mir über das Wesentlichste Klarheit zu verschaffen versäumt, meine eigene Identität. Deshalb vielleicht hatte ich mich so in eine Statue verliebt, für die die einzige Liebestat der Kreis meiner Schritte um ihre stille Form sein konnte. Keine Begegnung, kein Wetteifern um gesellschaftlichen Rang, keine Möglichkeit vollkommenen Verstehens oder völliger Vereinigung. Das heißt, alles Spannende und Wechselhafte an der Gemeinschaft Liebender war eliminiert worden zugunsten einer Umarmung, die so einfach und unveränderlich (so ewig) war, wie sie notwendigerweise kalt bleiben mußte. Oder vielleicht fürchtete ich, wenn ich einen wirklichen, lebenden Geliebten hätte, würde ich ihn verletzen, ihn meiner ganzen Wut aussetzen, die ich in mir aufgestaut hatte.

Ja, ich brachte meine Tage in Gedanken an männliche Körper zu, die jeder so anders, so sequenzenhaft war wie ein langes chinesisches Rollbild, durch das der winzige Pilger mit seinem Strohhut reist, der, gefolgt von einem Diener und einem Pferd, hier von den tosenden Wasserfällen Abstand hält, dort unter einem von Bambusstangen getragenen Grasdach mit gekreuzten Beinen meditiert, während er in das Tal schaut, das sich mit Nebel füllt, oder als Reaktion auf die Erhabenheit des Gebirges in wildem geistigem Überschwang den Kopf zurückwirft oder hier, hier unten, in seinem Reis herumstochert, in der Gesellschaft von Mönchen in dem langen, schmalen Saal, der sich auf das zart gehauchte Oh! des Vollmonds und das lang ausgeatmete Ah-h-h von dessen Spiegelbild im Teich öffnet. Wenn ich in einem Bett neben irgendeinem dieser Jungen hätte liegen können, an denen ich mich jeden Tag vorbeidrängte, auf deren Füße ich mich setzen mußte, während sie Sit-ups machten, oder neben denen ich Schulter an Schulter bei der Andacht saß, dann hätte ich diesen Jungen erkundet, so wie der chinesische Pilger das majestätische, ehrfurchtgebietende Land durchquerte, auf dessen Rhythmus er sich einzustellen hoffte und aus dem er eine nicht recht greifbare Weisheit zu ziehen erwartete.

Nachts zog ich mir in der Kälte die Decke bis ans Kinn und lauschte dem kurzen Gelächter draußen, wenn ein Lehrer und seine Frau sich nach einem späten Abendessen von einem anderen Paar verabschiedeten. (»Danke,

Rachel.« »Bis dann, Hal.«) Wagentüren schlugen. Ein kalter Motor mühte sich anzuspringen. Erfolg. Scheinwerfer an. Gang eingelegt. Letzte Lebewohls. Dann wurde ein Taschentuch aus Helligkeit über meine Decke gezogen, als nächstes zupfte der Zauberer ein beigefarbenes aus dem weißen, ein graues aus dem beigefarbenen, schließlich ein schwarzes aus dem grauen. Auf dieses letzte ließ ich die Würfel fallen: Ich begann zu meditieren.

Ich warf die Decken zurück, zog meine Pyjamajacke aus und setzte mich zitternd, doch entschlossen, das bloße Fleisch zu überwinden, mit gekreuzten Beinen auf mein Bett. Ich wußte nichts über echte orientalische Riten, aber ich machte mir meine eigenen aus Informationsbruchstücken zurecht, die ich hier und dort gesammelt hatte, aus aufgeschnappten Tischgesprächen beim Bankett der Seligkeit. Nicht gelenkig genug, um meine Füße auf die Schenkel zu legen, gab ich mich mit einem schlaffen Lotos zufrieden und preßte meine Hände im Schoß zusammen, Daumenspitze gegen Daumenspitze, die ersten beiden Glieder der anderen Finger vereinigt (die »Leute« im Innern der »Kirche« aus einem christlicheren Spiel aus der Kindheit). Dann begann ich, das Atmen durch die Nase zu regulieren, indem ich sorgsam Luftkraftstoff aufsog, und während ich mich auf sein Strömen konzentrierte, drehten sich meine Augen nach oben und einwärts zu den Wurzeln meiner Augenbrauen, bis mir die Augen wehtaten und ich fürchtete, sie blieben so stehen und ich würde den ganzen Rest meines Lebens schielen. Außerdem fragte ich mich unwillkürlich, wie ich wohl für einen Außenstehenden aussähe: Drogenlider über weißen Halbmonden.

Sosehr ich mich auch auf das Atmen konzentrierte,

meine Gedanken stießen dennoch ständig gegen Schularbeiten oder flogen durch den Hyperraum in eine neue Dimension hinaus und schwebten dann langsam zu rosigrotem Schamhaar zurück, oder sie rankten sich wie eine Purpurwinde um den schlichten Pfahl eines Geräuschs auf dem Gang (wessen Schritte?). Solange ich mir Befehle zum Atmen gab, konnte ich eine Entrückung fast ausschließen, als drückte ich eine Tür gegen einen Eindringling zu, aber dann schwebte plötzlich der Geist einer Idee direkt hindurch, ich wurde abgelenkt, bald schwang die Tür an ihren Angeln weit auf, ein Schwein schnüffelte am Boden nach Eßbarem, alles war still, bukolisch untergegangen, und was auch immer pflanzlich an mir war, es hatte alles verschlungen, was tierisch gewesen – als Antwort auf die Verdrehungen des Fleisches begann jedenfalls mein Rückgrat zu schmerzen und steif zu werden.

Aber eines Nachts schwebte ich. Mein Hirn, in dem normalerweise zu vieles widerhallte, so daß jeder Gedanke verschwommen dröhnte und undefiniert widertönte, hatte an dem Abend akustische Trennschärfe gewonnen; ich konnte richtiggehend *hören,* wie meine Gedanken sich bildeten und vergingen. Und es schien, als schwebte ich energetisch über mir, bereit, auf meinem Geist zu spielen, wie es ein nervöser, aber fähiger Pianist tun könnte, dessen Finger sich begierig über den Tasten krümmen. Aber der wahre Unterschied lag in der Einstellung: Ich hatte beschlossen, die Sinnlosigkeit, die ich so oft empfand, das leere Summen, das Gefühl, außerhalb von allem zu existieren, was lebendig vibrierte, hinzunehmen und eben diese profane Hohlheit mit der geheiligten Leere gleichzusetzen, aus meiner Schmach ein Juwel zu machen, meine Armut

Reichtum zu nennen. Wenn ich mich meistens als den verachtenswerten kleinen Bruder meiner Schwester ansah, als den Trottel, der schlecht roch und komisch lief und redete, so kam ich an dem Abend auf die glückliche Idee, diese selbe Unzulänglichkeit, ja, neu zu definieren, nämlich als Erlösungsbeweis: als die berühmte Leere Buddhas. Natürlich mußte ich zugeben, daß Nirvana Ruhe war, und was ich kannte, war Qual, daß Gautama nichts wollte und ich alles, daß es mich kribbelte vor Verlangen – aber konnte sich nicht eben diese Folter umkehren und plötzlich zu Frieden werden?

Sobald ich mein extravagantes Bettlerdasein akzeptierte, stieß ich auf den ernsthaften, intelligenten kleinen Jungen, der ich einmal gewesen war. Das war das Kind mit dem reizenden Lächeln und dem Interesse an allem möglichen, der Junge mit dem gebürsteten Haar und den klaren Augen, der kleine Junge, der so rein war, daß er sich selbst vergessen konnte: das Geburtstagskind. An dem Abend, als ich mit gekreuzten Beinen auf meinem Feldbett saß, sah ich ihn aus meinem Innern hervorleuchten, diesen Jungen, den das Marionettentheater in Trance versetzt hatte: Sein kleinerer, zarterer Körper glühte durch den verwahrlosten Verbannten hindurch, zu dem ich geworden war. Oder lernte ich einfach mit fünfzehn, mich mit vier zu lieben, so wie ich jetzt, nach so vielen Jahren, den Fünfzehnjährigen liebe (ja begehre), die Anerkennung des eigenen Ich, die die Erfahrung nie begleitet, sondern ihr immer hinterherläuft, eine Rückschau, zu drei Teilen sentimental und einem Teil erotisch?

Vielleicht schenkte mir dieses zusammengesetzte Ich, der Ältere, der zärtlich den Jüngeren liebt, eine Art Kameradschaft. Wenigstens war an jenem Abend meine

Aufmerksamkeit nicht draußen und lief in den Gängen herum. Eine Wärme stieg aus meinem Solarplexus auf, den ich mir, seinem Namen entsprechend, als geflochtenes Sonnenlicht vorstellte, empfindliche Bänder, die sich zu den entferntesten Punkten meines Körpers erstreckten, selbst zu meiner kalten Nasenspitze und den erstarrten Zehen. Wie ein erwärmter Stein in einem im übrigen schneebedeckten Bürgersteig glühte das Kind durch den Jugendlichen hindurch, und hell im Inneren des Kindes leuchtete dieses veränderliche Fadenspiel der Empfindung, ob geistig oder körperlich, das kann ich nicht sagen.

Ich begann aufzusteigen. Einen Augenblick wich ich erschreckt zurück, aber dann gab ich nach: Ich war entschlossen, dem Wunderbaren zu entsprechen. Ich stieg und stieg, nicht durch das Pneuma wie ein Swami, sondern in meiner Vorstellung, das heißt, wirklich. Ich löste mich ab, der Lotos, der aus dem Sumpf aufsteigt, und nun wurde ich, verflüssigt und blühend, durch die Leere nach oben gezogen, bis wir (denn nun war ich nicht mehr allein) – bis *wir* in einen Kreis aus gespannten Gesichtern von Kindern traten, die man von ihren Spielen weg an dieses gewölbte Fenster gerufen hatte, durch das sie mit sanfter Freude, patschigen, gegen das Glas gepreßten Händen, feuchten, offenen Mündern und vor Staunen verschleierten Augen hindurchspähten. Ihr Flüstern wurde, nun verstärkt, nach drinnen übertragen, und ich verlor meine Blässe und nahm einen Goldton an, der warm war wie frische Sonnenbräune.

Kurz vor Ostern gelang es mir, mich mit meinem Sportlehrer, Mr. Pouchet, anzufreunden. Er war Frankokanadier, hatte an den Laufwettbewerben der letzten Olympischen Spiele teilgenommen und war als Trainer und Mathematiklehrer für die unteren Klassen an unsere Schule gekommen. Er konnte mit diesen Kindern sehr gut umgehen. Er wohnte in ihrem Schlaftrakt. Wo er auch hinging, sah man sie an ihm hängen, was ihm auf seine scheue, melancholische Art zu gefallen schien, auch wenn er so tat, als finde er es lästig (»Was für eine Strafe«, murmelte er, wenn ihm noch ein kichernder Knabe auf den Rücken sprang). Mit zwölf, dreizehn waren diese Jungen bald Babys, bald Rabauken, klammerten sich ihm einmal jammernd an die Taille und schlugen ein andermal schreiend auf ihn ein. Er bekam sie nicht aus seinem Zimmer. Ständig fanden sie einen Vorwand, sich hineinzuschleichen und sich noch einmal seine Sportfotos und -medaillen anzusehen. Ich vermied es, mit ihm über seine Medaillen zu reden, denn sein Erfolg war weder bedeutend noch unbedeutend – er gehörte im Grunde genau zu der Art zweideutiger Erfolge, die dazu bestimmt sind, Bedauern zu wecken.

Soweit er nicht mit seiner Vergangenheit beschäftigt war, interessierte er sich für mich, denn ich konnte mit ihm über alles reden, außer über Sport. Ich möchte nicht den Eindruck erwecken, wir hätten eine tiefe, innige Freundschaft gehabt (die kam später mit einem anderen Lehrer und seiner Frau). Aber Mr. Pouchet und ich gingen zusammen zur Kirche. In Eton wurde von uns erwartet, daß wir jeden Sonntag zum Gottesdienst gingen, der normalerweise von unserem eigenen anglikanischen Priester abgehalten wurde, einem baumlangen Burschen, der erschreckend gut aussah, überragend Skilaufen konnte, aber keine Phantasie besaß und auf eine merkwürdig gelassene und spöttische Art mit Unserem Herrn umging. Der familiäre Ton in Eton schloß Eitelkeiten in jeder Form aus; und der Kaplan tat, der Sitte entsprechend, als habe Jesus sich besonders selbstgefällig aufgeführt und müsse einen kleinen Dämpfer bekommen. Wenn er gezwungen war, über einen wirklichen Knüller zu berichten (Und am dritten Tage auferstanden von den Toten), riß er in gespieltem Erstaunen die Augen auf (Oh, nun mal langsam), und wenn er mit Reden fertig war, kicherte er skeptisch (Gott allein weiß, wie er *das* Kunststück nun wieder fertiggebracht hat). Mr. Pouchet war zu taktvoll, um sich über den Kaplan zu beschweren, aber ich bin überzeugt, Pouchet, ein guter Katholik, fand die Andacht jeden Wochentagmorgen schon unerträglich genug, ohne auch noch die längere Sonntagspredigt über sich ergehen lassen zu müssen. Er und ich stahlen uns voll Freuden zu anderen Gottesdiensten davon, semianthropologischen Exkursionen in seinem alten Wagen zu einer griechisch-orthodoxen Kirche in der einen Woche, einer römisch-katholischen in der nächsten, zu Baptisten in der dritten, geistigen Horsd'œuvres, die ich als natürliche Fortsetzung meiner früheren Tätigkeit als Sektenspringer empfand.

Mr. Pouchet hatte sehr volle Lippen in der Farbe von Himbeereis, wenn es noch nicht heller geleckt ist, und leicht vorstehende Augen, die so feucht wie die eines Spaniels waren. Seine Haut war sehr dünn und olivfarben, und sein Schnurrbart, obgleich er ihn jeden Morgen sorgfältig rasierte, trat bereits am Mittag wieder als schwarzer Streifen hervor, er wuchs auch nicht dicht an der Lippe, sondern ein ganzes Stückchen darüber als ein schmaler, absolut waagerechter Strich, wie ihn sich ein Kind zu Halloween mit Holzkohle ins Gesicht malen könnte. Sein Brustkorb war fest und vom Bauch bis zu den Schultern hinauf mit gekräuselten, weichen, glänzenden schwarzen Haaren bedeckt, seine Brustwarzen waren klein und fast purpurrot. Sein Bauch, von Muskeln durchfurcht, ragte, zwischen den Bogen seines Brustkastens geklemmt und von seinen Beckenknochen umfaßt, als deutlich umrissener Bezirk wie ein Schildkrötpanzer hervor. Seine berühmten Beine waren überraschend dünn. Sie waren nicht die bullige Maschinerie, die ich erwartet hatte. Als naiver Materialist, zumindest wenn es sich um Männer drehte, vermißte ich die sinnliche Üppigkeit von Gliedmaßen, die so Erstaunliches leisten konnten. Wo kam die Kraft denn her? Und wenn er sich ausruhte, wo ging die Schnelligkeit dann hin?

Waren wir auf einer unserer Exkursionen, dann saß ich neben ihm auf einer harten Holzbank oder stand dicht bei ihm unter einem staubigen Kronleuchter, während Männerstimmen hinter der Ikonostasis psalmodierten, und ich hatte das Gefühl, ich sei bereits Mr. Pouchets Geliebter, und warum auch nicht, denn er war ein Mann, der übriggeblieben war, so wie ich ein ausgestoßener Junge war.

Jeden Morgen um sechs war er draußen auf der Bahn und lief mit der Stoppuhr in der Hand durch den Nebel, während ihm Dampfwolken aus dem Mund strömten, aber er wurde bestimmt immer schlechter. Ich hatte keine Vorstellung, wie alt er war (zwanzig irgendwas), aber zweifellos ließ er körperlich nach. Hier kommt er, das Blut ist ihm aus den dunklen Wangen gewichen, seine Lippen sind dunkelrot und geöffnet, um feuchte, weiße Zähne zu entblößen, die Beine dünn und leicht gebogen, die Waden kompakt, nicht muskelstrotzend, und der ganze Körper ist so *intelligent,* daß trotz seiner Behaarung nichts an ihm an ein Tier denken läßt. Er ist der vorsichtige, einzelgängerische Mann, der allein schläft, vor Morgengrauen aufsteht, läuft, seine Hosen bügelt, sich seine schönen Nägel schneidet, an denen auch nicht ein einziger Grat oder Mond zu entdecken ist, sondern die aussehen, als seien sie Schicht für Schicht aus Klarlack aufgebaut, der nie Kopfweh oder einen Kater zu haben scheint, der eine gepflegte Maschine ist, doch im Leerlauf, im Leerlauf, der an jedes neue Erlebnis (die Ikonostasis-Türen springen auf, und das schwarze Kirchenschiff wird von Kerzenlicht überflutet: Christus ist auferstanden) mit leicht distanzierter Neugier herangeht, und doch hat ihn nichts berührt. Er ist offen, und er ist ungerührt. Er ist ein Mann, dem im nächsten Moment etwas widerfahren wird.

Unterdessen sitzt er unter der summenden Neonlampe über dem Schreibtisch in seinem Schlafraum und zensiert Mathematikarbeiten. Am Nachmittag haben die Jungen im Arbeitsraum zwischen der ersten und der zweiten Stunde zehn Minuten Pause. Eine Klingel ertönt, sie brechen aus ihren Räumen hervor, Toiletten rauschen, an der Treppenkehre bearbeiten vier Jungs einen fünften mit Fäusten, und Mr. Pouchet zieht seine goldene Armbanduhr auf, die er zum High-School-Abschluß vor gar nicht so vielen Jahren bekam, steht auf und blickt aus seinem Fenster über den Hof zu den gegenüberliegenden, mit gelbem Licht gefüllten Fenstern hinüber und auf das Kommen und Gehen der älteren Schüler. Mr. Pouchet wartet. Sein Geist ist offen, geduldig, erwartungsvoll. Vielleicht ist er Buddhist, vielleicht der Buddha, und wenn er sich auch nicht auf diesen

Stand der Gnade konzentriert, dann ist diese Vergessenheit doch der Beweis dafür, daß er gesegnet ist.

Wenn ich mir Mr. Pouchet beim Masturbieren vorstelle, sehe ich ihn, wie er das Licht anschaltet, blinzelt und nach irgendeinem Papiertuch greift, das er neben seinem Bett auf den Nachttisch gelegt hat. Eine ärgerliche, aber notwendige Maßnahme. Er trägt ein sauberes weißes T-Shirt und Pyjamahosen aus blauer Baumwolle. Er ist ein durch und durch ernster Mensch, ein einsamer Erwachsener. Weg mit dem Licht. Er schlägt die Decke nach unten um, bis ihr verdoppeltes Gewicht auf seinen Knien liegt. Das Laken zieht er halb bis zur Brust hinauf, so daß, was auch immer darunter geschieht, weniger schmutzig erscheint – jedenfalls sagt er sich das. (Die Wahrheit ist, das Laken verkündet die Autonomie der Begierde, genauso wie eine Grenze in der Sonnenbräune die Genitalien hervorhebt, indem sie sie isoliert.) Seine dunkle Hand reißt die Klappe an der Pyjamahose auf und ergreift seinen Penis, der in einer Sekunde hart wie Hickoryholz ist, aber er ist mit den Gedanken nicht bei der Sache, das Fleisch ist willig, doch der Geist ist schwach. Er vereinigt die Gesichter verschiedener Mädchen, die er kennt oder in Zeitschriften oder Filmen gesehen hat, zu einem Gesicht, das er küßt, dann mißhandelt – falsch, ausstreichen! – und wieder küßt.

Und dann sieht er Bilder aus der Zeit vor sich, als Julie und er auf dem Teppich lagen und über ihre Zukunft sprachen. Sie gingen auf verschiedene Colleges, sie würden ein Jahr getrennt sein, und plötzlich reibt seine Hand an diesem Slip über einem Hügel, der durch das dicke Stretchgewebe gerade noch ahnen läßt, daß darunter eine Öffnung sein könnte – und dann hat er sich unter dem Panzer hindurch in etwas Seidiges, Gelocktes und dann Heißes, Nasses und Labyrinthisches geschlängelt, das sich nach oben drängt, um seinen Fingern entgegenzukommen, auch als ihre Kehle nein stöhnt und sie keucht: »Zu sanft, du bist so …« Und sie vergrub ihr Gesicht in seinem Ärmel und biß ihm eine Falte in das Hemd. Sie riß sich los, ließ ihn sich auf einen Stuhl in der entgegengesetzten Zimmerecke setzen und tat so, als schüttele sie ihren Rock zurecht und streiche sich das Haar glatt, und sagte: »Also, bitte«, aber sie machte kein Licht, bemerkte er, und wenig später war er wieder hinübergeflitzt und saß auf dem Fußboden neben ihrem Stuhl und küßte sehr zärtlich, ehrfürchtig ihr Knie, aber seine Hand irrte fast gegen ihren Willen wieder hinauf zwischen ihre glatten, warmen Beine, die mager wie die eines Jungen und warm wie frisches Brot waren, während seine andere Hand an seiner Hose nestelte und er heiser und mit trockenem Mund flüsterte: »Julie, komm, laß mich doch, nur so viel, etwas zur Erinnerung …«

Ich kam. Ich hatte gesehen. Er konnte mich erobern. Wenn ich auch Julie oder Helen oder sonst wer wäre, nur solange ich irgendwie in seinem Gedächtnis war. Oder nein, vielleicht wollte ich gar keine Figur in Mr. Pouchets Kopf sein, nur ein Virus, das in den innersten Kern seines Bewußtseins eingedrungen war, von wo aus ich sein Verlangen nach einer Frau studieren, ja am eigenen Leibe erfahren konnte. Ich wollte nicht, daß er Männer mochte, nur mich, und mich nicht einmal als Mann, sondern als körperlose Inbrunst, als reine Hingabe an seine arglosen, männlichen, köstlich unerprobten Arme.

Auf demselben unheilvollen Pergament, auf dem ich

Helen geschrieben hatte, übermittelte ich Mr. Pouchet ein Liebesgedicht. Ich unterzeichnete es nicht und war so vorsichtig, meine Handschrift zu verstellen und sorgfältig die langen, dünnen Ober- und Unterlängen einer Schreibschrift zu imitieren, die ich in einem Schönschreibbuch entdeckt hatte. Seine Bereitwilligkeit, jeden Sonntag mit mir in die Kirche zu gehen, und sein Widerstreben, mit mir über sein Privatleben zu sprechen (wenn er eines hatte), hatten mich in die Lage versetzt, mir einzubilden, er sei vollkommen bereit, mich zu lieben – seine Bereitwilligkeit und Verschwiegenheit waren das weiche Wachs, in das ich die Gemme meiner Tagträume drückte. Am Nachmittag, als ich wußte, daß er mit der Laufmannschaft trainierte, eilte ich an seinem Zimmer vorbei und schob das Gedicht unter seiner verschlossenen Tür durch.

Nun war es geschafft.

Würde er es lesen und nach dem Mittagessen zu mir kommen, mich bitten, mit ihm in die Stadt zu fahren, wo wir in einer dreckigen Hamburger-Bude säßen und Nickels in die kleine Jukebox an unserem Tisch steckten? Würde er ein böses Gesicht machen und so tun, als studiere er die Songtitel auf den beweglichen Kärtchen, die sich unter der verschmierten Scheibe drehten, während er mir seine Liebe zuflüsterte, beinahe als wäre er auf mich wütend oder verlegen?

Oder würde er wirklich wütend sein? Würde er mich am Arm packen, wenn ich aus dem Speisesaal käme, mir sadistisch seine Nägel in den Bizeps graben und mich gepflasterte Gehwege entlangschieben, die von Eis glitzerten und vom Streuen sandig waren, bis wir zur verlassenen Turnhalle kämen, wo er eine Tür nach der anderen aufschließen, mich vor sich her auf ein gefirnißtes, hallendes, plötzlich in Flutlicht getauchtes Basketballfeld stoßen und mir befehlen würde, zur Sühne Hunderte von Liegestützen und Hampelmännern zu machen, Stunden um Stunden körperlicher Übung zur Strafe und Heilung?

Aber nie hob er seine lang bewimperten Augen vom Mittagstisch, außer um mit einem seiner Jungs herumzuflachsen oder den Pudding auszuteilen. Ich sah von meinem Tisch unverwandt zu ihm hin. Er war undurchdringlich. War er, wenn ich's mir recht überlegte, überhaupt in der Lage gewesen, meine kunstvolle Schrift zu lesen? War er so schwer von Begriff, daß er trotz meiner fadenscheinigen Vorsichtsmaßnahmen nicht erkannte, daß ich der Verfasser dieses wunderbaren Liebesgedichts war? War er – oh, viele Fragen, nur eine Angst: Er würde mich hassen.

Ich fand es nie heraus. Er erwähnte mir gegenüber das Gedicht nicht. Weder lud er mich am nächsten Sonntag ein, mit ihm in die Kirche zu gehen, noch suchte ich ihn auf. Wir nahmen beide am Gottesdienst unseres albernen Kaplans teil. »Innig Geliebte«, sagte der Kaplan, und seine Augenbrauen hüpften schelmisch, »lasset uns beten«, und dann wurde er, weil er keinen Sinn für Ernst hatte, furchtbar langweilig. Er neigte den Kopf und sprach mit so lahmer Monotonie, daß alle Aufmerksamkeit abgeschreckt wurde. Der schwere menschliche Geruch von nasser Wolle und Parfüm legte sich auf uns. Der aus der gedämpften Orgel sickernde Trübsinn tröpfelte um uns herab. Das Sonnenlicht kam und ging hinter einer derb auf Blei schablonierten, grell in Anilintönen gefärbten Fensterrose, einer industriellen Rose. Danach lächelte Mr. Pouchet jedesmal, wenn ich im Korridor an ihm vorbeiging, und sagte »Hi«, womit er seine Zurückweisung so weit wie möglich linderte: das allerschwächste Wasserzeichen, das gegen das Licht gehalten werden mußte, um überhaupt sichtbar zu sein.

Ich fand, ich müßte einen Psychiater aufsuchen. In meinem Unterbewußtsein hatte ich mir die Hoffnung bewahrt, ich würde aus diesem Interesse an Männern irgendwie herauswachsen, einem Interesse, dem ich dennoch unentwegt nachgegeben hatte. Aber nun bekam ich langsam Angst. Mir drohte, aus dem Stamm ausgestoßen zu werden. Ich hatte einen Traum, in dem ich als Kellner in einem eleganten Restaurant arbeitete und glückliche, elegante Paare bediente. Das war im oberen Stockwerk. Die verdreckte Küche unten war mit glatzköpfigen, grauhaarigen Männern vollgestopft, die reinsten Sträflinge, stumm, tierisch vor Leid. Sie trugen blutverschmierte Schürzen und glänzten von Schweiß. Ich war einer von ihnen, und obwohl ich hinaufgehen und unter den glücklichen Gästen herumlaufen konnte, mußte ich immer wieder zurück nach unten zu den verzweifelten Arbeitern, von denen jeder gegen jeden mißtrauisch war. Und dann kamen Polizeiwagen, und das Personal, wir alle, wurden auf die nächtliche Straße gezerrt, die von roten, rotierenden Lichtern loderte. Wir wurden ins Gefängnis geschafft, wo wir für immer bleiben mußten. Als ich in den Wagen getrieben wurde, spürte ich im Rücken die Blicke der Gäste, die oben aus dem Fenster zu uns heruntersahen. Jetzt wußten sie, daß ich nicht einer von ihnen war, sondern einer der Sträflinge.

Ich erwachte mit Tränen in den Augen, die so salzig waren, daß sie in den Augenwinkeln brannten. Alles, was ich berührte oder tat, kündete mir von Traurigkeit.

Jedes Kleidungsstück – Hemd, Krawatte, Jackett – fühlte sich an wie aus verschiedenen Stoffballen der Traurigkeit zugeschnitten, als zeige sich die Traurigkeit in vielen Stilen. Meine Schuhe posierten über ihren Spiegelbildern im glänzenden Fußboden, und mir erschienen sie wie unvollkommene Abgüsse nach dem Original, vollkommener Traurigkeit. Ich meine, sie waren groß und solide, geradezu plump, und doch: Das ausgefranste Ende des Schnürsenkels, der Rand um die Öffnung, der hier und da sich wellte, die ungleich abgelaufenen Absätze – sie alle zeugten von Benutzung, Benutzung durch mich, sie waren sensible Zeugnisse der Alltäglichkeit, es gab nichts Traurigeres.

Der Vater eines Klassenkameraden war am selben Ort Psychiater, und er verschaffte mir einen Termin bei einem berühmten Analytiker, John Thomas O'Reilly. Dr. O'Reillys Praxis befand sich gleich neben seinem Wohnhaus, beide Gebäude waren bescheidene, mit Schindeln verkleidete Vorstadthäuser, die eine betonierte Einfahrt trennte. In der Praxis jedoch, stellte ich fest, war die Ausstattung luxuriös und exotisch, gar nicht das, was ich erwartet hatte. Das Wartezimmer war mit wundervollen Tatami-Matten ausgelegt, die barbarische westliche Schuhe zertrampelt hatten. Ein großes, aus Schilfgras in Form einer brasilianischen Barockkirche geflochtenes Vogelbauer enthielt ein Dutzend leuchtende Chorsänger, die alle gleichzeitig piepsten. Lange Rollbilder, Frottagen von Gräbern der Han-Dynastie, zeigten gesichtslose Krieger, die auf hohen, schmalen Streitwagen unter steifen Fächern standen, gezogen von überraschend kleinen Ponys, die sich nervös in ihren Geschirren wanden – ein ganzer Stau aus Kriegswagen, die ineinander verzahnte Kurven beschrieben, Fächer neben Palmwedel, der Hals eines Pferdes, der hinter und unter dem erhobenen Huf eines anderen Pferdes wegtauchte. Der Künstler war an dem abstrakten Muster mindestens ebenso interessiert gewesen wie an dem Thema und hatte als Konsequenz ein staubumwirbeltes Pandämonium in eine makellose Maschinerie verwandelt. Ich betrachtete mir die Einzelheiten, weil ich so lange warten mußte (ich war zu früh gekommen, und der Doktor lag etwa eine Stunde hinter seinem Zeitplan zurück).

Schließlich kam er mit einer rotnasigen Frau in einem grünen Kleid heraus, die sich demütig, geradezu unterwürfig verhielt. Sie schlüpfte in einen langen, schwarzen Mantel aus Fellen ungeborener Lämmer; kaum hatte sie die Farbe ihres Kleides ausgelöscht, erlangte sie ihre Fassung wieder und brachte einen Abgang ohne Schniefer zustande.

Dr. O'Reilly lächelte mich an. Seine Zähne waren weiß mit breiten Abständen dazwischen, die Lippen voll und rauh, rauh-*genagt,* schien mir, unter einem kräftigen Schnurrbart, sein Haar war weiß und schulterlang – eine verblüffende Länge damals. Auch seine Kleidung gab einem zu denken: ein Stück Schnur, um seine sackartigen, fleckigen Hosen am Rutschen zu hindern, nackte Füße in Hanfsandalen, das geräumige Zelt eines in Abständen penibel gefältelten limonengrünen Havannahemds, das die Fülle des Doktors beherbergte, und in den Stummelfingern seiner rechten Hand ein schmutziges Taschentuch, das er sich unentwegt in sein rotes, grobes Gesicht preßte, denn obwohl wir uns noch mitten im Winter befanden, verlieh Schweiß seinem Gesicht einen unangemessenen Glanz.

»Komm rein, komm rein«, sagte er und trat zur Seite,

um mich in das Sprechzimmer einzulassen, eine schalldichte Zelle, deren eine Wand nur aus Glas bestand, durch das man auf einen Garten und eine verkleinerte Nachbildung des Buddha aus Kamakura blickte, der, bis auf den mit Neuschnee gefüllten Schoß, rundum vergoldet war. »Siehst du den Klotz und das Beil?« fragte der Doktor und zeigte auf eine von Palisaden umfaßte Einfriedung gleich rechts von dem Garten. »Meine Patienten nennen den Klotz Mom oder Dad, je nachdem, wie der Fall liegt, gewöhnlich Mom, und dann hacken sie mit einem Mordsspaß darauf ein.« Seine kleinen, blauen, rotgeäderten Augen rollten ungerührt in ihren Höhlen, um meine Reaktion auf diese Mordidee einzufangen – nur war seine »Beobachtungs«-Pantomime derart theatralisch, daß sie jede weitere Reaktion im Keim erstickte. Es gab nichts an diesem Schauspieler, was nicht vom obersten Rang aus zu erkennen war.

Ich lehnte die Einladung zur Reise auf der Behandlungscouch ab und entschied mich für einen erdenfesten Stuhl, der dem Schreibtisch gegenüber stand. Nicht, daß ich nicht begierig darauf gewesen wäre, die Herrlichkeiten der Couch zu testen, die ich instinktiv (und ich wage zu sagen: scharfsinnigerweise) mit denen der Sexualität gleichsetzte. Es war nur so, daß ich mich durch eben diese Eindeutigkeit der Couch ein bißchen in Verlegenheit gebracht fühlte, als wäre sie die hübsche Mutter von irgend jemandem, die nicht die Beine überschlagen wollte, ja sogar beschlossen hatte, ihre intimsten Reize zur Schau zu stellen. Genauso nach Moschus riechend und erschreckend fand ich die Couch, die sich auf tausend Witzzeichnungen so schamlos ähnlich sah, allerdings begriff ich jetzt, daß die Witzzeichnungen nichts weniger erreicht hatten, als mich für die heroische und ausgesprochen unkomische Wirklichkeit der Couch empfänglich zu machen.

Mein erster Blick auf die Behandlungscouch bildete die Urszene, denn allein ihre Existenz ließ mich mit Erschütterung erkennen, daß die Welt von einer Minderheit regiert wird, den sexuell Aktiven, die die gewaltige Mehrheit der Nicht-Sexuellen beherrscht, die zu jung oder zu alt, zu arm oder reizlos, zu krank, zu verrückt oder machtlos sind, um sich Sexualpartner leisten zu können (oder den Luxus systematischer, andauernder und gemeinsamer Eigenbeobachtung, die auf ihre Weise so erotisch ist). Alle Reklamen, Filme und Lieder wenden sich an Sexuelle, an ihre hastig wechselnden Launen und ausgefallenen Vorlieben, aber diese Botschaften ignorieren schlau die Nicht-Sexuellen, diese bleichen, dürftigen, unterentwickelten Körper, blaue Brustwarzen, die wie zwei Probetropfen Tinte aus einem neuen Federhalter auf das Löschpapier einer Brust gespritzt sind, oder hohe, unbehaarte Hinterbacken, die nicht von Händen zu etwas Schönem, etwas Verführerischem geformt, sondern rein und formlos geblieben sind wie Schweinefett. Die Patientin, die jedesmal vor mir an die Reihe kam, war die Dame in dem Persianermantel; sie hinterließ den eigentümlich parfümierten Geruch der Papiertaschentücher, in die sie weinte, eine schwache Lösung jener Reinigungstücher, die in Familienrestaurants nach Hummer gereicht werden, und den schwereren, aggressiveren und, ich nehme an, aufsässigen Geruch ihrer ausgedrückten Zigaretten (acht oder neun in der hohlen Hand aus Sterlingsilber, die als Aschenbecher diente). Diese Gerüche und Rauchgeister, die, amorphe Souvenirs, im Sonnenlicht kreisten, schienen die Echos eines soeben beendeten Dramas von Racine zu sein, in dem flackernde Leidenschaften im Glaszylinder formeller Regeln geglüht hatten: Die gesamte Handlung hatte sich nur hinter der Bühne zu ereignen und durfte lediglich berichtet werden, und die einzigen zulässigen Gefühle waren die großen – inzestuöse Gelüste, Schuld und der Drang zu morden –, wogegen die matteren, gewöhnlicheren Empfindungen wie Faulheit, Langeweile, schlechte Laune, Reizbarkeit unbekümmert weggelassen wurden. Denn die Psychoanalyse lebt von der Intensität, als wäre das Leben nur Flamme ohne Asche.

Dr. O'Reilly war kein guter Zuhörer. Ständig schaufelte er ganze Händevoll orangefarbener Diätpillen in sich hinein und spülte sie mit einem Gläschen Scotch hinunter. Als berühmter Mann und Autor mehrerer Bücher hatte er Theorien zu referieren und kaum das Bedürfnis, sich um die Eigentümlichkeiten irgendeines bestimmten Lebens zu kümmern – vor allem, da er im voraus wußte, daß das Leben bald wieder nur neue Bestätigungen seiner Theorien liefern würde. Um Zeit zu sparen, breitete O'Reilly zu Beginn der Behandlung seine Ideen aus und wiederholte sie dann bei jeder folgenden Sitzung, denn diese Ideen, erklärte er, drängen zwar recht leicht ins Bewußtsein ein, doch ins pelzige Wurzelwerk des Unbewußten sickerten sie weniger bereitwillig. Wenn O'Reilly mir nicht seine Theorien vortrug, weihte er mich vertrauensvoll in die Kompliziertheiten seines Privatlebens ein. Er hatte seine Frau wegen Nancy, einer Patientin, verlassen, aber in dem Moment, als seine Scheidung durch war, hatte seine Frau erfahren, daß sie unheilbar an Krebs erkrankt sei. O'Reilly erfüllte ihr den letzten Wunsch und heiratete sie von neuem. Die Patientin wurde prompt verrückt und war jetzt in einer Anstalt in

Kansas untergebracht. Um sich zu trösten, vergrub O'Reilly sich in seine Arbeit. Er nahm mehr und mehr Patienten an. Seinen letzten Patienten sah er um Mitternacht, den ersten morgens um sechs.

Manchmal hatte ich sowohl die letzte als auch die erste Stunde und bekam von der Schule die Erlaubnis, die Nacht auf der Behandlungscouch zuzubringen. Ich stellte mir den Wecker auf halb sechs, stand auf und rannte hinüber in O'Reillys Wohnung. Die war wie eine Schiffskabine eingerichtet: mit einer Bettkoje, aufgewikkelten Tauen an den Wänden, Bullaugen statt Fenstern, einem Kapitänsschreibtisch und roten und grünen Lichtern für Back- und Steuerbord. Um O'Reilly zu wecken, legte ich seine Lieblingsplatte auf, »Nothing Like a Dame«, einen Song, den er als »gesund« bezeichnete. Dann machte ich ihm eine Tasse Kaffee, und mit dieser reichte ich ihm sein Fläschchen mit den Dexedrinen. Um halb sieben spätestens war er munter, angezogen und bereit, in seine Praxis hinüberzugehen. Ich verbinde diese Morgenstunden mit dem Limonengeruch seines Kölnischwassers.

Wie Jahre zuvor, als ich bei einem Pfarrer Verständnis gesucht hatte, wandte ich mich jetzt an einen Psychoanalytiker um Hilfe. Ich wollte dieses Etwas überwinden, zu dem ich mich entwickelte und das ich bedrohlich bald sein würde, ein Homosexueller, als sei diese Bezeichnung die Gußform, in der das Wasser gefror und erste Kristalle bereits eine zarte Haut bildeten. Durch die Verwirrung, die Angst und die Trauer, die mich bedrängten – und ausgelöst worden waren durch mein Erlebnis mit dem Stricher, verstärkt durch Mr. Pouchets rücksichtsvolles Schweigen und zur Unheimlichkeit gesteigert durch meine Faszination von dem »Ehernen Zeitalter« –, war ich in einen Code verschlüsselt worden, den niemand entziffern konnte, am allerwenigsten ich, einen Code, der vielleicht dazu bestimmt war, auch den besten Entschlüsseler scheitern zu lassen. Dr. O'Reilly war viel zu moseshaft, um etwas anderes zu lesen als seine eigenen Tafeln, auf die er seine Theorie gemeißelt hatte. Ich schwor auf seine Theorie, ich begab mich völlig in seine Obhut, weil seine Theorien zu erlernen weniger deprimierend und weniger gefährlich war, als meine eigenen Gedanken zu zergliedern.

Ich hatte niemanden, und er mochte mich, oder wenigstens sagte er das. Natürlich brauchte er jemanden, mit dem er über seine Probleme sprechen konnte, und ich war ein guter Zuhörer.

Ich sehe jetzt, daß ich von Männern geliebt werden und sie wiederlieben wollte, ohne ein Homosexueller zu sein. Denn ich war von dem Verlangen nach dem Umgang mit Männern, nach ihrem Blick, ihrer Berührung und ihrem Geruch besessen, und nichts ließ mich mehr erstarren als der Anblick eines Mannes, der sich rasierte und anzog, für mich köstliche Rituale. Männer waren es, nicht Frauen, die mir fremd und begehrenswert erschienen, und ich verkleidete mich als Kind oder Mann oder was auch immer notwendig war, um in ihre geheime, hieratische Gesellschaft einzudringen, und meine Verkleidung war so vollkommen, daß ich nie aufhörte, meine Identität zu bezweifeln. Ich wollte das Gesicht hinter meiner Maske auch gar nicht genau studieren, damit sich nicht herausstellte, daß es die geschürzten Lippen, die Totenblässe und die rasierten Augenbrauen zeigte, an denen man jederzeit *den Homosexuellen* erkennen kann. Ich brauchte einen Taschenspielertrick, ein Alibi oder einen überzeugenden Akt der Arglist, um mir zu beweisen, daß ich kein Vampir sei. Vielleicht – ja, das mußte es sein – vielleicht war meine Homosexualität ein *Symptom* irgendeiner anderen, tieferen, aber nicht ganz so unabänderlichen Störung. Das meinte auch Dr. O'Reilly. Nachdem ich alles gestanden hatte, preßte er sich sein Taschentuch an die glänzende Stirn, nagte an seinen rauhen Lippen und sagte mit theatralisch gelangweilter Miene: »Aber nichts von alledem hat irgendwelche Bedeutung. Du wirst feststellen« – seine herumwandernden blauen Augen hörten auf, über die Decke zu mäandern, und nahmen mich ins Visier –, »daß wir hier bei mir dein äußeres Verhalten außer acht lassen und uns auf deine *wirklichen* Konflikte konzentrieren.«

Wie erregend zu entdecken, daß man Tiefen besaß, wie tröstlich festzustellen, daß sie weniger verunreinigt waren als die seichten Stellen, wie ermutigend, den Feind nicht als Riß im eigenen Willen zu erkennen, sondern als toten Fötus im Präparatglas des Unbewußten. Väterlich wurde meine Aufmerksamkeit weg von der qualvollen Gegenwart und hin zur glücklichen, gesunden Zukunft gelenkt, die durch eine Analyse der kranken Vergangenheit möglich wurde, so als müsse der Priester nichts weiter tun, als traurige, alte Bücher studieren und glänzende Prophezeiungen machen, ohne die Gegenwart einer Beachtung wert zu finden.

Dr. O'Reilly war ein sehr berühmter Analytiker, und so waren seine Honorare hoch; da er mich für akut krank hielt, bestimmte er, ich müsse ihn dreimal die Woche aufsuchen; das Ergebnis war eine schwindelerregende Monatsrechnung. Meine Mutter erklärte sich bereit, die

Hälfte zu tragen, aber mein Vater lehnte meine Bitte ab. Weder konnte er einen triftigen Grund erkennen, warum ich mich einer Therapie unterziehen sollte, noch war er überhaupt überzeugt, daß eine Therapie half. »Das ist doch alles großer Mist«, sagte er mir am Telefon. »Ich dachte, Eton würde dich zurechtbiegen.«

Ich versicherte ihm, das hätte es auch, insofern als es mich von der Abhängigkeit von meiner Mutter befreit habe. Dr. O'Reilly frei zitierend setzte ich hinzu: »Verstehst du, Daddy, ich habe meine Mutter *verinnerlicht,* und wenn ich Liebe empfinde, projiziere ich lediglich ihr introjiziertes Bild …«

»Liebe?« Ich hörte, wie die Telefonleitungen zwischen uns sangen, Drähte, die in rhythmischen Bögen über den mit Schlacke bestreuten Böschungen an Eisenbahngeleisen auf und nieder schwangen oder in der Erde verschwanden und sich durch die Eingeweide amerikanischer Städte wanden. Im selben Moment erkannte ich, daß in so einem großen, schwer arbeitenden Land und im Wortschatz eines so nüchternen Mannes das Wort »Liebe« einen affektierten, nervösen Klang bekam. Frauen lebten für die Liebe, sprachen darüber und fällten im tropfenden, parfümierten Licht der Liebe ihre Entscheidungen; Männer (zumindest ein richtiger Mann wie mein Vater) nahmen die Liebe, die ihnen begegnete, dankbar hin, erduldeten aber schweigend ihr Fehlen. Ganz sicher sprach ein richtiger Mann niemals über die Liebe und unternahm keinen einzigen Schritt, um sie zu erringen.

»Ich werde meine Gedanken schriftlich niederlegen«, sagte ich, denn mittlerweile hatte ich gelernt, daß er es lieber sah, wenn persönliche Transaktionen Geschäftsrechnungen glichen.

Als ich an diesem Abend während der Lernstunde in meinem kalten Zimmer am Schreibtisch saß, flog mein Federhalter über eine Seite nach der anderen, und ich entwarf von mir das Porträt eines Jugendlichen, der dringend ärztlicher Aufmerksamkeit bedurfte. Wieder einmal schrieb ich auf meinem besonderen Pergamentpapier, wieder einmal bat ich jemanden um Hilfe. Aber diesmal hatte ich mehr Zutrauen, denn ich hatte das Gefühl, das Recht auf meiner Seite zu haben. Ich wußte, Dr. O'Reilly war meine einzige Chance, dem Käfig und der Tretmühle der Neurose zu entgehen und mit gespitzten Öhrchen und zuckenden Schnurrhaaren ins faszinierende Unbekannte auszubrechen.

Der Lehrer, der die Abendaufsicht führte, schlich auf Zehenspitzen an meiner offenen Tür vorbei. Er hielt nach Jungen Ausschau, die Vorschriften verletzten. Meinem Zimmer gegenüber, auf der anderen Seite des Ganges, hantierte ein junger Deutscher – der für die Mannschaft rang, ein As in Trigonometrie war und Platten spielte, deren Musik er »angenehm« nannte – mit dem Rechenschieber und notierte sich in seiner winzigen Handschrift Zahlen. Seine Brillengläser blitzten, wenn er den Kopf in einem bestimmten Winkel neigte, als gebe sein Zahlenverstand Licht ab, statt es aufzusaugen. An der Wand über seinem Kopf hing ein Eton-Wimpel, mit mathematischer Genauigkeit im richtigen, lässigen Winkel befestigt, Gustavs Zugeständnis ans Frivole.

Der Lehrer schlich auf Zehenspitzen an meiner Tür vorbei. In Wirklichkeit aber trieb er Schabernack, machte riesige, zeitlupenhafte Schritte, seine Hände hoben sich wie die einer Marionette, sein Mund verzog sich nach unten, als sei er selbst ein Bummelant, der fürchtet, ein Dielenbrett zum Knarren zu bringen – Anlaß für ein leises Lachen.

In meinem Brief an meinen Vater benutzte ich das Wort »Homosexualität«, womit ich ein Tabu verletzte und ihn zu zwei Reaktionen zwang: zu schweigen und das Geld herauszurücken, das ich haben wollte. Viel später erzählte mir meine Stiefmutter, daß ich meinen Vater für Wochen in schlaflose Verzweiflung gestürzt hätte und daß er sich zuerst eingeredet habe, ich sei in Wirklichkeit gar nicht homosexuell, sondern bloß ein Poseur, der sich »interessant« zu machen hoffte. Dad fragte mich später nie, ob ich geheilt worden sei. Er hatte sicherlich Angst vor der Antwort. Natürlich sprachen er und ich nie über mein Problem. Im Gegenteil, der Abscheu vor dem Thema führte dazu, daß jedes Gespräch über mein Privatleben total gemieden wurde. Mein Vater mochte andere Männer nicht; er hatte keine engen Freunde, und die Männer in seiner eigenen Familie behandelte er eher entsprechend den Geboten der Pflicht als den Regungen des Herzens. Anderen Männern unterstellte er oft Gerissenheit, heimliche Intrigen, so daß er auf sie als Feinde zuging, denen er die Hand entgegenstrecken mußte, eine zweideutige Geste, da die Hand, wenn sie keine kühle Begrüßung bot, sich zur Faust ballen konnte. Ich war einer von den Männern, die er nicht mochte.

Oder sollte ich sagen, er mochte meine Veranlagung einfach nicht – die Tatsache, daß ich mich mehr zur Kunst als zum Geschäft hingezogen fühlte, mehr zu Menschen als zu Dingen, mehr zu Männern als zu Frauen, mehr zu meiner Mutter als zu ihm, mehr zu Büchern als zum Sport, zu Gefühlen und nicht zu Verpflichtungen, zur Liebe und nicht zum Geld?

Und trotzdem lief es stets darauf hinaus, daß er sein Geld eher für mich als für meine Schwester vergeudete, die er auf seine eigensinnige, stille, strenge Art nun wirklich vergötterte.

So schwierig mein Vater auch sein mochte, und so besessen von ihm ich auch gewesen sein mag, Dr. O'Reilly war zu dem Schluß gekommen, daß Dad nur ein Scheißkerl sei und nicht der wahre Bösewicht wie Mom. Sie war es, die die Immunitätsbarrieren meiner zarten Psyche durchbrochen und jeden letzten Zentimeter meiner Seele infiziert hatte. Sie war es, die mich mit seidenen Fesseln gefangen hatte, sie, die mich meiner Stärke beraubt und mich gegen den plumpen Zwang ihres Willens blind gemacht hatte. Tatsächlich hatte sie so durch und durch von mir Besitz ergriffen, daß kaum etwas Eigenes für mich übrigblieb. Dr. O'Reillys Aufgabe war es, den Eindringling zu liquidieren und mein Ego wieder aufzupäppeln. Obgleich er meiner Mutter nie begegnet war, sprach er mit richtigem Haß von ihr. Seine blauen Augen blitzten vor Verachtung. Als ich sagte, ich hätte Angst, was mit ihr passiere, wenn ich sie zurückwiese, sagte er: »Diese alte Kuh? Die überlebt uns alle«, als seien er und ich zwei kleine Jungs und sie die ganze klebrige Gemeinheit der Welt der Erwachsenen.

Im Zweiten Weltkrieg hatte O'Reilly als Stabsarzt in Polynesien gedient und die Kindererziehung der dortigen Eingeborenen studiert. Bei ihnen werde nie ein Kind bestraft, sagte er, und nie weine eines. Die größte Unsicherheit eines Kindes, fuhr er fort, rühre von seiner körperlichen Unterlegenheit und Hilflosigkeit her. Die Polynesier, vor allem die auf der gesegneten Insel, auf die das Glück den guten Doktor verschlagen hatte, traten dieser Unsicherheit entgegen, indem sie ihre Babys auf dem Rücken in einem Gurt trugen, der so eingestellt war, daß die Babys über den Kopf der Mutter hinwegsehen konnten. Diese buchstäblich überragende Stellung feite das Kind gegen alle zukünftigen Ängste und garantierte ihm lebenslang heitere Gelassenheit. Darauf bedacht, diese Vorzüge auch in Amerika zu verbreiten, bestand O'Reilly bei seinen Patienten darauf, daß sie die polynesische Art, Babys zu transportieren, nachahmten. Ich sah diese Patienten, Männer wie Frauen, in der ganzen Stadt, wenn sie ängstlich wie Schafe über Schneewehen wegstiegen oder die Gänge in Supermärkten entlangeilten, während ihre Kinder, vor Angst erstarrt, schrien und sich in die Locken der elterlichen Haare krallten.

Doch diese Übung bildete nur eine von vielen Methoden, mit denen O'Reilly unser Leben reformierte. Im Gegensatz zu den verklemmten Freudianern, wie er sie nannte, die nie etwas empfahlen, die schweigend urteilten und selten zu Resultaten kamen, verbreitete er durchaus bereitwillig seine Weisheiten und schüttete ganze Händevoll davon in fruchtbare Gemüter, die er selbst gepflügt hatte.

Er glaubte, da ich keine liebevolle Kindheit gehabt hätte, müsse ich mich langsam in der Zeit zurücktasten, mich zurückentwickeln, um von ihm noch einmal ganz neu aufgezogen zu werden. »Ein Erwachsener«, sagte er, »hat kein Recht, bedingungslos Liebe zu erwarten, aber ein Kind ja. Das ist es, was ich dir biete: Liebe ohne Vorbedacht.« Immer machte er diesen Fehler – »Vorbedacht« statt »Vorbehalt«. In jeder Sitzung wiederholte er irgendwann diese außergewöhnliche Liebeserklärung, und jedesmal fühlte ich mich peinlich berührt, denn ich konnte nichts dagegen tun, es fiel mir einfach auf, wie schlecht er die Namen meiner Eltern und der besten Freunde und die wichtigsten Tatsachen aus meinem Leben im Gedächtnis behielt. Törichterweise vielleicht hielt ich Wissen für eine notwendige, wenn auch nicht ausreichende Vorbedingung der Liebe. Als ich ihm von meinen Zweifeln an ihm erzählte, beschimpfte er mich, ich sei übermäßig kopfbezogen. »Aber siehst du«, sagte er, »so ist das: Du schiebst mich unbewußt zur Seite, weil dir irgendwo bewußt wird, wie sehr ich dich liebe. Du fürchtest dich vor Vertrautheit. Wirkliche Liebe würde dich zwingen, das Mutterbild abzulegen, das du verinnerlicht hast.«

Der Frühling kam näher, und der goldene Buddha strahlte immer heller, als der Regen den Winterruß von ihm abwusch. Obwohl wir mehrere hundert Meilen vom Meer entfernt waren, roch die Luft eines Tages nach Salz, und ich erwartete fast, eine Möwe auf dem Haarknoten der Statue sitzen zu sehen wie bei Maitreya, dem Bodhisattva der Zukunft. Alles wurde schneller, sogar mein Herzklopfen. Die Gerüche, die bis auf eine Auspuffwolke oder den Geruch von verirrtem Rauch, der sich aus einem Schornstein kringelte, so lange aus der freien Natur verbannt gewesen waren, kehrten nun zurück und weckten Erinnerungen, die lange in den Schürzentaschen der Erde vergraben waren. Ich ging über die Schulpiazza, und schon roch ich etwas Erdiges oder Rostiges oder alten Hundekot, der oft gewaschen und gesalzen und dem bis auf seine blasseste Quintessenz alles entzogen war. Oder der vergangene Herbst stand wie ein Geist wieder auf aus einem verstreuten Berg verdorrter Blätter, der lange mit Schnee bedeckt gewesen war, und hinter diesem Geist stand ein noch größerer, noch tiefer in Traurigkeit gehüllter – die Erinnerung an das Tal hinter dem Haus, in dem ich als Kind gewohnt und gespielt hatte. Doch wenn alle diese Düfte Erinnerungen wachriefen, versprach der Salzgeruch, der an nichts aus meiner Vergangenheit anknüpfte, Zukunft, eine Reise, und ich hörte Segel sich in den Wind drehen und krachen, während sie am Mast aufgezogen wurden, bis sie unter dem Gewicht des kalten Windes zitterten.

Zwei Entwicklungen fanden in mir statt, oder vielmehr zwei verschiedene Geschichten über ein und dasselbe Leben wurden in meinem Inneren erzählt. In der einen, Dr. O'Reillys Version, rang ich mit meinem Unbewußten, einem riesenhaften, dunklen Bruder, der mich umtänzelte, wenn ich wach war, mich überrollte, wenn ich schlief, und der manchmal in meinen Körper eindrang, meinen Federhalter oder meine Zunge zum Stottern brachte, einen Namen von der Tafel meines Gedächtnisses löschte – eine Macht mit Babygesicht, mit gierigen Körperöffnungen, der Gerissenheit eines Irren und der Langmut eines Tieres, ein Kaliban, doch so quecksilberig wie Ariel. Dieser Doppelgänger war entschlossen, mich auf das einzugrenzen, was ich bereits erlebt hatte, und mir jedes Abenteuer zu verweigern, als wäre das Leben ein zynischer Lektor von Schauerromanen, der fordert, daß jeder Roman einem festen Schema gehorcht, der höchstens leichte Variationen im Detail akzeptiert, solange die Handlung gleich bleibt. O'Reillys Aufgabe war es, diesen brillanten Tyrannen zu überlisten.

Während ich den Runden in diesem psychoanalytischen Ringkampf zusah, ereignete sich in mir eine ganz andere, weniger unheimliche, konfusere Geschichte, der jeder erzählerische Schwung, ja eigentlich jede Richtung fehlte. Sie schoß ohne Warnung aus dem Boden wie Pilze nach dem Regen; sie kam und ging, umkreiste mich, versickerte und kroch dann wie Moos über die steinerne Außenfläche meines Willens. Wie eine ganze entwurzelte Algenplantage brandete sie im Auf und Ab von Begehren und Selbstekel. Denn die wahren Bewegungen des Lebens sind abwechselnd langsam und jäh. Sie weigern sich, zu Anekdoten zu gerinnen, sie pulsen wie Quasare von längst verschwundenen Sternen, um mit ihrem Licht den lebenden Planeten der Gegenwart zu erreichen, sie treiben wie Nebel über das Schiff, bis die entrollten Segel nur Felder aus Grau in grauerer Luft sind und die Umgebung das Eigentliche wird, wie bei diesen Wahrnehmungstests, bei denen Figur und Hintergrund sich umkehren und das sich küssende Paar im Profil zu den Konturen der Urne wird, das seine Asche enthält. Die Zeit höhlt alle guten Vorsätze aus – dann schießt plötzlich Gewalt, etwas Unwiderrufliches aus dem Nichts heran, Flossen schlagen, und das Wasser ist aufgewühlt, blutgestreift, der Tod treibt mit hervorquellenden Augen an der Seite nach oben.

Wenn ich die Fertigkeit hätte, würde ich darüber schreiben, wie dieser Ort – die kalten Korridore der Schule, ihre symmetrischen Gärten aus Schnee, die Nachbildungen des »Diskuswerfers« und des »Sterbenden Galliers« – wie dieser Ort zum Spalier wurde, an dem meine Stimmungen sich emporrankten. Ich würde eine Möglichkeit finden, die Stimmungen mit dem Wetter zu verknüpfen, Bücher, die ich las, auf Krankheiten zu reimen, die ich durchmachte, Popmelodien des Augenblicks mit hartnäckigen Hirngespinsten zu verbinden, die ich ausbrütete (ich war Rimbaud; Verlaine liebte mich so sehr, daß ich auf ihn schoß; ich harrte einsam aus und rauchte Zigaretten an einem afrikanischen Strand), ich würde den Buddhismus über Hesse stellen, ein Lachen, das ich einem allgemein beliebten Primaner abhorchte, mit einem unheilbaren Ausschlag an meinem linken Knöchel verbinden, an dem ich Tag für Tag kratzte – alles Zeichen in einer algebraischen Gleichung, in der x für Stimmung und y für Wahrheit stünde.

Was ich in diesen Frühlingsmonaten tat, war, aufs neue meine mitmenschliche Energie zu stählen. Ich wurde beliebt – natürlich nicht im großen Maßstab, doch als Kleindarsteller. Ich begann Zigaretten zu rauchen, um dem »Glimmstengel-Club« beitreten zu können, einer Clique von Flegeln, die mich faszinierten und die von den Eltern die Erlaubnis erhalten hatten, fünfzehn Minuten nach dem Mittag- und Abendessen und eine halbe Stunde vor dem Schlafengehen sich zum Rauchen zu versammeln. Eifrige Sportler, bewunderte Vertrauensschüler, brave Schulbürger – sie alle schauten auf uns herab. Wir waren nicht in Ordnung, wir waren Gammler, Rowdys, üble Charaktere. Ein einziger kleiner, fensterloser Raum im Keller war für unser bedauerliches Hobby bereitgestellt worden. Jemand pinnte die berühmte Kalender-Nacktpose von Marilyn Monroe an die Schlackensteinwand, aber selbst ihre maraschinofarbenen Liebreize wirkten widerlich unter der funzeligen grünen Birne, die der »Atmosphäre« wegen in die Decke geschraubt war.

Ich war noch nie ungezogen gewesen. Natürlich war ich unerträglich verrucht, vielleicht auch nur krank, weil ich mit anderen Jungen und Männern schlief, aber diese Vergehen geschahen heimlich, und ich war dabei einsam. Nun endlich hatte ich, der ich immer als gehorsam, ja fügsam galt, Umgang mit Burschen, die demnächst sitzenbleiben würden, die sich betranken und Autos zu Schrott fuhren, die Mädchen schwängerten, die sich mit ihren Daddys prügelten, die Motorräder stahlen und damit Spritztouren unternahmen, die zu Hause so ein Chaos angerichtet hatten, daß sie nach Eton verbannt worden waren. Diese Jungen akzeptierten schlichtweg jeden, wenn er nur rauchte und ein Versager war. Sie waren die Teufelskerle, die sich nach dem Lichtausmachen heimlich vom Campus stahlen, die pro Tag einen Liter Wodka kippten und im Unterricht einnickten, die ärztliche Atteste fälschten, um vom Sport befreit zu werden, die wochenlang nicht duschten (»Mach mal Pause«), die zur Verblüffung ihrer Nachbarn hinten in der Klasse onanierten (»Igitt«), die in versammelter Runde furzten und sich ihre Pickel ausdrückten (»Jujuh«), die Strebern die Semesterarbeiten abkauften oder sie krankenhausreif schlugen, die in einem Fall die Frau eines Lehrers (»Toll«), in einem anderen ein lettisches Abwaschmädchen mit fettigen Zöpfen verführten (»Kotz«).

Mein bevorzugter Rauchkumpel war Chuck, ein schlaksiger, pickliger, allseits beliebter Bursche mit flottem Mundwerk und dem Ehrgeiz, ein Schriftsteller wie Hemingway zu werden. Von Chuck ging das Gerücht, er habe den größten Schwanz auf dem ganzen Campus, aber ich kam nie in die Lage, das zu überprüfen. Er stammte aus reicher Familie, und aus den Geschichten, die ich mir von seinem Leben daheim angehört hatte, stückelte ich mir einen wunderschönen Film mit zweisitzigen Flugzeugen, einer Schaffarm in Montana, einem Angelplatz in Kanada, einer Privatinsel vor der Küste von

Georgia zusammen – obwohl Chuck sich einen Dreck um Besitz scherte, er wünschte sich nichts weiter, als zwei fette, schwarze Huren in seinen klapprigen Chevy zu stopfen und mit ihnen und einem Kasten Bier und einem Sack boshafter, wenn auch nicht völlig vernichtender Schimpfwörter für die Bullen von Arkansas nach Süden aufzubrechen, bei einem armseligen Rodeo in irgendeiner staubigen texanischen Kleinstadt vor lauter Tequila, Müdigkeit und Sonnenbrand umzukippen, ehe er lange genug wieder zu sich käme, um über die Grenze nach Tijuana zu entwischen, wo er diese *magic mushrooms* finden würde, diese Rauschpilze oder was zum Teufel das auch war, und dieses legendäre Mädchen in einem bis zur Decke hochgezogenen Strohkorb, dieses Mädchen, von dem man nur die Möse sieht und das auf deinen steifen Prügel herabgelassen wird, während du dich zurücklehnst und die neunjährige Assistentin mit ihren großen Augen langsam und feierlich den Korb drehen und dir von ihr die Fliegen aus dem Gesicht fächeln läßt.

Chuck fälschte eine Einladung, die mir seine Mutter angeblich geschickt hatte, einen Zettel, den ich der Schulleitung vorlegen konnte, und dann fuhren wir zusammen übers Wochenende in das leere Strandhaus seiner Familie. Seine Eltern waren nach Florida verreist. Alles dort war grau und taute, der Himmel und der See sahen aus wie Anagramme voneinander, Wolkeneisberg über Eiskumulus. Wir spielten immer und immer wieder eine Platte von Big Bill Broonzy, fläzten uns herum und blickten aus den Panoramafenstern auf eine Surrealistenwelt, in der alles, was hart und fest gewesen war, weich zu werden schien. Wir tranken ein Bier nach dem anderen (Chuck hebelte die Kronkorken mit den

Zähnen ab), wir schliefen auf nebeneinander stehenden Couchen in unseren Kleidern ein, hatten einen Dauerkater, legten Riesensteaks zum Auftauen bereit, erwachten bei Morgen- oder Abenddämmerung, wer wußte schon, welcher, an diesem langen Wochenende von Freiheit, schmelzendem Eis und Brechreiz.

Ich war zwar ganz bestimmt kein Musterschüler, aber ich war in der Schule zumindest immer verläßlich gewesen. In gewisser Hinsicht war meine Beharrlichkeit ein Weg, auf Nummer Sicher zu gehen, so daß, ganz gleich, wie verzweifelt ich sein mochte, ich mich stillschweigend darauf verlassen konnte, daß ich doch noch glücklich würde. Auch wenn ich viel Wesens um meine augenblicklichen Nöte machte, plante ich doch vorsichtig meine bürgerliche Zukunft.

An Chuck dagegen war nichts vorsichtig. Er hatte von einer Großmutter, die eine Kosmetikfirma besaß, sein eigenes Treuhandvermögen. Er hatte eine laute, irre Lache, er war körperlich stark und wußte es und verscheuchte Leute mit seiner Verrücktheit, seinen Sauftouren, der Art, wie er an seinen Manschetten riß oder sie unter dem Jackenärmel hervorragen ließ oder ohne Warnung mit geschlossener Faust vor einem durch die Luft säbelte und kreischte wie ein Samurai. Er machte den Lehrern angst, denn weder wollte noch brauchte er ihre Anerkennung und spielte sich als Richter über ihre Lächerlichkeiten auf. Wenn ein Lehrer im Unterricht etwas Banales, Dummes oder Schwülstiges sagte, erbebte Chuck von lautlosem Gelächter, bis ihm die Tränen kamen und er in einem hilflosen Lachkrampf von seinem Stuhl halb zu Boden glitt. Er schien dann wirklich zu leiden, und aller Augen waren auf ihn gerichtet.

Weder Tadel und Verbote noch schlechte Noten

schüchterten ihn ein. Er hatte weder besonderen Ehrgeiz, aufs College zu kommen, noch zweifelte er an seiner Intelligenz, die, entsprechend den damaligen Gepflogenheiten in Amerika, »getestet« worden war; ihm war »bescheinigt« worden, gut und gerne dem »Geniebereich« anzugehören, und er erklärte jene mitleidheischendste aller Kreaturen, den »Versager«, zu einem Status, den er eifersüchtig für sich in Anspruch nahm, außer in Englisch, einem Leistungskurs, der von einem halbblinden, weißhaarigen Lurch geleitet wurde, der mit einer verletzten Schwimmhaut in der Luft herumpaddelte, *poetry* wie *putrid* (Fäulnis), ohne das *d* am Ende, aussprach und so zerstreut war, daß er einmal, als er die Unterrichtsglocke hörte, von einer hohen Bibliotheksleiter ins Leere getreten war. Dieser exzentrische Lehrer war ebenfalls ein »Genie«: Jeden Sommer spielte er auf einer Freilichtbühne den Falstaff, und er hatte einmal ein Lehrbuch über Semantik verfaßt. Für Dr. Schlumberger rackerte Chuck sich damit ab, einen Roman über einen Ölsucher in Oklahoma zu schreiben, der sich in epischen Besäufnissen und Orgien suhlt – ein Roman, in dem knapper Dialog und kurz und bündig geschilderte Gewalt sich mit Naturbeschreibungen von bestürzender Zartheit abwechselten, Silberstiftmaßwerk auf einer Tünche aus Zinkweiß. Ich las und pries Chucks Buch, was mir seine Zuneigung einbrachte. Und ich mochte Chuck wegen seines Buches, denn obwohl er auch weiterhin faul herumlungerte, fluchte, lachte, bis ihm die Tränen kamen, und sich weigerte, auch nur ein einziges intelligentes Wort von sich zu geben, hatte ich doch diesen flüchtigen, geschriebenen Blick in sein Inneres getan, und so wie Öle wohlriechend gemacht werden können, indem man sie mit Blütendüften imprägniert, so hatte sich in meiner Vorstellung Chucks Charakter durch diese literarische *enfleurage* verwandelt.

Chuck war der Meinung, wir sollten ein Bordell besuchen. Er holte vier Externe von zu Hause ab, und dann schlingerten und keuchten wir in Chucks Chevy hinab durch die schwarzen Viertel der City. Es war Mitternacht, und die Straßen waren trotz des Wochenendes menschenleer; nur hier und da umrandeten ein paar Neonlichter die Fenster eines Gasthauses. Das Bordell war ein heruntergekommenes Holzhaus hinter einem größeren Gebäude. Um hinzukommen, mußten wir uns einen schmalen Gehweg entlangquetschen, vorbei an einem massiven Drahtzaun, hinter dem der Schäferhund eines Nachbarn unentwegt bellend hin und her lief.

Nachdem wir mehrere Minuten geklingelt hatten und Chuck gegen die Tür gehämmert und in schmetterndem Falsett ein Liebeslied gesungen hatte, das den Hund in neue Wutdelirien trieb, wurde die Tür endlich aufgerissen, und ein riesiger Neger guckte heraus. Er trug ein enganliegendes, schwarzes Seidentuch um den Kopf, und aus einem glänzenden Muttermal an seinem Mund wuchsen ein paar kurze, weiße, krause Borsten.

Drinnen saßen zwei junge schwarze Frauen und eine Weiße mittleren Alters in Unterröcken vor einem Fernseher. Eine der Schwarzen trug eine rosafarbene Brille und strickte. Der Raum hinter ihnen, ein Wartezimmer mit primitiven Holzklappstühlen ringsherum, war leer und grell erleuchtet. Drei Bilder neigten sich schräg von den schmutzigen Wänden, von denen eines die Reproduktion eines Gemäldes war, das den betenden Jesus in Gethsemane und seine Jünger zeigte, die schliefen, ohne auf die herannahenden römischen Wachen zu achten. Die beiden anderen waren Stoffbilder hinter Glas, die jeweils mit einem Motto bestickt waren: »Friede auf Erden« und »Segen diesem Haus" – vermutlich witzige Gags, aber wer konnte da schon sicher sein. Im Haus roch es nach Bratfett und Schweinefleisch.

»Na Jungs, dann setzt euch mal da rein«, sagte die Weiße und zeigte mit einem gezielten Stoß ihrer Hand, als wäre sie ein Croupiersrechen, auf das Wartezimmer, »und sucht euch eure Frauen aus.« Wir marschierten hintereinander in das grelle Licht. Chucks Nase sah riesig und zerklüftet aus, seine Zähne wirkten groß wie die eines Hundes. Ich spürte, wie sich bei mir Penis und Skrotum zusammenzogen, eine Schmetterlingsraupe auf einer Roßkastanie, aber ich hoffte auf die Diskretion der Nutte – die Jungs brauchten von meinem Defekt nichts zu wissen.

»Mädels, bewegt eure faulen schwarzen Ärsche hier rein, damit sich die Männer euch ansehen können.«

Eine der Frauen, die vor dem Fernseher eingeschlafen war, mußte wachgerüttelt werden. Als sie auf winzigen, hochhackigen Slippers, deren Sohlen von ihren fleischigen Füßen unter sich begraben wurden, an uns vorbeiwatschelte, rieb sie sich die Augen, schob die Unterlippe vor und grunzte verärgert. Dermaßen massig und schwabbelnd waren ihre Brüste und Hüften unter dem Unterrock, daß die Hülle wie der Körper eines Varietépferdes aussah, in dem mindestens zwei Menschen steckten. Zugleich aber minderte ihre körperliche Üppigkeit in keiner Weise den Eindruck, daß sie ein kleines Mädchen sei, was durch ihre kesse Art noch unterstrichen wurde, in der sie die Faust in die Hüfte stemmte und miesgelaunt fragte: »Genug gesehn?« Wir nickten. Sie sagte trotzig: »*Gut.* Dann geh ich wieda fähnsehn.«

Die andere Schwarze, die gestrickt hatte, behielt ihre Brille auf und den embryohaften, braunen Pullover in der Hand, als sie an uns vorbei schlafwandelte, Maschen zählte und dabei nicht ein einziges Mal aufblickte. Auch ihr Körper zeigte die mächtige, häuslich-träge Fülle haremsartiger Proportionen, aber ihr Gesicht erschien älter, magerer – sie kam mir vor wie eine Doppelgängerin unserer weißen Diätköchin in der Schule, wie ein Rennpferd, das unter falschem Namen für ein anderes, weniger erfolgreiches eingeschmuggelt wird. (Pferd, Hund, Schmetterlingsraupe – die Natur rächt sich an Geschichten, aus denen sie ausgeschlossen wurde, indem sie sich in der Maske der Metaphorik in sie einschleicht.)

»Na?« sagte die Weiße.

»Ist das alles?« fragte Chuck.

Sie setzte ein nicht gerade erfreutes Lächeln auf und sagte: »Ich bin ja *auch noch* da«, mit einer gereizten Betonung, die andeutete, wie lange sie schon im Trott war, wie satt sie die Straße mittlerweile hatte.

»Ich nehm' dich«, sagte Chuck. Seine Stimme schnappte nicht über, weder milderte er den Schlag seiner Worte mit einem Kichern, noch senkte er den Blick. Er wußte genau, was er wollte.

»Ja, ich auch«, sagte jeder von uns nacheinander auf einer absteigenden Leiter des Selbstbewußtseins, die in meinem Flüstern endete.

»Na, dann los«, sagte sie, drehte sich um und öffnete mit einer einzigen Handbewegung den Reißverschluß an ihrem Kleid. An der Tür ihres Schlafzimmers zögerte sie und schaute zurück. Irgendwie hatte sich das Kleid zu nichts als einem krickentenblauen Rauchwölkchen in ihrer Hand verflüchtigt, das sie beiseite warf. Da stand sie, ihre Tür war offen, hinter ihr sah man eine Stehlampe, deren Schirm mit baumelnden Fransen besetzt war. Ihr nackter Körper wirkte blaß wie ein Nachtfalter und ebenso staubig. Ihr Schamhaar war zu einem schwarzen Rechteck rasiert. Ihre Beine waren sehnig. Sie ging hinein und entschwand unseren Blicken. Man hörte Wasser laufen und ein Katzenpfötchen Dampf streckte sich in das Schlafzimmer aus, um gegen einen Ball kalter Luft zu tippen. Eine Grille sang im Heizkörper. Krickente, Falter, Katze, Grille – der Chor der Tiere zirpt und schnattert, bereit zu seinem Einzug in die entkräftete, verwundete Welt.

Chuck legte sich die Hände auf die Knie wie ein Bauer auf dem Altenteil und stemmte sich vom Stuhl hoch. »Ich weiß nich, wie's mit euch is, Jungs, aber Ol' Chuck legt keine Triefelpause ein.«

Den Ausdruck »Triefelpause« hatte ich noch nie gehört. Da ich mit einer überaus wortwörtlichen Vorstellungskraft gestraft war – so daß stehende Ausdrükke wie *motherfucker, pussywhipped* und *shitfaced* für mich grauenhaft lebendige Bilddetails annahmen –, sah ich jetzt unwillkürlich eine gequetschte, tropfende Vertiefung vor mir. Zum erstenmal zuckte meine Schmetterlingsraupe, nicht als Reaktion auf diese verletzte Kloake, sondern auf die Vorstellung der fünf Penisse neben mir, die, jeder ein Maskentänzer hinter einem Domino aus mit Knöpfen oder Reißverschlüssen verrammeltem Stoff, allesamt rätselhaft und von unbekannter Größe, Schrägneigung, Schwere, Ausdünstung und Härte waren. Ich beneidete die weiße Nutte heftig um das, was sie so offenkundig kalt ließ; ich hätte mich damit zufrieden gegeben, nur aus dem Schrank zuzusehen.

Chuck kehrte überraschend schnell zu uns zurück,

doch mit einem Lächeln im Gesicht und einem mächtigen querstehenden Schwanz (der seinem campusweiten Ruf gerecht zu werden schien) in der Hose, der auf einen Punkt rechts von seiner Gürtelschnalle zeigte – auf ein Uhr, ehe er auf zwei Uhr weitertickte. Als der zweite Junge hineinging, schlenderte Chuck in das andere Zimmer hinaus, bat um ein Bier, bekam es und setzte sich hin, um fernzusehen. Er rief mich, um mir etwas zu zeigen. Und so saß ich auf der dick gepolsterten Armlehne eines Sessels, der mit einem Stoff bezogen war, der sich wie ein unrasierter Bart anfühlte, als plötzlich auf meinem Knie eine mit Fettgrübchen übersäte schwarze Hand lag, die dem kolossalen kleinen Mädchen gehörte, das halb eingedöst war, jetzt aber halbwach und zufrieden an einer Cola mit Rum nippte. »Willste was ab?«

»Nein«, sagte ich.

Sie atmete mit einem leisen, verächtlichen Prusten aus. »Weiß nich, warum ihr alle auf diese *ofay* Ziege abfahrt.«

»Okay?«

»Yeah, is 'ne *ofay* Fotze.«

»*Ofay* bedeutet ›weiß‹«, flüsterte Chuck zwischen zwei Mundvoll Kartoffelchips, während er mit den Augen eine Schießerei auf der Mattscheibe einsog. Er machte eine Faust, reckte den Daumen nach oben, zielte am ausgestreckten Zeigefinger entlang und schoß auf den Fernseher; sein Körper wurde zur Seite gerissen, und er vergrub den Kopf eine Sekunde lang in seiner Armbeuge, spielte toter Mann, schnupperte, sagte: »Pfui Deubel, Zeit für meine Monatsdusche.«

»He, Süßer«, sagte die Frau neben mir, »ich hab' da 'ne irre, kleine Bude unten. Warum amüsiern du und ich uns nich? Willste dich amüsiern? Diese *ofay* Fotze nimmt zehn Eier. Ich mach's dir für acht. Acht für normal, zehn für rund um die Welt.«

»Was ist das denn?«

Sie zischelte ein Gänsekichern in ihre rosafarbene Handfläche. Als sie die Hand herunternahm, griente sie noch immer. »Weißte denn gaanix? Ihr Kinder seid reichlich *grün*. Rund um die Welt heißt, ich fang' an dein' Mund an und küß dich rundrum, von oben bis unten, rund um die Welt, mit 'ner langen Pause an dein *Südpol!*« Wieder ein Zischeln hinter ihrer Hand.

Sie tat mir leid. Ich dachte, meine zehn Dollar könnte sie wirklich brauchen. Schließlich war es Samstagabend, und trotzdem hatte sie keine Kunden. Irgendwie setzte ich ihre Fülle, ihr Schwarzsein, ihre Unbeliebtheit mit meiner eigenen Außenseiterstellung gleich. Sie würde mir Zuneigung erweisen, was mit Zauberhand meine Männlichkeit erwecken würde. In ihrem bewundernden Blick war ich zu einem schmalhüftigen jungen Prinzen mit einer goldenen Haarkrone und einer blütenblätterweichen Haut unter einer hellgrünen Tunika geworden. Ich würde sie beschützen. Ich würde Geld verdienen und ihr die Freiheit kaufen. Wir wären als gemischtes Paar beide Ausgestoßene, sie als Negerhure und ich als ihr kleiner Beschützer. Aber das spielte keine Rolle, denn wenn ich in diesem Traum auch ein Paria blieb, indem ich Homosexualität gegen Rassenmischung tauschte, gestattete er mir doch, ein Opfer zu bringen und mich um eine Gefährtin zu sorgen. Ich würde sie erziehen und beschützen. Ich würde sie nach ihren Jahren der Ausschweifung wieder zur Wohlanständigkeit zurückführen.

Wir gingen nach unten in den Kellerraum, der von

der Heizung durch eine von einer Wäscheleine herabhängende Flanelldecke abgeteilt war. Ihr Nachttisch war eine Holzkiste. Ihre Matratze war ohne Laken und lag auf der Erde. Sie zog sich den Unterrock über den Kopf und sagte: »Zieh dich aus. Ich hab' nich den ganzen Abend Zeit.«

Sie sah mir nicht einmal zu, als ich mich entkleidete. Als ich meine Unterhose auszog, fürchtete ich, sie würde lachen, wenn sie meinen vor Angst zusammengeschrumpelten Penis sähe, aber ihre Gleichgültigkeit war grenzenlos. Ich quietschte verlegen, als ich mich neben sie auf das Bett legte. Ihre Finger begannen blindlings nach meinem Penis zu stöbern, den sie fand und knetete. Dann seufzte sie, stemmte sich auf ihren Ellbogen hoch, beugte sich nach unten und zutschte meinen Schwanz in ihren Mund. Nichts passierte. Ich spürte kaum etwas.

»Ich hab' nich den ganzen Abend Zeit«, sagte sie wieder, als sie ein Haar zwischen ihren Zähnen hervorzog und es argwöhnisch betrachtete.

»Entschuldigung«, sagte ich. Mir wurde langsam klar, daß keiner von uns beiden Spaß an der Sache hatte und daß sie so ungeduldig wie ich darauf war, daß es zu Ende wäre. »Aus irgendeinem Grund bin ich heute abend nicht in der Stimmung«, sagte ich. »Reden wir einfach einen Moment und gehen dann wieder nach oben. Und wenn einer von den Jungs fragen sollte ...«

»Ja, ja«, sagte sie, »ich sag', du warst toll, 'n richtiger Deckhengst. Und in Zukunft, mein Lieber, trink Gin. Gin macht dich hart. Echt. Er macht 'n Mann hart.«

Den Sommer darauf verbrachte ich im Landhaus meines Vaters – den Sommer meiner erregenden, enttäuschenden Idylle mit Kevin. Als ich im September an die Schule zurückkam, wurde ich in ein neues Zimmer in einem neuen Schlaftrakt gleich neben der Wohnung des für dieses Haus zuständigen Lehrers umquartiert. Mr. und Mrs. Scott schienen ein sonderbares Paar zu sein: Er war ein grinsender, hagerer, vergeßlicher kleiner Lateinlehrer mit von Fingerabdrücken trüben Brillengläsern, der Schlitz seiner grauen, ungebügelten Brooks-Brothers-Hose stand manchmal offen, gewöhnlich halb offen, das Haar war zu einem melierten Bürstenschnitt gestutzt, die Schultern hingen herab, gebrochen vielleicht unter der Dauerlast von Sünde, Pflicht und ehelicher Ergebenheit, das eine oder das andere mußte es sein. Am goldigsten war er mit Tim, seinem vierjährigen Sohn, einem niedlichen, hellwachen Kind, das zwischen jungenhaften Radauanfällen und Zeiten fast engelhaften Zuhörens hin und her schwankte. Ja, er lauschte der Unterhaltung Erwachsener, dem Radio, dem gedämpften Geschrei aus dem Schlafsaal während der Freistunde, praktisch allem, selbst der Stille, die sich ihm als ein mit komprimierter Luft gefüllter Raum mitteilte, als ein Überschallkratzen und Aufsteigen und Absinken, das Geräusch der gefiederten Düsenjets der Sphären.

Immer wenn Tim sich seinem Vater ans Bein klammerte oder auf seinem Schoß saß und Fragen stellte, schien Mr. Scott am konzentriertesten zu sein. Die Bewunderung für seinen hübschen, intelligenten, gutmütigen kleinen Jungen belebte und steigerte das flackernde Licht in Mr. Scotts Augen und versüßte den Essig seines Lächelns, denn normalerweise lächelte Mr. Scott so, als ahne er hypersensibel einen groben Streich voraus, der ihm jeden Moment gespielt würde. Tatsächlich *hatten* ihm die Schüler bei einer Semesterschlußfeier im letzten

Jahr verkündet, sie würden ihm *a new bike,* ein neues Fahrrad, schenken, und als er mit einem freudigen Grinsen den Gang entlanggehüpft kam, begrüßten sie ihn nicht mit irgendeinem schicken englischen Flitzer als Ersatz für sein zerschrammeltes, altes Schwinn, sondern mit einem Bike-Sportsuspensorium (saures Lächeln: »Sehr komisch, Jungs, das Lachen ist ganz auf eurer Seite«).

Seine Schüler verließen sich auf seine Zerstreutheit. Wenn er im Lateinunterricht jemanden aufrief, antwortete bei jedem Namen jedesmal ein anderer, auch schien Mr. Scott es nicht zu bemerken, wenn ein und derselbe hintereinander auf drei verschiedene Namen hörte. Ständig hefteten ihm die Kleinen die Aufforderung »Tritt mich« an den Rücken. Wenn er in der Aula eine Bekanntmachung verlesen mußte, war er außerstande, seine eigene Handschrift zu entziffern. Dann schob er sich die Brille ziemlich bald auf die Stirn und hielt sich das Blatt drei Zentimeter entfernt vor die Augen.

Er selbst war das typische Produkt von Vorbereitungsschulen, und seine angestammte Stellung in dieser rauhen, rohen Kindergesellschaft wäre die eines dieser mageren, kleinen Jungs gewesen, die frühestens mit sechzehn in die Pubertät kommen und bis dahin eine Menge Witzeleien hinzunehmen lernen und wissen, wie man sich mit ein paar üblen Streichen rächt (toter Frosch unterm Kopfkissen). Er war einer von diesen Jungs, die sich als Mädchen für alles für die Footballmannschaft zerreißen und ihr Maskottchen werden, die Sorte Jungs, die darauf brennen, von der Mannschaft aufgenommen zu werden, sich aber am Tag, wenn das Jahrbuchfoto gemacht werden soll, verstecken: liebenswert, nach Zuneigung lechzend, schwer durchschaubar. Doch hier hatte er den strengen Vorgesetzten zu spielen. Jedesmal, wenn jemand während der Andacht Unruhe verbreitete, flackerte in Mr. Scotts Blick ganz kurz eine verständnisvolle Fröhlichkeit auf, die er sofort gegen das strenge Gesicht des Vorgesetzten eintauschte, der Junge, der vor dem Mann klein beigibt. Als Mann war er eine Attrappe, und genau dieser Schwindel war es, was ihn lähmte, sein Selbstwertgefühl drückte, Verwirrung in seine Stimme fließen ließ.

Ich wurde gebeten, mich bei den Scotts als Babysitter zu betätigen, und da der kleine Tim und ich gut miteinander auskamen, wurde ich immer häufiger dazu aufgefordert. Tim liebte eine von mir erfundene Gutenachtgeschichte über einen Geisterzug, der vor seinem Fenster entlangschwebte, den nur er sehen und hören konnte, wenn er »Huu-u-u ...« machte, und dessen Pfeife ein hohes, trauriges, leises, im Winterwind verirrtes Klagen war. Jede einzelne Episode hatte nur den einen Zweck, diesen Ton zu wiederholen, den ich mir bis zum Ende aufsparte; dann wurden seine Augen groß. Der Ton schien dem himmlischen Lärm zu entsprechen, den nur er hören konnte, dieses Abbrennen engelhafter Treibstoffe im Inneren des Universums.

Etwas an dem Kind erschien so weise und kühl, doch empfindlich, daß mir die Vorstellung der Wiedergeburt einen Augenblick lang überzeugend vorkam, denn wie sonst wollte man die Weisheit so vieler Leben erklären, die, durch des Läuterers Feuer gereinigt und groß und hell und dauerhaft, diesem dürftigsten Vorwand eines Körpers eingepflanzt waren? Ich hatte das Gefühl, Tim verstünde alle meine Ängste und Hoffnungen, verstünde alles und jeden. Wenn ich ihm das Haar bürstete und die blaue Arterie an seiner Schläfe klopfen sah, oder ihm das Gesicht wusch und beobachtete, wie die erwachten Äderchen in seinen Wangen sich mit leuchtendrotem Blut füllten, oder wenn ich ihm aus seinem Hemd in die Pyjamajacke half und in diesem Augenblick der Nacktheit auf das vom Atmen vorgepreßte Zwerchfell blickte, das sich nach oben und in die winzigen Rippen schob, diesen lebenden und atmenden Handschuh, der über die hohlen, unbiegsamen Knochenhände gezogen war, die sein Herz beschützten – oh, in solchen Momenten spürte ich, daß nur das allerfeinste Gewebe mich vom Geist selbst trennte, und daß das Dröhnen, dem Tim lauschte, nicht weit weg war, sondern hier, hier drinnen.

Tim war der Mittler, der Mrs. Scott für mich zum Menschen machte. Wenn er sie liebte, wenn er sich von ihr kitzeln ließ, wenn er sich an ihr Knie klammern konnte, während sie ihm vorlas, dann konnte sie kein Ungeheuer sein, allem äußeren Anschein zum Trotz. Wenn ich am Nachmittag bei ihnen vorbeischaute, hatte sie stets die Gardinen zugezogen und saß, in Erstarrung versunken, auf einer altersschwachen Couch, deren Beine gebrochen waren und die aus den Armlehnen blutete. Mrs. Scott hockte schwer auf diesem Möbel, das Kinn in die Hand gestützt, als wäre sie der Tod, der über seinen neuesten Jünger nachdenkt. Manchmal wollte ich nur eben schnell vorbeischauen, um Tim zu küssen oder meine Lateinarbeit bei ihrem Mann abzugeben, aber sie ließ sich nicht ignorieren. Sie saugte allen Sauerstoff um sich herum auf und kehrte den Magnetismus aller Metalle um; man wurde selbst durch seine Zahnfüllungen zu ihr hingezogen. Ihr Haar war schwarz und schmutzig und zu einem Bubikopf geschnitten, nur weil Haare irgendeinen Schnitt haben mußten; zweifellos hätte sie es lieber mit Zweigen garniert und dreckverfilzt getragen. Sie hatte stets eine formlose Madrasbluse an, die wie eine gehißte Fahne die Einnahme der Zinnen ihres dicken Leibes verkündete. Sie hatte einen Überbiß. Ihre Eckzähne waren ungewöhnlich lang, spitz und feucht.

Mrs. Scott war Dichterin. Auch ihr Mann schrieb Gedichte. Aber zwischen ihnen war ausgemacht, daß seine Verse sehr gelehrt, doch ein bißchen trocken und durch und durch vom Bewußtsein diktiert waren, also mittelmäßig. Er gehörte der Schule T.S. Eliots an – klassisch, ironisch, religiös. Ihre Gedichte, die selten entstanden, dann aber erdrutschartig nach einer von Blitzen erhellten Nacht, waren den dumpfigeren, schwefligeren Regionen des Unbewußten abgerungen. Sie sprach mit der Schläfrigkeit von Alligatoren durch Stränge aus Greisenbart, weiß und zerbrechlich vor Tod; Epochen der Vorgeschichte blubberten wollüstig und brachen mit klebrigen Schlägen in die tieferen Schichten ihrer düsteren Kunst ein.

Am Tag nach einer solchen visionären Nacht fand ich sie gewöhnlich vor Ermattung keuchend auf ihrer Couch vor, ihre Augen waren von schwarzen Ringen umgeben, und ihr Lächeln wirkte leicht blöde vor Heiligkeit, eine Reminiszenz daran, daß *silly* (dumm) und »selig« einmal dasselbe waren.

Ich stand vor dem Kobra-Thron ihrer Couch und sagte: »Mr. Scott hat mir gesagt, Sie hätten ein wundervolles Gedicht geschrieben.«

»*Wundervoll?*« fragte sie entgeistert. Sie gluckste in sich hinein, und ihre vielen Zähne zeigten verschiedene Beige-, Gelb- oder Brauntöne, sogar ein gelegentliches Blau. »Sagtest du *wundervoll?*« Inzwischen hob und senkte sich ihr Körper unter der Madrasbluse vor grenzenloser Verachtung.

»Also, ich will ihn ja nicht in Schwierigkeiten bringen«, sagte ich ängstlich. »Das ist wahrscheinlich nicht das Wort, das er benutzt hat. Ich hatte nur den Eindruck, daß er von Ihrem neuen Gedicht schwärmt.«

Das schreckliche Glucksen setzte sich hinter Rauchwolken fort. Die cumaeische Sibylle schwankte hysterisch über ihrem Dreifuß.

»Ob ich es wohl irgendwann mal zu hören bekomme?« fragte ich, und meine Frage hörte sich in meinen eigenen Ohren unerwartet rüde und trivial an.

»Verlange nicht, daß ich's dir heute vorlese«, bat sie. »Nicht heute.« Es schien, daß ihre Kräfte, immerhin sterblich, durch den Schöpfungsakt bereits bis an ihre Grenzen in Anspruch genommen worden waren.

»Natürlich«, versicherte ich ihr eilig.

»Hilf mir auf«, sagte sie.

Ich eilte ihr zu Hilfe. Ich ergriff ihre Hand und zog. Als sie schließlich hörbar atmend neben mir stand, ließ sie ihren Blick erstaunlich unverhohlen an mir hinauf- und hinunterwandern. Dann zog sie sich in die Küche zurück. Ich folgte. Sie goß uns Pulverkaffee auf. Bei der Frau eines Lehrers zu sitzen und über Dichtung zu sprechen oder über die anderen Lehrer und Jungen zu klatschen, erschien mir »kultiviert«, dieses Spiel, bei dem Erwachsene so taten, als sei ich einer von ihnen, als zähle meine Meinung, ja als sei ich selbständig genug, eine eigene Meinung zu haben. Nichts, was ich unter den anderen Jungen tat oder sagte, flog mir zu. Deswegen mußte ich bei jedem Zusammentreffen, auch dem flüchtigsten, schauspielern, denn stets und ständig war ich mir bewußt, daß ich ein menschliches Wesen darstellte. Ein »kultiviertes« Gespräch mit Mrs. Scott war natürlich an sich schon unecht, und das auf höchst angenehme Weise, denn seiner ganzen Natur entsprechend schob es das Künstliche in den Vordergrund – eine Erlösung von den vagen, ständig wechselnden, aber unverwandt strengen Ansprüchen jugendlicher Ehrlichkeit. Ich wollte ehrlich sein, aber ich wußte nicht, wie. Ich fand keinen Weg, es sei denn, ich war allein. Das Kultiviertsein hob diese Angst auf, denn kultiviert sein heißt, sich herausputzen, und nicht, sich nackt ausziehen.

Mr. und Mrs. Scott begannen mich zu mögen, vielleicht mich zu brauchen, und sie sorgten dafür, daß ich nach dem Lichtausmachen und wenn der kleine Tim zu Bett gegangen war, mit ihnen aufbleiben durfte. Vor ihrer Wohnung hallte in den langen Korridoren die Stille wider. Wir bewohnten einen Raum voller Wärme, Licht und Geplauder. Mrs. Scott (»Nenn mich Rachel«) stieg dann von ihrem mystischen Podium herab und konnte sogar ganz herzlich sein. Um Mitternacht ging die Heizung im ganzen Schlaftrakt aus, und wir zogen dann in die Küche um und saßen um den brennenden Herd, dessen Türchen offen stand. Wir tranken eine Tasse Kaffee nach der anderen.

Bald vertrauten mir Mr. Scott (»DeQuincey«) und seine Frau hier und da kleine Einzelheiten ihrer Vergangenheit an. Er stammte aus einer reichen Bostoner Familie, der Vater war ein unnahbarer Tycoon, die Mutter eine perfektionistische Dame höherer Stände, seine drei älteren Schwestern schwangen allesamt den Hockeyschläger. Der kleine DeQuincey hatte nicht mithalten können, auch fühlte er sich in dieser ausgelassenen Frauenwelt nicht heimisch. Verschiedene Vorbereitungsschulen folgten in einer absteigenden, immer deprimierenderen Reihenfolge akademischer Glaubwürdigkeit. Die unangenehmen Namen am Ende der Liste waren mit denen von Irrenanstalten oder Jugendstrafanstalten austauschbar. Als nächstes zogen ein paar wirkliche Sanatorien schattenhaft über sein Leben hinweg (»Quince, geh doch nicht auf all das ein«). Ein bißchen College, einige Analytiker, wieder College, ein Examen in Latein, wieder ein Zusammenbruch. In dieser Zeit hatte es ihn irgendwie nach Miami, Florida, verschlagen, wo sich zwei rettende Dinge ereigneten: Er lernte Rachel kennen und konvertierte zu dem Glauben, den er gern »die Kirche von England« nannte.

Abend für Abend setzte sich die Geschichte ihres Lebens zusammen wie aus Puzzleteilen, ein Stück Himmel grenzte an die noch leere Silhouette eines Baumes, von einem anderen Teil in der Form eines rennenden Hundes stellte sich heraus, daß es der Ellbogen eines Kindes vor vier Pfählen eines Zaunes war. Ein Teilstück, in sich vollständig, aber mit dem Rest noch nicht verbunden, schwebte wundersam an die richtige Stelle auf dem Brett.

Rachel war von ihrem Vater erzogen worden, einem in Miami ansässigen Grundstücksspekulanten, der von einer Unmenschlichkeit war, die jeder Beschreibung spottete, wenn auch auf Inzest, Hungerstrafe und häufige Schläge angespielt wurde. Sein böses Wesen vermengte sich für mich mit dem dichterischen Genie seiner Tochter. Während DeQuincey sich kichernd, stotternd und achselzuckend den Weg durch seine schauerliche Erzählung bahnte und nie mehr als eine Witzelei vom Schmerz entfernt war, sperrte sich Rachel, ihre Geschichte zu erzählen, aber wenn sie nachgab, sprach sie mit großem Ernst weiter. Alle beide wetteiferten im Grunde um mein Mitgefühl. Eines Abends erzählte ich den Scotts von meinen Kämpfen gegen die Homosexualität und von meiner augenblicklichen Bemühung, mich durch Psychoanalyse heilen zu lassen. Und während ich noch weiter schnodderig über Sex redete, standen die beiden Scotts auf, kamen herüber an meinen Küchenstuhl, zogen mich hoch und umarmten mich mit Tränen in den Augen. »Du armer Junge«, sagte Mr. Scott immer wieder, während er in meinem Gesicht nach den Stigmen geistiger Krankheit suchte. »Du armer, armer Junge. Aber sicherlich hast du diesen Impulsen doch nicht *nachgegeben,* oder?«

Ich brauchte einen Moment, um mir klarzumachen, daß sie hofften, ich hätte über Sex mit Männern nur nachgedacht, doch mich nie wirklich darauf eingelassen. Ich versicherte ihnen, ich hätte jede Menge Erfahrungen, obgleich das nicht stimmte. Ich übertrieb das Ausmaß meiner Verdorbenheit. Ich war zwar bereit, ihr Mitleid entgegenzunehmen, aber ich wollte nicht, daß sie mich für Verfehlungen bedauerten, über die ich bloß nachgedacht hatte. Mein Geständnis stieß sie ein wenig ab, als sei Sexualität an sich eine unanständige Ausschweifung und an sie zu denken schon sündig genug.

Mein Geständnis spornte sie zu gewagteren Kraftakten in ihrer Selbstenthüllung an. Ich erfuhr, auch De-Quincey sei kurze Zeit homosexuell gewesen, und zwar kurz vor der Hochzeit und seiner Konversion, in einer Phase, die flüchtig als eine Zeit des Zögerns, der Erniedrigung, Erschöpfung und Verwirrung angedeutet wurde. Mit Wahnanfällen, die von immer kürzeren Abschnitten geistiger Klarheit unterbrochen wurden, so wie ein anfahrender Zug, der den Bahnhof verläßt, immer schneller und schneller unter trüben Lampen dahinrollt, ehe er in die Schwärze der Nacht taucht. Nun war er nicht mehr homosexuell, in keiner Weise, auch erlebte er nie auch nur das leiseste Zucken verbotener Begierden. Diese völlige Veränderung schrieb er Jesus und Rachel zu.

Die Novembernacht ging endlos weiter, genau wie der Geisterzug in meiner Geschichte, düstere, rollende Güterwagen, die langsam über die ratternde Stelle glitten, an der die Geleise ineinander übergingen, das ständige Baßgebrumm dieser einschläfernden Fahrt, das über jenes eine Tenorsaxophonsolo hinwegzog, die genieteten, rostenden Wagenspanten geschmückt mit den verdreckten Logos ferner Orte, alles groß wie das Schicksal. Ich hörte die Güterwagen der Nacht vorbeirattern, und der Himmel schüttelte sein Haar aus, Silberwolken im Gegenlicht des Mondes.

In dieser gemessenen Stille erzählte Rachel mir von ihrem Übertritt vom Judentum zur Kirche von England, eine Erleuchtung, die sie auf die zufällige Lektüre der »Screwtape Letters« von C.S. Lewis und die gleichzeitige Offenbarung zurückführte, daß Jesus buchstäblich für ihre Sünden gestorben sei. Sie sprach mit besonderer Emphase von den Nägeln in Christi Händen und Handgelenken, und sie zeichnete sogar auf den Telefonblock eine kleine Skizze davon, wie ihrer Ansicht nach die Nägel ausgesehen hatten (sie hatte sich ein wenig mit aramäischem Roheisen beschäftigt).

Als ich respektvoll, aber mit einem sichtbaren Splitter Verachtung im Auge nickte, las sie meine Gedanken ganz genau. »Oh, ich verstehe, du denkst, ich bin irgend so eine dumme Baptistin, eine übergeschnappte kleine Bäuerin?« Sie sprach ungewohnt derb.

»Nein, ich respektiere deinen Glauben«, stammelte ich, »aber ich selbst bin eher Agnostiker und ...«

»Du bist ein Sack voll Scheiße«, sagte sie. Sie blickte mir direkt in die Augen. Sie atmete emphatisch, als seien die Atemzüge psychische Unterstreichungsbefehle. Sie hatte sich ihre Pagenfrisur aus dem Gesicht gestrichen und den Ärmel ihrer Madrasbluse nach oben geschoben, so daß ich ihren blassen Bizeps sehen konnte. Sie war aus ihrem Sessel halb aufgestanden und beugte sich zu mir herüber. »Scheiße«, sagte sie, und ihr Blick schoß einen Moment lang zu irgendeiner unsichtbaren Texttafel hoch, ehe sie mich wieder fixierte. Ich hatte das Gefühl, sie sei zwischen Schüchternheit und heiligem Zorn hin und her gerissen. »Jesus ist für dich gestorben«, sagte sie, »und das ist etwas, was die größten Dichter, Eliot und Dante und Donne, gewußt haben – und sie waren keine Florida-Crackers.«

»Bravo«, flüsterte DeQuincey voller Ehrfurcht. Er wandte sich mir zu, ein Ist-das-Mädel-nicht-phantastisch-Grinsen im Gesicht – »Sie hat's wieder mal gepackt, sie hat's diesmal wirklich gepackt« –, und schüttelte den Kopf vor bewunderndem Unglauben über die schier wahnwitzige Brillanz der intellektuellen Tollkühnheit seiner Frau.

Von ihrer Darbietung erschöpft, schrumpfte sie in ihrem Sessel zusammen, dann erhob sie sich und trollte sich davon, ins dunkle Schlafzimmer hinter ihr. Als DeQuincey und ich allein waren, verkrampfte er sich, was ich der Verlegenheit zuschrieb, die er wegen des Geständnisses seiner einstigen Homosexualität mir gegenüber empfinden mußte. Nicht, daß er sich zu mir hingezogen fühlte, oder ich zu ihm, aber die Möglichkeit gegenseitiger Anziehung bestand jetzt, und unser sexuelles Selbstbewußtsein flirrte umher wie Sonnenlicht im Spiegelsaal.

Dieser Herbst bei den Scotts ist mir als zarter Schleier voll Müdigkeit in Erinnerung, ich sehe noch immer ihre hellen Fenster vor mir, die ein Gitter aus Fensterkreuzschatten auf Blumenbeete voller Chrysanthemen, dann totes Laub, dann Schnee warfen. Das Gespräch ging ununterbrochen fort, es dauerte Monate, mit Unterbrechungen nur für unser Leben, nach dem wir in kurzen, pflichtbewußten Augenblicken griffen. Selbst tagsüber ging ich manchmal vor dem Mittagessen oder auf dem Weg zum Unterricht schnell noch für zehn Minuten bei ihnen vorbei. Dann fand ich Rachel auf ihrer Couch liegen, einen zweisprachigen Band Rilke hatte sie zur Seite geschleudert, die Luft um sie her war streifig von durchfliegenden Engeln.

Mehr und mehr verbrachte ich meine langen Nachmittage bei Rachel statt mit meinem alten Freund Howie. Im Laufe des Sommers war Howie gewachsen, und seine Haut war rein geworden. Zwei breite Schultern hatten sich wie Footballwattierungen über seinen einstmals schlappen Körper geklappt. Im letzten Jahr hatte er seine affigen Dandyklamotten aus Paris selbst dann noch getragen, wenn er allein in seinem Zimmer war, und oft hatte ich ihn dabei ertappt, wie er in mit Duftkissen parfümierten Schubladen voller Paisley-Schals, malvenfarbenen Einstecktüchern, Seidenhemden, grauenhaften schwarzen Sockenhaltern und knielangen gerippten Strümpfen herumkramte. Jetzt war alles anders. Jetzt staffierte er sich mit Jeans zum Knöpfen, Cowboystiefeln und buntkarierten Hemden aus, einem Stil, der der neu erworbenen Körpergröße und Schlankheit schmeichelte. Er trug noch immer seine verbogene Hornbrille (was absurd aussah, als er einmal in meiner Gegenwart seinen Cowboyhut aufsetzte), er war noch immer schüchtern und vermied es, sich vor mir auszuziehen oder auch nur in seiner Unterhose herumzulaufen, aber seine Schüchternheit hatte inzwischen sozusagen Selbstvertrauen gewonnen, und er brauchte sie nicht mehr hinter Aggressivität zu verbergen.

Mit seinen Cowboysachen hatte er sich zahme Westernmanieren zugelegt. Er zog nicht mehr über die Juden in der Hochfinanz her, er schimpfte nicht mehr auf unsere idiotischen Lehrer, Eltern, Klassenkameraden oder die durch und durch barbarische Hemisphäre, auf der wir zu unserem Unglück zur Welt gekommen waren. Die Juliette-Greco-Platte war zugunsten einer Platte der schwarzen Folksängerin Odetta verbannt worden. Howie selbst hatte angefangen, Gitarre zu spielen, und liebte vor allem die alten Lieder aus der Zeit der internationalen Arbeiterbewegung. Seine veränderte Körpergröße hatte zu veränderter Kleidung geführt, und die wiederum hatte eine Veränderung seiner politischen Einstellung nach sich gezogen. Nun vertiefte er sich nicht mehr in Hagiografien über den Führer, jetzt las er Emma Goldmans »Living My Life«. Und diese Veränderung betraf sein Temperament ebenso wie seine Ideologie, denn plötzlich schien ihn die Arbeit der vielen Gärtner, Köche und Hausmeister in Eton zu interessieren, die auf den Schnappschüssen aller Schüler stets nur den Hintergrund bildeten und doch die vielen Meilen des Grundstücks in Schuß hielten. An einem kalten Novembernachmittag schlenderten wir an einem mit Eisblumen überzogenen Gewächshaus vorbei und sahen durch das trübe Glas die schottischen Gärtner umherschweben, sich strecken und nach etwas greifen, Zwiebeln und Knollen für den Winter versorgen, Stauden umpflanzen oder riesige Tropenfarne mit Wasser einsprühen, und Howie begann, sich über die Ungerechtigkeit der Welt zu beklagen: »Warum müssen sie eigentlich so schwer arbeiten, um für uns alles schön zu machen?« Mich juckte es, ihn darauf hinzuweisen, daß das Leben eines Gärtners durch die Jahreszeiten erfreuliche Abwechslung erfahre und Gelegenheiten biete, der eigenen Persönlichkeit Ausdruck zu verleihen, auf alle Fälle aber ein schönes Handwerk sei, doch Howies Mitgefühl für diejenigen, die er »die Armen« nannte, war mir eine so willkommene Abwechslung gegenüber dem Faschismus des letzten Jahres, daß ich es schwerlich mißbilligen konnte. Jedes Anzeichen von Leiden rührte Howie, oft sogar zu Tränen.

Auch mich behandelte er freundlich, und zum erstenmal war er bereit, mir zuzuhören, als ich von meinem Therapeuten, meiner Homosexualität oder meiner Begeisterung für die Scotts erzählte, obwohl er das meiste meiner Schwärmereien in Zweifel zog. Er meinte, die Psychoanalyse sei eine furchtbare Verschwendung von Geld und Worten. Was die Homosexualität anging, wußte er nicht, was er davon zu halten hatte. Im letzten Jahr hatte er mir mit einem kleinen Eidechsenlächeln berichtet, der Führer habe Ernst Röhm wegen dessen »Inverstory« liquidieren lassen. Aber in all seinen Ansichten wurde Howie allmählich zum Säugetier. Ich erkannte, daß der Zorn und Hochmut der Vergangenheit, die ich, ohne sie mir zu deuten, hingenommen hatte, nur ein Gegenstück zu seiner Einsamkeit und der schrecklichen Scham gewesen waren, die er über sein

Aussehen empfunden hatte. Wenn er schon nicht an den Festen der Freundschaft und Romantik teilnehmen konnte, dann zündete er eben deren Zelte an und vergiftete die Brunnen.

Diese Kompromißlosigkeit war nun einem neuen Optimismus, einer Zartheit und freundlichen, zivilisierten Unsicherheit gewichen. »Ich weiß nicht, was ich zur Homosexualität sagen soll«, meinte er, als wir einen langen Abhang hinab durch Herbstlaub schlurften, das knackte wie die leuchtenden, weggeworfenen Schalen gekochter Krustentiere. »Aber zumindest hast du *irgendeine* Form von Sexualität. Und du hast wirklich einigen Sex gehabt. Was doch toll ist, wenn man sich's recht überlegt. Nicht viele Jungs können das von sich behaupten.« Wir gingen auf eine steinerne japanische Laterne zu, die halb mit Moos überwachsen an einer Brücke stand, in Nebelschleier gehüllt, die aus dem Bach aufstiegen, der in einen künstlichen Teich mündete, jetzt leer, im Sommer jedoch beherbergte er dicke, bartige, weiße, blaßbraun gefleckte Fische. »Ja, und was deine Hochkirchen-Scotts angeht, die halte ich für Fanatiker. Natürlich sind sie faszinierend, ich verstehe, warum du sie magst.« Er verglich sie mit Figuren bei Proust, aber die Namen sagten mir nichts. Ich beneidete ihn um seine olympische Sicherheit, mit der er Leute mit der Typologie der klassischen Romanliteratur in Beziehung setzte. Auch ich würde eines Tages Proust lesen, aber erst, nachdem ich Pound, Moore, Eliot, Gerard Manley Hopkins, Donne, Dante und all die anderen Dichter mir zu eigen gemacht hätte, über die bei den Scotts jeden Abend diskutiert wurde.

Das Gespräch bei den Scotts drehte sich nicht ausschließlich um Literatur. Wenn wir allein waren, vertraute Rachel mir an, wie sehr sie DeQuincey verachte, wie unwürdig er ihrer sei und wie sehr sie sich danach sehne, ihm zu entfliehen und den kleinen Tim seinem lähmenden Einfluß zu entziehen. »DeQuincey ist einfach ein Kriecher, schwach, erfolglos. Das kannst du selber sehen. Ich hasse ihn.« Sie senkte den Kopf, und ihre Lider flatterten beunruhigend, während sie sprach; sie schämte sich über ihren Mann und über ihren Ärger.

Es dämmerte mir (vielmehr es abenddämmerte mir, denn diese Erkenntnis war alt, vertraut, kastanienbraun), daß Rachel mich liebte oder es getan hätte, wenn sie mir zu einem günstigeren Zeitpunkt in ihrem oder meinem Leben begegnet oder ich nur ein paar Jahre älter gewesen wäre. Alle diese Einwände und ihre stolze Angst, jemandem ihre Liebe zu zeigen, der sie vielleicht nicht gutheißen würde, ließen sie verstummen, seufzen, nervös mit ihrem Haar spielen, in den »Duineser Elegien« herumblättern und ins bereits müde, durch die zugezogenen Gardinen noch mehr verschattete Sonnenlicht blinzeln. Dieses ferne, kaum hörbare Pfeifen mußte von einem Trainer auf den Spielfeldern kommen, die eine halbe Meile entfernt waren. Ihr Sessel knarrte. Tim erschien und rieb sich Schlaf und Fieber aus den Augen. Er war heute mit einer Erkältung im Haus geblieben. Ohne Zögern kletterte er mir auf den Schoß und rammte mir den Kopf dumpf, störrisch gegen die Brust, enttäuscht, weil er krank war. Ich trank in kleinen Schlukken den heißen Kaffee und lächelte innerlich beim Gedanken an diese Frau und diesen Sohn, die ich mir erobert hatte, diese Phantom-Familie. Manchmal ertappte ich DeQuincey dabei, wie er mir heimlich einen unfreundlichen Blick zuwarf, aber ich wußte, er würde mich nie wegjagen oder sich mit mir verfeinden, denn er brauchte mich, um sein unversöhnliches Weib zu versöhnen. Einmal, nur ein einziges Mal, an einem Samstagabend tranken wir zu dritt zwei Flaschen Wein und ließen das Gespräch auf Sex kommen. »Yeah«, sagte DeQuincey, »Rachel hat so ihre Phantasien. Sie würde gerne ...«

»Sei still«, sagte Rachel ohne besonderen Nachdruck. Ein dazu nicht passendes Lächeln zuckte über ihr Gesicht. »Halt doch einfach den Mund.« Ihr Lächeln ließ vermuten, sie ahne seinen nächsten Schritt, wie ein Modell zu strahlen beginnt, kurz bevor ihm endlich sein Porträt gezeigt wird.

»Yeah, Rachel wünscht sich zwei Schwänze, einen in jeder Hand.«

Ich zuckte innerlich vor den schrecklichen Worten und dem Lächeln zurück, das aus DeQuinceys Gesicht wie Kerzenlicht aus einem hohlen Kürbis sickerte. Er hatte eben den Worten »zwei Schwänze« eine so übergeschnappte Betonung gegeben, daß er mir nicht mehr als ein liebenswerter, verwirrter, zu groß geratener Klippschüler erschien, sondern als ein Mann, der tatsächlich ernste geistige Zusammenbrüche erlitten hatte, dessen Phantasie in Gärung übergegangen war. Ich suchte in Rachels Gesicht nach einem Reflex meines Abscheus, aber sie grinste und blickte auf ihren Komplizen, der möglicherweise ihr Agent war. Beide hatten etwas von gehetzten, aber absolut professionellen Spielern. Er hatte soeben eine Rolle Chips auf eine Zahl gesetzt. Sie überbot ihn und schob mit ihren zwei kleinen Händen langsam, doch entschlossen, ihr ganzes verbliebenes Vermögen hin. »Okay«, sagte sie leise. Ihr schreckliches stummes Glucksen hatte eingesetzt. Sie spreizte die Beine unter ihrem weiten Rock, stemmte die Ellbogen auf die Knie und sah zu uns auf. Ihr Blick war fest und provozierend, auch wenn sie hin und wieder heimlich einen raschen Blick auf die verborgene Texttafel warf, um die Spannung zu durchbrechen.

»Oho!« rief DeQuincey. Dann sagte er mit einem Bühnenflüstern zu mir: »Sie denkt, wir sind die ersten, die kneifen.« (Mit gefiel dieses »wir«). »Aber da schätzt sie uns ganz falsch ein.« Er rannte im Zimmer herum, knipste Lampen aus und sagte immer wieder: »Oh, là, là«, als müßten erotische Abenteuer zwangsläufig französisch sein.

Immer wenn die Scotts früher in die Nähe einer entschlossenen Handlung geraten waren, hatten sie sie mit lähmenden Diskussionen zunichte gemacht. Das war es, was sie zusammenhielt, stellte ich mir vor: ihr sisyphusartiges Gerede. Er ärgerte sie, sie versank in nachdenkliches wütendes Schweigen, er ging ihr schmeichelnd um den Bart, sie stauchte ihn zusammen, er winselte, schlug dann katzbuckelnd zurück, sie zog sich zurück, er setzte ihr nach – und alle diese Finten und Ausfälle analysierten sie gleichzeitig aus so vielen Blickwinkeln und mit so einer sonderbaren Mischung aus Eitelkeit, Selbsthaß, christlichen Moralansprüchen und Verweisen auf alle möglichen Kulturen, daß schließlich gar nichts stattfand. Rachel ließ DeQuincey nicht sitzen. DeQuincey verbrannte nicht seine Gedichte, sein »Lebenswerk«, wie er es androhte. Sie schickte Tim nicht zu ihrem grauenhaften Vater in Miami (»Er ist wenigstens ein richtiger Mann, und das absolut Böse finde ich besser, weitaus besser als deine *mauvaise foi*«). Er lief nicht weg, um Augustiner zu werden. Sie drehte das Gas nicht auf, um sie alle zu vergiften. Nichts von alledem geschah. Sie übertrafen sich gegenseitig an Beharrungsvermögen, die Luft wurde blau von Tabaksrauch, Ironie und Erschöpfung. Die Morgendämmerung trat als Spielverderberin auf, wie Eltern, die nach Hause kommen und der Party ihrer Kinder ein Ende machen, die mittlerweile zu einer flauen, fast komatösen Angelegenheit geworden ist.

Aber an diesem Abend unterminierte das Reden den Vorsatz nicht. Im Gegenteil, die Scotts schienen im Einverständnis zu handeln, als hätten sie im voraus mich zu verführen beschlossen. Angesichts meines Versagens bei der schwarzen Prostituierten fürchtete ich, ich würde ihn für keine Frau hochkriegen können, schon gar nicht für die Frau eines Lehrers. Aber ich wollte nicht derjenige sein, der sich drückte.

Als wir schließlich alle drei ins Bett stiegen, ließ DeQuincey seine Witzeleien unentwegt weiter vom Stapel. Er war der ewige kleine Junge, der vergessen hatte, die Unterwäsche zu wechseln, der die Socken anbehält und es kaum erwarten kann, sich hineinzuhechten (»O Mann, o Mann«). Rachel jedoch legte ihr herausforderndes Benehmen ab. Weder hatte sie Angst, noch schämte sie sich, sie war nur schüchtern, ja ein bißchen romantisch. Sie lag zwischen uns. DeQuincey interessierte sich nicht im geringsten für mich; vielleicht hatte Jesus ihm wirklich alle homosexuellen Teufel ausgetrieben. Schließlich bestieg er sie, während ich ihr das Gesicht streichelte. Als wir alle wieder in unseren Kleidern waren, wirkten die Scotts angeregt – zu sehr für meinen Geschmack und wenn man bedachte, wie wenig vorgefallen war. Erst nach und nach begriff ich, daß die Scotts, während sie ganz sicher eine tiefe anglikanische Ehrfurcht vor der Sünde hatten, von einem ebenso großen Horror gepeinigt wurden, sie könnten sich selber bürgerlich vorkommen. Ihr Verlangen, Bohemiens zu sein, wog ihren Entschluß auf, gut zu sein. Unsere »Orgie«, wie sie das nannten, gab ihnen die Sicherheit, daß ihre Moral von höherer Qualität war, nicht bloß provinzielle Prüderie.

Sex kam mir mittlerweile merkwürdig vor, wie ein Gesellschaftsritual, das Veränderungen in der Machtbalance registriert, ja herbeiführt, das aber mehr beredet als ausgeführt wird, ein simpler Flüssigkeitsausstoß, der irgendwie religiöse, soziale und wirtschaftliche Folgen zeitigt.

Am Tage träumte ich von einem Liebhaber, der älter als ich, reicher und einflußreicher, dennoch umgänglich wäre. Er würde mich wegen meiner Sexualität lieben, die mein Wesen und zugleich ein mir völlig unbekanntes Merkmal war wie der wahre Name eines Waisenkindes, eine magische Identität, von der das Kind nichts weiß bis zum Augenblick der Aufklärung. Der Name adelt die Waise, so wie jemandes sexuelle Natur dem Bewerber um die Liebe eine zuvor unerahnte, doch schmerzlich erhoffte *menschliche* Natur verleiht. Ich wußte, ich war wertlos, und doch war ich gleichzeitig überzeugt, irgend jemand würde mich für wert erachten, würde mich wegen dieser sexuellen Verlockung vergöttern, die meinem Verständnis so fremd, doch für mein Dasein so wichtig war.

Obwohl ich mitten unter Menschen lebte und regelmäßig einen Psychoanalytiker aufsuchte, kam es mir nie in den Sinn, mit jemandem über meine Phantasien zu reden, in denen der belgische Soldat oder ein silberhaariger Fremder in einem taubengrauen Anzug mich in einem Silver Cloud entführte und heiratete. Anderen

Jungen, die ihre Traumbilder legal heiraten können, muß die Heirat an sich weniger magisch erscheinen. Es handelt sich letztlich um eine Zeremonie, der sie sich früher oder später unterziehen. Aber für mich, der nie auch nur von so einer Vereinigung gelesen hatte, nach der ich mich sehnte, für mich wurde Heiraten immer unmöglicher, zu einer Verwandlung, die so schaurig und unumkehrbar war wie der Tod. Ich stellte mir diese ideale und an ein Begräbnis erinnernde homosexuelle Hochzeit in einer Landschaft mit giftigen Blumen vor und rückte sie so weiter und weiter von mir weg, womit ich auch den Tag weiter vor mir herschob, an dem ich entscheiden mußte, ob ich nun selbst homosexuell sei oder nicht. Natürlich wollte ich einen Mann lieben und dennoch heterosexuell sein; je länger ich die Klärung dieses Widerspruches aufschieben konnte, desto besser.

Zu Thanksgiving fuhr ich nicht nach Hause, sondern verbrachte das lange Wochenende bei den Scotts. Sie nahmen die Gelegenheit wahr, mich Vater Burke vorzustellen, ihrem »Beichtiger« und geistigen Vormund. Rachel hatte mir erzählt, er schreibe ihr regelmäßig lange Briefe voller Ratschläge und Gebete, obwohl er nur etwa fünfzig oder sechzig Meilen entfernt wohnte und sie und DeQuincey ihn oft sahen. Vater Burke schrieb auch an Quince lange Briefe, die Quince Rachel niemals zeigte. Vater Burke hatte die ärmste, älteste, rückständigste Pfarrei im ganzen Staat übernommen, als Kasteiung vermutlich. In seiner ungeheizten, heruntergekommenen kleinen Kirche hielt er jeden Tag mehrere Gottesdienste ab. Er war berühmt (zumindest nach Meinung der Scotts) für seine kurzen, intelligenten Predigten. »Eines Boussuet würdig«, versicherte mir De-

Quincey, »kleine Wunder der Theologie und des gesunden Menschenverstandes.«

In seinen Briefen an Rachel führte Vater Burke Seite für Seite in seiner mühelos fließenden Schrift Gründe gegen ihr Verlangen an, DeQuincey zu verlassen. Einmal zeigte sie mir einen Auszug aus seinem letzten Brief: »Auch können Sie, meine Tochter, Ihren Gatten ebensowenig verlassen wie Unser Herr den Sünder oder Gott den Bußfertigen im Stich lassen kann. In seinem sehr speziellen, sehr privaten Sinn ist DeQuincey Ihr Kreuz, und Ihre Ehe Ihr Golgatha. Glauben Sie keinen Augenblick, mein Kind, daß ich gegen Ihre Misere unempfindlich wäre. Ich weiß, was für ein Mann DeQuincey ist, und ich weiß, wie wenig er zu Ihnen paßt, in dem Sinne, wie die Welt es denkt. Was könnte dann aber Gottes Absicht gewesen sein, als er Sie durch einen ewigen Schwur mit so einem Mann verband, als Sie durch Leid zu läutern? Statt unsere Leiden zu verachten und zu fliehen, sollten wir sie hüten und dem allmächtigen Herrn für sie danken, denn wir bekommen alle genau die Leiden, die wir brauchen, damit unser starrer Wille gebrochen und unser unreiner Geist erhoben wird, als wäre der Wille die Samenhülle und der Geist die keimende Frucht.«

Etwas in mir begeisterte sich für diese Art zu reden. Sicher hob so eine Religion unser fades, sich mühendes kleines Leben in das dauerhafte Hochrelief einer Allegorie empor. Die Kirche hatte ihre juristischen und politischen Ambitionen beiseite gestellt, um ihre unaufhörliche Kolonisierung der Alltäglichkeit sicherzustellen. Diese Invasion drang mittels ihres Gespürs für alles Dramatische in jeden letzten Bewußtseinswinkel vor. Die Wirklichkeit ist nicht dramatisch, die Seele indessen ja;

die Kirche stellt sich dementsprechend auf die seelische Physiologie ein, und nicht auf die Anatomie des Realen.

Für die Scotts machte der mittelalterliche Ton an Vater Burkes Stil diesen um so verführerischer. Das weit Hergeholte seiner Sprache und sein Beharren auf ihrer ungeschminkten Wahrheit machte auf sie alles andere als einen nachteiligen Eindruck, sondern hatte für sie den Reiz des Altehrwürdigen. Sie gehörten dieser Humanistengeneration an, die die Fortschritte der Naturwissenschaften beunruhigend fand und die Vorstellung hatte, Atelier und Kapelle müßten sich gegen das Labor zur Wehr setzen. Mir erschien diese Ansicht sonderbar; ich war bereit, jede Wahrheit hinzunehmen, die die Naturwissenschaft beweisen mochte, obwohl ich zur gleichen Zeit erkannte, daß das, was mich am meisten interessierte, mir die Naturwissenschaft nicht bieten konnte: Subjektivität. Die Scotts waren nicht bereit, die Ansprüche des Geistes zu beschränken. Sie wollten sich mit der »höheren« Wahrheit von Religion und Kunst gegenüber der irgendwie mechanischen oder bloß auf Tatsachen beruhenden Wahrheit der Naturwissenschaft großtun. Vater Burke, selbstverständlich intelligent, gebildet und engagiert, begeisterte sie, wenn er auf dem wortwörtlichen Wunder der Jungfrauengeburt und der tatsächlichen Existenz der Hölle beharrte, auch wenn in seiner Version die Hölle veredelt wurde, indem er ihren Status als glühendheiße Wirklichkeit in eiskalte Unwirklichkeit verwandelte, in der der Grad der Verdammnis an der Entfernung der Seele von Gott gemessen wurde. »Die Hölle ist die Abwesenheit Gottes«, sagte er zu mir.

Zu Thanksgiving trug Mrs. Scott ein mädchenhaftes blaues Kleid, das ich noch nie an ihr gesehen hatte, und mit Haarklammern hatte sie ein malvenfarbenes Band im noch nassen Haar befestigt. Sanft blinzelnd und demütig lächelnd brachte sie ein Gericht nach dem anderen herein und stellte es auf den schweren Eichentisch im Eßzimmer. DeQuincey erhob sich, um vorzulegen. Er zelebrierte das Ritual voll Ernst. Als wir einander mit Rotwein zuprosteten, sagte DeQuincey zu Vater Burke: »Ich heiße Sie als unseren verehrten Gast an unserer gastlichen Tafel willkommen«, und der Pfarrer lächelte und neigte den Kopf. Ich wurde das Gefühl nicht los, daß alle außer mir sich an ein geheimes Buch der Etikette hielten und daß das Ausgeklügelte der Höflichkeiten so mittelalterlich war wie Burkes Theologie.

Das Tischgespräch war philosophisch. Über Aristoteles wurde zugunsten Platons hinweggegangen, eine Bevorzugung, die ich wiederum allein der Unwahrscheinlichkeit von Platons Denken zuschrieb. Es schien, je bizarrer ein Glaube war, desto poetischer müsse er sein, und desto vortrefflicher sei es deshalb, ihn anzunehmen. Ich hatte unwillkürlich das Gefühl, daß die Scotts, wenn man genau hinsähe, so amerikanisch wie ich seien, genauso skeptisch gegenüber Ideen, und daß sie sich, wie ich, eher von der Ehrlichkeit einer plötzlichen Regung überzeugen ließen als von der Strenge eines Systems. Nun gut. In einer snobistischen Umkehrung waren die absurden Behauptungen des Platonismus und eines platonischen Christentums das, was sie am meisten in Begeisterung versetzte, als müsse alles, was die eigene Leichtgläubigkeit derart auf die Probe stellte – nun ja, nicht besser, aber aristokratisch, überlegen sein. Wenn sie über die Erbsünde oder die Schöpfung oder den Teufel sprachen, erregten sie sich, ihre Wangen begannen zu glühen, und ihre Augen funkelten, als hypnotisierten sie sich selber, diesen offenbaren

Unsinn zu vertreten. Und je vager und lächerlicher die Dinge waren, die sie erörterten (Engel, die Auferstehung des Fleisches), desto öfter benutzten sie Wörter wie »genau«, »zweifellos«, »klar« und »natürlich«, und jedesmal, wenn sie so ein Wort aussprachen, weiteten sich ihre Augen vor lauter Freude – Lügen machten sie fröhlich, so wie Kinder vor Freude kreischen, wenn sie sich gegenseitig dazu anstacheln, sich zu einer Gespenstergeschichte immer grauenhaftere Einzelheiten auszudenken.

Nach dem Essen blieb ich mit Vater Burke allein. Tim machte sein Nachmittagsschläfchen, und die Scotts hatten sich ziemlich schwankend auf einen Spaziergang begeben. Der Pfarrer war keineswegs die strenge Erscheinung, die ich mir vorgestellt hatte. Er war klein, leutselig, trug einen goldenen Siegelring, trank seinen Brandy aus einem Schwenker und inhalierte dessen Blume mit geschlossenen Augen und hochgezogenen Brauen, als höre er einen Tenor einen hohen Ton singen. Wenn er sprach, tat er das mit einem leichten Tidewater-Akzent. Wie andere Südstaatler aus gehobenen Schichten interessierte er sich für Geschichte und tat so, als stehe er mit den berühmten Toten auf sehr vertrautem Fuß. Über die römische Republik war bei der Kürbistorte diskutiert worden, und Vater Burke hatte mir zugezwinkert und gesagt: »Du weißt, daß Julius Caesar ein wahnsinnig *attraktiver* Mann war. Er machte Eroberungen überall, wo er hinkam, und nicht nur bei den Damen.« Ich wagte die Hoffnung, er meine, Julius Caesar habe auch Männer geliebt, obwohl er wahrscheinlich Damen im Gegensatz zu Huren gemeint hatte. Angenommen, Burke hatte Männer gemeint, war dann das Zwinkern seine Art, mir mitzuteilen, daß die

Scotts ihm von meinem Homosexualitätsproblem erzählt hatten und er zu weltläufig war, um darüber entsetzt zu sein?

Diese spezielle Spielart des Christentums war mir bisher noch nie begegnet. Ich hatte ignorante Fundamentalisten kennengelernt oder sie zumindest im Radio eifern hören. Weiter oben auf der sozialen Leiter kamen die provinziellen Presbyterianer, Unitarier und Kongregationalisten, denen eine vanillepuddingartige Ernsthaftigkeit bis hin zur völlig fehlenden Nächstenliebe gemeinsam war. Zum Glück hatten sie nicht den Drang, Anhänger zu gewinnen, weil sie ihren Glauben wie einen geschlossenen Club unterhielten, eine Rotarierloge für betuchte Geschäftsleute. Dann war ich mit Marilyns Katholizismus in Berührung gekommen, aber der hatte ganz aus Verzückung, geweihten Kerzen und Tränen bestanden, was in meiner Vorstellung in eine Reihe neben Puccini-Arien und die Namen teurer Parfüms *(Poème d'Extase)* gehörte. Die Scotts aber waren ernsthafte Leute. Sie sorgten sich um die Armen. Sie genossen ihre Freuden. Sie waren belesen. Und sie waren geistlich schwer auf Draht; sie wollten, daß ich konvertierte. Vater Burke selbst war so intellektuell wie sinnlich, nicht zu erschüttern. Er hatte kleine dunkle Augen, die er absichtlich sich verdüstern ließ, nur damit er sie plötzlich zum Strahlen bringen konnte. Wenn ich redete, tippte er seine Fingerspitzen gegeneinander und setzte ein mattes Lächeln auf, das besagte: Ich habe das alles schon hundertmal gehört. Sprich bitte weiter. Im Augenblick erläuterte ich ihm meinen Einwand gegen Gott, eine Beweisführung, die ich mir zuvor zurechtgelegt, die aber der Wein in Unordnung gebracht hatte: »Aber wenn Gott allwissend ist, muß er doch von

Anfang an vorausgesehen haben, wie die Menschen leiden würden, und wenn er es vorausgesehen hat, dann hatten wir im Grunde nie eine Entscheidungsmöglichkeit, und wenn er tatsächlich durch und durch gut wäre, warum ließ er uns dann leiden, Moment mal, Moment mal ...«

Vater Burke hatte aufgehört, seine Fingerspitzen gegeneinanderzutippen. Sein Lächeln war erloschen, und seine Augen hatten sich verdüstert. Er hatte sein Gesicht alt und müde werden lassen, als wolle er damit sagen, ich hätte ihm das angetan. Plötzlich richteten sich seine Augen auf mich, seine Zunge huschte über die Lippen und ließ sie wieder lebendig werden, und er sagte: »Aber sollten wir nicht diese *Philosophie*« – ein großzügiger Schuß Ironie, um anzudeuten, daß, wenn er an meiner Seele interessiert war, ihn mein Geist langweilte, denn meine Seele war vielleicht unsterblich, aber mein Geist war allzu offensichtlich unerwachsen – »beiseite lassen und uns etwas Dringlicherem zuwenden?« Er drückte seine Fingerspitzen gegen die Stirn und versteckte sich hinter seinen Händen. »Gibt es nichts, was du mir erzählen möchtest?« fragte er aus seinem Händezelt, seiner Stimmhöhle heraus.

Aber er versuchte den Falschen einzuschüchtern. Ich war schließlich Buddhist. Ich hatte nie, oder nur in flüchtigen Träumen, an einen liebevollen, besorgten, reizbaren christlichen Gott geglaubt, der mir allzu offensichtlich ein Konglomerat dessen zu sein schien, was die Menschen wünschten und fürchteten. Vom Wesen her faszinierte mich Burke mehr als sein Gott. Ich wußte den Sinn für Dramatik, den er in mein Dasein pflanzen wollte, zu schätzen und fühlte mich geschmeichelt, daß er dachte, ich, oder zumindest irgendein grundlegendes, wenn auch ziemlich abstraktes Prinzip in mir, sei der Rettung wert.

Aber ich spürte in mir auch das glühende Bedürfnis, unabhängig zu sein. Natürlich war ich für den Reiz göttlicher Hydraulik empfänglich, diese Flaschenzüge und Plattformen, die sich auf der großen Bühne heben und senken, und ich erkannte, daß meine Ansicht der Dinge im Vergleich dazu arm, gehalt- und ereignislos war. Aber die bezaubernde Kompliziertheit eines Mythos reicht nicht aus, Glauben zu erzwingen. Ich sah keinen Grund anzunehmen, daß es im innersten Wesen der Realität zufällig so aussieht wie hinter den Kulissen eines Opernhauses.

Mehr vom Gefühl her betrachtet, hatte ich eine Abneigung gegen alles Autoritäre. Ich mochte mich nach der mächtigen, beschützenden Umarmung eines Vaters sehnen, aber Bevormundung verabscheute ich. Mehr noch, ich war feindlich gegen sie eingestellt. »Na ja«, sagte ich, »ich besuche einen Psychiater, weil ich Schwierigkeiten mit bestimmten homosexuellen Neigungen habe.«

Bei diesen Worten taumelte Vater Burkes Gesicht aus seinen Händen nach oben. Das war nicht die ängstliche kleine Beichte, die er erwartet hatte. Er gewann seine Fassung zurück und beschloß, herzhaft zu lachen, das Lachen katholischer Jahrhunderte. *»Schwierigkeiten?«* wieherte er und hatte mittlerweile Lachtränen in den Augen. Dann wurde der Pfarrer eine Sekunde lang sachlich und setzte leise, beiläufig hinzu: »Aber verstehst du, mein Sohn, Homosexualität ist nicht bloß eine *Schwierigkeit,* die *behoben* werden muß« – seine Stimme pickte diese Worte auf, als wären sie ekelerregender Abfall –, »Homosexualität ist auch eine Sünde.«

Ich glaube, er hatte keine Vorstellung, wie wenig Eindruck das Wort »Sünde« auf mich machte. Er hätte genausogut sagen können: Homosexualität ist ein böser Fetisch.

»Aber ich fühle mich zu anderen Männern sehr hingezogen«, sagte ich. Etwas Trotziges in mir zwang mich, diese Worte zu sagen, und doch spürte ich, wie ich im selben Moment, in dem ich sie aussprach, zu einem Monstrum wurde. Mein Haar wurde wasserstoffblond, mein Handgelenk schlaff, meine Krawatte ein Spitzenjabot: Ich war die affektierte Tunte am Flügel, die ihrer Mutter und deren Bridgeklub die Popmelodien des letzten Jahres am Klavier vorklimperte. Es gab keine Möglichkeit, mich zu rechtfertigen. Das einzige, wofür ich kämpfen konnte, war das Recht, mir mein Exil, meine Vernichtung selbst auszusuchen.

»Bloß etwas zu fühlen, ist kein Grund, es auszuüben«, sagte der Pfarrer. »Amerikaner zeigen ihre Gefühle vor, als wären sie … göttliche Fügungen.« Er trank den Brandy. »Ich zum Beispiel habe das Gelübde der Keuschheit abgelegt, und ich halte mich dran.«

»Was tun Sie zur Erleichterung?«

Er lächelte über meine Frechheit. »Ob ich masturbiere, ist es das, was du wissen willst? Ich tu's nicht. Gelegentlich gibt es einen nächtlichen Erguß.« Er betupfte seine Lippen mit den Fingerspitzen. Ich überlegte, ob die Frauen seiner Gemeinde, die freiwillig als Haushälterinnen beim Pfarrer arbeiteten, diese steif gewordenen Leinenreliquien der Heiligkeit aufbewahrten.

Das seelsorgerische Gespräch trug keine Früchte. Vater Burke war verstimmt. Er war sehr verärgert über die Scotts, die ihm meine Bereitschaft, in den Schoß der Mutter Kirche zu springen, falsch dargestellt hatten. Der

Pfarrer schaute auf seine Taschenuhr, dann hantierte er mit einem Zahnstocher herum – hinter vorgehaltener Hand, eine Pingeligkeit, die mir ebenso abstoßend erschien wie nächtliche Ergüsse.

Meine Verstocktheit hatte zur Folge, daß die Scotts erheblich kühler wurden. Als ich am Montag nach Thanksgiving bei Rachel vorbeiging, blickte sie von ihrer »Nachfolge Christi« kaum auf. Schließlich seufzte sie ungeduldig, legte das Buch beseite und sagte: »Ich glaube, du solltest nicht ganz so viel Zeit hier verbringen. Es ist nicht gut für dich. Du solltest mit den anderen Jungs herumrennen und spielen. Außerdem habe ich für mein nächstes Gedicht sehr viel in ‚The Golden Bough' zu lesen, und ich kann einfach nicht Stunden und Stunden und Stunden mit dir quatschen.« Tränen schossen mir in die Augen, und ich lief weg.

Kurz zuvor war ein neuer Teilzeitlehrer in den Lehrkörper aufgenommen worden, ein Mr. Beattie, der an drei Nachmittagen der Woche die Schüler, die an Jazz interessiert waren, unterrichten sollte. Beattie selbst war Jazzschlagzeuger und sogar mit einer Band auf Tournee gewesen; an Wochenenden beteiligte er sich immer noch irgendwo in der Innenstadt an Jam-Sessions. Chuck teilte mir mit, Beattie sei ein »Original«, was die höchste Auszeichnung war, die er zu vergeben hatte. Chuck war seiner so sicher, daß er ständig »Originale« ausfindig machte, um Dissonanzen in seine andernfalls allzu harmonischen Erfahrungen zu bringen.

Chuck war berühmt für seine Eskapaden. Er tischte mir stundenlang alle Details auf. Seine augenblickliche Freundin war die kecke Enkelin eines geradezu lächerlich konservativen Senators, eines dieser Mammute, für die mein Vater bei Wahlen stimmte. Im Moment hatte Janie ein Haus für sich, was für ein Mädchen von siebzehn ungewöhnlich war. Ihre Mutter, die eigentlich bei ihr wohnen sollte, war mit einem Argentinier in die Ägäis zum Segeln gefahren. Ihr Playboy-Vater, der sich gerade von seiner dritten Frau scheiden ließ und bereits von ihr getrennt lebte, wohnte allein auf einem kleineren Landsitz in der Nachbarschaft. Er hatte seinen Führerschein eingebüßt, nachdem er mehrere Male wegen Trunkenheit am Steuer festgenommen worden war, und seine Tochter mußte ihn überallhin chauffieren. Sie sahen aus wie Bruder und Schwester. Ein Dienstmädchen kochte für Janie und machte sauber, aber es wohnte nicht mit im Haus. Jemand anderer kümmerte sich um das Schwimmbecken im Erdgeschoß.

Nachts war Janie allein, und sie durfte über Nacht einladen, wen sie wollte. An Wochenenden war das gewöhnlich Chuck. Sogar an manchen Abenden in der Woche schlich Chuck sich nach dem Lichtausmachen aus dem Haus. Janie wartete dann in ihrem alten, zerbeulten MG mit ausgeschalteten Scheinwerfern am Tor auf ihn. Vor Morgengrauen brachte sie ihn zur Schule zurück. In der Zwischenzeit überredete er sie zu irgendeinem neuen akrobatischen Sex-Kunststück. Sie experimentierten mit exotischen Gleitmitteln (Papayasaft, Schokoladensirup, kaltem Schweineschmalz). Er führte ihr einen Luftballon ein, den er dann aufblies. Für die Gefälligkeiten revanchierte sie sich, als beide in einer eiskalten Dezembernacht auf einer Luftmatratze durch den geheizten Swimmingpool trieben. Schnee wehte in Wellen gegen die dicken Glastüren und kreiste in kleineren Wirbeln unter den Terrassenlampen. Den Hügel weiter hinauf standen schneebeladene Kiefern wie hermelingeschmückte Granden, die sich zur Prozession versammeln.

Chuck wurde nach jedem Abenteuer ausgelassener, rücksichtsloser und ungeduldiger. Nur ein Krieg hätte seinen Hunger nach Gefahr stillen können. Er und mehrere Mitglieder des »Glimmstengel-Clubs« freundeten sich mit Beattie an. Kurz vor dem Essen saßen sie jeden zweiten Nachmittag mit ihm unten im Musikgebäude herum und rauchten in einer der Hörkabinen Zigaretten. Sie ließen Jazzplatten laufen. Manchmal spielte Beattie auf seinem eigenen Schlagzeug mit. Der Lärm von ihrem Reden, Lachen und Trommeln war auf den schalldichten Raum beschränkt. Wer immer petzen wollte, daß sie in unerlaubten Räumen und zu einer unerlaubten Tageszeit rauchten, konnte aus sicherer Entfernung durch das Glasfenster erspäht werden, das in die Wand eingelassen war, die die Kabine von dem großen Übungsraum des Schulchors trennte.

Beattie trug schwarze Wildlederschuhe und hatte seine Haare zu einem *flattop* schneiden lassen, einer sehr kurzen Frisur, die hinten länger als vorn war. Seine Haare neigten sich einem entgegen wie eine Skisprungschanze. Wenn er den Kopf senkte, schimmerte die Kopfhaut weiß hindurch. Sein Händedruck war schlaff, aber eine Sekunde, nachdem er einem dieses kalte, knochenlose Filet wieder aus der Hand genommen hatte, zerschnitt er die Luft mit einem kräftigen Fingerschnippsen zu irgendeinem Riff, das er in seiner Einbildung oder von einer Platte hörte. Er verdrehte die Augen und biß sich auf die Unterlippe, und sein Kopf tanzte in einem immer schneller werdenden Rhythmus auf und nieder. Bald würde er flüstern: »And-a one, and-a two …« Er besaß, schien es, nur einen einzigen Anzug aus blankgewetztem, grauem Haifischleder, dessen ausgebeulte Hose nach unten zu radikal eng wurde, die schmalen Jackenrevers hatte er gewöhnlich hochgeschlagen wie gegen einen Zugwind. In Freistunden trug er keinen Schlips, sondern lediglich ein schwarzes Hemd, das am Hals fest zugeknöpft war, wodurch er wie erdrosselt aussah. Hals, Gesicht und Hände waren blaß und kräftig; er wirkte wie ein Häftling in dem billigen Anzug, den er bei seiner Entlassung bekommen hat. Er strahlte eine starke, geradezu ranzige Geschlechtlichkeit aus, die jedoch schwer zu bestimmen war. Sie war zu kalkuliert, zu asymmetrisch, um im hergebrachten Sinne als kraftstrotzend männlich zu erscheinen. Er hatte eine merkwürdige Art, sich an den Schwanz zu fassen und ihn festzuhalten, manchmal sogar kurz hin und her zu bewegen, während er sprach. Ich nehme an, er hatte sich das bei den Schwarzen abgeguckt, denen er beim Jazz begegnet war.

Diese Geste schien darauf angelegt, seinen Worten zusätzliches Gewicht zu verleihen. Oder vielleicht war sie für den Zuhörer ein Beweis, daß der Redner ehrlich war, ganz bei der Sache, daß hinter seinen Worten ein Körper stand.

Seine Ohren waren eine Nuance rosiger als sein blasses Gesicht. Seine Augenbrauen waren sehr kräftig und dunkel und sahen aus, als habe ein Zeichner sie rasch mit kräftigen Strichen hingeworfen. Seine Oberlippe war so schmal, daß sie nur einen Strich bildete, aber seine Unterlippe war voll. An manchen Tagen lachte er hysterisch über ganz einfache Äußerungen; er krümmte sich und wiederholte in einem fort ein ganz normales Wort, das jemand zufällig gebraucht hatte, als hoffe er, ihm irgendeine neue Bedeutung abzuringen.

Wenn er sich an den Schwanz faßte, rutschten seine ausgebeulten Hosen nach oben, und man konnte erkennen, wie kräftig seine Schenkel waren. Er trug leuchtend rosa und purpurrote Socken, und sie gingen nur bis zu den Knöcheln. Seine Antworten waren manchmal merkwürdig verzögert. Jemand stellte ihm eine Frage, und er starrte ihm ein, zwei Augenblicke ins Gesicht, ehe er ein leises, federleichtes Ja oder ein noch weniger hörbares Nein hervorbrachte.

Ich saß an zwei oder drei Nachmittagen mit den Jungs vom Glimmstengel-Club und Mr. Beattie zusammen, aber ich mochte ihn nicht. Er erinnerte mich an den Stricher von vor zwei Sommern. Er hatte dieselbe Art, sich wie ein Abenteurer zu geben. Etwas Verschlagenes.

Eines Tages erzählte mir Chuck, Beattie werde demnächst eine Lieferung Marihuana bekommen. Ob ich mich beteiligen oder wenigstens ein oder zwei Joints probieren wolle.

»Was ist das eigentlich genau?« fragte ich. »Ist das nicht wie Heroin?«

Chuck lachte. »Nein. Tolles Zeug, hat mir Beattie gesagt. Macht einen glücklich. Gut für 'n Sex. Gut zum Musikhören. Komm nächsten Mittwoch runter ins Musikzimmer, da rauchen wir 'n bißchen Gras.« Er schnipste laut mit den Fingern. Aber das war doch genau die Einladung zu einer lebenslangen Sucht, von der ich immer gehört hatte, zu einem Schicksal, das so gräßlich war, daß mich wirklich niemand davor erst warnen mußte. Nicht, daß ich schon mal einem Süchtigen begegnet war, aber ich hatte einen Film gesehen, in dem ein hübscher Musiker – genau! – in einem Hotelzimmer schwitzte und sich übergab und seine Freundin anflehte, ihn doch wieder an die Nadel oder ans Pot oder was auch immer heranzulassen, aber sie verweigerte es ihm um seinetwillen, trotz seiner Halluzinationen und der Verrenkungen auf dem Fußboden. Warum war Mr. Beattie nach Eton gekommen? Vielleicht war er so süchtig nach Marihuana, daß er sich seine Sucht nicht mehr leisten konnte, wenn er nicht – das war's –, wenn er nicht selbst als Dealer gelangweilten Teenagern das Zeug verkaufte.

Normalen Amerikanern waren damals bis auf Alkohol, Tabak, Diätpillen und Beruhigungsmittel alle Drogen unbekannt. Ich war nicht sicher, was ich tun sollte. Ich wollte das Richtige tun. Chuck und die anderen Jungs im Glimmstengel-Club erschienen mir hoffnungslos. Sie würden jeder Versuchung nachgeben, das wußte ich, außer wenn die Versuchung beseitigt würde. Ihnen war alles völlig egal. Einer von ihnen hatte einmal bei einer Rauferei ein Auge verloren, aber alles, was er zu sagen hatte, war: »Na und? Ich hab' doch noch eins.«

In meiner nächsten Sitzung bei Dr. O'Reilly fragte ich ihn um Rat. Er wollte über meine Probleme nicht reden. Er erzählte mir von den neuesten Verrücktheiten seiner Tochter. Während er vor einer Elterngruppe eine Rede gehalten hatte, war sie ins beste Restaurant der Stadt gegangen, hatte dafür gesorgt, daß man wußte, daß sie seine Tochter sei, und dann versucht, das Lokal anzustecken.

Als ich O'Reilly wieder auf mein Thema zurückbrachte, keifte er: »Ich kann dir nicht sagen, was du tun mußt, das weißt du.«

»Dann geben Sie mir doch ein paar Informationen. Ist Marihuana gefährlich?«

»Möglich.« Er bohrte umständlich in seiner Nase und

untersuchte sein Taschentuch nach guten oder bösen Omen.

»Inwiefern?«

»Es kann einen psychotischen Umbruch zur Folge haben.« Er hatte gerade eine Lieferung polynesischer Schnitzereien erhalten, Statuen mit richtigem Menschenhaar und riesigen Phalli; drei dieser Totems standen hinter seinem Sessel und verliehen seinen Ansichten Gewicht.

»Was ist ein psychotischer ...«

»Wahnsinn.«

»Und führt Marihuana immer zu Heroin?«

»Möglich, und wenn auch nur, weil man beginnt, in der Drogenwelt zu leben, und sich denkt, man könnte ebensogut alles durchprobieren.«

»Was bewirkt es, Marihuana, bei normalen Menschen?«

»Macht sie paranoid.«

Ich dachte, ich wisse jetzt, wie sich mein Vater die ganze Zeit gefühlt haben mußte: einsam und verantwortlich. Niemand ging zu meinem Vater, wenn er Vergnügen suchte. Er war langweilig. Er war nicht elegant. Er war vorsichtig, aber er drückte sich nicht vor seinen Verantwortungen. Man konnte sich stets darauf verlassen, daß er das Richtige tat.

Ich ging zur Sekretärin des Rektors und bat um einen Termin. »Ich muß ihn sofort sprechen.«

»Um was geht's genau?« fragte sie. »Möchtest du dich wegen einer Note beschweren? Dazu ist es zu spät ...«

»Nein, nein«, sagte ich hochmütig. »Es hat nichts mit mir persönlich zu tun. Es geht um den Ruf der Schule und duldet keine Minute Aufschub.«

Sie nickte und verschwand einen Augenblick im getäfelten, mit Teppichen ausgelegten Büro des Rektors. Als sie wieder herauskam, sagte sie, ich solle um vier wiederkommen.

Ich war aufgeregt. Ich wußte, ich tat das Richtige, und doch fürchtete ich, was Chuck sagen würde, wenn man Mr. Beattie feuerte. Würde Chuck mich fallenlassen, mich schikanieren, ein Komplott gegen mich anzetteln, jedem erzählen, ich sei ein mieser, kleiner, selbstgefälliger Tugendbold?

Ich wußte, ich wäre nicht in der Lage, Mr. Beattie offen ins Auge zu sehen. Ich hatte noch nie ausdrücklich und direkt gegen jemanden Stellung bezogen. Würden seine Frau und seine Kinder hungern müssen? Würde er jemals wieder eine Stellung finden? Noch nie hatte ich solche Macht über einen Erwachsenen gehabt; diese Macht erregte und ängstigte mich.

Ausgerechnet ich, der ich Eton nicht sehr mochte, der ich heimlich sexuelle Begierden hegte, die die meisten Etonianer weit eher verurteilt haben würden als Drogenhandel, der ich die Religion der Schule verschmäht und mit einem Lehrer und seiner Frau geschlafen hatte, der ich mir einst einen Stricher genommen hatte, der zehn Jahre älter als ich war, und letzten Sommer mit einem drei Jahre jüngeren Jungen geschlafen und es mit Ralph, dem Sondercamper, getrieben hatte – ausgerechnet ich war derjenige, den die Umstände dazu erkoren hatten, diese Institution zu verteidigen, die ich verachtete. Ausgerechnet ich sollte der Hüter der öffentlichen Moral sein.

Angst durchfuhr mich. Wie die meisten Schüler lehnte ich es ab, selbst an den kältesten Tagen einen Mantel zu tragen. Nun schlotterte ich, während ich, die Arme fest gegen den Körper gepreßt, den Ziegelweg zum Musikgebäude hinuntereilte. Meine Zähne klapperten, als ich die Tür aufstieß.

Mr. Beattie saß da und klimperte auf dem Flügel irgendwelche Akkorde. Niemand sonst war da. »Hi«, sagte er. Er stand auf und gab mir seine schlaffe Hand, eine Höflichkeit, die mich verwirrte. Kein Lehrer sonst gab normalerweise Schülern die Hand. Ich spürte, wie die Scham mir ins Gesicht stieg. Ich sah auf die Uhr: Viertel nach drei.

Er fragte mich, ob ich Klavier spiele, und ich sagte, nur ein bißchen. Er überließ mir das Instrument. Ich spielte ein kleines Klavierstück aus uralten Zeiten, etwas Einfaches von Brahms, das mein Vater immer sehr geliebt hatte.

»He, Mr. Beattie«, sagte ich, »Chuck hat mir gesagt, irgendein berühmter Jazzmusiker kommt dieses Wochenende zu Ihnen.«

»Bugs Tice«, sagte er. Er stand in der Bauchung des Flügels und hatte eine Hand auf den polierten, schwarzen Deckel gestemmt. »Er wohnt in der Elternsuite hier in der Schule. Du mußt uns mal jammen hören – er ist der Größte auf dem Horn.«

Irgendwie meinte ich, einen sexuellen Unterton mitschwingen zu hören. Ich war dafür stets ganz Auge und Ohr, ich musterte Jungen genau, die aus dem Schlafraum eines andern kamen, ich fläzte mich in der Freizeit auf den Betten anderer herum, immer in Erwartung eines standgehaltenen Blickes, eines aussetzenden Herzschlags, aber nie hörte ich auch nur eine einzige Andeutung. Jetzt hörte ich etwas – zaghaft natürlich, aber es war da.

»Diese Jazzleute ...« sagte ich, als ich den Schlußakkord spielte.

»Ja?«

»Manche von ihnen sind komische Käuze, stimmt's? Schon gut, Mr. Beattie. Ich meine, die Jazzwelt ist doch ziemlich progressiv, oder?«

»Yeah. Wir sagen ›hip‹.«

»Ist dieser Bugs hip?«

»Wie meinst du das?«

Ich lächelte. Die Uhrzeiger weigerten sich weiterzurücken.

»Nein, wie meinst du das?« wiederholte Beattie. Auch er lächelte.

»Na ja, ich hab' mich halt gefragt, warum Sie ihn in der Elternsuite untergebracht haben, statt bei Ihnen zu Hause bei Ihrer Frau und den Kindern.«

Mr. Beatties Augen weiteten sich übertrieben; er wollte, daß ich sah, daß sie sich weiteten. »Junge«, sagte er kopfschüttelnd, »du bist ja verrückt.« Er ging vor dem nächsten Schlag in Deckung, indem er so tat, als spiele er Saxophon. Seine Finger liefen auf imaginären Klappen hinauf und hinunter, und seine Wangen blähten sich. Er schloß die Augen und wiegte sich auf seinen Hacken vor und zurück.

»Im Ernst«, sagte ich, atemlos und aufgeregt, aber nur in meiner Eigenschaft als Zuschauer; als Darsteller war ich wunderbar gelassen. »Chuck sagt nämlich, daß Marihuana …«

»Sch-sch!« zischte Mr. Beattie. »Fang nicht mit dem Scheiß an. Das ist echt Blödsinn, Mann.«

»Entschuldigung«, sagte ich, »Mr. Beattie.«

»Also, was wolltest du wissen?« Sein Lächeln war wieder zurückgekommen, und nun spielte er noch einen langen Klageton auf seinem imaginären Saxophon.

»Ich wollte bloß wissen, ob es gut beim Sex ist.«

»Ob es …? Hm, yeah.« Er lachte. »Yeah. Ich hab' dich ganz falsch eingeschätzt. Ich dachte, du wärst von der Sorte Little Lord Fauntleroy, aber du bist hip. Ich mag das, wie du einfach so mitten reinkurvst.« Er tat, als steuere er einen Lkw. Er riß das Steuer herum, trat dann auf die Bremse, kam rutschend zum Stehen, drehte den Schlüssel herum, zog ihn ab, schlenkerte ihn einmal herum und steckte ihn ein. »Schlicht und einfach, wie du's magst.« Sehr bedachtsam jetzt: »Yeah, mein Junge, es ist ganz phantastisch beim Sex. Nächste Frage.«

Ich spielte eine C-Dur-Tonleiter. »Wollen Sie mich bei dieser Unterhaltung die ganze Arbeit allein machen lassen?«

»Möglicherweise.« Er faßte sich an den Schwanz, dann blickte er hinunter auf seine weiße Hand, das Weiße gekochten Schinkens, versetzte ihm einen Extrastoß und lächelte, als sei er mit seiner Untersuchung zufrieden. »Du bist ein netter Junge«, sagte er und lockerte den Griff.

Ich hörte die Jungs von der Footballmannschaft grölen, als sie nebenan in die Sporthalle strömten. Das jetzt mußte das Getöse ihrer Stollen auf dem Steinfußboden gleich hinter den Doppeltüren sein. »Sagen wir, Sie und Bugs hören Musik oder so was, und Sie sind ganz allein in der Elternsuite und niemand in der Nähe, sie liegt ja schließlich ganz für sich, und sagen wir mal, Sie rauchen irgendwelches …«

»Wir werden high. Und weiter?«

»Sie beide werden high und …« Ich klappte den Deckel über die Tasten und legte meine Hände auf das gewölbte, spiegelnde Holz. »Nehmen wir mal an, er ist so einer, der gerne 'n bißchen Faxen machen möchte.

Der sich amüsieren möchte.« Ich benutzte das Wort, das die schwarze Hure gebraucht hatte.

»Ich verstehe. Du bist unglaublich. Da sind wir hier mitten in der gottverdammten Provinz, und ich habe einen verdammten Teenager-Hipster am Hals. Red weiter.«

»Also, nehmen wir mal an, er wird high und möchte Ihnen einen blasen, nichts weiter, Sie brauchen gar nichts zu machen, bloß auf die Musik abzufahren, würden Sie ihn lassen?«

Mr. Beattie strich sich mit der Rechten immer wieder über seinen Bürstenschnitt. Er schien ganz darauf konzentriert zu sein, diese weichen Borsten an seiner Hand zu spüren. Er sah mich nicht an. »Das ist eine ziemlich komische Frage. Warum fragst du das? Ist deine Frage *theoretisch* oder was?«

»Ich frage«, sagte ich, »weil ich mich mit Ihnen amüsieren möchte.«

Er nickte schnell. »Verstanden. Klasse.« Er sah auf die Uhr. »Ich könnte es ganz gut einrichten. Komm um Viertel nach fünf, halb sechs wieder her, dann wird's dunkel sein, und die Scheiß-Typen nebenan« – Kopfrukken hinüber zur Sporthalle – »haben sich inzwischen verzogen. Wir werden ganz allein hier sein, und ich leg' irgend 'ne hübsche klassische Musik auf, und wir rauchen was, ich hab' prima Stoff, und wir werden sehen, einfach sehen, was passiert. Okay?«

Ich, der ich mir stets der Formlosigkeit des wirklichen Lebens bewußt war, sah jetzt, wie das Leben die Kunst imitierte, auch wenn mir der Sinn der Handlung, die sicherlich eine tragische Wende nehmen würde, verborgen blieb. Um vier hatte ich meinen Termin beim Rektor. Um halb sechs, nachdem ich Mr. Beattie verraten hätte, würde ich zurückkehren, um mit ihm Sex zu haben. Am nächsten Tag würde er gefeuert werden. Er würde von meiner Denunziation erfahren, aber nichts gegen mich unternehmen können. Er würde mich nicht dadurch in Mißkredit bringen können, daß er verriet, ich sei praktizierender Homosexueller, weil wir die Homosexualität zusammen praktiziert haben würden. Er wäre machtlos. Ich hätte erreicht, was ich wollte, käme straflos davon und würde ihn mir vom Halse schaffen: Die Falltür war gleich neben dem Bett. Endlich konnte ich einen Erwachsenen verführen und verraten. Dieser heterosexuelle Hipster würde vorübergehend mein Verlaine sein.

Ich lächelte ihn an, nickte aufmunternd, griff mir sogar in freundlicher Nachahmung seiner Erkennungsgeste an den Schwanz. Als ich draußen war, blickte ich hoch zu den grauen und weißen Wolken, die über dem Turm neben der Kapelle brodelten und wallten, über dieser Backsteinreminiszenz an das Silo, das er ersetzt hatte (das ganze Anwesen war einmal eine Farm gewesen). Ich trat unter einen steinernen Bogen, in den das Motto eingemeißelt war: »Ein Leben ohne Schönheit ist nur halb gelebt.« Der glänzende schwarze Kopf einer Frau schwebte in einer Nische über dem Bogen. Obwohl der Bildhauer zweifellos gehofft hatte, sie werde alterslos erscheinen, gehörte ihre Frisur nur allzu deutlich der Mode der zwanziger Jahre an: verräterische Wasserwellen.

Doch alles, was ich beobachtete, drang nur bis zum Rand des Bewußtseins, denn ich stellte mir vor, ich sei ein starker Kutter, der durch Wellen kalter Luft pflügt, ein robustes, geradezu vierschrötiges Fahrzeug auf schnurgeradem Kurs. Normalerweise meinte ich, ich sei durchlässig, unwirklich, höchstens eine Wand sich bewegender Luft, eine Kaltfront, und nur im Gespräch verdichte ich mich zu einem spürbaren Regen. Aber nun war ich dicht und mächtig. Es gab keine Strömungen leerer Zeit, die mich vom Kurs wirbeln konnten, keine Roßbreiten des Nichts, mich zu besänftigen.

Der Rektor fand meine Information zu bestürzend, um sich bereitwillig damit abzufinden, und ich sah voll Verachtung seinem entschlußlosen Schwanken zu. Ich rief ihn zur Schlacht, und er trödelte darüber herum, wie er seine Uniform tragen sollte. »Nun, natürlich ist Mr. Beattie kein hauptamtliches oder auch nur reguläres Mitglied des Lehrkörpers von Eton«, sagte er, als spiele das überhaupt eine Rolle. Er führte all die ermüdenden Verrichtungen des Säuberns, Füllens und Entzündens einer Pfeife durch. »Wir werden wohl gegen ihn eine Anzeige weiterleiten müssen ans Bundes... – oder ist das das Finanzministerium? Ist das Drogendezernat eine Unterabteilung des Finanzministeriums?«

»Ich weiß nicht«, sagte ich, inzwischen wieder nur ein Junge.

Nachdem der Rektor jedes Randproblem erschöpfend behandelt hatte, als zöge es ihn von Natur aus zum Nebensächlichen, brachte ich ihn wieder auf das zurück, was zumindest für mich wesentlich war. »Sie müssen mir versprechen, daß Sie mit Mr. Beattie erst sprechen werden, wenn ich zu den Weihnachtsferien nach Hause gefahren bin«, sagte ich feierlich. »Und dann müssen Sie dafür sorgen, daß er hier weg ist, wenn ich zurückkomme. Ich möchte ihm nicht begegnen müssen. Das könnte gefährlich für mich sein.« Ich dachte, der Rektor schulde mir wenigstens seinen Schutz dafür, daß ich die Schule gerettet hatte.

»Unsinn«, sagte er ärgerlich, »ich kann gar nichts versprechen.« Er blickte sehnsüchtig auf die geschlossene Tür, als hoffe er, jemand werde sie aufmachen und dieses endlose Gespräch beenden. »Und du bist völlig sicher, daß du nicht selber süchtig bist?« fragte er. »Soll ich dir von den Drogenleuten nicht ein paar von ihren interessanten Schriften über Rauschgiftsucht mitbringen lassen? Ich bin sicher, sie haben ein paar großartige Broschüren, das sollten sie, unsere Steuergelder, du verstehst …« Und er murmelte weiter vor sich hin, bis ich hinausschlüpfen konnte.

Kein Mensch war meiner würdig.

Vor meinem Rendezvous mit Mr. Beattie mußte ich noch zwanzig Minuten totschlagen, eine Pause, über die ich mich ärgerte, dermaßen hatte ich mich bereits an die straffe Zeitplanung des bedeutenden Mannes gewöhnt, des Mannes von Welt.

Wie sich herausstellte, verpfuschte der Rektor alles. Er holte tatsächlich die Leute vom Drogendezernat, die mir wirklich eine Broschüre über Heroinsucht überreichten; ich war starr vor Empörung. Mr. Beattie wurde gefeuert, aber ihm wurde erlaubt, noch eine ganze Zeit bis ins nächste Semester hinein bei uns herumzuhängen. Da Beattie nicht sagen konnte, wir hätten Sex miteinander gehabt, beschuldigte er auf einer Lehrerkonferenz De-Quincey und mich, daß wir ein Paar seien. Der gute alte Quince hielt zu mir, obwohl er schwer erschüttert war; die Beschuldigung war einfach gezielt genug gewesen, um ihm Angst einzujagen. Schließlich verließ uns Beattie. Ich sah ihn erst drei Jahre später wieder, als ich auf dem College war und er auf einem Studentenschwof in einer Nullachtfünfzehn-Band Schlagzeug spielte. Sein Blick hakte sich in meinen. Ich fühlte, ich sollte ihm sagen, wie sehr ich bedauerte, was ich ihm angetan hatte. Ich hatte ihn benutzt und weggeworfen – genauso wie mein Dad Alice, die Frau an der Adressiermaschine, behandelt hatte.

Ach, es gibt viele Geschichten, die ich erzählen könnte. Dr. O'Reilly, von dem sich natürlich herausstellte, daß er amphetaminabhängig war, erlitt eines Tages einen Zusammenbruch und mußte für mehrere Jahre in ein Sanatorium verschwinden. Mein Freund Howie starb, seiner Voraussage getreu, noch ehe er zwanzig war. Ich besuchte ihn, als er schwerkrank im Krankenhaus lag. Er war gelb und aufgedunsen von einer Nierenentzündung. Ich mußte ihm den Spiegel halten, während er sich die Haare schnitt: »Ich möchte diesen Kulis hier nicht meinen letzten Haarschnitt überlassen«, sagte er tapfer, eine Spur des alten Nazi-Dandys war im letzten Moment wieder zum Vorschein gekommen. Bei der Beerdigung stellte sich heraus, daß Howies Vater ein junger, mittlerer leitender Angestellter eines großen Konzerns war. Die Trauerfeier wurde in der Leichenhalle McCabe abgehalten (ich sprach den Namen »Makaber« aus). Ich war Sargträger. Eine Hammondorgel mümmelte zahnlos Choräle, als wäre die Musik in Milch eingeweichtes Brot. Unser hübscher, einfältiger Pfarrer hielt die Predigt. Er hatte nie auch nur zwei Sekunden mit Howie gesprochen, der auf jeden Fall ein militanter Atheist gewesen war. Oh, und der Pfarrer wurde wenig später im Bett der Frau eines anderen Lehrers ertappt, und er wurde nicht nur aus Eton entlassen, sondern ihm wurde auch das Priesteramt entzogen. Sein Bruder verschaffte ihm einen Job als Organisator von Skitouren für eifrige Studentinnen und Studenten in die Schweiz, wo man das letztemal von ihm hörte, als er jodelnd in den

Tod fuhr: Er verfehlte eine Biegung und segelte in eine Gletscherspalte.

Das College, auf das ich ging, lag in der Nähe von Eton, und ich besuchte oft die Scotts. Eines Tages traf ich Rachel lachend und schluchzend an. Von Neugier überwältigt, hatte sie schließlich das Kästchen aufgebrochen, in dem DeQuincey seine Hirtenbriefe von Vater Burke aufbewahrte. Sie waren durchweg Liebesbriefe, hysterische Geständnisse pornografischer Begierden, von denen einige sich klar auf tatsächliche Liebesnächte bezogen, die sie miteinander verbracht hatten. »Wenn ich überlege, daß Burke mich immer wieder gedrängt hat, bei Quince zu bleiben!« sagte sie. »Ich war ihr Deckmantel.« Sie las die Briefe immer wieder, und ihr schreckliches lautloses Glucksen setzte wieder ein. Tim, der inzwischen älter war und in die erste Klasse ging, schaute herein, aber als er sah, daß seine Mutter mit sich selber redete, zog er die Stirn kraus und polterte nach oben in sein Zimmer.

Als ich an jenem Tag das Büro des Rektors verließ, spürte ich den scharfen und inzwischen mit Eisnadeln durchsetzten Wind im Gesicht. Der Abend kam rasch näher. Er war die ganze Zeit in dem düsteren Tag enthalten gewesen, genauso wie der Schnee. In dem grauen Licht war der Schnee nur zu fühlen, nicht zu sehen; plötzlich schalteten sich die Lampen entlang des Weges ein, und ihre Heiligenscheine waren mit Millionen und Abermillionen von Lichtern geädert. Die Rückkehr ins Musikgebäude war nicht lustvoll oder angstvoll, sondern feierlich. Mir war, als sei ich ein Tänzer, der auf seine Rolle nicht vorbereitet ist, aber von der Erwartung getragen wird, die überall um ihn herum im Dunkeln lauert. Oder mir war wie jemandem aus der Geschichte, einer Königin auf dem Weg zum Schafott, die entschlossen ist, sich ihre üblichen Bonmots zu verkneifen und den Zuschauern die erhabene Handlung vorzuführen, die sie zu sehen wünschen.

Mr. Beattie war bekifft. Er lächelte verschwommen und ohne Unterlaß. Er fing an, mir eine lange Geschichte zu erzählen, der ich nicht folgen konnte, irgend etwas über irgend etwas, das irgend jemand irgendwo mal zu ihm gesagt hatte, aber dann merkte er, daß wir inzwischen in die Hörkabine gelangt waren. Er knipste das Licht nicht an. Die Dunkelheit wurde durch ein Licht erhellt, das sich am Schneetreiben draußen brach und durch die Fenster geworfen wurde. Er legte eine Platte auf. Er setzte sich in einen Sessel, zündete sich noch eine Marihuanazigarette an und blies den Rauch gegen die Decke. Als er mir einen Zug anbot, lächelte ich mit einem Ausdruck, von dem ich hoffte, er werde als Zuneigung durchgehen, und schüttelte den Kopf. Einen Augenblick später kniete ich neben ihm am Boden. Ich knöpfte ihm den Hosenschlitz auf und zog den großen, bereits erigierten Penis heraus. »Warte«, sagte er, »ich mach's dir bequemer«, und er schnallte seinen Gürtel auf und ließ die Hose bis zu den Knien herunter. Ich hatte recht gehabt; seine Schenkel waren sehr kräftig. Er nahm meine rechte Hand und führte sie zu seinen Hoden in dem losen, schlabberigen Sack. Ich schloß daraus, ich solle mit ihnen herumspielen.

Ich kann schwören, daß mich auch nicht ein einziges Volt Verlangen durchzuckt hat. Ich tat meine Arbeit; ich simulierte Erregung. Aber ich war schockiert, als Mr. Beattie mich bat, an der leuchtendroten Eichel zu lecken, meine Zunge um die Spitze seines Penis gleiten zu lassen. Ich hatte vergessen, daß dieser Akt für ihn nicht nur so rein symbolisch war wie für mich. Ich erinnerte mich, daß er das Ganze als ein Vergnügen betrachtete, so wie Herodes dachte, Salomes Tanz sei ein Spaß, bis er hörte, was sie als Belohnung verlangte.

Endlich war es vorüber, Mr. Beattie sagte, ich solle schon zum Abendessen in den Speisesaal vorgehen. Er komme in ein paar Minuten nach. Er denke, man solle uns nicht zusammen sehen, nur für den Fall.

Manchmal denke ich, daß ich Mr. Beattie verführt und verraten habe, weil weder das eine noch das andere allein, sondern nur beides zusammen mir gestattete, Sex mit einem Mann zu haben und dann beide, den Mann und den Sex, zu verleugnen. Diese Konsequenz war die ideale Formel für mein unmögliches Verlangen, einen Mann zu lieben, aber nicht homosexuell zu sein. Manchmal denke ich, es gefiel mir, einem heterosexuellen Mann eine Freude zu machen (denn schließlich hatte ich geträumt, ich sei der Liebhaber meines Vaters), während ich ihn gleichzeitig dafür bestrafte, daß er mich nicht liebte. Mein Deutschlehrer und Mr. Pouchet hatten mich nicht geliebt. Tommy hatte mich nicht geliebt. Mein Dad hatte mich nicht geliebt.

Beattie war so etwas ähnliches wie ein Freund oder zumindest ein Komplize gewesen, aber er war auch ein Stellvertreter für alle anderen Erwachsenen, diese großspurigen, trägen, grausamen Lehrmeister (wie erfrischend es war, daß in Eton die Lehrer tatsächlich Meister *genannt* wurden). Ich, der ich so wenig Macht besaß – dessen Triumphe allesamt die unbedeutenden Siege von Kindern und Frauen gewesen waren, das heißt nur verbale Siege der Ironie und inneren Haltung –, ich hatte zuletzt einen mächtigen Schluck aus der erwachsenen

Quelle der Sexualität getrunken. Ich wischte mir den Mund mit dem Rücken einer erwachsenen Hand, schlenderte lächelnd zum Speisesaal hinauf und summte ein Liedchen vor mich hin.

Knaur®

Tom Wolfe

(3015)

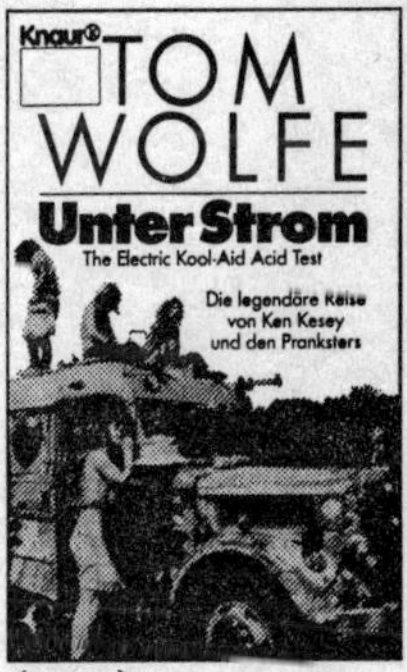

(2807)

(4826)

(77056)

(77009)